康桥情怀

姚海洪 主编

文汇出版社

图书在版编目（CIP）数据

康桥情怀 / 姚海洪主编. —— 上海：文汇出版社，2021.6

ISBN 978-7-5496-3601-3

Ⅰ. ①康… Ⅱ. ①姚… Ⅲ. ①散文集－中国－当代 Ⅳ. ①I267

中国版本图书馆CIP数据核字(2021)第113413号

康 桥 情 怀

主　　编 / 姚海洪

责任编辑 / 熊　勇

出版策划 / 唐根华

装帧设计 / 尤维君　兀凰

封面题字 / 申福华

出版发行 / 文匯出版社

上海市威海路755号

（邮政编码200041）

印刷装订 / 常熟市东张印刷有限公司

版　　次 / 2021年6月第1版

印　　次 / 2021年6月第1次印刷

开　　本 / 787×1092　1/16

字　　数 / 286千

印　　张 / 18

ISBN 978-7-5496-3601-3

定　　价 / 98.00元

编 委 会

序

对康桥人来说，康桥是栓在心底的一份难以割舍的牵挂，也许是因为门前的那条蜿蜒流淌的小河，也许是因为空气中弥漫的妈妈做的饭香，天高、云淡，风清、月白，提起它，眼中常常会闪出几分光芒，脸上多出几分温暖，心中多出几分虔敬。

在康桥人眼里，康桥的一切景致都是美好的，不管是炎炎夏日的竹编芭蕉扇，还是冷冷冬季款式各异的汤婆子，亦或者是老人、孩童温暖并满足着的生活画面，都如煮着的一壶岁月清茶，闲暇里，自在中，一杯一盏，或浓或淡，最终品出的，还是那一抹牵挂、一味情怀。

美好的情、景最能驱动作家的笔墨。在作家或温柔细腻、或大气磅礴的笔触下，康桥，是一部绵延悠长、底蕴深邃的史书，是一幅墨色缤纷、引人入胜的美丽画卷，是一曲荡气回肠、激情澎湃的新时代交响，是一首音韵铿锵、意味深远的诗篇。

开卷读来，《康桥情怀》立意深刻、文笔朴实，绘声绘色、如见如闻；细细品味，《康桥情怀》鉴古赏今、传承文明、激励今人、砥砺前行。一部《康桥情怀》万千情、千百景，康桥企业蓬勃发展，群众文化百花齐放，益大本草园迸发中华药草之瑰丽，浦东琵琶传承中华文化之瑰宝……，凡此种种，其中蕴含着的历史回响，让此刻的情怀也就来得分外深切。被赋予深厚人文根脉又经历改革开放洗礼的康桥，确是值得人们潜心阅读，细心品味的。

祈愿大家，情怀康桥，热爱康桥，弘扬康桥。我深信，未来的康桥必将在改革发展的大道上阔步前进，更加繁荣辉煌。

刘世洪

目录

CONTENTS

走近康桥路

□ 姚海洪

第一篇（开篇）　浦东这条路

当着长江呼啸奔腾挟带着泥沙奔向东海，钱塘江浩浩荡荡携着泥沙流向东海，东海昼夜二潮海水顶托，泥沙沉淀，多少年代冲积形成了长江三角洲，二江和东海不会知道，浦东之左，东海之滨，酝酿着一条小路……

当着三国时期吴国大都督陆逊到下沙航头一带滩地放养丹顶鹤，红顶长翅，翱翔云间的神鹤，不会知道周西之北，有一条小路隐藏在芦苇之中……

当着唐开元元年，唐玄宗派州官重修从川沙到周浦、下沙、航头、金山到浙江盐官的捍海塘时，在周浦之北，渔民用脚踩出一条小小的泛着盐花的小路……

当着宋朝著名诗人储泳，面对浩浩广袤大地，从滩地开始演变成良田阡陌的土地，星星点点矗立的农舍，走上这条小路，吟出了"野色归吟笛，征帆过客船"，"野色"道出这里当时的景象。

当着南宋，上海还是小渔村，周浦成了很大的繁荣的米市，农民挑了稻谷从这条路上走向码头，船只……

当着抗日战争时期，新四军淞沪支队从这条路走过去，去川沙打击日本鬼子和汪伪军……

当着五星红旗插遍九州大地，这里走过站起来的人民，去农田种庄稼，收获果实……

可，多少年来，这仍是一条无名之路，名不见经传的路，谁也瞧不起的路……

这条路只是泥筑的，后来是钢渣铺的，只有两三米宽的小路……

当着 1992 年南方响起春天的歌，改革开放浪潮席卷全国各地的时候，有一批立志大打翻身仗，让这里繁荣昌盛而努力奋斗，拼搏的英雄们站到了这条路上……

他们殚精竭虑，日夜奋斗，孜孜不倦……

几年之后……

这条路成了一条宽阔大路，两边矗立了摩肩接踵的工厂企业，路上，车辚辚，轮啸啸，人影幢幢，乐声喧天……

羊肠小道成了走向新时代的浦东改革开放南大门的康庄大道，支撑了曾经的南汇县后南汇区经济发展的大路，从名不见经传到名扬四海……

它就是康桥路！

第二篇　重走康桥路

十一月中旬，深秋。暖阳和煦地照耀着大地，天地一片光明，微风吹拂，人心也被暖阳晒得暖暖的。都说十月小阳春，今天十一月了，也像阳春人间四月天，使人心旷神怡的，更因为身边走着一位我敬仰的男人，年过古稀的汉子，当年闻名遐迩，原南汇县委常委康桥开发区主任、南汇区副区长徐江同志……

他缓缓地走在我右侧。

当年，他为康桥经济发展立下了丰功伟绩，为了使我有感性认识，也为了他重温当年战斗了十一年的地方，我们来到了康桥路……

我又一次瞥了瞥徐江老同志：中等身材，身板硬朗，脸色黑黄带白，头发花白，两眼炯炯有神，神情自若，话声爽朗，话语幽默，风趣逗人，虽已古稀，却像一个五十刚过之人，讲着当年的辉煌，当年的风采又回到了他的身上……

康桥路分为西路、中路和东路，以沪南公路为界，徐江同志带着我从西路开始向东路走去，每到一个企业或单位，他都要满怀深情地凝望几秒钟，脸上绽开笑容。那种兴奋劲、愉悦劲，仿佛画家画出了一幅传世画作，作家写出了一部经典巨著，科学家发明了新科技设备，运动员在奥运会夺冠，更可以比作一对年轻的父母，看着刚诞生的宁馨儿，那种情感，那种如此真诚的爱意是不能用语言来描述的。

我们从康桥路西口向东，向两边望去，一家家企业摩肩接踵矗立在道路两旁，那宽敞高大的厂房，高耸入云的研发楼，雄伟高大的办公楼，宽敞明亮的学习、住宿楼，无不骄傲地展示着康桥路的繁华，欣欣向荣。

我说："老领导，我很想知道，你是怎么会从南汇跑到这里来创业的？那个时候，这里冷僻荒凉，人们戏称是南汇的西伯利亚呢！"

"是的，周西，这个地方和当时的川沙交界，过去称为'边区'，发展比较缓慢，人往高处走，水往低处流，历史所在呀……"

当时的历史大背景是这样的，1990 年 4 月浦东开始开发，上海向着改革开放、经济发展迈大步，我们南汇当然不例外，县委县府迈开招商引资的步伐。

"1992 年 5 月 7 日 -8 日，注定是两个不平常的日子，无论是我的人生还是康桥开发的步履，都是！"

徐江望着我，双眼有些迷离的神色，思绪分明回到了二十多年前的岁月，那暖风吹得人心旌摇动的时分……

从他流畅而略带自豪的语言中，我窥见了一个共产党员干部为南汇、为浦东、为国家经济繁荣而主动请缨，主动挑重担，为康桥招商引资担纲的大爱大胆大义的义举……

时间，5 月 7 日傍晚，作为县计划委主任的他，召开例会，会上，干部们七嘴八舌，大家谈到农田承包，乡镇企业供销自理，全民企事业在旧体制中苦苦挣扎，县计委在这种情况下作用愈来愈弱。晚上回宿舍后，翻来覆去想到，浦东开发如火如荼，康桥招商也开始热闹起来，我是一个共产党员，43 岁，年富力强，应该为开发开放浦东、南汇多挑些担子。又想到，当时县里正在和台商"东帝士"项目谈判，一次一次谈判都要县党政主要领导出场做工作……决心下定了，5 月 8 日早上，胸怀雄心壮志，他去县府陈文泉县长办公室（县府大楼 1 号楼 302 室）谈到了县计委开会的状况，谈到对招商引资让领导过于忙繁的焦虑，最后，他说，我去为你们做做前期，战场上的先锋！

陈文泉县长也许正在为这个问题思索颇多，有踏破铁鞋无觅处的感觉，听了他的话，对徐江凝神看了十多秒钟，也许大脑里迅速转动着思绪。

说："你有这个想法，挺好！招商引资，你是县计委主任，挺好的招牌，加上你的能力，是合适的人选，你兼职去！当然我要与其他领导商量一下……。"

县委召开常委会，专门讨论康桥成立开发区管委会的事，又召开周西乡两套班子会议，5 月 15 日，陈县长在会上宣读县委 [1992]21 号文，宣布为了大力做好康桥开发开放招商引资，由徐江任康管委主任，全面负责这个地区的工作……

会后，南汇县委书记许德明、县长陈文泉对徐江说："这次把那里的重担放在你的肩上，恐怕困难不会少，但我们相信你一定能干出好的样子。"

徐江说："请领导放心！我一定不会辜负县委县府的厚望！不会辜负人

民对康桥的期望！"

许德明书记说："徐江呀，你恐怕要把一生中最好的岁月贡献给康桥开发了！我们等着你的捷报像一张张雪片一样飞来！"

徐江说："许书记、陈县长，一定会捷报频传，让你们应接不暇！"

事实证明，到一个荒山野地去开发，困难不仅不少，而且接踵而来。徐江团结开发区管委会的同志，同仇敌忾，克服了一个又一个困难，迈过了一个又一个坎坷，硬是让开发开放走上了正轨。

当天下午去康桥，周西乡正在谈两个项目，公安器材和二纺机，他马上投入工作。

顺便找一下办公房，找到周西铝制品三间空余的房子，后来人多了就用零固土建六上六下活动房作为康管委开发办的用房，在这么简陋的房子里，展开招商引资方方面面的工作。那个时候，常常里面的灯火彻夜长明，人声不绝……

接着开发办人员一个个从四面八方赶来走马上任。

接着徐江召集康管委全体同志开会重申，康桥开发县委县府已决策：从县乡结合以乡为主转到县乡结合以县为主，就是主要由我们康管委担纲，他让大家讨论后，提出了奋斗的目标和口号：乘东风，聚合力，接通衢。乘东风就是邓小平南方讲话和浦东1990年开发开放后的辐射效应；聚合力就是聚集全县广大干部群众70万人的合力；接通衢就是修好路，接上电，通好水，将康桥建成招商引资的热土。

接着首先就是筑路，把羊肠小道的康桥路筑成大马路，当时还没有施工队施工，为了造成氛围，县里组织各单位同志到康桥挖土筑路，特别是动员机关干部，全县基干民兵来劳动，极大鼓舞了全县人民参与康桥开发的热情，也鼓舞了我们康管委团队的志气和大干快上的决心……

俗语说：若要富，先筑路，是比较形象化的，气气派派的康桥路筑好后，外商、内商络绎不绝地前来洽谈投资，这与从市到浦东开发区到县领导大力支持是分不开的。

徐江深有体会，感慨颇多地说。

我问："有哪些领导到康桥来过呢？"

他说："上层领导吴邦国、曾庆红、黄菊、孟建柱、杨雄等都来过，作过重要指示。比如1992年11月26日，康管委风风火火启动不久，时任上海市委书记的吴邦国题词：'建设好浦东南大门'。1993年2月1日，时任中共中央农村政策研究室主任的杜润生题词：'为农村工业化、城市化开路。'1996年5月27日，全国政协副主席吴学谦题词：'开发建设康桥，迎接廿一世纪。'1997年4月22日，海峡两岸关系协会会长汪道涵题词：'继续开拓，再续辉煌。'其他市县领导前来支持康桥开发，不一一列举了……"

说到这里，徐江静静地望着康桥路边的厂房、企业楼房，望着路上驰过去的车辆，快步走着的幢幢人影，不无感叹地说："有一件事，太让人感动了，至今铭刻在心。"

他的话勾起了我的兴趣，忙问："老领导，快告诉我，什么事呀，使你久久不能忘怀的？"

徐江说："那还是1992年七、八月份的事呢。"

"那次，澳大利亚布罗肯西亚彩色钢板厂想来我们康桥办厂，那是工业区首个投资800万美元的大项目。谈判时，他们对我们享受浦东的政策还有疑虑，市府相当重视，孟建柱参加，在建国宾馆接待了外方，外方提出要有一个红头文件，看看政策是如何写的。第二天，我马上去找浦东开发办副主任黄奇帆同志，他说你们康桥开发的8平方公里，在外环线以内，可以享受浦东开发的优惠政策，马上叫来办公室的同志，特事特办，让他起草一个文件，那位办公室的同志听说了我们的事情，也火速行动，一个小时之内把红头文件打印了出来，可这红头文件还没有编文号，可却管用，外商一看这纸上敲着浦东开发办的红章就认可了……"

说到这里徐江笑了，笑得很开心，仿佛回想到了那次拿了这文件和外商顺利谈成项目，互相祝贺时的欢乐场景。

我也笑了："特事特办好呀！"

"有时，必要时，灵活机动，才能打胜仗！"徐江说。

关于灵活机动，还有一个项目的招商也很典型呢。

台湾第四大上市公司，经协商决定在康桥落户，他们投资在3亿美元，是一个大项目，必须由国家计委审批，我们的经办人员、管委会副主任王志德赶到国家计委。可项目太大，他们不能表态。在这种情况下，我们再次采取灵活机动的作战战术，在市计委的支持下，将这个项目分拆为三个，分造纸、纸品、能源三个项目，终于让这个大项目落户到了我们康桥。

随后，南汇四套班子主要领导主动作为，积极为投资营造良好氛围，吸引了一大批温州民企落户康桥，均瑶、美特斯邦威、红蜻蜓、建桥……

"这种例子，举不胜举，我在康桥主持招商引资十一年中，大大小小项目谈了三千多家……"徐江不无自豪地说。

"啊！"我一听惊叫了起来，"这么说，你几乎每天在谈生意，脚不着地，不是太累了吗？"

"责任！理想！支撑了我！"

"那么，这十一年中，累得生病的情况有没有呀？"

"当然有！总是吃了几片药，睡上几个小时又斗志昂扬了！因为，事业等着我，加上自己才四十刚过，身体还可以！"

"精神的力量是无穷的，为了把康桥招商引资搞上去，你振奋了精神！"

"我是人，不是神，你不要这么说我，老实说，我来康桥时，也带有一点点私心的……"

"不可能吧，你太谦虚了吧！"

"真的，你知道，我家在周浦中大街，想调到康桥，会近一点，晚上多回回家，因为在惠南是住宿舍，每周回家一次，结果……"

"适得其反，对吗？"

"说对了，开发开放，招商引资千头万绪，昼夜连轴转，反而回家的次数更少了。"

"老领导，你为了事业，鞠躬尽瘁，劳心劳力，不分昼夜，令人敬佩，向你学习！"

"应该的，我们康桥能搞上去，一年比一年出色，全靠党的英明领导，浦东开发开放政策的英明、正确！还有市县领导的全力支持，更有我们康管委团队全体人员团结一致，共同努力，拼搏奋斗的结果……因为县委县政府给了我们人事选配权，所以我们专门拣一些工作积极能干的人过来，往往是一只电话，对方说'行'就搞定。随着开发开放逐渐走上正轨，我们调进了六七位书记镇长级的同志。8月份的招聘会，我们还引进了广西轻工业局局长、新疆一个县委副书记、安徽广德一个经委副主任等等，虽然他们在一方位高权重，但都心甘情愿地绑在康桥开发一辆战车上，大家都不嫌事小只要有事干就好！我县有个原镇长主动请缨搞市政管理，管渣土车。"

"有一件事我至今印象特别深，因为我们班子的人可以说对于搞工业都是门外汉，但我们有决心与信心，更敢想敢干肯干，如毛主席说的从战争中学习战争，随着时间的推延，我们的事业越来越辉煌。"

"哪一件影响特别深的事，可以给我说说吗？"

"喔，是刚开始那年，92年9月1日，康桥西路和康桥第一座3.5万伏变电站两个项目正式启动；康桥初期开发8平方公里'三通一平'也开始，从规划设计，桥梁建设，管线布排，上水下水，通电通讯……事事繁杂，时刻经心，我们团队全部扑了上去，经过努力奋斗打好了这第一个战役，从此有了经验，终于一步步走到现在，走向了辉煌……康桥西路的筑成，打通了与浦三路的接口，当地花墙村、秀龙村的村民说，我们这里是南汇的西伯利亚，由于水小，新婚女家洗衣机作米缸盛米，电视机白天先要开好，否则天一黑就开不出了（电压低），现在这样的日子一去不复返了……"

"可是，我听说，你们刚开始创业时，相当艰苦的，慢慢才好起来。"

"正常！确实苦，可我们看见一个个企业，一座座工厂建起来，产值利润税收很快上去，就不觉辛苦只觉甜了。"

"说来也有点可笑，刚开始没有车子，有时偶尔回家去，早上我从周浦骑自行车到康管委。有一次，路上被一辆卖蔬菜农民的铁筐子拉住裤子，摔了一跤，薄呢裤子也拉破了，心里老肉麻（心痛）的……"

"吃饭问题也很随便，烧一点大锅菜，将就着过去了。"

"可大家从不说委屈、埋怨，整天忙忙碌碌，把艰苦忘到爪哇国去……"

说话间，我们已从浦三路口走到康新路口，整一条康桥路（东中西路）全部走完了，望着大路两边鳞次栉比的大楼房宇，车辚辚轮啸啸，人影绰约，一片繁荣的景象，又望望徐江老领导，想到我们党的干部们真是人类精英，把一条狭小的羊肠小道，荒凉的农用路改造成如此繁荣的开发开放的繁华之地，他们的创业精神是伟大的，他们功不可没，应予赞颂的……

第三篇　星光灿烂路

自然是奇妙的，多姿的，丰富多彩的。

事物聚一起，就能成为可观的风景，比如，千万棵大树耸立一起，便成了茂密的森林，千万条江水汇流一起，便成了大海，多少座山头绵延一起便变成山脉，千万颗星星闪烁，就成了灿烂星汉！

从浦三路开始走，到康桥西路，再到康桥东路，一座座工厂，一个个企业，星罗棋布，生机盎然，它们和浦东新区其他地方的企业一起，组成了一幅美丽的浦东新区画卷，书写了一篇浦东经济发展的华章，可歌可泣，而其中也涌现了一大批德才兼备、奋发向上的企业家，上海康桥中药饮片有限公司总经理陈翔就是其中之一。忽然我的眼前映起了月隐星灿的天空，康桥路，如果夜晚的康桥展目望去，那璀璨的灯光，也会像灿烂的星海，那样夺人眼球……

上海益大药行第五代中药传人陈翔，此刻站在我的面前。

三十多岁的他，身材魁梧，目光炯神，机智聪慧，谈吐儒雅，一下子让我对他刮目相看。

他说，我们上海康桥中药饮片有限公司和原上海益大药行有着十分密切的渊源关系，发展至今已经有一百多年经历了，旅程非凡。

1910年，清朝宣统二年，先祖在沪上开了一爿中药行，名号为：益大药行，后代代相传称益大。

1956年，我的祖父经历过私营、公私合营、资产集体化、下放改行等的人生历程。改革开放后，因发展村办集体经济的需要，又干起了中药老本行。几经风雨，几经沧桑。

我的父亲，从青年时代入职村办企业开始涉足中药行业、中药业务深得祖父传授，再加上他自己的刻苦努力，村办企业发展迅速，规模也不断壮大。

1991年，开始在咸塘港边征地32亩，建设中药加工厂。

1992年，投资了3000万，建造当时为人瞩目的保康大楼。

上世纪九十年代后期，我父亲负责的中药企业开始做起了中药出口贸易生意。

2009年前后，我也进入中药行业，我们公司开始将部分产业恢复益大的名号进行经营，如：益大本草园，现种植的药用植物有500种左右，集科研、教学、科普、观赏于一体。

2016年，公司因业务发展需要在新场镇又新建了比较先进的中药饮片厂。

他一口气如数家珍似地简要地讲了他们家几代经营中药的过程，随着康桥开发开放，上海康桥中药饮片有限公司的发展越来越快，规模也越来越大，他归纳总结了一名话：共产党领导的国家形势好！国富民强，民企才能发展！

他不无骄傲地说："我们的企业随着浦东发展，康桥发展也迅速发展着，水涨船高着！我身为其中一员在这种大好形势下，担纲企业，心情是愉悦的！"

听到他用担纲两个字，我的心一动，莫非，他父亲把重担压在了宝贝儿子的肩上？记得九十年代，中药饮片厂起步发展的时候，我去过他们厂，发现厂长陈维荣是一个非常敬业的私企老板，兢兢业业，一丝不苟，口碑甚好，尤其是他家的药材好，正宗，疗效好！记得我一个表兄患上咳嗽，久治不愈，中心医院医生对他说，恐怕你要换一种药，同品种，另一个厂生产的，问哪里产品，医生讲康桥中药饮片厂的，表兄知道我认识陈维荣，就让我去了一趟周西，陈维荣厂长听了我来意，长叹一声，药材是根本呀。比方同样是连翘、黄连，产地不同，疗效也有不同，这样，你拿几瓶我们生产的止咳药水，试吃一下，如果不好，不要钱！结果我表哥吃了一个疗程，咳嗽竟止住了……这件事对我印象很深，至今还记在心上……

我说："小陈呀，你父亲身体怎么样呀？他退居二线了吗？"

"他身体好着，还在厂里撑我！"

"太好了，五代做药企，太神了。"就脱口而出，"做药的生意，吃力不讨好的事情经常会发生的，你怎么也投入进去呢？"

"确实，开始我并不心仪继承父业搞医药，我大学在英国留学学的管理，很想到一些大的企业当高管什么的，父亲知道我有这个心思，一天晚上，给我泡了一壶自家种的'蒲公英'清热解毒的，我知道，因为我近日跑来跑去，又也许是高不攀低不就，眼高手低吧，又也许心中有一种异样的情绪吧，竟久久没相中青睐的企业，甚至是500强也心有不属，上天有意旨吧，我心志忐着嘴上却冒出几个热疱，知子莫若父。父亲斟了一杯水，对我说：

"爸想对你讲一个小故事……"

什么？父亲对我这么个大儿子讲故事？我诧异地望着父亲辛劳而添了好几条皱纹的脸，头上好几根白发，他要对我说教吧！不管怎么样，且听下回分解吧！

父亲却不管我脑袋里有什么小思想，讲了下去，

"明末，有一个名医叶天士，曾撑名药堂雷允上，他医技高明，有好多弟子，曾到周浦、大团行医过，他的一个弟子的弟子吧，我的爷爷刚开始经营药材，认识了这个弟子。一次两人在周浦相遇，正在谈话时，前面一行人哭哭啼啼拥了一只棺材走过来，估计是穷人吧，那棺材有点破，从下面缝里还在滴鲜血出来！弟子见状，喝道：'停！里面装了什么人？''难产三天三夜生不出，死了，准备埋了去！''撬开来，人还活着！'结果弟子救活了那孕妇。弟子说：'陈兄弟，拿你家的几味药人参、黄芪、枸杞……等等必须你家的药，正宗！给那孕妇服下。'那孕妇和孩子都活了几十年，叶天士弟子名声大振，爷爷的药也被人赞誉……"

"爸，我懂了……"

"你知道，人活在世上，只要做一件对人民对国家有用有益处的就值！"

"爸，我到公司做事吧，做一个生产好药的好商人，治病救人！"

"父亲对我要求挺严格的，让我从底层做起……"

"什么叫底层？"我问。

"就是从跑产地采购药材开始，跑产地是吃苦的差使，但却是长知识，积经验的差使，从祖上开始，我们十分注重道地药材，如甘肃的黄芪、甘草、党参；贵州的太子参等；宁夏的枸杞；东北的人参、桔梗；浙江的红豆杉；山东沂蒙的金银花、蝎子……"

"那么，为什么舍近求远，近的地方不行吗？"

"不太行，疗效有差异。"

"为什么？难道竟有不同？"

"因为气候、土质、雨水、肥料等等不同，各地生产出来药材质量也有参差的，古代有一句话：生在淮南是为橘，生在淮北是为枳，桔好吃，枳不能吃，就是这个道理。"

"你什么时候从底层做起的？"

"25岁，幸好比较年轻，常常长途跋涉去祖国的四面八方，尤其是边远地区，比如西藏海拔高，高寒，贵州山沟沟，东北严冷，宁夏遥远……而且边远地区多数比较穷苦。几年中，我可以说走遍了祖国边远地区。每次从上海出发到目的地，起码二十几个小时，甚至三四十个小时，苦是苦，累是累，但福兮祸所伏，祸兮福所倚，事物总是相辅相成的，经过几年的奔波，我学到了第一手知识，熟悉了行情，又锻炼了我的意志，为我管理我们厂子奠定了基础，得益匪浅。告诉你，有一次我几乎回不了家。那一次我去贵州黔东南山区看太子参，山路，下过雨，滑，一不小心，跌到河里，而河底河坡等全是苔藓，爬几次，掉几次，直到当地农民拿来绳子抛下来我才上去，险啊！

我说："你是吃尽苦头百炼成钢呀！"

他笑了，说："更重要的是，我通过各地药材考察，有了一个大胆的想法，和父亲一班领导人员一起研究创立益大本草园，在本草园培育一些重点的药材，通过改良土地，施肥等等科技手段，培育出以前本地不能生产的药材。比如红豆杉，我们本草园培育成功后，到万祥种了五千亩，这红豆杉可是防癌治癌的好东西呀！我们还进行国家和本市药材种植培训，比如蝎子的养殖，本来在山东沂蒙山区，我们也放到上海来养殖。"

"所以文化能促进事业发展，这是一点不错的。"

"确实，我也体会到了，企业融入文化是好事！"

"你们孜孜不倦地让药品质量不断提高，是值得赞誉的。医者仁心，医人救人，是我们社会的中坚力量，你们也归入医者的范畴，值得人们尊敬的！"

"你说医者仁心，我们制药人也仁心，充满一颗善良之心，我们五代制药人，一直尽力周济他人，看到一些生病之人无钱购药，就送给他们，夏天送凉茶，冬天送热水、送粮，在我们和合村，只要一提起中药饮片厂，都会竖起大拇指：'好人！''慷慨解囊不计其数。'"

"到了我父亲和我吧，我们继续做善事，做好事。一次我去西藏时发现那儿严冷，就用十几万元钱买了几千条毛毯，邮了去，让当地政府发给有需要的人……非典时，金银花涨价，我们制了药，不涨价，每公斤亏了300元总共亏了几百万元钱，我们得到了表彰。"

"去年疫情期间，我厂未雨绸缪，初六起工人全部上班，为赶时间又特招了七十多人，提前生产准备了用于预防、治疗新冠肺炎的中药，我们对康桥镇的防疫点，公安部门的隔离点，都送了防疫药剂，几千人受益，我们送到武汉、贵州等地的抗疫药价值 100 多万元，被工信部授予疫情保障先进单位。"

"每年我们要做慈善事业用去 500 多万元……"

听到这里，我不禁赞叹起来。

他们对国家、对民族怀有崇高使命感和强烈责任感，把企业发展同国家繁荣、民族兴盛、人民幸福紧密结合在一起，主动为国担当、为国分忧，这是一个值得肯定的公司，他们，陈翔他们是值得肯定的人！

"陈总，据媒体报道，你们康桥中药传承了国粹，励志图精，以生产良心药、放心药、安全药、有效药为己任，因此获得了好多荣誉，比方 2011 年被评为全国中药饮片生产企业十强，2009 年、2011 年被评为全国中药饮片 GMP 生产企业同盟主席单位，2010 年上海名牌产品，上海著名商标，上海老字号称号等等。"

陈翔笑笑说："我们还要继续努力，不断进取，让中药事业做得更好。"

我又说："你们的中药饮片炮制技术被列为上海非物质文化遗产保护？"

"是的，精心炮制的中药，治疗作用才会好。"

"陈总呀，我曾去过你们创办的益大科技产业园区，叫作益大本草园，那天因为下雨，匆匆浏览，已使人相当震撼，这个园区建于 2009 年，占地 814 亩，有琳琅满目各种动植物标本的药材陈列馆，外面园地里种着的中药有 500 多种，你们益大本草园中还有中药加工场，科技研究室，集种植、生产、教学、旅游为一体，相当好，值得称颂。"

陈总说："2016 年我们在新场镇投资 4 个亿，又建设了建筑面积 4.8 万平的现代化中药饮片生产中心和一流的自动化煎药中心，2020 年投资 8 亿元建筑面积 8.2 万平方的康桥中药二期也已经全面启动。"

我说："陈总呀，你们五代人倾心于中药事业，薪火相传，矢志不渝，不断创新，为国为民做出了贡献！"

"谢谢，过誉！"他说着和我们握手告辞，迈着坚实的步伐走了出去。

采访时间只给了我四十分钟，因为他忙，我虽意犹未尽，但也只能让他去忙他的事业去！陈翔挺直腰杆，大步流星地向外走去，他的脚步必将越来越坚定，他、他们的事业也必将越来越辉煌！

第二个四十分钟，是采访纳铁福，这是一家中外合资的企业，以前，从南汇到上海乘沪南线，在周浦那儿，会看见一家厂门大大的，够气派，上面挂着牌子是上海通用机器厂，后来换了牌子上海汽车传动轴厂，最最令人敬佩的是这个厂被沪南线隔断了，为了方便道路东西两个厂子的沟通，方便生产，他们竟挖通了沪南线在下面建了隧道，那个时候人们都为他们这个厂的创举敬佩感叹不已。当然如果放在现在十几座黄浦江隧道出世之后，这种小隧道只是小巫见大巫而已。而我对这个厂的这一件事至今都铭记在心中。

镇传媒办的小同志把纳铁福副总经理叶连祥引进 703 接待室时，我还是对他脱口说："当时我对纳铁福印象最深的就是这件事！"

叶副总笑了，笑得很惬意，那是一种由衷的、爱厂爱事业的一种笑。

"是的，我也为我们厂当年的创举敬佩，更为改革开放开发之后的飞跃发展感动，为自己身在这么一个努力奋斗的团队感动，为自己能用智慧用双手创造财富而感动。"

听了他的话，我不由自主地认真看了看他。

叶连祥，个高壮实，已过不惑之年，浑身还洋溢着生机勃勃的朝气，一副度数颇深的眼镜掩遮不了他那睿智聪慧的目光射出来，脸色有点黑，那是一种健康的肤色。他身边的团委书记是一个年轻的美女干部，灵气而又聪明流露了出来，她叫祈丹亚。

正题开始，叶副总单刀直入，问我："姚作家，您想采访哪方面的事呢？"

"你们出版的那本书《匠心筑梦——上海纳铁福传动系统有限公司 60 年发展纪实》，有了比较系统详实的叙述，我想听听你们在厂发展过程中一些比较出彩的故事，比方，你叶副总，比方你祈团委书记，以及其他一些难以忘怀的事情……"

叶连祥沉默了五秒钟，说："姚作家，这几十年中动人、生动的故事大大小小很多的，一时间……要不，从我经历的说起吧……"

我说："太好了，我洗耳恭听。"

叶连祥说："我出身本市川沙江镇，19 岁上海市机电工业学校毕业，1983 年来康桥进纳铁福的，那一年的厂名是上海汽车传动轴厂。后来，我通过学习厂史，老师傅的传授，知道我们厂、公司已经经历了一个甲子的风雨历程，这是一个由小到大，由弱到强，由简单到复杂，由一般到行业知名的过程，这一个甲子中有多个闪光的日子和发展重要节点如下：

1956 年，手工业者合作的周浦铁工厂成立。

1958 年，周浦铁工厂与上海群力机械厂合并，称国营南汇通用机器厂，1960 年产值 304 万元。

1964 年，开始批量生产汽车传动轴。

1978 年，年产传动轴 5 万多根，产值 1400 多万，利润 600 多万元，居全国同行领先。

1988 年，中外合资成立'上海纳铁福传动轴有限公司'。

1991 年，等速传动轴 RF 节首批出品，填补了国内生产等速万向节的空白。

1996 年，康桥路上新工厂建立。

2007 年，SDS 传动轴总成荣获'中国名牌产品'称号，实现了上海汽车工业创建中国名牌产品'零突破'。

2012 年，第一条以机器人为主体的装配线投产，成为亚太地区 GKN 首条自动化装配线。

2013 年，公司更名'上海纳铁福传动系统有限公司'，开始在全国形成五地九厂布局。

2017 年，年产等速轴 2300 万根多，销售 105 亿元。

这些数字看起来是枯燥的，不！是有灵性的，鲜活的，包含了纳铁福人胸怀匠心、追求梦想、实现梦想奋斗历程中贡献的汗水和意志！

他说："我印象最深刻的是第一次中外合资初始阶段，那时急需引进消化吸收 GKN 等速传动轴装配技术，制造自己的装配线来实现向桑塔纳轿车配套供货。"

"公司选拔了我和陈慈平及尹平三位青年技术人员专门进行消化吸收工作。由于那时公司对引进技术的保密要求很高，我们被安排到技术科外一间平时不用的库房作为办公室，那间办公室非常简陋，连办公桌和椅子都没有。我们稍微整理了一下，就地取材，用门板当办公桌，小木箱当坐凳，马不停蹄就着手对几大箱子德国装配线图纸进行研究与转化工作。一条装配线有十几台设备，我们每个人负责几台，图纸消化转化后再相互校对审核。由于我既自学了机械工程，又学过电气自动化专业，最后的电气控制线路设计都由我来担当。因为设备需自制，我们对原来德国图纸上的液压、气动和电气元器件都要弄懂作用原理，然后用国内产品替代，有些国内没有现成标准的，我们还要到各个厂家去商量是否能定制开发，或者我们直接就修改原设计，只要满足设备运行与控制要求即可。"

"中间有过一两次德国专家来公司与我们交流，我们都仔细准备了问题，把原先图纸上的一些错误和不理解的地方与他们沟通。当外方人员发现我能直接用英文与他们比较高效的交流时，他们很欣喜，但是，由于图纸上问题较多，我们问得也深，外方专家有时也无法当场解答，他们只能在晚上回到宾馆问清楚欧洲同事后再给我们答复。"

"那时候，还没有电脑设计，所有的翻译、修改、设计都在图纸上进行。

夏天热得不行，我们就光着膀子干，冬天冷得直跺脚也要用红彤彤的手一笔一划趴在门板上去画图。但是，条件再艰苦，我们三位年轻人都毫无怨言，也没有时间去考虑，因为我们深感肩上的担子和责任重大。我们公司必须抢占等速节传动轴国产化和市场配套先机！就这样，我们夜以继日的工作，边消化设计，边将图纸交机修车间制造，终于在八个多月后完成了整条装配线十几台设备的消化设计及制造工作。"

"装配线安置在一间独立的用仓库改建的车间内，地面上刷上了锃亮的环氧漆，设备也都喷上了当时的标准色绿色。公司抽调了八位有经验的工人师傅参与安装调试与样品试装。装配线调试一次成功，我们也对他们进行了手把手的培训。很快，我们用 CKD 件组装等速传动轴获得了上海大众的认可并实现配套供货。从此，公司走上了快速发展的轨道。"

"装配线首战告捷后，我与陈慈平等被派往德国接受等速节制造技术的培训，那年我 25 岁。回来后参加新项目建设，担任等速节国产化项目负责人，直接与德国一位专家共同负责等速传动轴全面国产化的项目推进工作。我自己除了负责项目预算与进度管理，还要直接负责从工艺引进消化、设备选型谈判，现场调试等工作，直至制造出完全合格的等速节样品。"

"回忆那时，我们可真是撅了一股劲，一心想赶快搞出来，在全国首家攻克等速节难关。

"公司领导从战略上藐视敌人，在战术上重视敌人，专门成立攻坚项目组。我们项目组一开始就全身心投入，在公司技术副总领导下，我带领有关科技和现场调试人员一起，梳理试制节点，一道道工序击破，一些操作经验丰富的老员工让他们理解工艺图纸，我进行一遍又一遍讲解、解释，并教会他们使用各种专用量具，鼓舞他们的信心和士气。接着，为加工精度问题开始奔忙，由于一开始都用了大量进口二手设备，需要对设备与工装进行反复的调试，才能加工出符合要求高精度的零件。同时，我也和精测技术人员研究交流如何对零件进行测量，提高测量精度。为了判断加工零件是否达到图纸定义要求，我要从加工车间到精测室来回反复跑，反复复核调整。还有方方面面的事情要解决处理，我记得连续三个月，我都要干到晚上九、十点钟才下班。"

"终于，在项目组和现场调试人员等共同努力奋斗下，三个月的战斗一道道技术难题被克服，一个个数据全部达标，拿出了满意的样品，快速提升了公司传动轴技术水平和制造能力，填补了国内生产等速万向节的空白。"

"通过我们的艰苦努力，我们先后与桑塔纳、富康、捷达等几款当时的主流车型配套，完全抢得了市场先机和发展主动权。到现在为止，我们等速传动轴产品还有 45% 左右的国内市场占有率。"

说到这里叶连祥副总深深吸了一口气："那时候，拼命呀，为了让厂子发展壮大！"

我也感动了，说："拼命三郎的精神确实可敬可佩呢！"

团委书记也说："一些年龄大的工友说起此事，总是对叶总他们赞叹不已，领导和同志们回忆起此战时说是一场硬仗、胜利仗，可歌可泣值得纪念歌颂的仗！"

叶连祥笑了，那笑是战斗胜利后的笑，灿烂的笑！

团委书记说："自从实现等速节国产化后，纳铁福在国际业务拓展和深度国产化方面也在不断探索。"

"太好了，说给我听听。"

叶连祥说："我来说吧，1996 年，我们公司经过研究决定制造走出国门的产品！

"涉足海外 OEM，是公司发展的基本追求，也是提升技术开发能力的体现和匠心梦想实现的组成部分，在南阳总经理等领导的关心下，由总经理助理兼周浦厂厂长薛锦达等组成了特别项目行动小组，攻关'GMT800'项目，初生牛犊不怕虎，这支年轻的团队信心十足，无所畏惧，加班加点，只争朝夕，用半年时间完成首次样品试验报告。后涉及到十字节国外报价太苛刻，公司决定自己生产 ，到 1999 年经过努力奋斗，美国通用汽车公司的 GMT800 产品正式在上海纳铁福周浦工厂投产，自此，具有上海纳铁福自主知识产权的产品首次走出国门，进入美国市场。"

团委书记说："二十一世纪初，国内第一条精锻线的攻克，也是很精彩的。精密锻造工艺，是当今汽车行业先进技术，但合资很长一段时间，外方一直没将精锻工艺转让给上海纳铁福。而整个精锻线最关键的设备是德国舒勒 1600 吨温锻压机。在我公司张峥嵘副总经理的带领下，项目组和德国安装调试人员一起，充分做好准备工作。每天，全体人员冒着酷热或严寒，一干就是十几个小时，经过不到一年的努力，2002 年 3 月，精锻生产线正式投入生产，终于，中国内地有了第一条精锻生产线。"

叶连祥动情地说："公司创造的奇迹一件接一件，几天几夜也说不完，二十一世纪后，公司制订了'立足上海、面向全国、走向世界'的发展战略，中外双方主要股东坚持维护'一面旗帜'的合作原则，公司很快形成了依托纳铁福的一个发展方向，一个投资规划，一个管理平台，一个研发中心的发展战略架构。

"2008 年以后，在一面旗帜的指引下，全面实施'立足上海，面向全国，走向世界'的战略方针，短短几年中，在上海康桥、重庆、武汉、长春、仪征、平湖等五地共扩建了八个厂，形成六地十厂规模，营销超百亿，从此公司越来越壮大，事业越来越红火……"

"我听说，你们现在不仅生产传动轴，还在生产新能源电驱动系统，传统和创新相结合呢！"我插嘴。

"姚作家，是这样的，我们公司现在75%营收来自传动轴业务，25%来自最近几年开拓的新能源电驱动系统和四驱系统产品。"团委书记说，"我们公司与时俱进，不断创新并开拓新业务。"

这几年，公司仍在不断谋求创新转型和发展。公司总经理钱向阳和党委书记许青桥发出了reshape变革创新三年行动计划，大力提升开发能力特别是新能源电驱动系统的自主开发能力，稳固和拓展传动系统产品业务，抢抓电驱动市场发展窗口期，全面推进降本增效，推进组织和人才改革发展，力争到十四五末公司发展又跨上新台阶。

四十分钟的采访，我头也不敢多抬，为的是怕少记了他们的叙述，这种短暂的采访他们的事迹，也许并不尽量尽然能了解到，虽意犹未尽，但又无可奈何。他们太忙，在为国家为人民在创造着财富，时间紧，能挤出这么一些时间已经实属不易，我只能尽力把他们讲的全部事迹一字不漏地记录下来，让他们的努力和辉煌教育激励人们，是为慰也！

第三位受访者是来自上海百润投资控股集团股份有限公司的代表。几句寒暄后，我们很自然地聊起了"百润股份"，一家始终保持"百年润泽"的匠心，与时间为伴的企业。

时间可以追溯到1997年，公司创始团队经过考察后，决定落户于康桥东路558号。成为首批工商注册并实际经营在康桥镇、同时又是首家非招商引资而是主动在康桥镇投资办公司的企业。在康桥镇党委、政府的关心和支持下，公司不断探索企业的业务模式，不断发展壮大，先后在食用香精行业、预调鸡尾酒行业开创了自己的一片天地。最终确立了"香精＋预调鸡尾酒"的双主营业务模式，以双品牌优势、协同效应作为核心竞争力，建立稳定、可靠的共生价值体系。说到这儿，令人不得不感慨，缘分像一座桥，连接着"百润"和"康桥"，彼此促进、营商环境良性发展。

香精香料业务方面，经过二十多年的发展，公司已成为国内本土香精研发、制造、销售和服务的领先者。凭借前瞻性的市场需求分析能力、雄厚的研发实力、先进的生产工艺、稳定的产品质量及高效的管理团队，为客户提供优质安全的产品、系统的解决方案及整体的技术服务，得到了市场及客户的广泛认同。"百润"为上海市著名商标、上海市名牌产品。公司是高新技术企业，被中国轻工业联合会评定为中国轻工业研发能力百强企业、中国轻工业科技百强企业、香料香精行业十强企业。2011年成为国内首家A股上市的香精香料企业，浦东新区和康桥镇领导亲赴深交所现场见证了公司上市敲钟那激动人心的一刻。

2015年公司经过重大资产重组，将在公司体外培育的预调鸡尾酒业务纳入上市公司体系内统一管理。公司预调鸡尾酒业务主要包括"RIO（锐澳）"牌预调鸡尾酒产品的研发、生产和销售。公司全资子公司巴克斯酒业旗下的"RIO（锐澳）"牌预调鸡尾酒为中国驰名商标、上海市著名商标、上海市名牌产品、长三角名优食品，是预调鸡尾酒行业的领导品牌，国内预调鸡尾酒行业市场占有率第一。巴克斯酒业也已成为国内预调鸡尾酒龙头企业，是中国酒业协会《预调鸡尾酒团体标准》的主要起草单位。

预调鸡尾酒最早于20世纪80年代出现于欧洲，后逐步流行全球。20世纪90年代中期，国内预调鸡尾酒市场开始进入启蒙阶段，2011年以后，我国预调鸡尾酒市场进入快速增长期，市场总量保持高速增长态势。对标欧美日本等海外比较成熟的鸡尾酒市场，中国还处在萌芽期，市场存在很大的潜力。自2003年公司开始进入预调鸡尾酒领域以来，始终坚持长期看好行业发展前景，公司对未来发展路径有着清晰的认知和明确的规划，在战略上"不怀疑"，但在战术上"要精耕"。因此，百润股份持续研发新品进行产品迭代、精准营销和市场定位、坚持消费者习惯培养，致力于将RIO打造成"年轻人的第一口酒""女性饮酒的第一选择""居家饮用的第一选择"，为消费者提供低度化、健康化、个性化的饮品。

无论调香还是制酒，百润股份始终保持"百年润泽"的匠心，与时间为伴，不断满足人们对美好生活的向往和需求。

匠者匠心，持续地专注地做好一件事，心无旁骛，屏蔽一切外在干扰，追求出品的完美和极致，直到令自己满意为止。享受作品在手里升华的过程，痴迷沉浸于这种心性在宁静与欢愉中的起承转合，哪怕当中也夹杂着一种奇异的煎熬。

百润股份，秉承匠心精神，在市场普遍追求短期经济效益情形下，能去一些浮躁，多一些纯粹；去一些投机取巧，多一些脚踏实地；去一些急功近利，多一些优品精品。以一种专注、诠释一种严谨、表达一种态度；以不以物喜，不以己悲的淡定自信，面对浮华。永远保持自己的节奏，永远相信自己的未来，永远对得起自己的内心，也永远对自己的产品自信。始终坚守那一份纯粹透彻的初心，用时间累积起生命的质感。

百润股份董事长刘晓东先生，扎根浦东康桥发展20余年，对浦东康桥有着深厚的感情。百润股份创立在康桥、成长在康桥、壮大在康桥；作为康桥本土企业和品牌，早已烙下了深深的康桥情怀，也正在为康桥创造更多的社会效益。

与"百润"的对话，虽然结束了，但似乎又刚刚开始。意犹未尽，给我留下了深深领悟和殷殷的期盼……

时隔4天，我又有幸采访了公元建材的王总。

公元建材，我的脑海里忽然浮上了十几年之前的一件事。如今提起这个名字，那件事就清晰地浮现在眼前了。十几年前吧，我刚退休，朋友开了一家公司，知道我是工程师，让我去帮助管理工地，他在镇上做市政工程。早上对我说："老姚呀，我公司在康桥东路订购了一批60、30、1000的波纹管，两个星期后必须用的，讲好今天到一批，可至今未到，打电话去说要迟几天，我想你工作时熟悉康管委的领导，去催一下。"

公司老总的司机开车送我到康桥东路，找到公司办公室，却见里面涌了好几个人正在激烈的争论，见我们两个，他们停止了争论，但都面红耳赤的。我讲了来意，王总没有回答，只是拉了我的手走向仓库场地，指着那里堆得高高的好多波纹管子，对我说：

"我们正在为这批管子争论！"

"为什么？"

"因为它们表面不符合设计标准！"

"但使用质量一点也不受影响！"一个五大三粗的工人小头儿大着嗓子喊。

"是不影响质量，但影响我们的声誉。"王总说。

接着这些群众分成两种观点争论了起来，最后，王总大手一挥，手又像砍刀似的向下一划说："别争了！"转过头来对我说，"能否宽限我们一周，我们加班加点加工出来。"

我能说什么呢？十分佩服公元公司坚持质量第一的思想和行动，点点头，又说："这可是20多万钱呢，这管子……"

"敲碎当废品卖！"

正想到这里，只见王总大踏步走进703会议室，他见了我，一愣，笑了：

"怎么是你？他们介绍是一个作家呀。"

我们旧事重提，顿时感情融洽起来……

"是的十几年了。"他叙述起来：

"我叫王杰军，今年47岁，湖南人，湖南大学毕业之后，受聘于位于浙江公元塑业集团有限公司下属子公司永高股份有限公司，蒙公司老总张建均厚爱，让我在永高公司负责人事工作和管理工作，我在那里兢兢业业干了几年，张总感到我在管理方面，尤其是制度建设和推行方面有建树。2001年，公司拟在上海及东部地区发展，开办分公司，张总就让我去几个地方进行考察，我去了嘉兴、松江、金山等几个地方进行了比较，从几个方面分析，认为浦东康桥最适合我公司的长足发展。交通优势，离上海市区近，就在外环线以内，浦东机场也不远；招商政策，享受浦东开发开放的优惠政策，最重要的是康管委承诺服务必定周到完满。我将几个地方的情况向张总汇报之后，张总和我一起又进行了考察，最后一锤定音，投资康桥！"

"令人感动的是，"王总说，"他们确实说到做到，他们的一个负责人里里外外自始至终帮助我们办工商税务等执照，我们拟建三万平方米的厂房仓库办公房，他帮我们报建办下施工许可证等等，忙得不亦乐乎，几年的体会，总结出一句话，康桥人很实在的！"

我嘿嘿笑了起来，说："我们南汇人确实蛮实在，做实事的！"

"所以我现在也属于康桥人、浦东人、新上海人了！"他也笑了起来，"我在这里已经二十年了呢！也是扎扎实实脚踏实地的实在人。"

"总公司让我在这里负责，我就认认真真抓好，把这里的业务搞上去，才不辜负公司张总、股东们、工人兄弟们对我的期望！"王杰军对我望了望，不无自豪地说。

"姚作家，今年疫情么，不少企业受到了冲击，我们一方面抓抗疫一方面抓生产，产值利润比去年还好！请看数字：2019年产值4.6亿元，利润2200万元，税收2200万元；2020年产值目前已超5个亿，利润近6000万元，税收6000万元。"

我说："你们真不容易，不少单位因为疫情，停工停产，产值利润下滑，你们反而上升，可见你们双向抓得好！"

"不瞒你说，公司成立以来，我们坚持不懈地抓三方面的工作，所以产值利润持续上升，一年比一年好。"

我是一个急性子，冲在他前面说："第一，肯定是抓质量，对吗？"

"心有灵犀一点通，姚作家，估计你搞过企业吧！"

"一语中的，我年轻时在一个厂里当了几年负责人的，后来到机关，退休后又有朋友让我帮助管企业。"

"我们惺惺相惜，姚作家呀，一个企业、一个工厂，产品的质量等同生命一样重要，所以，我们自始至终抓质量紧紧不放，首先让全体干部、全体员工从思想上、从骨髓里认识到坚持高质量生产产品的重要性，不能有丝毫的放松！要认识到质量好是使企业不断发展，在市场上有竞争力、能发扬光大的基础，立厂之本，也是工人能生存发展的基本！必须慎之又慎，细之又细，一丝一毫瑕疵也不能轻易放过，坚持按图施工，按工艺要求施工。一旦出次品，哪怕一点点也推倒重来。"

"那么，有过出瑕疵的时候吗？"我问。他对我望了一眼："你姚作家专门戳轮胎（捉差错）！"平静地说，"有过几次，我们决不放过，砸碎当废品卖。"

"怪不得你们的产品信誉这么高，质量这么好，出狠招呀！"

"惭愧，失败和挫折教育了我们，使我们一步步聪明起来！近几年，基本上没有瑕疵，都是正品。第二点。"王总沉思了一下，"我们狠抓制度建设，我们认识到，企业的制度，就是企业的法律一样重要的东西，是企业每个人行为的准则，通过制度来规范业务、生产、生活、财务等等全方面的约束，让人的一言一行一举一动有规则，同时也是一种保障。我们的制度有39个部分，印在一本200多页的书上。而且，每年11月我们会按照出现的新情况进行修订，使其更完善正确些。比方有工友为工作争吵起来，即使这样也要进行适当处罚，工友不服，就进行讨论修订，又有几次因为质量没达标有人放行或漏检，因为有以前不同的情况，对制度进行修订。从而使制度准确指导行为更适合正确，从而推动了企业的不断发展。"

"这是很有必要的！为企业发展起到保证的作用，请问第三个方面是什么呢？"

王总听到我问第三点，他略作沉思了一下说："以前我一直在想，为什么古今中外一些儒商事业做得那么出彩，富甲一方，甚至富可敌国？比如胡雪岩，比如比尔·盖茨，比如李嘉诚等等，可以举出好多个例子，为什么？文化！文化造就了他们！"

"我们认识到一个企业不仅仅做事业赚钱，它有社会的责任和功能，有了进步必须回报社会，回报员工。一个有文化的企业，不是草莽的企业，它才能长长久久，因为有凝聚力，社会也会关注你回报你。不忘初心，回报社会，是企业的责任，反过来社会信任你，员工信任你，让你一步一步走向辉煌……那么，企业文化主旨是什么呢？就是爱党、爱祖国、爱人民，也就是永记初心，永记责任，为了让每个员工树立这样的思想，康桥公司建立不久，我就和同志们一起办起了企业的《公元报》，刊登方方面面的东西：对企业的要求、员工的要求、企业发展情况、好人好事、还有一些报导、通讯，一些喜欢文学的员工让其发表一些散文小诗什么的，丰富了员工的生活。由于办得出彩，张总和我商量由总公司统一办起了《公元报》，内容更加丰富多彩，固定每个月一期，发放总公司各个分公司。"

"同时，我们和总公司一起，每年搞一些文化活动，比如我们组织了歌咏、赛诗、朗诵、舞蹈、小戏等等，这些企业文化的开展发展，不仅提高了员工的文化素质和修养，也增强了员工对企业的热爱，提高了他们的觉悟，对企业的发展也是一种切实的推动。"

采访接近尾声，就开始谈起家常，他说自己出生在湖南岳阳，在康桥工作生活了二十年，妻子也是同乡，海纳百川，他们一家成了新上海人。

我说："你，你们一家为康桥、为浦东的发展功不可没……"

"可是，二十年前的一幕又将掀开帷幕！"王总淡淡地但不无欣慰地对我说。

我愣了几秒钟，什么意思？用眼神询问他。

"公元发展了，向边远地区发展，张总让我去湖南岳阳那里再建一个分公司。"

"大好事呀，当然更辛苦了，要兼顾两头。"

"现在刚刚开始，把重点放了那里。"

"你今天能受访，说明我比较幸运的。"我想到那个百润老总最近一直没空接受我采访。

"我正巧为了新公司的事回到这里来，镇里对我说了，我说今天上午有一点时间，但让你等了好久，很抱歉呢！"

"不！你那么忙，还匆匆赶来，听君一席话，胜读十年书，你办企业确实有一手，有经验的，有三件法宝，是所向披靡的，你一定会把新公司办得和这里一样红红火火的。"

"借你的吉言，我会努力的。"

握手告别，望着他大步走出办公室，忽然我感到他本来挺拔的身躯更加高大起来，我想，正是有千千万万个王总一样的人在为祖国为着企业努力奋斗着，我们国家的经济一定会更加繁荣起来！

这是一定的。

第四篇 开拓新思路

康桥三十年是耀眼的、发展的，收获颇丰，成绩巨大的。

如何百尺竿头更进一步，如何长江后浪推前浪，如何使康桥的工业越来越好，事业越来越辉煌，这是一个难题，但是必须面对的大题目，康桥镇党委政府怎么想的，怎么做的，区域发展办公室主任李束为我解答了这个题目。

李束是江西人，同济大学毕业后就到康桥就业，迄今已13年，母亲是上海人去江西插队和那里一个优秀的男青年成百年之好，所以她是半个上海人，现在全个头上海人，感情的天平江西一半上海一半，反正是中国的全部，所以既有江西人的爽朗又有上海人的精明，她对我第一个印象就是一个知识型满脸聪明睿智气的资深美女，语速不慢，用词正确，娓娓道来。

她告诉我，康桥在浦东开发开放中工业经济有了长足的发展，为世人所瞩目。近几年还在持续不断地发展着，成绩斐然的。2020年1-5月，受新冠肺炎疫情影响，产值利润税收有所减少，但还是比较可观的。如：纳铁福传动系统有限公司完成产值28.97亿元；延锋汽车智能安全系统有限公司完成产值6.9亿元；上海美邦服饰股份有限公司完成产值6.84亿元；康桥镇的6户汽车行业企业产值为40.79亿元，4户服装纺织行业产值为7.52亿元，20家设备制造业完成产值4.98亿元。康桥1-5月总完成税收12.37亿元……下半年抓紧复工复产后，形势继续好转，产值也有了大幅度提高……

李束神情严肃地告诉我，康桥工业的发展目前面临了新的形势，新的课题，新的挑战和新的机遇。

"是吗？请你详细讲给我听听。"

"首先是宏观经济形势影响。2019年中国经济经历了改革开放以来增速最缓时期，存量企业订单减少，产值下降，新增企业数量减少。人口红利优势逐渐减少，中国也步入高劳动力成本阶段。相对于江浙等地，浦东这里的地价高了，人员工资也高了，所以一些企业外迁去外地经营生产。

"其次是政府政策目标影响。近年来，我们通过结构调整，土地减量化，环保督查，五违四必等工作，淘汰上百家三高一低企业，从数量上看我镇经济体量造成了不小影响。

"还有是土地资源利润影响。产业用地产值偏低，效益不高，土地低效使用的现象存在，产业用地地均亩产税收产值与高质量发展的要求还有差距。同时土地集约化程度偏低。

"以上三个方面制约我镇工业的发展，冲破这个瓶颈，接受新的挑战，利用好新的机遇，是我们康桥的当务之急……"

我问："那么，你们镇党委和政府怎样在新的形势下，发扬拼搏精神，再创新高呢？"

李束响亮地回答我："两句话：优化营商环境，提升能级服务，引进高新技术产业，引进高端人才；研发生产销售新产品，孵化、培育一些新型产业。具体是：

一是立足区位优势抓业务承接。康桥地理位置对招商引资有着较大的优势，拟紧密结合张江科学城规划建设，加强和区属'好人家'合作，发挥平台公司优势资源，加快推进康桥东路产业园区产业规划布局，入驻项目招引、开发主体优化等工作，加强和国际旅游度假区的交流合作，在旅游、文化、影视、电竞等各个领域结合横沔古镇开发，康桥东部村落基础和民俗文化，进行战略招商。

二是立足优势产业抓招商。围绕康桥坚实的工业基础和汽车零配件产业集聚两大优势，瞄准六大硬核产业中的'智能造'、'未来车'等开发产业链，精准招商。依托张江集成电路产业区块抓住集成电路、汽车等产业链集群发展的'牛鼻子'，形成集聚效应，实现产业优势向项目集成优势转变。

三是推动资源向优势项目集中，努力实现土地资源价值最大化，积极开展存量产业项目资源利用效率评价工作，对优先发展类企业，通过高效利用产业用地，传统工业转型升级、市场主体盘活产业用地、园区平台公司'腾笼换鸟'等方式，鼓励存量产业扩容增产，实施'零增地'改扩建。"

我由衷地赞叹："你们的举措很周全，挺好的。"

李束说："为了做好上述工作，我们注重抓了高新技术的培育。高新技术企业是创新活力的引领者，目前康桥有纳铁福等15家高新技术企业，是康桥经济贡献的重要力量，我们要用足用好改革开放再出发的新政策，依托专业机构为企业提供高新技术企业认定等专业化服务。另外还要加大总部企业培育，康桥目前有6家总部企业，居全浦东之首，要发挥总部企业政策杠杆作用，做大做强企业，推动总部经济，成为康桥经济高质量发展的强劲引擎。

"为此，我们坚持强服务，增实效，加强协同，凝聚合力，以人为本，把为企业服务提高到一个新的水平，着力培养高素质的招商队伍，锻造与高质量发展需求相匹配的复合型招商安商人才队伍，真正成为企业的金牌'店小二'，打好企业的感情牌、贴心牌，打造康桥企业服务品牌，为推动经济发展出大力、流大汗。"

李束脸露喜色，欣然地告诉我，当前康桥正在致力打造高新技术项目的引进和发展。比如百润的香精锐澳鸡尾酒，特别是电竞产业，在地铁11号线、16号线附近的罗山路旁边，建立新兴产业康桥 E · ONE 电竞产业园，那里设施完善，傍河接路，风景优美，第一期建造了22栋1500-4000平方米独栋都市型花园办公大楼，第二期建筑1500-4000平方米净高20米的各类单体场馆。2020年7月20日，由《人民日报》《解放日报》上海电视台等8家主流媒体，实地采访康桥电竞产业园，为8家重点电竞游戏项目集中签约活动热身。目前已有多家电竞头部企业入驻园区，定期会举办沙龙等活动，形势喜人。

"听君一席话，胜读十年书。"我说，"听了你对康桥工业的持续经济发展思路和举措，使我感触颇深，启发颇大。康桥人都一如既往地努力工作着，为康桥的经济发展不忘初心，鞠躬尽瘁，做着不朽的贡献！"

"谢谢你的好评！"李束笑了，笑得像一朵盛开的花。康桥不是也像一朵盛开的花，牡丹、玫瑰、芍药花吗？灿烂、艳丽，在浦东大地上耀眼展示着它的魅力！

第五篇　辉煌前程路（尾声）

采访接近尾声，十一月小阳春，阳光灿烂，熏风吹拂，令人心旷神怡，我又一次走进康桥路，我要刨根究底，是什么力量使这个蛮荒之地，阡陌农田，纤纤小路成为康庄大道，成为令人瞩目的都市化郊区城市，上海浦东开发开放的南大门，浦东开发开放巨大发展的一个缩影，南汇经济繁荣的发祥地……

我走到康桥路咸塘港边上的中药饮片厂，那熟悉的厂房，我走到中药饮片公司开发的益大百草园，深秋里那些药草、药树、药灌木还葱绿着，树叶在娇阳下发光摇曳，五颜六色的花木还绽开着笑脸，仿佛在欢迎我们的到来。陈列馆里各式各样的动物标本和骨骼，仿佛在讲述着几十年几百年几千年的历史和传承……

我走进纳铁福沪南线边上的车间，厂房里机声轰隆着，从地下隧道走到西部车间，车间里灯火辉煌，人们正在机床边忙碌着……

我走近美特斯邦威的大门口，看跨线桥巍巍耸立在康桥路上，透过玻璃墙，见有的人从北部有的人从南部走向对方。有集装箱开出大门，应该是一些新潮的新颖的年轻一代人喜爱穿着的服装，正走向世界各地……

我走到公元管业公司大门，向内望望隐隐深广的厂区，里面厂房高高崛起，场地上堆了不少各式各样的管子，有货运卡车装了他们的产品正运出去……

我走进电竞产业园，新建的房宇在阳光下熠熠闪光，旁边河水荡漾，树木挺拔，人影幢幢，一派兴旺景象……

……

我们回到康桥镇政府，已是午时，在食堂里就餐了客饭，乘上电梯，却见镇党委委员吴志俊也在同一座电梯，我们打了招呼，他知道了我们在这里采访，就说去会议室聊聊吧，随后一起去了702室。

这是一位朝气勃勃眼露精明、睿智和夺目光华的中年男子，一坐下，他就主动为我们泡了茶。我说："吴部长，你这次让我们作家自己围绕康桥镇选题，找灵感，有点无为而治的思路，高人一等……"

他说："是啊，不设题目，可以让作家们广开思路，天马行空捕捉触动自己心灵的题材和资料，再进行创作，也许会更出彩……因为作家，一般来说，都是有思想、有艺术细胞、想象力深远的人……"

我说："吴部长，你一定也是文学中人！"

"年轻时，上大学时，也憧憬过文学，也写一些诗文，工作后忙于事务，就荒芜了些，寄希望于你们这些笔耕勤奋的作家们多出些精品了。"

"我们一定不会辜负部长的期望，把文章写得更出彩些。"

吴部长告辞了，我走到窗前，向外眺望，广袤的康桥大地，却见高楼林立，工厂企业崛起，四野已呈苍翠和黄蔼，一列地铁呼啸而去……我想到，正如康桥镇区域发展办公室主任李束所说的：康桥在前三十年，各方面特别是工业方面获得了巨大的飞跃发展，一茬又一茬的人们像接力赛一样，在前人创业的基础上努力开拓，想方设法扩大招商引资，比如电竞产业、香精鸡尾酒等企业，拔地而起，与其他企业一起创新发展，再创奇迹。

康桥的前程一定越来越辉煌！

这是肯定的，毋庸置疑的！

适时我再来康桥，再次走进康桥路……

再唱一曲赞歌，一曲康桥辉煌的令世人瞩目、欢欣鼓舞的赞歌！

作者：姚海洪，中国作家协会会员，曾出版过《白龙港传奇三部曲》、《南汇嘴传奇三部曲》等十部长篇小说。

康桥腾飞记

□ 顾绍耕

　　深秋季节，我走进康桥，立即被美丽的景色吸引住了。在沪南公路、康桥路的康桥绿地里，枫叶红了，银杏黄了，苍松和黄杨仍保持着翠绿的衣裳，一个个花坛中的各式花卉姹紫嫣红，竞相开放。一座代表康桥意境的标志性不锈钢雕塑"梦中康桥"，在阳光下闪闪发光，雕塑中，一座弯弯的康桥正跨越在静静的河面上。康桥路和沪南公路两侧，高楼林立，道路上车辆川流不息，人来人往，这里显然已是一个现代化的新型城镇。可谁能想到，在三十年前，这里还是一片农田，虽然在沙石路面的老沪南公路上，也有一个康桥车站，但只是一根孤零零的站牌，旁边一间房子也没有。

　　康桥地区位于原南汇县的最北边，它有大小之分。小康桥地区仅指原周西乡的康桥村；大康桥地区是指原南汇县的周西乡和横沔乡，它与原川沙县的北蔡乡和孙桥乡、上海县的三林乡接壤。在 1990 年代以前，这两个乡均为上海市的传统农村地区，周西乡以种植蔬菜为主，是上海郊区 26 个常年蔬菜乡之一、上海菜篮子工程的主要生产基地之一。横沔乡是纯粮棉种植地区，是市郊闻名的粮棉高产乡之一，是棉花营养钵移栽技术的发源地。整个康桥地区，地势平坦，河道纵横，一个个自然村庄星罗棋布，绿荫环抱，一派江南鱼米之乡的自然景象。

　　党的十一届三中全会以后，改革开放的春风吹遍了祖国大地。1990 年 4 月，党中央、国务院决定上海浦东对外开发开放，不但震动了全国，也震动了世界。此后，一个个开发建设的热潮在浦东大地蓬勃兴起。于是在作为老浦东与原南汇县界河的康花河两边，出现了两种截然不同的景象，河北面是热火朝天的开发场面，而河南面仍然是一派宁静的农村生活场景。一石激起千层浪，浦东开发开放的热潮迅速在河的南面引起了激烈的反应，当时的南汇县委、县政府坐不住了；作为浦东近邻的康桥，横沔两乡的党委、政府更坐不住了；康桥的干部、群众也坐不住了，他们在考虑一个共同的问题，就是如何来充分吸纳浦东开发开放的辐射，把南汇的经济提上去，把康桥的经济搞上去。后来，经一些有识之士反复研究，发现了一个可以充分利用的机遇，那就是在国务院下达的关于浦东开发开放的文件中，明确规定了两条分界线：一条是新成立的浦东新区行政区域分界线，北以黄浦江为界，南以原川沙县和上海县三林乡的边界为界，东至东海滩，西至黄浦江。另一条是优惠政策的覆盖线，东、西、北三面与行政分界线相同，而南面以规划中的城市外环线为界。这样一来，就把当时周西乡的花墙、秀南、康桥、和合、三角五个村和横沔乡的沿北、汤巷、人西、高西、沔青五个村的共8平方公里多土地划进了浦东新区的优惠政策覆盖范围之内。

为了主动接受浦东开发开放的辐射效应，用足用好浦东新区的优惠政策，1992年5月，南汇县委、县政府决定以这8平方公里为范围，成立工业开发区。但是关于工业区叫什么名字，当时是有争议的，主要有三种意见：第一种认为是由南汇县政府创办的，应该叫南汇工业区；第二种认为工业区紧靠周浦镇，而周浦镇的历史比较悠久，在上海有较高的知名度，应该叫周浦工业区；第三种认为工业区的中心地区为康桥村，而康桥这个名字叫起来比较吉祥、响亮，况且大诗人徐志摩的著名诗歌《再别康桥》已义务做了几十年的宣传，为了能充分体现改革开放时代的新意和主动接受浦东开发开放辐射的功能，还是叫上海浦东康桥工业区为好。县委、县政府经广泛听取意见，再三权衡，最后采纳了第三种意见。为了开发建设的需要，首次将周西乡北部和横沔乡北部紧紧联合在一起。

1994年，经上海市人民政府批准，康桥工业区升格为市级工业区，范围扩大至26平方公里，已覆盖周西、横沔两乡的绝大部分地区。不久，康桥工业区被国家农业部列为全国首批50个乡镇企业示范区之一，农业部举行授牌仪式暨新闻发布会，逐一向国内外介绍开发建设情况。康桥在国内外的知名度得到很大提升。

随着浦东开发开放的深入进行，康桥地区的开发建设也热火朝天地开展起来。1992—2000年期间，康桥地区大力开展基础设施建设，优化投资环境。先是按"四通一平"要求（道路、通水、通电、通邮，平整土地），后提高到"六通一平"要求（增加网络、天然气）。打好基础建设的第一仗是修筑东西长9.2公里的康桥路。当时面积为8平方公里的康桥工业区，东西向竟没有一条公路，外环线还在规划图纸上，没有开始建设，因此康桥工业区的开发建设根本无法进行。因此康桥工业区管委会会同原周西、横沔两乡政府，下决心修筑东西贯穿整个康桥工业区的康桥路，为康桥工业区的开发建设创造基础条件。康桥路是按照城市道路进行建设的，要筑路，必须先挖沟，埋进排水、通信、电力等各种管道，这在康桥历史上还是第一次。为了抢抓宝贵的开发时间，康桥工业区管委会和周西、横沔两乡以及县、市有关部门紧密协作，抓紧设计，抓紧施工，克服天气、地势、物资等各种困难，奋战十个月，终于完成了康桥路的施工任务。之后，始终坚持科学规划，高标准进行建设，经过十多年的努力，康桥地区的主干道路已形成了纵横交叉的网格化，区内实行环网供电，电力供应充足，供水压力稳定，水质符合国家饮用水标准，数字通信线路和天然气管道四通八达，配套齐、标准高、质量好的基础设施建设，为康桥地区的经济快速发展和人民生活水平的提高打下了坚实的基础。

1994年7月，周西、横沔两乡撤乡建镇。撤销横沔乡建立横沔镇；撤销周西乡，为充分借助康桥工业区的优势，改名为康桥镇。2000年7月，康桥、横沔两镇合并组建成新的康桥镇。

与此同时，康桥工业区管委会和康桥镇紧密配合，大力开展招商引资工作。采取专业队伍和发动群众相结合的方式，开展多种形式的招商活动。广大干部群众发扬"四千四万"的精神（想尽千方百计、说尽千言万语、走遍千山万水、吃尽千辛万苦），在相当长一段时间把招商引资作为一项中心任务来抓，并取得了非常显著的成效。仅1992—2008年期间，康桥工业区累计引进外资企业364家，总投资达41.97亿美元，其中世界500强企业15家。引进内资企业1117家，注册总资本达55.03亿元。华硕、ABB、延锋汽车、美特斯邦威、纳铁福、中钞油墨等一大批骨干企业进驻康桥，形成了大、中、小企业，多种所有制企业共同发展、齐头并进的繁荣景象。经过20多年的艰苦奋斗，康桥地区的经济规模越来越大。已形成了电子信息和汽车及零部件两大主导产业，近年来又逐步形成了生物制药和智能制造两大战略性新兴产业。仅在2011—2016年间，康桥工业区综合发展指数连续六年在全市开发区中名列前茅，其中2016年在市级工业区中排名第一。先后被评为"上海市品牌园区""上海市企业服务优秀园区""上海市知识产权试点园区""上海市战略性新兴产业示范基地"和"国家新型工业化产业示范基地"，综合实力和运行质量有了进一步提高。

随着康桥地区大开发大建设的进行，农村城市化进程大大加快。目前80%以上的居民已居住在城镇化的新建居民区。康桥路东段、康桥路西段、秀沿路西段、秀浦路东段、秀浦路西段、叠桥路区域等地段已成为工厂连片的工业区。康桥路中段、秀沿路中段、秀浦路中段、康沈路北段、南华城地区等已成为繁华的商业区。目前已建成使用的居民区在西康地区有周康一至五村及南华城、康花新村等。在东康地区，始建于元代、已有 800 多年历史的横沔古镇，目前正处于城中村改造项目一期。始建于上世纪 80 年代只有短短四十年历史的横沔新镇，现已建成汤巷一至七个街坊，户籍人口一万多户，常年工作人数达十万人左右，商业繁荣，交通便利，已成为东康地区的商业中心。

特别是近期以来，康桥镇政府和康桥集团紧密配合，下决心加强城镇化的综合治理，不断提高城镇管理的精细化水平，深入开展"美丽乡村""缤纷社区""美丽庭院"建设，使康桥的面貌越来越美丽。近年来已先后开展了多轮环境整治、河道治理和拆违行动，消灭了卫生死角和黑臭河道，健全了卫生配套设施，农村主干道路全部铺设了水泥，装上了路灯，建设了绿化景观，并出现了不少闻名浦东、闻名上海的标志性景观。其中有七旬老人王炎根花 20 年心血搜集拆迁工地旧材料以旧拼旧建成的浦东老宅，已建成各类房屋 250 多间，既有老客堂、象门间、长廊、长过弄等单体建筑，又有富裕人家、小康人家、贫穷人家等代表上世纪初浦东农村各阶层居住状况的成套建筑，并收集有数千件传统农村家具、农具和各种生活用品，已成为康桥地区优秀的青少年教育基地、老年人休闲活动基地和群众文化活动基地，已被众多区、市级和中央级以及国外的新闻媒体宣传报道。还有康桥中药厂创办的占地 300 多亩种植各类中草药的益大本草园，处处风景如画。里面有碧叶连片的荷花池，有百花盛开的大温室，有汇集中国历史名医画像的杏林园，有藏品丰富的中草药博物馆……这里已是上海首家集中医药生产、加工、观光、休闲于一体的全国少见的中草药大世界，已被国家确定为非物质文化遗产传承基地和中医药教育实践基地。另外，经过近十年的努力，在市、区两级政府的大力支持下，位于外环线南侧的近十公里长的 500 米林带，已将其中最主要的地块改造成五个风格各异的生态公园。位于横沔老镇和横沔新镇之间的沔青绿地，总面积 82.8 公顷，园中心为 12 公顷的湖体，周围建设游船码头、亲水平台、湿地景观，打造成为林木不断、水系畅通、鱼游鸟翔、野趣交错的生态园林。位于横沔新镇北侧的沔西绿地，总面积 71.5 公顷，以"春花秋景"为设计主题，以春秋观叶树种植林荫大道，水系边种植水生植物，形成多层次植物群落，营造山花烂漫的野趣景致。位于汤巷中心村北侧的汤巷绿地，总面积 53 公顷，以运动休闲为特色，里面不但有美丽的景色，还有足球场、篮球场、排球场、跑道等体育设施。位于浦东老宅周边的沿北绿地，以教育林为特色。位于梓康河西侧的双秀绿地，以音乐元素为特色。总之，现在的康桥，到处充满了绿色，到处显露着美丽，已成为宜居宜游的美丽家园。

行走在康桥的大地上，处处生机勃勃，处处心旷神怡。事实证明，康桥的社会经济已实现全面腾飞，康桥的明天一定会更美好！

作者：顾绍耕，曾任原横沔乡、周西乡党委书记，编写《话说康桥》《浦东往事》等著作。

文化之花朵朵艳

□ 姚海洪

当人类从原始走向文明，集聚一起劳动、狩猎，于是产生了语言，人有七情六欲，就会笑、哭、唱、喊、悲、愁、忧，就产生了雏形文化，手足分工，利用石块泥土削砍烧制工具生产生活，制作娱乐工具，比如骨哨、埙等等，敲击石块，载歌载舞，虽然粗劣，也可咏宣胸臆。甲骨文记录了商周时期文明社会的状态。青铜的冶炼，于是有铜铃、铙、编甬钟等乐器，提升了文化的水准……《诗经》就是写出了那个时代人类丰富起来了的情感，"窈窕淑女，君子好逑""桃之夭夭，灼灼其华"，秦汉唐宋社会经济发展，产生了秦篆，可以吟唱的汉赋、唐诗、宋词、梨园曲声……元、明、清市民阶层兴起，于是有了传世的戏剧元曲以及小说的崛起……上世纪 30 年代及新中国成立以后国家的进步，特别是进入习近平中国特色社会主义时期，社会经济迅猛发展，文化更是应运迅速繁荣，两者相辅相成互为促进，顺应了历史发展的规律……

康桥镇是浦东开发开放的南大门，三十多年来经济发展令世人瞩目，为满足人们日益提高的文化生活的需求，政府下了功夫，抓好这方面的工作，让文化园地开出一朵朵奇花异朵，璀璨美丽……

一、传奇人传奇事

镇传媒办的小同志帮我们联系被采访对象，她告诉我，今天我采访的是一对年逾古稀的夫妻，去年刚庆祝了金婚，在这里十几年来，为康桥的文化发展呕心沥血做出贡献，他们的团队和个人曾多次被评为市、区、镇的先进集体和个人……

"太好了！我会认真听，认真记，好好写的！"

正在这时，一男一女手拉手走进了 702 会议室，我一瞥，从他们的形象看出两人虽已逾古稀，但精神矍铄，神情慈祥，步履铿锵，仿佛五十开外的人。

男的，挺拔个子，略瘦偏高，眼光深沉炽烈，一丝淡淡的忧伤被愉悦色彩掩盖了。女的中等偏高，美丽优雅，体态轻盈……这么恩爱！我的第六感官马上跳出这四个字，确实有故事！一般来说，夫妻若没有经磨难坎坷，几经周折终成眷属的，闪婚的，大多有七年之痒，好像亲情多了，爱情淡了，浪漫少了，有的经打磨成熟了，也有的曲折跌宕又合在一起，也有逃之夭夭的……可他们俩婚姻超过了半个世纪，还如此缠绵，更在康桥创造了文化的辉煌，实属不易，肯定有令人动容、可歌可泣的传奇故事的。

不等我多启发，他们俩的话匣子就打开了，于是我知道了这两个传奇人物的传奇故事……

女主人翁温凤兰今年已虚龄八十，是从朝鲜回来的归国华侨，她的父母在朝鲜生活了三十多年，中华人民共和国的成立，在异国他乡的游子油然升起了叶落归根的想法，刚准备回国，鸭绿江边燃起熊熊的战争之火，无奈只有再羁滞在昔时朝日鲜明、现在战火纷飞之国了。直到 1952 年 11 月的她终于随父母回到了祖国的怀抱。她的祖先故居在山东泰山脚下，那是一个人文荟萃、诗礼儒家的地方。早时，她爷爷带了她父亲、小叔去闯关东到了丹东，之后转辗去了朝鲜，大哥是老革命，中共八大代表，小叔是留苏高级知识分子。父亲在朝鲜定州铁路内燃机厂为车头汽缸铸铜件。朝鲜族是个能歌善舞的民族，耳濡目染，从蹒跚学步牙牙学语开始她就会扭扭摆摆，咿咿呀呀唱歌跳舞了，加上天生丽质，嗓音又好，高亢激越的歌声伴随了她一生。从小学到中学，后来考入辽宁工程技术学院，她都是文艺骨干，后来分配到大西北中国神华宁夏公司，从基层做起到科长、到厂工会主席，文化娱乐是工会必抓的工作，自然而然这担子落到能歌善舞的她身上，加上她好学、钻研、触类旁通，到后来循序渐进，在文化文娱方面炉火纯青，更臻成熟了……

"我听说，你们两个的爱情多有坎坷和波折……又听说你们2019年举行了金婚五十年的仪式，难能可贵呀！"我忍不住开言了。

温凤兰听我这么一说，微微沉了头，又昂起来。幽幽地又清朗地说："姚作家呀，你和我们是同时代的人，都知道，那个时候，能上大学，能有一份工作，有口饭吃，已上上大吉。至于一个上海本地人，一个归国华侨，恋爱婚姻，似乎是风马牛不相及，不可思议的不能奢望的呀！父母反对，亲友反对，学校大多数人反对，只有我们学院的少数一些人支持我俩恋爱，说，这种状况不会长久的，大胆地爱，爱到永远，我们祝福你们白头偕老！他们的话让我更坚定了信心！"

曹钦睁大晶亮晶亮的眼睛，动情地说："她是世界上我见到过的最好的女孩，对爱情忠贞不贰，使人感动……"

我说："温阿姨，曹钦肯定有过人之处，所以你们相爱矢志不渝……"

温凤兰点点头，说："确实，我们相爱在大学校园，共同的爱好使我们惺惺相惜，互相倾心，他确实是一个不可多得的才子，他学的专业是数学，功课很好，在文艺方面也是天才，能创作，而且钢琴、小提琴、风琴……什么乐器都会，唱歌呢和我一样是美声，天籁之声。一次学校举办文娱会演，我们都唱了歌，他是边弹边唱，我们两个一下子一见钟情了，被人们称为金童玉女，但遭到了一片反对声！"

曹钦说："我们五十年的爱情和婚姻，写下来就是一部长篇小说。下次姚作家如果有兴趣，我们会详细给你讲，为你再写一部长篇小说提供蛮生动的素材……"

说到这个份儿上，我知道这个题目必须打住，不宜再展开，就说："好吧，以后择机一定洗耳恭听，五十年相濡以沫，难能可贵，确是当代和后辈的榜样呐！"

曹钦说："因为有信念！有了信念就所向披靡……比如十几年的文化文创活动，何尝不是信念驱使呀！"

"你们人生到了晚年，早该享受生活娱乐、休闲旅游，却始终努力工作，把余热献给社会，可敬可佩呀！"

温凤兰说："人都说夕阳无限好，只是近黄昏，因为近黄昏，更要抓住分分秒秒，为国为社会贡献自己微薄之力！"

曹钦说："是的，我们两个把最好的年华献给了祖国大西北，国家的建设事业……爱党爱国之心，始终如一……"

温凤兰说："尤其是我们退休后，党和政府对我们退休人员相当关怀，为我们解决了很多生活上的难题。"

"有比较才有鉴明，国家对我们太好了！我们要报答党和政府，报答社会！"温凤兰由衷地说。

曹钦接着说："还有，我们俩喜欢文化，从小学习、钻研，自诩有了一技之长，必须回馈社会，决不能在最后的岁月中浑浑噩噩地度过。"

我受了感动，冲口而出："所以，你们主动积极地组建文化团队，让周围的老年人有生活乐趣，健康的体魄，让晚年过得更有意义，人呢更长寿！"

"是的，是这样的！"两人异口同声地说。

"最最重要的还有……"温凤兰凝视着会议室里挂着的宣传十九大图画，眼放光芒说，"我，因为我是一名年轻的共产党员……"

"什么？她现在 80 岁了呀！"见到我疑惑的眼光，她微微地笑了笑说："因为我 62 岁入党的，十八岁，不是挺年轻的吗？"

"党龄计算，太好了！"我赞叹了。

温凤兰幽幽地说："我 22 岁第一次申请入党，此后几乎每年申请一次，四十几次申请，党组织终于看到我对党的拳拳之心，殷殷之意，让我投入了党的怀抱，虽然年已八秩，也不算太晚呀，我是党的女儿了，竭尽全力为党的事业做点贡献，应该的呀！"

"入党那天，她特地穿了一件大红的唐装，心中的喜悦溢于言表，表达了对党和祖国的爱！"曹钦如是说。

"老骥伏枥，志在千里。烈士暮年，壮心不已！"我吟曹操的诗。

所以，他们告诉我，2006 年 1 月 21 日（2005 年第四季度筹备）他们在和合居委会干部的支持和帮助下，动员退休人员（也有在职的居民）成立歌之翼文化团队，温凤兰任团长，还组织了七人领导小组。这个团队从几十人现已发展到 160 多人，分合唱、舞蹈、模特、戏曲、腰鼓五个队。不仅和合居委，附近十几个村居的居民也纷纷前来参加。温凤兰集学、编、创、演、导、比赛为一身。曹钦艺术细胞超常，会弹各种乐器，除了在康桥镇老年大学教声乐课，其余时间协助温凤兰办好歌之翼团队，不仅如此，他们的三个儿子也时时支持参与他们的活动，给他俩以鼓舞。

初创阶段，如何挖掘好的题材是重中之重，温凤兰历来在做这方面工作，随手拈来就不少，但温凤兰是好学之人，深谙学无止境，所以千方百计寻找新的作品，或者自己创作，曹钦和三个儿子创作，或改编他人的作品，自己呢，先烂熟于心，然后指导学员们训练，废寝忘食地培训，不久，他们团队就开始出彩。

"一次，恰逢区里镇里要举行 6·26 禁毒宣传会演，我想到这正好是能展示我们团队文化文艺才华的时刻，必须紧紧抓住！"温凤兰热情洋溢地说，于是他们告诉我：

"接到光荣任务后，我们团队马上行动，一是发动大家寻找现成的本子，二是让大家创作这方面的作品，我儿子曹雷同济大学毕业做装潢设计工作，但潜移默化，有文化文学素质，和曹钦一起，主动请缨，急赶慢赶写出了作品。曹雷写出了话剧小品《重返人间》，讲一个吸毒者如何在政府及戒毒工作者的帮助下，成功戒毒，重新回到社会的故事。演出后获浦东新区特等奖；曹钦写的双簧《一个吸毒者的自白》获一等奖。整个会演十七个节目，我们团队演出十四个节目，还有舞蹈、三句半、时装表演，男女声小组唱、大合唱等等。我们的演出一下子倾倒了全场观众，得到领导的肯定，我们的团队一下子出了名……"

曹钦接着说："从此一发不可收拾，大凡区、镇，甚至市群众文化文艺演出都会主动邀约我们。团队成员兴致越来越高，训练热情更是高涨，精益求精的追求更是作为目标和奋斗的方向，演出呢也越来越出色，越来越成功……"

"尤其是在宣传十八大、十九大精神时，我们学习，特别是自己创作了不少节目，到各处演出，获得好多好多的奖项。"

他们告诉我，如数家珍地告诉我，某某地方某某地方的某某奖某某奖，现择要摘录如下：

2006年至今，"歌之翼"文化团队15年中三次获上海市优秀团队，时装队两次获上海市优秀团队，上海市五星级团队。

2007年7月参加上海电视台"全家都来赛"获第二名。

2008年网投"康桥文体组织领军人物"获第二名，时装队获特色团队。

上海市"金色广场"老年人创编舞蹈大赛获"浦江之舞"奖。

建国七十周年"我和我的祖国"大型舞蹈，在康桥镇、村居一台戏里获优秀奖。

2010年10月，时装队在浦东电视台、三甲港联合举办"三甲港杯达人秀"中，168个队，经5个月角逐获得第二名和最佳台风奖，温凤兰个人获最佳创意杯奖，《解放日报》10月20日有报道。

康桥镇举办第一、第二届时装秀，温凤兰获两次冠军。

温凤兰创作的舞蹈《和谐圆舞曲》为韩朝联欢会和上海侨联"侨之春"演出，反响很好，后又创作《金达莱盛开的地方》舞蹈为侨联、韩朝联谊会表演。

2017年温凤兰及团队被评为康桥镇文体组织领军人物。

浦东电视台专题采访了他们俩最美的家庭，多次被评为浦东新区最美家庭，卫生礼仪家庭，老年温馨家庭。

由于温凤兰他们团队表现出色，多次受到镇党委、市老龄委、市文明办等上级部门领导的接见和慰问，更加激励他们发展文化的积极性。

……好多好多，不胜枚举。

我感慨又感动，又问："你们团队出名了，会不会有好多人慕名要求参加你们团队？"

"确实，但我们会遴选，不是设门槛，但是要考试，看看你有没有基础的，或适应哪个队的，水准如何，我们现在已有 168 人。有些水平没达标的，就让他们做预备队，锻炼锻炼，择才使用，主要还是强身健身，发展社区文化！"

我是一个打破砂锅问到底的人，又追问："那么，这十五年中，你们肯定碰到过什么问题、困难的吧？"

温凤兰说："刚开始家里有孙子我们带着，影响我们放手去做团队的活动。儿子看到我们忙，想办法自己带，又请了钟点工，解决了大难题，使我们俩放开手脚投入团队工作中去……"

曹钦："还有一件事，也闹了一些小麻烦，也是刚开始时，有人举报到上海电视台，说我们扰民什么的，后来在领导的主持调解下，和平解决了事态。"

温凤兰说："值得庆幸的还有，好几个闺蜜和叔叔参加我们团队后，原来病快快的这也痛那也酸的，现在锻炼得生龙活虎了……"

"你们两位就是榜样，近八十了，还那么健康，硬朗呢！"我说，"你们无私奉献，为了发展康桥的文化，同时让老百姓身体健康起来，确实功不可没，值得我们好好学习的。"

听我这么说，温凤兰知道采访已近尾声，就把身边放着的一个拉杆箱打开来，说："姚作家，今天为了让你采访时更有感性认识，我把几年来获奖的、演出的上级部门对我们表彰的照片、资料带了部分来，你看……"

"哇！"我一看，拉杆箱里装了一本本影集，本子、夹子、满满当当的。

我随手拣起一本影集，一张一张看下去，那么绚丽，那么精彩：有的在跳舞，有的在唱歌，有的在打腰鼓，有的在演戏……仿佛使我身临其境，那优美的舞姿，华丽的服饰，动人的场面，特别是温凤兰一招一式一颦一笑，那么鲜活那么生动，真看不出是一个古稀之人，还有他们团队的人员优美的表演，深深地打动了我的心！多好的人，多好的共产党人！

我抽其中一张，题目是"我和我的祖国"，他们身上穿了较大的桃花瓣的裙子，头顶桃花的小帽子，七八个舞者翩翩起舞，后面两排人身穿蓝色裙子，上身桃红衣服，正深情地唱着颂歌，她们是在用心用神用肢体语言演绎，表达祖国如桃花一样鲜艳，国家如花一样灿烂，他们如灼热桃花一样爱着祖国和人民。

我又抽出一张是温凤兰为上海侨联韩朝联谊会跳的《金达莱盛开的地方》，她身穿明黄长裙，裙摆上缀淡红淡蓝淡青的花朵鲜叶，边舞边歌，歌颂我们祖国和邻邦友谊长存，和平友谊的主题，煞是动人。

我再抽出一张浦东新区文化进社区的舞蹈，温凤兰和九个同伴，身穿白衬衫，红裤子，手握青扇子，手舞黄绸布，翩翩起舞，分外青春靓丽，使人动容。

还有英姿飒爽女军人舞，热闹动人的腰鼓舞，市民文化节的乔装打扮舞蹈，很多很多。

他们又手拉手走出了会议室，我送他们到门外，两人又手拉手向前走去。我凝视两个不年轻的身影，忽然觉得他们越来越年轻，步履更铿锵起来⋯⋯

二、声音甜美、温暖灵肉

披一缕五彩的霞光
裹一束轻柔的暖风
携着亘古的爱情
怀着时空的思念
康桥，我来了，一个
朝思暮想你的游子！

你用高耸入云的楼宇
你用宽阔铮亮的道路
你用一串串傲人的数字
你用一个个动容的故事
告诉我这里的崛起
告诉我你今生的辉煌！

702 会议室的门推开了，一阵甜美、圆润、响亮动人心弦的朗诵声充满了整个房子，一个脸带笑容，聪明知识型的女子，步履从容走了进来，那好听的声音，使我们正在采访的三个人和被采访的两个人都竖起耳朵，凝视她，嘴巴嚅动的样子，静听起来⋯⋯

突然她戛然而止，我们几个人都不约而同地鼓起掌来。

"简直是天籁！康桥的刘广宁！"曾当过文化局副局长的顾洁迈赞道。

"过誉了！我是一个普通的朗诵者，只是在朗诵一位诗人写的'康桥颂'！"

"好像朗诵了开头，应该还有好多诗句吧！"

"是的，有机会再朗读给你们听！"

"一定洗耳恭听。"

话归正题,受访者康桥文韵朗诵队队长张莱娣。问及建队初衷,她抬起头眉毛一扬,凝视窗外广袤的大地,正巧 11 号线地铁呼啸而过,她轻轻地幽幽地又充满激情地告诉我:

2014 年上海市民文化节"百名市民演说家"比赛的复赛部分在我们康桥举行,引起了康桥文化中心领导的重视,经过复赛、决赛,我荣获了"百民市民演说家"的称号。其实康桥还有不少有一定基础的朗诵爱好者,在康桥文化中心领导的关心和支持下成立了康桥文韵朗诵队,我担任了这支朗诵队的队长。

"为什么会成立朗诵队?中华文字实在太美了,用声音表达出来实在太动听了。中国文字有 6 种创造方式,象形、会意、指事、形声等等,单字就有四五千字,甚至更多,举一例子:单单红颜色,就有深红、大红、绛红、浅红、淡红等等数十种。至于声音更是细微极致,表达人和动物的、自然界的声音,惟妙惟肖,一个字一句话念起来声音的微小变动,所表达的思想感情就不同,真是使人高山仰止,景行行止。举个例子:一个普普通通的单词"好",你朗诵得轻一点,人们就觉察你勉强,高一点欣喜,再高一点肯定或否定,"好"的第四声又表达爱好了。

"再说,中国地域广阔,几乎相隔几十里就讲话声音相异,有的粗犷,有的优美,有的刚强,有的柔弱,各有千秋。有俗语说,宁与苏州人相骂,不和苏北人讲话,那意思是苏州人讲话声音糯,而苏北人讲话硬。国家提倡讲普通话,为了生产生活,社会交际的方便。这是历史发展的必然。"

"你的声音很美,听了使人心旷神怡。"

"谢谢!"她微微一笑,随后说,"我要用自己的特长,为社会服务。"

她告诉我们:康桥文韵队现有成员 20 人,开始 10 几个,多数是退休的,也有在职的,老中青结合,都是对朗诵有兴趣之人,当然,小小的考试还是有必要的。有的虽然基础差些,但决心大,能进步的也收下,共同努力,共同前进。

我们采取集中与分散的排练形式,用走出去、请进来的方式,高起点、高标准、高要求进行团队建设,圆满完成文化中心下达的各类演出任务。

经常组织队员们开展学习交流活动,为了提高朗诵队的艺术水准,把一些资深专业老师和市级朗诵达人请到康桥来实行指导,还经常组织队员们去市区参加一些高水准的讲座和观摩。例如去上海图书馆聆听由原中央电视台播音员袁超老师的讲座,我们的队员还上台朗诵并接受现场讲评指导。

自团队成立至今，由于大家孜孜不倦的努力，几年来在市、区、镇的各类朗诵比赛中团队多人多次荣获金银大奖，2017年和2018年连续两年被评为特色团队，真可谓丰收年年，硕果累累。

"你举几个例子吧。"我说。"好，请看。"她说。

"2015年建团以来，康桥文韵朗诵队紧紧围绕康桥镇的人文历史，创编了众多文艺作品。"

"2016年4月，集体朗诵《骄骄康桥人》获得康桥镇创作表演一等奖，同时被选上当年康桥艺术节闭幕式的展演节目；同年11月根据课文《丰碑》改编的情景剧朗诵《军礼》，荣获'浦东新区悦·读达人'比赛诵读达人奖，《监狱之花》荣获浦东新区'悦·读达人'比赛优秀诵读达人奖。"

"2017年上海市长征杯亲情朗诵大赛《相信未来》《春天·逐想起》《秋天的怀念》分别荣获家庭组冠亚军，也就说我们团队囊括了冠亚军。"

"原创电影配音秀《拯救地球》，主要内容宣传环保的重要性，获2016年上海科技生活大使一等奖；原创电影配音秀《罗马假日》（康桥版），主要赞美康桥今昔的巨大变化，获2017年康桥镇创作特等奖和表演一等奖。"

"2016年4月和2017年8月连续两年举办了诗歌朗诵专场，得到了好评。"

"我朗诵的《月光下的中国》荣获2018年上海市长征杯朗诵大赛个人一等奖和2019年'中华经典诵读'大赛全国社会组个人二等奖。"

"2019年浦东新区'红色作品征集'朗诵大赛中《月光下的中国》荣获一等奖，我们集体朗诵的《祖国万岁》荣获二等奖，另外一名队员《百合花开》荣获三等奖，这次比赛我们又囊括了一、二、三等奖。"

"2019年6月，参加了由康桥文化中心和康桥图书馆联合举办的'说康桥故事'专题活动周，《康桥的原点在哪里》等11个小故事讲述康桥的来龙去脉，民俗、历史文化风情等。"

"2020年是不同寻常的一年，在全民抗疫的特殊时期，怀着对白衣战士舍身为民、奋战一线的由衷赞美，对伟大祖国的崇高敬意，我们朗诵队充分发挥了它小众、灵活、便于分散、单兵作业、线上线下对接互动的特色，有声有色地开展了各类活动。多次参加了云朗诵，在线上发布后获得了一致好评，通过视频和音频的上传，积极参加各类朗诵比赛并取得了优异成绩。"

"3月份，参加了由康桥镇'艺起'战役情线上活动，作品《驰援武汉》（白衣天使日记）和《白衣天使颂》获创作奖。"

"4月份，参加了康桥'丰富线上生活，展示团队风采'的活动，作品《心碑》《我是你的藤椅》获得展示奖。"

"5月份，参加了由上海浦东东方语言艺术发展研究院举办的'声音名片，礼赞春天'微朗诵评选活动，《梅花香自苦寒来》获最佳风采奖。"

"6月份，参加了康桥镇图书馆'当文字遇到声音'主题线上朗诵比赛活动，《女孩，等你回来》获一等奖，《再见康桥》和《中国力量》获二等奖。"

"11月份，参加了由国家一级演员王志华老师指导的集体朗诵《若我归来》荣获第二届中华经典诵写讲——社会组二等奖，并代表集体参加了全国总决赛，朗诵了总决赛规定抽签作品《长沙哟，再见》获全国前十名。"

"11月份，应邀参加康桥花园'展现花园风采，释放文韵墨香'线下交流活动，示范性地朗诵了《善待暮年》和《散步》并进行现场交流点评，同月为益大本草园居委和康桥花园居委的'四史教育活动'演出了《军礼》等相关节目。"

"当然，我们朗诵队的队员们既上得了大舞台，勇摘全国、市、区比赛桂冠，也下得了基层为村居群众热情献演。我们去敬老院慰问演出，我们去社区演出。记得有一次我们去参加镇一个边远村居的演出，途中突然遇到倾盆大雨，躲避不及，我和另一名队员浑身湿透，但我们仍坚持赶到现场为村民演出，得到群众好评。"

"记得有一次，晚上去村居演出，在演出之前接到我姐姐的电话说是我妈妈脑梗在医院抢救要我马上赶去，但演出即将开始，救场如救火，最后我还是演出完了才赶去医院。还好那天经抢救我妈妈脱离了危险。我父母年纪大了，体弱多病需人照顾，为了带好这支队伍，我克服了个人的许多困难。"

"为丰富社区文化生活，加强社区文化建设，积极参加并指导社区的朗诵活动，为配合社区四史教育活动，演出了相关的获奖节目，定期为视障（盲人）群体播报小说，诵读散文诗歌等，用声音送去温暖。"

还有好多，不一一列举了。

"好的，我听说，你们还创造了特色朗诵……"

"你不说，我差点忘了。是呀，我想到一些盲人他们看不到这个五彩缤纷的社会，多么痛苦啊，可他们的听觉一般特别灵（嗅觉也灵），上帝给你关了一扇窗，总会给你开一扇门，我和我们团队就主动和上海残联同志联系，参加上海好声音团队活动，让他们给安排了几十次到上海国泰电影院为盲人朗诵电影情节、对话、场景描写的活动让他们身临其境，得到想象，得到心灵肉体的愉悦……"

"我们还去播报小说，比如沈从文的小说《边城》等等。有时我录好音，寄给上海好声音团队，让他们制作后分发给盲人团队，使盲人享受到文化，人类声音的美妙文化……"

"我们还注重对小朋友、学生的培养，年龄从幼儿园到高三都有。传承中华文化，培养他们对朗诵的兴趣，效果挺好，我带的学生中已有荣获全国语文朗诵比赛上海赛区一等奖了。为了配合社区的"四史"学习教育，我们专门创作了朗诵稿，或者拿来主义借人创作的好文章，在线上朗诵，到各村居朗诵，深受广大群众欢迎。"

"朗诵，实际上是对文学文化的再创作，像演员拿到本子要潜入深入脚本，融入角色的心灵一样再创作，把心神融进去，把感情演绎出来，才能打动人，感染人！让人能在眼帘前将你朗诵的人物立起来，物体形象起来，得到质的升华，所以不是简单的读读而已！"

"同意你对朗诵的深刻认识和演绎，你们确实不容易。"

"蛮苦、蛮吃力的，但我们热爱这项事业，所以愿意在余生把一些小小的才华奉献给他人，奉献给社会！"

"赠人玫瑰手留余香，你们为中华文化添光增彩，功不可没！"

张莱娣圆润甜美激人心弦的声音又响了起来：

不会忘记你当年的苦涩

不会忘记你那时的贫瘠

牢牢记住创业的艰苦

牢牢记住开拓者的脚步

声音在会议室回荡，久久没有散去，真可以说是绕梁三日……

三、跳舞玉妈们的幸福生活

71 岁的谈映玉阿姨，略显唐风、富态。当我得知她是康桥广场舞的教练队长，带领这个团队叱咤风云，多次在全国、市、区、镇参赛中获奖时，我有点吃惊，虽说广场舞大多是夕阳无限好的老年人的活动，但应该是瘦瘦的，细长的才跳得动，飞起来，这么唐风，坚持了十几年，无论如何我有点想不通！反过来一想，往往心宽体胖，她谈阿姨也许生活幸福着，所以结实一些吧！

谈映玉一进门就说，人们叫我跳舞玉妈，我壮壮的，白白的，好像五十多岁，对吗？因为我们生活得幸福。我对幸福的理解，不必担心钱够不够，粗茶淡饭，能跳跳舞，健健康康，更能够为社会作点事，让余热闪光就是幸福！她对幸福的理解倒也实在，叫她跳舞玉妈，她脸白，圆圆的略胖，确实有和田玉的影子，形象化！

跳舞玉妈告诉我，2010年社会上主要是外地已开始时兴跳广场舞，小女儿生第一胎，我要帮她带小孩，想到别人自发跳，心里痒痒的，等小外孙大了一点，2012年在我的发动下，我们成立了康桥知乐广场舞队，从十几个人发起现在有110个，那时用个录音机磁带放，放在阶沿石上，大家就跳了起来，嗯呢，那时候，我们到处打游击！

"你是大团人？""嗯呢！"两个字是大团四团一带人的口音，我从小在大团长大，就问。

"是呀，你怎么听出来了？"

"南汇惠南和大团还是有细微差别的。"

"老乡见老乡，两眼泪汪汪。"话匣子打开了，她说是老三届初中毕业生（66届），大团红光中学毕业的，小学在鸭场小学。

"我也在鸭场小学念过书呢。"

"真的？"

"真的，闵勤仙老师是班主任。"

"闵老师也做过我的班主任。"

"我大姐是教书的，她比我大二十岁，所以她在什么学校教书，我就去什么学校念书。"

"我姐姐是多才多艺，唱歌跳舞，我从小受了她的影响，后来我去上海兴汇织布厂（后称章华毛纺厂）市属厂工作至退休，从小学到退休，舞不离身，曲不离口，特别是初中时代，一个从杭州转学来的同学，会唱越剧，唱梁祝什么的，让我羡慕得不得了，就缠住她学唱越剧。后来二人一起插队泥城，劳动一回宿舍就唱，一直唱到1979年返城，那一次在大团镇礼堂，文艺比赛，我唱'何文秀'，获一等奖。那个时候，我认为唱歌得奖就是人生最得意的生活。现在，我感到唱歌跳舞就是老年人幸福的生活。为此，我要让周围的老年人也幸福，就悉心办好我们跳广场舞的团队。"

跳舞玉妈如是告诉我：我们先在小区里跳，居委干部相当支持我们，认为是有益老年人健康、活跃小区文化生活的好事，所以当跳舞玉妈他们提出准备建一支广场舞的队伍时，他们就支持跳舞玉妈们的想法，并由居委帮她们买了音响，购了U盘，提供场地，使跳舞玉妈他们心里感到暖暖的，甜甜的，深深感到党和政府的干部是居民们的贴心人。

作为跳舞队的发起人、负责人，为了使团队把舞跳好，跳舞玉妈先前电脑不精通，现在开始拼命努力自学，从而开阔自己的视野，对网上、电视里播出的广场舞等，马上及时吸收，对着大衣橱镜子一招一式地认真自学，自我训练，反反复复地练，直到融会贯通。跳舞玉妈说："不是我骄傲，因为喜欢，这方面我是挺聪明的！"

看着她自信的样子，我点点头："肯定，相信！"

"对一些舞蹈，好的动作，优美的音乐什么的，心有灵犀一点通的，自己跳得熟练了，就让大家一起跟着我跳，一起练，直到大家都熟练了，动作整齐划一为止……然后到外面去跳，让广大居民看看，得到美的享受。参加比赛，展示我们团队的风采……"

顿了一顿，她深深吸一口气，深情地对我说："你可能想象不到吧，这十几年中，居委会给我们的小音响不算，大的音响，我们买过四个，三个让我们一直用，一直用，用坏了，现在在用的是第四个音响，四个大的音响，都是大家集资购买的……"

"你们的劲道真足，不容易！"

"大家都喜欢呀，有钱出钱，有力出力，精神鼓励多多！"玉妈笑了。

跳舞玉妈又告诉我："刚组建队伍时，小女儿刚生孩子，需要我帮她带孩子，因此只能安排在星期六、星期天，我们大家一起活动。我小女儿是幼儿教师，到孩子 2 周岁时，好带一点了，她看到我那么忙忙碌碌的，就主动将儿子带回他们家去自己领，好让我能全身心地投入到舞蹈事业中去。于是，我们就开始增加活动次数，每年 5 月 -10 月晚上一、三、五、七四个晚上，11 月 - 明年 4 月，放白天活动，8-9 点，那时已发展到几十个人，居委的场地小了一点，在文化中心领导支持下，我们到那里去活动。

而人员呢，开始只是我们居住的居委范围，后来周围的村居，比方营房、周康、中邦、老街、城中花苑、大都会等几个村民，甚至周浦的居民也纷纷前来参加我们的团队。因为队伍扩大了，我们分了十支队伍，由十个组长带领。舞种呢，我们跳藏族舞、傣族舞、民族舞、扇子舞、拍打操舞、36 步舞、哑铃操等……同时，只要一旦发觉好的，优美的、铿锵的，社会上流行的，我们都采取'拿来主义'，学了跳，我们还在老旧舞蹈的基础上，融进糅合各种元素，推陈出新，自己创作舞蹈，新颖又别致。

2012 年，我们团队参加了几次大赛获得奖项，上级发现我们团队还可以，有上升的空间，就让我们注册，归入文化中心麾下，正式命名为康桥镇知乐舞蹈队。

我们不辜负领导的信任，每当出去比赛就抽出强化训练过技术熟练的12-16 个人，顽强拼搏，夺取一次又一次的胜利。"

"你能告诉我，哪几项是你们最出彩的演出和奖项？"

"木佬佬呢（很多）！"她如数家珍地开始告诉我：

2015年，我团参加浦东新区在世纪公园的演出，那次接到通知时离比赛只有一个星期，我们强化训练，演出时获奖。

2015—2017年，三月份上海举办全民文化节，镇里让我们团承办90分钟的综艺节目，晚上在文化中心演出，我们包揽了戏曲、走秀、广场舞等十几个节目，一下子轰动了全康桥，名声响出镇内外。

2018年全国广场舞比赛，我团跳'我爱中华'获CCTV三等奖。

2018年8月在泰国参加国际广场舞比赛，我们获三等奖。

2019年浦东新区'南体杯'广场舞比赛二等奖，又获市开心杯二等奖。

2020年获临港杯哑铃操一等奖，还获浦东新区书院杯健身舞一等奖……"

跳舞玉妈在2017年被评为康桥镇文体领军人物的称号，2013—2018年当选康桥人大代表十佳精神文明好人好事、优秀志愿者、先进个人等等，康桥新报报道了她的事迹，2019年被评为全国爱心大使光荣称号。

"还有好多呢！"跳舞玉妈脸上泛起红晕，洋溢着自豪、欣喜、幸福的表情，这是一个成功者，一个对未来充满信心者的表情，令人钦佩的表情……

跳舞玉妈沉思了一下，又告诉我："他们团队现在正精益求精，进一步提高我们的舞蹈水平，更上一层楼，所以我们广泛学习各家舞蹈特长，在我们舞蹈中投入多种元素，国内的国外的上海的埠外的，比如恰恰、拉丁、伦巴等西洋的，还有民族舞，少数民族舞等等，我呢，继续以往的办法，在大镜子练呀练呀，练得熟练了，融会贯通了，就让大家一起练，先在骨干中练，再让每个人练，从而使我们的舞蹈更臻完满和成熟，更美观大方和更具吸引力、亲和力，让美丽的舞姿醉美观众，醉美社会，醉美人们的心灵！"

"你们做得那么好，估计一定会克服了好多困难，走过遥远的历程的。"我说。

"有是肯定会有的，但都一桩桩一件件被我们克服了。"玉妈对我说。

"有两件事，我说一下吧。一是我们的服装相当多，康桥新苑居委拨出两间房子让我们放。"她打出手机里的视频让我看。"哇！""五花八门、五颜六色、花花绿绿、绚丽多彩，应有尽有。第二，我们动手自己做，比方衣上的饰品，帽子什么的，八仙过海，各显神通，做起来的，琳琅满目地在那里挂着放着。"

我惊讶了，说："你们真是把身心全扑在舞蹈事业上，令人赞叹呐！"

"劳累、辛苦、汗水肯定会有的,也不会少的,但令人欣喜的是得到了很好的回报。姚作家,我们团队大多数是夕阳红的老人,以前不少有点毛病,这里痛那里酸,还有什么高血压、高血脂、糖尿病什么的,练舞后,都一身轻松了……城中苑的庄阿姨,周康的华阿姨,还有其他几个都健健康康起来……"

"我呢,也健健康康的!你怎么这么看我,是不是有疑问?你肯定认为我有唐风,胖了一点对吗?其实我是跳舞后结实了!人们和你一样这样想,你壮壮的跳舞,即使因为需要,坚持跳,也不会太长时间的。姚作家,我告诉你,我是练出了结结实实的肌肉,跳起舞来几个小时不会停,我现在跳一段给你看,保证心不跳气不喘的。"

也许我们故乡同在大团镇吧,年龄又相差不大,所以讲话比较随便了。她也不等我回答,就从座位上站起来,走到会议室主席台前,打开手机,里面立即传出了优美的旋律,翩翩起舞。随着音乐她激情澎湃起来,她昂首,仿佛望见太阳;她俯首,像一个受宠的婴儿,双手举天,在祈告上天,享受当今幸福;双手合圆在庆幸时代的完满,她脸带笑靥,手舞足蹈,腾挪移动,衣袖翩翩……用肢体动作,讲述着她和她们的思想,她们的故事,她们对党和祖国的爱,还讲述了当代老年人幸福的生活……

我凝神着,全神贯注地凝视跳舞玉妈的一招一式,舞姿翩跹……跳舞玉妈确有唐朝的遗风,杨玉环的风韵,唐代社会经济的发展,崇尚壮实一些的仕女,环肥燕瘦,自古流传,当今社会,新时代的经济更是飞跃发展,跳舞玉妈她们的晚年,衣食无忧,把余热放在了跳舞繁荣社区文化上,确是一种幸福的生活!

四、让人又敬又畏的团队

郎平?巩俐?

当702会议室被推开,一个高高挺挺、气宇轩昂、步履坚实的女性走了进来——高大又漂亮的女性!半是运动员,半是艺术家的女性来到我面前。我想到,传媒办小同志说过第四位文化人——受访者唐根娟是康桥广播操(包括广场舞)团队的领队,怪不得呢!

唐根娟一坐下,就落落大方地对我说:"请问,你想采访哪些方面呢?"像运动员那样爽朗的口气,开门见山的。

她这样爽爽气气,我也毫不掩饰,直截了当地开始了采访。

"听说你带队的康桥体操队颇有造诣颇有建树，所以想请你谈谈你和你的团队如何努力如何奋斗取得成就，闪光出彩的方方面面。"

"好的，不过，我们只是尽心尽力做着体操等运动，为了繁荣康桥文化，为了社会更和谐，对于个人来说更是为了健身……所以，几年来如果有些成绩的话……我们应该做的，应该努力的……"

随着她洪亮的带有磁性又歌吟一般好听的声音，我知道了：

康桥镇广播体操队是2010年建立的，现已走过了十年的历程，刚开始建立时，只有10个人，都是康桥公元三村的居民，三分之二的人已退休，三分之一的人还在上班，所以一般来说，我们集中活动都在晚上或节假日。没有场地，文化中心计红主任非常支持我们，主动帮助解决，公元居委也出面将我们带到康桥小学或体育馆去练习。我呢，本来对舞蹈对体操零基础，只是自己决心蛮大的，对着电脑边放边学习，一丝不苟地学，也许对此事情有独钟吧。学习领会起来蛮快，自己学会了，就教大家练，并一起切磋研究，取长补短，使动作、音乐更完满些。为了学操学舞，跳舞做操，势必将家务荒废了许多，我丈夫很明智，一点也不嗔怪我，反而支持我做这件事，他知道我热爱体操、舞蹈，认为对退休人或有了一点年纪的人来说是一件大好事。夕阳无限好，只是近黄昏，趁太阳落山之前，做自己喜欢的事，让身体健康起来，不要闲着闲出病来。作为自己还在上班的人，应当支持妻子去做，并做好这件事。我丈夫在纳铁福传动轴公司工作，他在下班后上班前帮我快手快脚认认真真把家务做得妥妥帖帖的，从而让我安安心心去和我们团队舞者做好自己的事业。我们都认识到，现在社会生活条件好了，水涨船高，身体也健康起来，五十多岁的身体仍棒棒的，再干二十年也不在话下，不成问题。因此必须让我们这批人把余热发挥出来，而社会又非常关心步入夕阳人群的起居生活娱乐，让我们愉快地幸福地走完人生灿烂的年月，让我们把晚霞燃烧得更亮更灿烂，所以我们组织这个团队，得到各方领导和广大居民的支持。

"你问建这个团队的初衷？我告诉你，是这样的。你又问团队发展的情况，我一并来告诉你吧。"

"2015年我们几个人聚集一起做操练舞，只是单纯为了健身，并无其他明确目的。那次，我们几个人在公元小区一座桥头，那里有一块场地，我们自娱自乐在那里跳广场舞，做广播体操，五花八门，有什么节目我们就跳什么节目，倒也其乐融融。我们在活动时，发现有一个男同志常常会站在那里凝望我们，还不时自言自语，我们以为他也是舞蹈爱好者，或者也想参加我们的团队，可一看，他还比较年轻，也许只是喜欢吧。我和我的团员这样想，也就对他笑笑，自顾自只管我们自己练。有一次，他见我们刚跳完舞，大家边擦汗边嘻嘻哈哈扯山海经，就走上前，主动对我们说：'各位，我已看了你们几次！'大家笑了：'你也喜欢跳舞，就加入我们吧！''好呀，我加入，我加入……'又说，'我是社区文化中心的小张，我呢，今天想问你们一件事，根据你们先天条件，我认为挺好的，有上升的潜力，建议你们建立广播体操队，隶属我们中心，以广播体操为主，也可以跳其他舞蹈，以后有演出比赛由你们代表我们康桥出征……怎么样呀？'我们经过短暂商量，感到有领导撑着，更有发展余地，就欣然同意了。那一年，我们先从'一台戏'开始，在公元三村曹书记的支持下，率先在镇举办的'一台戏'开始，到每个村居委展演，我们跳'祝酒歌''水兵舞'等，齐刷刷硬邦邦，革命性很强，且整齐划一，舞姿优美，吸引了人们的眼球，一下子轰动了全镇……"

"我听说，你们曾经用两天时间强化训练，取得可喜的成绩。"我择机会发言。

"有这件事的，那是 2016 年，镇文化中心的另一个团队拟参加市陆家嘴金融城杯比赛，他们的一个主要角色的脚扭伤，无法去参加此项比赛，尤其是两天后的决赛。文化中心的张主任他是负责体育方面的，焦急之余，想起了我们这个团队，就马上联系我们，让我们体操队去救场。为了镇的荣誉，我们毅然决然地接下这个艰苦的任务，两天中我们几乎不停息地排练排练，累了大家休息一会，擦擦汗再练，研讨研讨，总结优点纠正不足，几乎到了废寝忘食的地步。皇天不负苦心人，这次救场，在上海八佰伴广场上，我队参加了十六个队友，个个精神抖擞，动作整齐划一，体态优美动人，精气神特别吸人眼球……那次我们穿了一身绛红点缀绿叶的服装，大方美观，博得全场观众的好评，尤其是得到评委的肯定，被评为三等奖……

这一下子，我们一发不可收拾，后来大凡一些难的、急的比赛，文化中心都会找到我们团队……

2017 年，我们开始练广播体操，经过一个时期的强化训练，我们参加了浦东新区第六届运动会获广播体操第一名。

2018 年，我们获上海城市健身舞一等奖。

2019 年 6 月，我们获上海市城市业余联赛 990 体操总决赛二等奖。

2019 年 11 月我们再获上海市城市业余联赛 990 体操总决赛二等奖。

2020 年 9 月获浦东新区南体杯健身操舞团体三等奖。

2020 年 10 月获浦东新区"我的健康我做主"二等奖。

唐根捐本人 2017—2018 获康桥优秀体育指导员称号。

从 2017 年起，只要唐根娟他们体操队在比赛场一出现，其他团队就会惊讶地呼道："康桥体操队来了！"那意思是"强大的对手来了。"而观众则呼道："哇，他们是康桥体操队呢！"是对我们的肯定。

唐根娟告诉我，2020 年疫情期间，也择机出去表演，下半年有两次获奖。

我想到，唐根娟的体操取得颇丰的成就，也上了一个台阶，我相信他们不会就此满足于已取得的成就踏步不前的，就问："我想知道，你们当前在练什么呢？"

唐根娟胸有成竹地告诉我："昨天的荣誉只代表过去，一种起步，我们必须向更高的目标进军，向高精尖难进军，这次正在练交谊舞'九儿'，这是根据他人的原创我们融入舞蹈体操各种元素再创作，而且有多种版本的舞蹈，我们融入双人舞、伦巴、恰恰、快慢三十六等元素进行再创作！"她又铿锵地说：

"人总是要有点精神的，要有所发展，有所创造，有所前进的。"

我也铿锵地说："我祝愿你和你的团队，更上一层楼，把舞操跳得更出色，更精彩，更迷人！"

唐根娟站起来，深情地说："谢谢姚作家的吉言，我们一定努力努力再努力，奋发奋发再奋发！"她一语不发，就在房子的空间跳起舞来，手机里响起"九儿"的旋律，那么优美那么动人，吸人眼球，和我一起来采访的老顾他们二人也站起来，全神贯注地凝视她的舞姿，聆听优美动人的音乐。当音乐戛然停止，我们还沉浸在她的举手投足的传神情感之中……直到她起身迈开步，我们才恍然大悟，奔上前和她握手告别……久久，她挺拔的身段舞姿，动人心魄的旋律，还回旋在我的眼帘前，心神中……

五、传承经典，焕发光彩

据说，在中国 960 万平方公里广袤的土地上，大大小小的戏曲剧种有成百上千种，可享有盛名传承悠久的剧种除了京剧之外，屈指可数的就是越剧了。

越剧，源于浙江绍兴，原称绍兴大板，经过发展壮大乃至演变，渐成规模，一百年前传入上海，很快兴旺起来，形成越剧著名十姐妹，各种风格唱腔流传埠内外，广为传颂学习，蔚然成规模。

我有幸在少年朦胧年代，第一次观摩了越剧，那是 1962 年念初二的时分，十五六岁，我一位表侄女，比我大两岁，已经工作（学徒），她们几个青春少女千方百计买到了上海越剧院到南汇大会堂演出《红楼梦》的戏票，也许是其中一个少女有事未能赴约，侄女就找到家在大会堂对面的我，让我赏光了。实事求是那时我对男女情爱之事，懵懵懂懂，情窦真的还未开，所以台上唱着宝玉黛玉缠绵悱恻的爱情故事，而且那时的王文娟、徐玉兰漂亮，演技也已成熟，演得台下观众多次唏嘘落泪，我不懂男女之间为什么会有如此深刻的恋爱，如此刻骨铭心？但那优美优雅的唱腔，漂亮迷人的演员风采，五彩斑斓的戏服，却深深震撼了我的心灵……

此后人生几十年中，我竟没有去看过舞台上的越剧，更不可能亲临目睹那些越剧演员的风采了，而且，那次我们坐在十排以内，演员的音容笑貌，举手投足是再清晰不过的了。

当得知我今天的受访者是康桥越剧团团长傅琍菊时，我第一时间想起了少年时代看到过的王文娟和徐玉兰，我在猜想，她应该也是一个才艺俱佳，光彩夺目的人吧！

当傅琍菊走进703会议室时，她的形象确实使我眼前一亮。

她穿一身改良的蓝色唐装，缀贴凤鸟等饰物，两袖也缀贴花叶饰物，头戴一顶缀贴大片大片牡丹叶片的镶边帽子，手提一个比较大型的蓝色缀贴花朵的布包。衬以端庄的脸盘，很有徐玉兰的明星光彩，越剧演员的风韵神态自然而然流露了出来。

"真美，风度翩翩的！"我们不由自主地说。

"衣服吗？我精心制作的。"

"你自己制作？"

"除了越剧，我也业余爱好裁剪什么的。"说完，傅琍菊站起来，手一伸，做了一下甩水袖的姿势，又旋了一转，做了一个亮相的舞台动作，接着自我解嘲地说：

"老了，都67岁了，夕阳西下，老树枯藤了。"

"老当益壮，看上去，你好像刚过不惑之年呢！"

"也许我是共产党员，人老心不老！"

"革命人永远是年轻。"

"谢谢你的吉言，保养得好了些，为了事业的需要吧！"

"常青藤，永远不会老！"

话题转到采访的程序上，她说：

"姚作家呀，你问我怎么会喜欢上越剧？我告诉你，我受我妈的影响。我家祖籍浙江宁波，那里越剧相当兴盛，我妈是越剧迷，我从小就是在妈的怀抱里听着她美妙的曲调唱词长大的。"

"也许你在你妈的肚子里也听着越剧胎教呢！"

"肯定的，我妈咿咿呀呀随时随地在吟唱，我也会听到的！"她笑着说。

"潜移默化，我从小受妈的影响，从幼儿园开始到小学初中都不时参加文娱比赛唱上一曲越剧，让同学和老师刮目相看。后来，我下乡去了崇明插队落户，在那艰苦单调的岁月里，是越剧支撑我度过了人生寂寞、单调的岁月。后来，我去公交公司上班，当售票员，被选为工会女工委员，每当单位举办文娱活动，我的一曲越剧使领导和工友们如痴如醉，掌声不断……你问我为什么会办越剧团？上面讲的是我个人的优越，下面讲一下一次偶然机缘的促发……"

"那是 2008 年，我 54 岁退休了，之前在 24 路公交车上当售票员，一个 60 出头的先生问我：'白玉兰广场怎么走？'我告诉他说：'我马上在那儿附近下班，带你去吧。'路上我问：'先生，你去白玉兰广场做啥事？'他说：'看越剧呀！今天那儿剧场有折子戏。'一听到那里有越剧折子戏演出，我心里一阵激动，梦寐以求一睹越剧明星风采的想法驱使我脱口而出：'先生，你能带我去观看一下吗？'有点冒失。那先生也许是个好好先生，他没责怪我的唐突，而是问：'你也喜欢越剧？'素昧平生的先生诚恳地问我。'喜欢！喜欢！太喜欢了！'那先生见我如此说，回答我说：'告诉阿妹，我是一个越剧迷，戏迷，发现你是知音，好，我带你去！'我们一起进了白玉兰剧场，看了折子戏，出来，他对我说：'阿妹，你唱一曲给我听听行吗？'我随即唱了《红楼梦》'黛玉葬花'，他说：'挺好呀，蛮有天赋的！再努力，一定会出彩的，下次这里办百姓舞台时，我会推荐你上去唱一把！''谢谢你，我一定努力！'这真是冥冥中上帝安排，让我能有机会在越剧领域闯荡了一番……"

于是我买了复读机，自己唱再自己录，再对照名家的唱段进行甄别、提高，那时我主要学唱范派，范瑞娟的唱腔。我的姐姐在杨树浦文化馆工作，经常演越剧花旦，我把录音放给她听，让她指导我。

这样学了两三个月，我去白玉兰广场，让戏迷先生推荐我，自摸 500 元上台唱了《山伯临终》，因为我唱得声情并茂，获得全场越剧演员、观众和票友的热烈掌声。我走出剧场时，毕派传人名角杨文蔚送我到门口，勉励我继续努力，为越剧增光添彩……

刚开始，我就是做完家务一个人对着墙壁，对着镜子，对着窗外，纵情地唱一曲越剧。一次一个闺蜜来找我，她喜欢戏曲，她在门外听完我一曲之后才敲门进来，对我说："姐呀，你还在自娱自乐？"

"又能怎么样呀？"当然一个人唱一个人听，总有失魂落魄，少了什么似的。

她莞尔一笑，对我说："妹妹有一个想法，你越剧唱得那么好，把小区里喜欢越剧的姐姐妹妹组织起来成立一个越剧团，大家边健身边娱乐边宣传，何乐而不为呢！"

这真是醍醐灌顶的提议。于是，我把小区内几个越剧迷召集在一起商量，之后，找文化中心的领导，表明我们的想法，文化中心领导让我们先成立一个越剧沙龙，每个星期两次进行活动，后来成熟了，让我们建立康桥恋菊越剧团。

我们团成立之后，第一场是在文化中心演出《山伯临终》，全场观众看了之后几乎人人落泪。

正当我们打开局面，事业开始欣欣向荣时，一些不理解的人在说什么，演什么越剧呀？软软绵绵、哭哭啼啼、帝王将相，不健康的！更严重的有人说：不吃饭要死人，不唱越剧不会死人的！我们大家很受打击。我们围在一起郑重其事地讨论这问题，有同志思想动摇了，说：既然这样，我们不办也罢！但大多数同志不同意这样放弃，因为我们没做错，我们在做一件有益于子孙后代传承经典的大好事！是发展社会主义文化、繁荣社区文化、使老年人有一个较好的体魄、安享晚年、分担社会责任的天大的好事！大家坚定了信念，就继续唱下去，继续演下去！一些社区居民知道了情况也是坚定地站在我们一边，他们的支持给了我们以无穷的力量，任凭风吹浪打，胜似闲庭信步，我们坚持了下去，而且越办越好，越红红火火。

福无双至，祸不单行。第二年傅琍菊家里却发生了重大变故，使傅琍菊心灵上受到严重的创伤。因此傅琍菊把自己关在家里半年之久，大门不出，二门不迈的。她的老公是出租公司的人员名虞亚明，一直很支持她的事业，但此时却劝她离开这里，到一个无人知道无人相识的地方隐姓埋名度过残生岁月。她每天神情恍惚，常常会拿起越剧戏服看了又看又默默放下，打开音响刚听又关掉，如此反反复复……当小姐妹闺蜜来看望她时，往往欲言又止。她呢，对她们言不由衷地讲几句话，大家都默契地绝口不谈越剧之事。但谁都心里明白，她心里想着越剧，她放不下越剧，放不下正上升的越剧事业。这样过了半年，老公终于率先开口，劝她放下心结，把心思放到她热爱的越剧中去，小姐妹也来劝她，苦口婆心要求她带她们再创越剧辉煌……她终于走出了阴影，全身心投入剧团的排、演之中。不仅如此，她还应老年大学邀请在班里教越剧。2016 年又教表演、形体表演。2017 年文化中心又让她开越剧班，每周四上课，到周兴社区去教唱越剧，每周三上课，周日去静安区教唱，每周排得满满的。

康桥恋菊越剧团 2009 年成立以后，十多年中主要排演的作品有《梁祝》《孟丽君》《孔雀东南飞》《碧玉簪》《陆文龙》《红楼梦》《狸猫换太子》《何文秀》《祥林嫂》《五女拜寿》《情探》等十一台大戏。

团队有七台大戏多次在上海逸夫舞台和白玉兰剧场演出，上海戏曲麒麟周刊采访并报道剧团和傅琍菊团长，电视台也进行播放，上海电视台戏剧频道也两次采访、播放团队和傅琍菊的事迹。

2010 年参加长三角越剧专场比赛获优秀奖。

2012 年傅琍菊被批准为中国戏曲家协会会员。

2013 年获浦东新区科技创作奖二等奖。

2014 年获浦东新区计生办综合比赛一等奖。

2014 年康桥老年大学聘请傅琍菊为越剧教唱老师，2016 年增加越剧形体表演班，让傅琍菊授课。

2017 年参加上海知青春晚演出"十八相送"获一等奖。

2017 年到 2019 年演出各台戏，深受广大观众欢迎，傅琍菊获老年教学优秀教员……

"傅团长"，我又打破砂锅问到底了，"听说你们在今年疫情中也有所作为的，能给我说说吗？"

"是的，疫情期间上级要求不要人群聚集，我们团队在家里各自为战进行练习。到三月份，我们自编了抗疫越剧，抖音在线上发播出来，一下子就有几万多人点赞，收获颇大。下半年疫情好转后，我们又演出了。"

"还有，为了使越剧传承下去，从 2016 年起，我们对零基础的学员特别是年轻的学员进行重点培训，共培训了五、六十个新学员，手把手地教，很快让他们入戏，壮大我们的队伍……"

因为傅琍菊为康桥的越剧繁荣做出的贡献，几次被评为先进工作者，优秀共产党员……

经典得以传承，得以发扬光大，这是一个国家文化发展的需要，这要靠一代又一代人坚持不懈的努力！以往越剧已在祖国大地发出灿烂光彩，始于越剧人的努力，全社会的努力！越剧故事美、舞台美、音乐美、化装美、形体美，传承下去需要有志者。傅琍菊他们身体力行，已在培养一批批新人，这是令人欣喜的事，相信在他们的努力下越剧这支文化园地奇葩，一定会在康桥、在浦东大地上开放出更加绚丽多彩的光泽，让广大人民赏心悦目，陶冶心情，美化生活的！

六、阳刚之气　慷慨歌吟

不知何人何日何地开始把女生比作花朵，把男人比作大树。牡丹、芍药、杜鹃、虞美人，花朵姹紫嫣红，美是美了，可如果一座花园里没有树木，没有松木，桂树，香樟，那么这座花园必大为逊色。就是动物界也是如此，比如禽类，雄的羽毛漂亮，雌的浑身灰暗，鸡、鸟、鸳鸯都是如此，就是虎、狮，雄的漂亮，雌的朴素；阴阳结合，相辅相成。所以在天堂造人的上帝是聪明的，他用泥造了亚当后，发现亚当一个人孤苦伶仃，在伊甸园形影相吊，寂寞孤苦，于是抽亚当一根肋骨造了一个夏娃，他们俩受蛇的蛊惑偷吃了禁果，成就爱情，于是人类世世代代无穷匮也。为了使人的声音抑扬顿挫、阴柔阳刚，让女声高亢尖越，男声雄浑嘹亮，人有七情六欲，于是有了歌唱，乃至发展成种种戏曲……

前一个小时，我采访了柔情绵绵、缠绵悱恻的演戏的康桥越剧团，接着，我又开始采访充满阳刚之气、慷慨激昂唱曲的沪剧团。

二者都是我们社会不可或缺的文化花苑之葩。

受访者名凤君杰，康桥申康沪剧团团长，他中等身材偏高，两眸流露出聪明和才气，浑身洋溢着孜孜不倦奋发向上的朝气，他一上来，就自我介绍说：

"我家住康桥，凤这个姓，在宋朝的百家姓中没列入，所以有可能是少数民族那一支迁徙到这里来的，当然是年代久远了。"

我说："宋时文化比不上现在，那时只列入400多姓氏，现在超过一千姓氏，我上次在网上看到当代百家姓，凤姓排列并没有在最后面，还是中间的呢，因为那百家姓是以人口多寡排列的。"

他点点头。我问他怎么会做沪剧事业，因为据我所知你还是一个企业家呢？

"是的，我确实是半路出家，开始在村里当干部，又办过电缆厂，但我们家却是戏曲世家，因为我父亲是嘉兴锡剧团演员兼会计，一生钟爱戏曲，我妻子秦梅是专业沪剧演员，上海紫勤沪剧团里演花旦的，我妹妹是太仓沪剧团演员。所以当我从村里出来办企业后逐渐走向了半工半戏的道路，当然，在这么一个戏曲家庭长大，耳濡目染，加上自己遗传了父亲的好嗓音，一开口唱沪剧就像模像样了。况且无论在念书、在村里，逢年过节，组织上搞文娱活动时，我的一曲沪剧总让大家倾倒，大跌眼镜的。"

说到这里，凤君杰深情地对我说："姚作家呀，沪剧是上海一带的地方戏，唱曲慷慨激昂，激人心弦，很有感染力的。比方《黄浦怒潮》写王孝和的，《芦荡火种》写新四军写阿庆嫂的，革命红戏，看后使人心潮澎湃，革命志气陡增的……"

"同意你的观点。"我说，"越剧也许始于浙江山区，山清水秀，所以唱曲悠长细腻缠绵，而沪剧因为有奔腾呼啸的长江，流淌千百年的黄浦江为依托和熏陶，因此阳刚多些，缠绵少些，但两剧八仙过海，各有千秋。《红楼梦》说女人是水做的，越剧也许诞生时心有灵犀，也可如此比拟，所以两者刚柔相济，组成了戏曲界的方方面面的灿烂！"

"说起沪剧，上海一带，大概90%以上的人都了解，30-60%的人会哼上几句。"凤团长说。

"我从小学起，也跟大人随便哼几句的，我在学校会演时曾唱过沪剧。冤有头来债有主，东洋人，庄老四，后面还有主凶人……这一段。"我对他说。

"姚作家，你的嗓音挺好的，你少时不去考戏曲学校或者考沪剧团，可惜了。"

"承团长话好，少时开始我的理想就是当个作家……"

"但你是一个沪剧爱好者。"

"差不多，确实蛮喜欢的。"

"可见沪剧在上海地区涉及的面这么广！"他面露喜色地说，接着又告诉我：

"成立康桥申康沪剧团，始于2008年，那一年文化中心举办沪剧大家唱，不拘人群不拘职业不拘年龄，只要会唱，就可以报名，再进行筛选，之后到文化中心去唱，这消息一出，好多好多人去报名，盛况空前。"

当时文化中心领导王卫萍非常热心重视这件事，她知道我有这方面的基础，让我帮助组织管理这件事，还让我组织乐队为大家伴奏。我就请来上海沪剧团一级主胡唐仁忠、妻子王三妹（名演员）担纲，其他请本地的乐人组织成乐队，组成阵营较好的伴奏乐团，当活动开始时，每周两次的'沪剧大家唱'场场爆满，热烈非常，300个座位的剧场每次来五、六百人，根本坐不下，好多人就站在墙边走道，甚至门外，痴痴地听、欣赏。这种盛况延续了十二年，坚持不懈，沪剧在康桥越来越让人喜欢，深入人心。

在'沪剧大家唱'活动的基础上，文化中心让我遴选有基础、潜在素质较好的人员组建申康沪剧团，目前，我们有成熟的演员 20-30 人。我们协助文化中心办'百姓戏台'，每周组织一次，由我们剧团人员排演和演出，我们团员年龄在 40-60 岁之间，有在职的，也有退休的，每次演出三个小时，演折子戏为主，与沪剧大家唱一样，300 座位的剧场每每来五六百人，满满当当，还有不少人加座，在走道、门外，场面热烈欢腾使人动容、感动……

那时，我们不仅在康桥活动，还拓展视野，积极和周边地区剧团交流、取经，我们先后和三林、塘桥、宣桥、祝桥等几个剧团交流演出，搞得风风火火。

我和妻子秦梅在自己剧团演，也到兄弟剧团演，比如我们演曹禺的剧本雷雨时，我演男主角，妻子演女主角，我们一共演了五场，得到了领导和观众的肯定和喜爱。

我们演沪剧'白玉天鹅'，开始作者将剧本题名为'春花飘香'，我读了剧本后，感到一只白玉天鹅可以串起全剧，串起了兄妹悲欢离合的故事，更突出主题，所以改成这个名字，一共演了三十几场，甚至在华东地区会演时得到银奖。

随着时间的推延，更因为我们的努力，我的剧团越来越受到群众的欢迎，但因为人手少，难以满足群众日益增长的对文化方面的需求，经领导同意，我们引进一个剧团（浦文沪剧团）和我们团在康桥联袂演出。他们呢原来在赵行、新世纪那儿活动，属于浦东艺术指导中心麾下的，在华东演出时得过金奖。来康桥后做了好多工作。我们两个团队互相切磋，取长补短，都有长进，双赢！

十几年中，我们团和个人获奖多多，比如：

2015 年获浦东新区一等奖（演白玉天鹅）华东地区会演银奖。

2017 年区文化中心老年协会戏曲比赛，演'苗家儿女'获一等奖

同年获康桥镇演出一等奖三次，折子戏'家''洞房''王孝和'。

2015 年秦梅获上海市沪剧乡情比赛二等奖。

2015 年凤君杰被评为康桥沪剧领军人物。

……

十几年中，凤君杰团队还为康桥沪剧事业的发展做了不少工作。比如浦东老宅的王总，它的建筑初具规模后，他表示将来将此宅捐给国家，因此要让宅子增加些文化气息，他和凤君杰联系后，拟在宅子里打造沪剧的文化活动'沪剧大家唱'，不卖票，凡是喜欢沪剧的群众、票友等等都可以来台上过一把唱沪剧的瘾，而且确定每月 15 日举办，不管刮风下雨，天寒酷暑，雷打不动。凤君杰团队为王总老宅文化做筹备和管理，几年中取得了较好的效果，反响颇佳。

由于他们的努力，康桥申康沪剧团轰轰烈烈地开展活动，形成了气候，那次年会，他们请了上海沪剧作曲家奚耿虎及其妻子严凤芳（诗人胡天麟前妻，沪剧演员）专门为浦东老宅'沪剧大家唱'《老宅风光无限好》进行谱曲，让推陈出新，有新创意的沪剧唱给广大听众听，丰富群众文化。

我问："凤团长，这十几年中，你们一定会碰到一些困难或者说不如意的事吧？"

"当然，一帆风顺不大可能，如果我说没有一点困难谁也不会相信的。"凤君杰莞尔一笑，这样回答我。

"那说给我听听吧。"

凤君杰沉思了一下，仰起头，说：

"为了演出，碰到难题，我们遵照公事为主私事靠边的原则，坚持忠孝不能两全的原则。2014 年，父亲逝世，风俗习惯必须停止一切娱乐活动，可那时正在排演《大雷雨》，我们夫妻是主角，而演戏日程是早就定了又公布出去了的，怎么办？演出是公事，留家是尽孝，二者矛盾又相悖。妻子说我们留下吧，请人代替我们，又一时找不到合适人选，妻子就坚持留下，宁可不演了。我就对妻子再三劝说，如果我们不演父亲在天上也会不安的，他生前一直教导我们以事业为重，经过我再三劝说，最后来个两全其美的办法，妻子留下我去演。得到领导和群众的好评。"

凤君杰团长告诉我：最近他们正在排演《恩爱仇》大戏，不久就能和观众见面了。

我说："到时候你告诉我一下，我一定来欣赏学习你们的沪剧高手和明星的风采！"

"演员吧，明星高手谈不上！"

他深深吸了一口气："不过，话又说回来，十几年的心血和努力没白费，我们沪剧在康桥扎了根，广大群众通过我们努力更喜爱沪剧了。因此，当2015年网络上选举的时候，我以高票当选为康桥沪剧的领军人物，这是广大群众尤其沪剧迷、沪剧爱好者的信任和鼓励！"

"那得说说，在十几年中，你们演的沪剧中哪几场是最出彩、也可以说是得意之作呢？"

"这样说吧，比较大的戏有四场，《大雷雨》《雷》《深秋的泪痕》《白玉天鹅》"

我喜欢追根究底，这是过去采访养成的习惯："比方说，看了你们的戏，受教育得启发。例子有吗？因为文艺是为工农兵的，一些好的作品能启发人的思想，陶冶人的心灵的。"

凤君杰说："有，在我们第一次演《白玉天鹅》时，散场了，一个姓张的老同志，拉住我的手说：'凤团长呀，这场戏让我触景生情，里面主人翁兄妹的悲欢离合和我少年时候遭遇竟如此相似，我儿童时代少年时代也是在孤儿院度过的，感谢党和政府给了我后来的幸福生活……所以我一直认认真真全心全意在工作岗位上多做贡献，以报答党和人民给我的恩惠！'说明，正能量的红色的沪剧作品是能给人以鼓舞以力量的！"

我又说："我们写作的人有体会，写文章先要感动自己，才能感动别人，我知道你们演戏时把自己身心全融入了人物的思想心灵之中，你能说说哪一场戏哪一段唱词感动了你，你用心来演来唱的？"

"《黄浦怒潮》中王孝和写遗书那场和唱段。老实说每一场演出我都是含着泪，到最后泪忍不住涔涔流下来，结果观看的群众也在下面流泪，满场静得一根针掉下去也能听得到。"

说到这里，凤团长站起来，放开嗓子，唱了起来：

"阿英，我很感激你，

你为我忍饥挨饿受尽苦

为了我申冤上诉未成功，

虽然驳回上诉维持原判

但你的奔走唤醒了人们……

那高亢激昂、满腔情感的唱词声音，在会议室回荡。

当凤君杰唱到"国民党法庭乱杀人！冤枉！冤枉！为我把冤伸！"，凤君杰泪流了下来，想到共产党人为革命牺牲不屈不挠地斗争到底，我的眼泪再也止不住流了下来……

我们两个文学艺术界的人，紧紧握住双手，深深体会到了文学艺术震撼人教育人的伟大力量，我们虽然是两个方面的文艺人，但为了文学艺术的复兴，在共同努力奋斗！

采访完第六个文化人，我见到了镇文化中心主任计红，自然而然地她就问我："怎么样呀？采访得？"

"感动！感慨！感谢！"我讲了六个字，计红回我六个字："经典、简洁、总结！"

我说："我被他们的事迹感动，他们自我牺牲为文化的精神感慨，感谢你为我介绍了这么好的六个团队！"

计红说："你的六个字经典又简洁地总结了他们及你的感想！"

"谢谢你！确实，他们六个团队不管温凤兰和丈夫曹钦的歌之翼文化团队，不管是张莱娣的康桥文韵朗诵队，跳舞玉妈的舞蹈队，唐根娟的体操队还是傅琍菊的越剧团队，凤君杰的沪剧团，他们都在为康桥的文化发展鞠躬尽瘁努力不懈地做出贡献！"

"我联想到，你们和抓文化的领导，比方吴志俊部长、你计红主任和凌亮主任，更是做出了努力，为康桥文化的发展功不可没！我还想问一句，你们康桥不止这六个团队，还有好多文化单位在为发展康桥文化事业添砖加瓦吧！"

"是的，还有好几家。"

"告诉我吧。"

"他们是：康桥合唱协会、康桥舞蹈俱乐部、康桥走秀俱乐部、康桥曲艺队、康桥戏曲协会等……"凌亮又告诉我："最近镇里文化部门正在申报市区级文化品牌，确认'一个村居一台戏''歌声飘扬''琵琶邀请赛'三个为康桥的文化品种。"

"他们一定也有出色的表现出彩的成绩，以后我有机会再去采访他们吧，因为我采访过的这六个单位，也许只是你们康桥文化方面的冰山一角……"

计红笑了，那笑容很灿烂，就是计红和同事以及上面领导的笑容鼓励鼓舞每个文化团队大踏步地前进和发展。

我走到 703 南窗口向前望去，忽然看到前面高楼大厦，地铁轨道，广阔的道路以及广袤大地，又顷刻闪现出一座偌大的花园：那绿茵茵的土地上，各色各样的花朵，牡丹、大丽花、茶花、杜鹃、芍药、海棠、虞美人……树木葱茏挺拔，绿叶婆娑，香樟、桂树、樱树、杨柳等应有尽有……几个园丁正在施肥、除草、耕耘……花艳树茂正是由于园丁辛勤劳作而成就的……我忽然想到，康桥的几十个团队就是姹紫嫣红、缤纷七彩的花朵和茂树，党委政府和文化中心的同志他们就是辛勤的园丁，他们的劳作，使花园的花朵奇葩更加艳丽，树木更加茂盛，文化花园越来越美丽，引人入胜，使人陶醉……

作者：姚海洪，中国作家协会会员，曾出版过《白龙港传奇三部曲》、《南汇嘴传奇三部曲》等十部长篇小说。

康桥故乡，我来了！

□ 姚海洪

披几缕五彩的霞光，
裹一束轻柔的海风，
携着亘古的爱情，
怀着时空的思念，
康桥，我来了，故乡！
你的游子已朝思暮想！

你用高耸入云的楼宇，
你用宽阔铮亮的路况，
你用一串串傲人的数字，
你用一只只动容的故事，
告诉我这里的崛起，
告诉我今天的辉煌！

"零固土"房里彻夜的灯火，
映红宏伟蓝图熠熠闪光，
嚼着白馒头凉水的汉子们，
托起一座座厂房连绵远方。

纳铁福用齿轮牵动了车辚轮啸，

百草园让千万株花草滋润心房，
康桥花苑笑声吟唱浦东开发开放，
浦东老宅让绵绵乡愁在心中回响。
百年平房灶火写就几代人情怀，
横沔老街还在诉说着人间沧桑。
文化之花舞唱着时代巨变红色初心，
新苗等村织就了新农村灿烂的新装……

啊，康桥，我的故乡，
在这里走一走、看一看、想一想，
心潮会象东海澎湃激荡，
紧紧地拥抱你不肯松放！

不要忘记你当年的苦涩，
不能忘记你那时的贫困，
是一代代人托起你的天翻地覆，
永如初见般奋斗在这块土地上。

康桥，我的故乡，我来了！
一个周游世界的游子老乡！

作者：姚海洪，中国作家协会会员，曾出版过《白龙港传奇三部曲》、《南汇嘴传奇三部曲》等十部长篇小说。

桃源胜境沪南春

□ 林筱瑾

上个世纪，浦东地区对于上海市区民众而言，交通往来甚为不便。九十年代起，伴随着浦东新区开发开放如日中天的发展步伐，浦东房地产业日渐兴旺，坊间"宁要浦西一张床，不要浦东一间房"的观念面临着重大改变。

此时，浦东外环依然是大片等待开发的处女地。一天，沪南路南端附近一片 1.9 平方公里的绿色地块，吸引了一位祖籍福建的港商王伟贤的目光：它东临周园路、西近咸塘港、南靠秀浦路、北倚外环 S20 高速。王先生考察和分析后暗自高兴，具有商业头脑的他敏锐地意识到新的商业契机就在眼前。不久后，他带着香港各方筹集的资金，开始了进军国内房地产领域的黄金时代。

出水芙蓉靓东方

世纪之交的浦东东方路东侧广场，屹立起一块绿底白字的"康桥半岛"的巨幅售楼广告，在新兴的东方路商业街显得特别醒目。售楼处超大的楼盘模型台上，一栋栋面积小巧的新独院别墅，掩映在广袤的绿树中。彼时，企业福利分房的硝烟刚散尽，对于向往美好生活的人们，成熟地段的公寓户型最受购房者追捧拥戴。然而，眼前的康桥半岛，尚如远方一位戴着面纱的清丽女子。但她浪漫的名字立刻让人联想起徐志摩的著名诗篇《再别康桥》的意境，特别是她院落式的小区布局，如楼市中的一股清流，吸引了不少人的眼光。

随着2、3期楼房顺利交付，自然景观和人工建筑的巧妙结合并以高绿化率著称，令康桥半岛在业内声誉鹊起。魅力无比的桥段，弧形的道路，给到来观摩的访者们留下美的第一印象，伟岸的法国梧桐行道树种植在道路两旁，让人们感觉似走在上海市区的小道，越来越多的人走进这个入口为简欧风格、典雅大气的新颖小区。

监督机制百事兴

康桥半岛一二期交房伊始，部分业主觉得买房前后物业服务相差大，部分业主到会所集合，要求更换物业。居委会闻讯迅速成立了工作小组，分头走访业主听取意见和建议。虽然，大家反映意见属实，但是一盘散沙式的上访集会对于解决问题于事无补，人们开始意识到业委会的重要性。业主委员会，是由物业管理区域内业主选举产生，代表业主的利益，向社会各方反映业主意愿和要求，并监督物业管理公司管理运作的一个民间组织，是业主行使共同管理权的一种特殊形式。它需按国家的法律法规有理有节地经业主或业主大会会议选举成立，依照《物权法》《物业管理条例》以及各地的相关规定的程序产生。组建业委会的诉求，得到了党支部的大力支持并由房办组织学习指导，就物业沟通存在的问题进行整改。小区多次召开部分业主代表会并提请物业领导参加，各方终于就业委会成立达成共识继而形成制度。这些年来，维护居民合法利益的业委会还吸引了各个层次业主的加入，有校长、有企业经理也有私企老板和全职太太，尤其是当下的年轻业主，有知识有精力，有时间有爱心，在选聘和解聘物业服务人员或者其他管理人换届选举、在筹集和使用专项维修资金、在改建、重建建筑物及其附属设施问题上，有了更多的话语权，业委会成员们经常互相探讨至深夜，不断促使居委、物业服务更上一层楼。

贴身物业大管家

康桥半岛房产销售后，香港开发商赚到商业上的第一桶金，随着4、5期在2003及2005年的交付，这个超大型的楼盘的影响力和知名度直追浦东高档的联洋社区、碧云社区。在交房入住后如何服务好广大业主，这成了物业面临的重大考验。王老板深感一个好社区一定需要良好的物业支持，公司旗下的盛高物业管理公司虽然已经跻身于上海三大高端物业之列，但他仍要求大家向万科物业这样的行业标杆学习。2004年起，公司花了两年时间聘请、引入万科的高级管理人才培训物业人员，取得了良好的效果。功夫不负有心人，时任盛高物业经理的毛永明先生结合康桥半岛的特色，创新地推出了管家式的服务，将大物业做精做细，管理承包到户，户户对接。2008 年他还将自己实践中摸索出来的管理理念整理出书，填补了该行业领域的空白，当时也被奉为国内住宅物业管理的教科书。

到了当今互联网时代，人机数据的交互传递和整合、沟通方式的多样性，更是让先行一步的盛高物业在同行中脱颖而出。现在，康桥半岛 200 多人的管家团队，活跃在五个小区的板块。2005 年，在社区周边马路的整治工作中，物业积极响应政府号召，配合完善了包括交通、商铺、绿化、健身这最后一公里的便民服务。2008-2009 年政府斥资 24 亿元整治全市河道，康桥地区的咸塘港、牌楼港也被纳入其中，投资近一亿元的工程，也得到康桥半岛物业的高度配合。

日常生活中，盛高物业承担着居民零星的维修、二手房的改造装修管理和各类工程服务的技术支持，为了方便居民，每一期小区均设一个物业管理服务楼，总共五个物业管理分部齐头并进，24 小时全天候的贴身服务成为"康桥"人的骄傲。

三套车前党旗飘

正如大雁长途飞行时，前面总会有一个领头雁。根据康桥半岛居委会、业委会和物业管理三方的联合运作制度，康桥半岛的党组织又建立了支部领头的三驾马车机制（居委会、业委会、物业），共同参与治理小区。他们对于问题本着"小事不过夜，大事共同商议"的原则处理，同时，招募组织自愿者进行自我管理，自我教育，自我服务。这一理念经十多年的实践成果卓著：盛高物业从二级企业升级为一级企业，康桥半岛 1-5 期三个居住区，2016-2018 年成为市级文明小区，2019-2020 年度又参与复评，今年荣获浦东新区科普示范点称号。

现在，康桥半岛居民中有在册党员共 332 人，社区党总支现有 8 个支部，党员队伍中离退休人员占 95.6%。

康桥半岛还不断深化区域化党建，拓展辐射力，积极探索红色合伙人，打造 15 分钟党建活力圈，发挥各自资源优势，真正做到居有所养。2016 年首批签约的共建单位 --- 亲和源老年公寓，吸引了包括牛犇、童正维（电视剧《编辑部的故事》中牛大姐扮演者）等知名演员前来入住；居有所学，2019 年新引进了"合伙人"奥坦文化、承办了魅力半岛"艺"起来生活艺术课堂；居有所乐，联合多家共建单位共同举办"绿色环保嘉年华暨康桥半岛居民区乐活集市"活动、"中秋浓情、欢乐国庆"纳凉晚会等等。

在人口普查工作中，党员和居民骨干成为了中坚力量，再一次发挥了先锋模范作用。2020年抗疫期间，党总支王书记发动居民报名加入志愿者队伍，在小区每户上门发宣传单指导居民防控新冠病毒蔓延。每天24小时轮流值班制，密切管控外来车辆及人员，确保了小区的卫生安全、有效地控制了疫情的发展。各支部书记也带头并发动党员的积极性投入抗疫中，半岛10个小区、8个门岗、69位志愿者、党员志愿者51人，占总数的74%。人口普查39位志愿者，党员志愿者22人，均超过半数。

绿色家园人情暖

康桥半岛辖区现在共由一至五期大小院落别墅群及国际公寓组成，经过十多年的建设，呈现出中、高档别墅、高档公寓、景观商业街为一体的大体量的城市街区。

康桥半岛居民户数3236户，商铺139家，常住人口达1万，其中来自全球23个国家的外籍人士有400多名。在垃圾分类工作中，每户康桥居民都得到社区分发的联体干湿垃圾箱，生活垃圾只需置放在家门口的箱内，小区的清洁工每日负责上门搜集。这一举措，让康桥人享受就近清除生活垃圾的便利，也倍加珍惜环境的保护，康桥半岛成为康桥镇垃圾分类示范点并在抽查和评比中始终处于领先。

康桥半岛区域覆盖一条人工湖、三条自然河，树林密布，干湿度宜人。徜徉在这片城市森林，市区不多见的鸟类如白鹭、大山雀、棕头鸦雀、白鹡鸰、珠颈斑鸠不时出现。早春，柳眼梅腮初破冻，玉兰含苞待放，三、四月桃花满天红；夏季梧桐碧连天，睡莲伴凌波仙子摇曳在康桥人家后院的绿波里，生成一幅荷塘月色图；八月金枝槲蕊香逸满楼，深秋银杏登场，纷纷飘坠金色的音符点缀着公寓楼；冬天，寒风送来了蜡梅的清芬，粉色茶花缓解了风霜的肃杀。这里堪比一座名副其实的植物公园。

绿色环保，人人有责。康桥半岛居委、物业非常注重树立人们环保意识的培养，旧物利用的意识从娃娃抓起。这些年，每年两次的闲置物品交易会是深受居民欢迎的盛会。妈妈们带领孩子把用过的玩具和耐用品拿出来交换，还有业主们书籍、工具、小家具、装饰品等。"赠人玫瑰，手留余香"，看着自己闲置老物件的生命周期被延长在邻居的生活里，大家收获了友谊，康桥的绿色，也是邻里间最有温度的色彩。

梧桐自有凤来栖

在宜居的生态环境里，康桥半岛的老龄居民比例颇高，90 岁以上的高龄人非常普遍。为了方便老人，托老所、家庭护理、社区食堂的助餐、助老服务一应俱全，物业管家和居委会还特别建立老人档案以落实一对一的重点关爱。小区的党支部也组建联盟单位，把康桥地区九家企业纳入针对小区的服务试点。一次，五期的一户独居老太太不幸腰疼发作，子女常年在国外，家中无人陪护且普通的医院不能收治。党支部王书记亲自联系联盟单位，为老太太找到匹配的护理医院，经过两周的治疗，老太太的腰病终于痊愈，远在国外的儿女对一对一管家式服务赞不绝口，家门口的服务站免除了老人们的后顾之忧。

小区有自己的艺术课堂，国画、声乐、舞蹈、时装表演、手机应用、养生、健身、手工制作、沪剧、京剧、越剧和诗歌朗诵等课程，令人目不暇接。重阳节，社区为老人发放福利物品，儿童节组织才艺表演和比赛，三八节开展关爱女性的活动。每年的居民纳凉晚会、端午节、中秋节和国庆节等的大型主题活动，增进了各期居民之间的相互了解和沟通，使小区的文化建设名声远扬。

近年，居民组建的门球队成绩优秀，获 2019 年上海城市业余联赛浦东新区"宣桥杯"门球邀请赛和新区门球协会首届个人"会员杯"活动两项一等奖，并获得 2020 年浦东新区第七届百队千人老年门球三林赛区二等奖；夜莺合唱团在 2019 年"祖国颂"康桥镇庆祝建国 70 周年歌咏比赛中，得到三等奖；京剧队收获了 2020 年康桥镇艺术节戏曲比赛银奖和铜奖；拳操表演队更是地区的佼佼者，赢得了康桥镇艺术节木兰拳展示牡丹奖，这些活动使小区的居民以健康体魄为荣，自发地投入到日常的文艺健身活动中，你我之间兄弟姐妹般的信任与配合，增加了团队凝聚力和"康桥"人的自豪感。

社区丰富多彩的活动成果，也吸引了越来越多高品质的人才入住，今年第七次全国人口普查显示，康桥半岛拥有本科学历的住户已超过总户数的90%。高素质的人口，提升了这个现代新独院小区的人口素质的水准。

敬业爱岗追梦人

走在四期的小区，物业管理的小王带领笔者参观，一路上她不时向身边路过的居民们点头致意，逢小区保洁和绿化员工，她也不忘提醒注意事项，脸上始终带着关爱的笑容，其亲和力给笔者深刻的印象。小王是一位80后来自四川的普通员工，身为康桥半岛管家服务的一员她言语中透着自豪。谈起女儿，她不无高兴地说，康桥半岛物业的这份工作，给了她安全保障感，为她在上海稳定的生活打下基础。也让女儿享受到父母在沪工作的积分政策之利，初中毕业直接在沪报考上海中高职贯通的五年制大专。如今，女儿人已经长得比她高了，小王正憧憬着和爱人共同努力工作，待女儿毕业，一家三口早日实现自己在上海的住房梦想。

浦东开发开放三十年来发展带来的机遇，使在申城工作生活的外来打工者越来越多，上海也已成为"小王"们的第二故乡。乐观与真诚写在他们的脸上，我看见为小区工作的人们都流露着阳光般的笑意。温暖微笑，融入这里的一花一木一草一树，把幢幢朴素或奢华的楼宅晕染得更富有人情味。

结　　语

春华秋实，康桥半岛从新世纪走来，已经十多年过去。围墙边的杉树如忠实的卫士高高耸立，公寓边的银杏树长到了6楼之高，秋日的林园被染作金色的森林，让人振奋……康桥半岛依然在成长，她挺拔向上、开枝散叶，并沉淀出优雅的底蕴，幽静深邃而宽广。徜徉其中，对于3000多户居民而言，她是孩童们嬉戏的天堂，培育初心的乐土；她是负笈少年立志和梦想开始的地方；她绿色的臂弯，是奋斗者们停歇和充电的港湾；她更是乐龄长者唱一曲归田园居、诗酒回味人生的理想之境。

她，大隐隐于上海沪南外环的一角，美若桃花源。

作者：林筱瑾，室内设计公司CEO、自由撰稿人。

康桥，我要带走你那几片云彩

□ 唐佩军　何国胜

改革开放阵阵号角中，浦江左岸，沧海桑田，高楼林立；东海之滨，商贸繁荣，气象万千。高歌猛进的城市化进程中，无数精英汇聚浦东，多少农民华丽转身成为都市居民，多少村落农居变成整齐划一的居民小区，康桥花园居民区就是其中之一。

舞动的云朵

康桥花园居民区位于康桥镇西北部，辖区南至外环线 S20，北至康花路，东至咸塘港，西至康杉路。这是一个典型的高密度居民集聚区，30 万平方米的面积，居住人口达 11192 人。总户数 3958 户，商品房 3527 户，动迁房431 户；门面商铺 240 家。辖区内共有 13 个小区，其中 9 个商品房小区，3个商住两用房小区，1 个动迁安置房小区。9 个老式商品房分别为：康桥花园、东园、南园、明纶园、北园、康馨花园、百舸馨苑、东缘公寓、颐盛御中环C 区；3 个商住两用房小区为瑞景公寓、阳光大厦、建华铂中环；1 个动迁安置房小区为颐盛云锦苑 D 区。

由于人口密度大，居民文化修养、年龄结构参差不齐，康桥花园居民区也曾产生各种纷扰：高空抛物，垃圾乱放，午间赶工的装修噪声，夜间扰耳的麻将声、音乐声、宠物叫声，还有挤占公共空间、搭建违章建筑、占用楼梯空间、上下层漏水、占用车位……凡此种种，都会引起邻里纠纷、街坊口角。

为解决这些问题，康桥花园居委会在居民睦邻关系等方面做了大量工作。在他们看来，睦邻关系和谐是文明小区、宜居小区的重要标志。居民区的主体是居民，营造和谐的睦邻关系，不仅要服务居民，为居民排解纷扰，更要潜移默化，提升居民睦邻关系意识。于是，以"和谐邻里情，共筑宜居梦"为主题的"睦邻节"应运而生。

上午 9 点，康桥花园党总支书记王晓晨致辞，活动拉开帷幕。王书记的话语洋溢激情："康桥花园党总支将致力于把'睦邻节'打造成为社区特色品牌服务项目，使之成为居民交流、展示、互助的重要阵地，让社区成为沟通邻里感情、促进邻里和睦的纽带，成为社区居民互相认识、互相交流、互相帮助的平台。"他向广大居民发出号召："让我们共同建设幸福美好的家园，为促进宜居康桥做出应有的贡献。"

睦邻节创意游园活动内容丰富，有："垃圾分类猜猜看""缤纷花园拍拍看""奶盒变废为宝""绿色花园回忆树""爱心物品交换对联"5 个板块次第展开。瞧，8 位家庭主妇、还有一位五六岁的小女孩，手捧改制的奶盒上台亮相。原本饮用后废弃的奶盒成了精致的装饰品。6 位大爷大婶身穿淡紫色饭单鱼贯上台。饭单上印制的"绿色惠花园"字眼是那么的醒目。热烈的掌声中，他们从居委领导手中接过红彤彤的荣誉证书。这荣誉证书可是他们积极参与小区"爱绿护绿"行动的嘉奖。游园活动现场还设有"友邻友爱益起来"置换集市，前来参与的居民络绎不绝，纷纷在各个点位打卡。

"和谐邻里情，共筑宜居梦。"睦邻节多维度、多元化地融合了传统与现代多种元素，营造了"人人参与，民众共沐邻里情"的浓郁氛围，大力弘扬了社会主义新时代的敦亲睦邻风尚。欢声笑语中，居民们走出斗室，打破钢筋水泥与防盗门窗之间构筑起来的邻里壁垒，共聚交流，增进友谊。一份来自康桥花园居委会的报告显示：2018 年年内，康桥花园居委会排查调处居民矛盾纠纷 35 起，成功率 100%，其中包括康馨花园小区周边建房引发的矛盾冲突；受理各类 12345 市民热线 148 件次，办结率 100%。

除了举办睦邻节，康桥花园居民区还利用传统节日等多种途径举办活动，吸引居民参与，增进睦邻友谊。如中秋节组织"月雅茶浓"中国茶文化沙龙，发动居民手制古风宣纸花草灯悬挂居民楼，自治金花卉点每家每户拿来点心、菜肴、水果一起赏月……

屡屡耀眼的橙色

"绿色惠花园"是康桥花园居民区 2018 年启动的自治金项目。

王晓晨说："'绿色惠花园'自治金项目，要通过'1+3+N'的居民议事平台，来完成了小区环境改善的阶段性任务。'绿色惠花园'的每个活动都围绕'绿'字下功夫，重点关注小区内居民关注度高、受益面广、影响力大的社区活动。

同时，还将结合垃圾分类要求，保护环境，减少垃圾占地，变废为宝。"如，东园小区原有一块多层楼房之间百余平方米的不规则空地，很长一段时间，这里荒草丛生，杂物凌乱。后来一些上了年纪的居民在此开垦荒地，种上自家蔬果。种植蔬果确实可以增加绿化，却破坏了小区整体美观，而且容易引发邻里纠纷。自治金项目启动后，将这里定为"绿色惠花园"公共蔬果园驻扎点，成功将问题化解。

2018年初，康桥花园居民区党总支与自治金项目小组认真听取居民意见，经过多次专项讨论，制定了一项定点建造居民区内"公共蔬果园"的计划。首批定点放在东园小区和百舸馨苑小区，重点内容是以志愿者形式，招募"我家一米蔬果园"认领对象。为了推行项目，居民区集中举办了多场以"绿色家园，绿色环保"为理念的"绿色惠花园"系列主题活动。项目得到许多热心居民的响应。绿色惠花组志愿者团队建立起来了，第一批20名志愿者成立了绿化组，第二批新增10名志愿者成立了花卉组。志愿者中有本地居民，有迁居康桥的新浦东人，也有外来打工者。志愿者手执铁锹，清理场地；挥舞锄头，翻土培土。场地整修好了，他们自行设计，铺设园内曲径，制作园内设施，种植草木蔬果。瞧，那搭建的木质紫藤廊棚，顶端梁木齐整，雍容典雅，底下配有长条木椅，坐在上面小憩片刻，舒适畅快。那花卉棚架，高低有致，层次分明，配上窗棂式木格子背景，摆上各色盆景，真是古色古香，绿意盎然。陈红阿姨人称"花痴"，整日侍弄花卉不觉累。园中的花卉，一大半是她从家中搬来，或是从市场上买回来的。别看这些大爷大妈志愿者，个个都是能工巧匠，人人称得上是园艺师。

经过志愿者近半年的努力，两个"公共蔬果园"成为了真正的小花园。东园小区那块百余平米的不规则空地，如今焕然一新。志愿者们在蔬果园中插上铭牌，称蔬果园为"凝心园"。"凝心园"凝聚了大家的心，成为居民过节聚会的场地。

"凝心园"建成后，绿色惠花组志愿者并不闲着，他们承担起了日常照料养护的任务：每天浇水养花，隔天锄草护绿。让茉莉花、百合花、兰花等花卉争奇斗艳、好不诱人！

2019年度，康桥花园绿色惠花组被评为康桥镇优秀志愿服务项目。2020年，绿色惠花组改名为"惠翠志愿者服务队"，成员扩大至50人，有40多岁的中青年，也有身体健硕的80岁老汉老太。浦东电视台因此而来录制节目。

"凝心园"试点成功，对康桥花园其他小区乃至整个康花社区产生了辐射作用。居民区内，一个个"一米公共蔬果园""口袋公园"相继诞生，一支支爱绿护绿志愿者队伍也活跃在居民区。

云间的"书香"

康士路 2 弄东园小区，是康桥花园居委会所在地。并不显眼的居委办公楼内，除了家门口服务站，就数那一间间文体活动室，得到居民的青睐。文体活动室可是排练舞蹈合唱朗诵、模特走秀、书画交流、健身活动的好地方。

这里是康桥花园居民文化活动的中心。

2020 年 8 月的一天，在康桥镇舞蹈、模特及合唱协会支持下，康桥花园居委组织了一场"展现花园风采，释放夕阳活力"主题文化交流会。

舞蹈排练室里，花园舞蹈队模特队列队站立，抬臂沉腰，正在现场走秀表演。队员们有模有样的台步和动作得到指导老师的称赞。聆听辅导老师讲解表演的手位眼神、表情的展示、气息的运用以及对作品的内心理解，队员们边学边练，受益匪浅。

合唱排练室里，花园米兰女子合唱队辅导老师王雪芬、芦立强和康桥镇合唱协会以及中邦、半岛、绿地、康城等五个团队辅导老师相互交流。排练方法、各音部排练要点、团队经验总结成为他们共同的话题。在花园器乐组现场伴奏下，一曲《我和我的祖国》合唱将交流会推向高潮。歌声吸引许多室外居民驻足，有的一起加入了合唱。

健身活动室里，花园木兰拳队队员着装列队，抬臂踢腿，甩腰托掌，十八式木兰拳一路打来。康桥镇木兰协会龚老师点评讲解，示范拳路，纠正队员们的动作。队员们高兴地说，有专家指导真好，一场讲解胜过十次排练。

此次参与交流活动的全是一些"银发"老人，他们退休后拥有大量的空余时间，且多年的工作积累、生活的阅历，带给了他们别样的人格魅力，让他们成为居民区文化团队的精英。

王雪芬，康桥花园居民区文体领军人物。她从事基层文化工作十多年，音乐是她的生命。1998 年她考入上海茉莉花合唱团，2005 年进入浦东康桥之声合唱团，2006 年组建了康桥花园合唱队（2018 年命名为花园米兰女子合唱团）。十几年来，她一如既往负责合唱团的团队建设、声乐指导、电子琴伴奏、现场指挥等工作，带队多次参加区、镇合唱比赛和展演，先后获"雪山杯浦东老年合唱展演"三等奖、康桥镇庆祝国庆 70 周年歌咏比赛二等奖等多项奖项。

"一枝独秀不是春，百花齐放春满园。"为丰富居民文化生活，吸引更多居民参与社区活动。她协助社区文体办组建和完善了11个文体团队，包括康桥花园居民区的朗诵、舞蹈、太极、木兰、模特、腰鼓等文体团队，建立了由核心人员组成的"康桥花园艺友汇"，以及各团队微信群与考勤制度。

天道酬勤。近年来康桥花园居民文体团队喜报频传：木兰队参加上海市体育局组织的全国（佛山）比赛获金奖；参加浦东新区业余体育比赛，太极队获一等奖，木兰队获二等奖；社区一台戏被评为康桥镇十佳优秀节目；自创自编自导的舞台剧《垃圾分一分，环境美一美》被拍摄后选送市相关部门参评。

康桥花园的书画组，人数不多，却精英汇聚。徐伟业，书画组负责人兼辅导老师，上海东方画院画师、上海徐悲鸿艺术研究会会员，曾任上海汽车工业集团职工美术书法协会会长，曾师从上海画院陆抑非学画，作品多次参加江苏省画展、全军及南京军区画展、上海市职工画展。顾筱易，中国书画家协会会员，擅长书法、国画、油画，名列《中国书画家大辞典》。2006年"聚焦中国，放眼未来"作品以国礼赠美国文化管理机构官员和马来西亚官员；2007年微型小楷获世博银发使者奖；2010年作品《争奇斗艳》入选"中国书画家大典"和《盛世巨匠 --- 中国当代书画名家赏析》；2020年获中国文化艺术杰出贡献奖和荣誉称号。还有孙柏雪、高中凯，书画作品都颇有功底。书画组不仅在各类画展比赛中为康桥花园摘金夺银，争得荣誉，在居民区的许多活动中，挥毫泼墨，增添浓浓文韵。

康桥花园文学组有二位笔杆子。文学组组长薛肇丰，毕业于上海第二教育学院中文专业，高级政工师。他当过兵，复员后在上海航天系统长期从事基层宣传教育工作。1978年开始业余文学创作，主攻诗歌创作，先后结集出版诗文集《草叶集》《诗博·上海》等7部。抗疫中还写了不少诗，出版集子一本。创作组政治指导员殷博义，热爱写作，累计创作诗歌散文小说杂文等作品几百篇，曾结集散文集《竹风》、诗集《沉香》等。居民区的新人新事，他们有感而发。他们的许多诗文，成为朗诵组朗诵的本子。

……

康桥花园居委着眼社区文化建设，善于挖掘人才，组织人才，为老年人打造老有所乐、实现自我价值的平台。许多老年居民退而不休，发挥余热，积极参与活动，成为居民区治理和文明创建的"生力军"。文体团队的活跃，丰富了居民业余文化生活，提升了居民区的文气，加快了社区文明建设的进程。

彩霞间的光束

王晓晨，康桥花园党总支书记。80后的他中等个，双目炯炯，初见面就给人精干利落的深刻印象。他当过兵，在康桥镇动迁办、社工站、信访办、联勤中队任过职，担任过营房居民区、公元三村、梓潼居民区党支部副书记、支部书记、总支书记，2017年12月调任康桥花园总支书记。

在居民眼中，王晓晨是康士路上的"789"小巷书记。疫情紧张的那段日子里，康桥花园居民区社工微信群聊有这样一段对话："他天天这样，真的服气。""如果不是书记以身作则，下面的人也不会这样有干劲。""虽然累，但我们都不说，我们都体谅书记。""他现在是'789'（书记）。"

称王晓晨是"789书记"，是因为他每周工作7天，早上8点上班，晚上9点下班。在常人看来不可思议，在王晓晨身上却已是常态。

每天，居委办公室、小区出入口、居家隔离户的家门口……凡是社区需要的地方，都有王晓晨的身影。为控制疫情，他忙碌奔波。那天晚上11点，刚下班到家的"789"书记接到物业一个电话：一位从湖北黄冈返沪的业主被居民堵在小区门外。王晓晨赶到现场，一边缓解返沪人员的焦虑情绪，一边安抚本地居民的恐慌情绪。安排好返沪人员暂住隔离的地方，时间已经跨过了零点。第二天上午，"789"书记亲自对返沪人员进行了身份确认、行踪登记、身体健康检测，确保周边居民安全。有社工说："书记太忙了，这些问题可以交给我们处理。"王晓晨说："有风险的事情，我不放心交给你们。"

"789"书记的妻子也是一名奋战在防疫一线的社区工作者。夫妻二人无暇顾及儿子，将儿子送去了外婆家。2月11日凌晨，书记的父亲重病复发送入医院。书记陪同送医、检查，一夜未眠。天亮了，他来不及等检查结果，毅然回到了社区岗位上。父亲住院手术及治疗期间，书记只探望过两次，每次均在2小时内返岗。

不仅是疫情期间，日常的居民区工作，他也坚持站好每一班岗。"党委把我提到岗位上，寄予厚望。我就要把工作做好，为居民服务好。"王晓晨如是说，话语朴实而坚毅。

2019年度，王晓晨被评为康桥镇精神文明建设优秀组织者。面对荣誉，他谦逊地说："是老书记留下的底子好，是班子堡垒作用发挥得好！"说起班子成员和他们的故事，王晓晨如数家珍：郁斐、张秀慧、曹亚维，还有社工凤涛、苏嘉依……

郁斐，康桥花园居委会主任，一个颇具传奇色彩的新时代女性。面容姣好、秀外慧中的郁斐，1975 年生于浙江省湖州市。工商管理专业毕业后，她应聘考取了湖州市事业单位，一干就是六年。1999 年，她辞去公职，跟随同学赴上海打拼，在一家品牌服装公司任职。十年间她从营销做到高管，年薪税后就达 30 余万元，可谓风生水起。一次冒充客户造访上海丝绸集团，巧遇现在的老公。两人一见倾心，喜结连理，新房就安置在浦东康桥花园。不久，老公开办了自己的公司，两人夫唱妇随，事业红火。为了女儿更好成长，2015 年郁斐在康桥花园安心当起了家庭主妇。

郁斐外公和舅舅都是专业文艺工作者。从小耳濡目染的郁斐，尤其喜爱文艺。她先是报名参加了康桥花园舞蹈队，后被选到康桥镇的舞蹈队、模特队，一连主持了几次文化活动。郁斐性格开朗活泼，善解人意，工作能力强，又善于交际，大家都喜欢上了她。

2018 年郁斐是康桥花园居民区居委会主任。居委工作千头万绪，宣传文教法治、处理居民公共事务、调解民间纠纷、维护社会治安、公共卫生、优抚救济等等，缺一不可。在党总支支持下，郁斐全身心投入了居委工作。她认真倾听居民意见，充分发挥小区业委会、楼组长的作用，针对管理中存在的问题，以点带面，切实加以改进。

郁斐善于与居民沟通交流，许多爱提意见的居民最后都乐意地担起了楼组长的责任。舞蹈队有一位队员老娘病危，一次演出队里没给她报名，导致她和队长产生了误会。郁斐挡在队长面前解释，队员反而和郁斐闹得更凶，但郁斐只是找了队员的熟人婉转做工作。那位队员终于感到难为情，主动和好了。东园小区居民徐耀成，对居民区管理提了很多意见，郁斐不以为烦。老徐喜欢写作，郁斐借书给他看；老徐喜欢拍照，每次活动郁斐就把照相任务托付给他。让队员各尽所能，团结一致，向前看。

2019 年度，郁斐被评为康桥镇精神文明建设先进个人。王晓晨书记说："郁姐很优秀，康桥花园如今取得的成绩，有一半是她的！"

还有洪伟国，康桥花园百舸馨苑小区党小组组长、业委会主任、居民组长、康桥镇巡防团成员。洪伟国原是大众交通物流公司的工会主席。2015 年退休后，他很快融入社区生活。百舸馨苑小区共有退休党员 13 名。作为党小组组长，他把党建工作放在首位。小区宣传栏内，他张贴了每个党员的照片，高高竖起一个党员一面旗帜，让居民认识每个党员，监督每个党员。结合国家大事和小区好人好事，他每月出版一期专栏，5年来雷打不动。新冠疫情刚在武汉暴发，他就联络党员，发出倡议，党小组捐款 1.1 万元，他本人捐款 2020 元（捐款日是 2 月 20 日）。在党员影响下，百舸馨苑小区共有 70 多人参加。款额共 1.85 万元。

为创建文明小区，洪伟国建起了"百舸通"微信群，发起了"一户一特色"文明楼评比活动。百舸馨苑小区有 23 个门楼、299 户居民。党小组和业委会、居民组联合，先对每个门楼评比，环境卫生整洁、底楼有盆景、挂有文明公约、邻里关系和睦的挂上"馨花楼"的文明楼匾额。第一批有 15 个门楼挂牌。再评比美丽楼道，落实到户。美丽楼道要符合一定条件，包括走进楼道要有地毯，地毯要经常洗刷，楼道整洁不乱堆杂物等等。第一批 16 户被评上美丽楼道。

徐志摩的《再别康桥》是对往昔生活的怀念，有着惜别之情，也有理想幻灭后的感伤之情。但是我看到的康桥，康桥花园小区，我想，假设徐志摩能穿越时间的通道，能看到康桥，还有康桥花园小区，他不仅仅有着惜别之情，更应该有点燃理想的火焰，燃烧起他对美好生活追求。

我离开时，向康桥花园小区、向康桥挥挥手，一定要带走你的几片云彩。

作者：唐佩军，浦东作协会员，曾先后出版散文集《脆麻花儿香》《石斛花开》和杂文集《管中窥豹》三部文学作品集。

作者：何国胜，浦东作协会员。著有评论集《他山之石，品味书香》等作品。

百年老字号中药世家的神韵

□ 严志明

初冬的一个晴朗的早晨，我从市区驱车赶往浦东。当暖洋洋的太阳为车子上的玻璃霜花涂上瑰丽的暖色，窗外，冰冷而清凉的空气增添了整个世界的纯洁和宁静。收获后的土地进入了酣眠中，显得苍凉和厚重；路边的树木花草都披上了寒霜；河流也停住了往日浮躁的喧哗，灿烂阳光，给阴冷的初冬带来了无限的温馨……。

在地处浦东新场镇古博路 98 号的康桥中药饮片有限公司厂区内，各车间职工忙碌着，奔波着，整个厂区生产线热火朝天，一派沸腾。

走进厂区，干净又宽敞的厂道，绿茵茵的草地，常青挺拔的树木，拔地崛起的一幢幢高楼，给人以不尽的遐想和深沉的思索。

这是一家集中药饮片采购、生产、加工、炮制、仓储等一体化综合性的全品种生产的中药饮片生产企业，年生产总值 5.5 亿以上，产品覆盖上海，走向全国。

在一间明亮宽敞接待厅里，看到精雕奇美的各类石头的摆件，看到洁白墙上悬挂的一幅幅书法家为百年老字号——益大康桥题的字匾，倾听着播放"中华医药，国之瑰宝，源远流长，屹立永不倒，神农尝百草，造福苍生知多少……一曲气概豪迈的抒情《益大文化之录》时，我激情兴奋起来，仿佛自己触摸到这个百年老字号益大的魂。是啊，当今的康桥中药饮片有限公司与创建于清朝宣统年间的陈氏益大药行有着血肉联连的渊源关系。益大药行祖业是由陈心一先生于清宣统二年在上海市老城厢外咸瓜街协兴里二号创办，兴旺家业，中药经营，加工炮制等业务代代相传，延续不断。秉承祖业，传承家业创造发展，子孙后辈的发展空间被拓宽，也成就了历史中祖业传承家族延续的一段佳话。

百年老字号祖业传承，历史中医学延续，民族健康才更有生命力。

他每天清晨来到公司，习惯地站在窗前，放眼四望，原野依旧，清水长流，张江科学城沐浴在朝阳光辉之中，满天云霞，意境横生。他思索着，一个人活着就是要对社会作出一点贡献，奔腾着一股无所畏惧，永往直前的力量。

他叫陈维荣，今年60岁出头，上海康桥中药饮片有限公司董事长。担任了许多主要社会职务，中国中药协会中药饮片专业委员会副理事长，上海市中药行业协会副会长，上海市食疗协会副会长，上海市科普教育联合会常务副会长，浦东新区中医药协会副会长等，荣获"上海市光彩事业先进工作者"等多项荣誉称号，重量的社会担当，沉甸甸的奖章，印刻着他长期致力于中药事业的传承发展的风雨岁月。

八十年代初，陈维荣跟随父亲学习中草药业务。一路走来，有汗水和辛酸，也有收获和喜悦。学中药无止境，在这条漫长又艰辛的路上，他一直有个梦，秉承祖业、传承家训创新业的梦。

把梦变成现实，需要付出大量艰苦的劳动和努力。他清楚地记得，那是1986年，他担任周西药物加工厂供销科长，为了四处联系中药药材业务，发展企业生产，憋着一股劲，千方百计地开动脑筋，争取逐步扩大生产和经营。是种子，总是会发芽的；只要耕耘，总会有收获的。

陈维荣顽强的韧性在逆境中只有奋发，而不会消沉。他的成长道路是十分崎岖不平的，但他执着地追求，顽强地拼搏，一步步迈向他心中的目标。

在采购中草药材艰难的日子里，陈维荣吃苦耐劳，风雨兼程，坐过长途汽车，乘过绿皮火车，骑过小毛驴，走进人烟稀少的村落，深入深山老林，到过边陲小寨，不知疲倦地走遍山山水水，天涯海角，精心采购中草药材，风尘仆仆奔走于全国各地，留下他奋斗者行行有痕脚印。

当我有缘与这位有着丰富办企业的董事长晤面时，当我坐在他的那间有着现代气派的办公室里，听他如数家珍似的谈着办厂创业之路时，越加深切感受到，中国的经济腾飞是太需要这样有才华又有睿智的企业家！

那是1978年党的十一届三中全会召开后，改革开放的澎湃激荡春潮，席卷神州大地，万物复苏，到处呈现出一派勃勃的生机。1981年春天，陈维荣先生满腔热情地进入原周西公社中心大队创办的综合厂，开始了心仪已久的中药职业生涯。由于从小对中药耳濡目染，心灵中早已烙下了中药的印记，再加上工作中得到父亲的亲身带教和自身矢志不渝的奋斗努力，很快在企业中崭露头角，脱颖而出，成为一名中药知识扎实、生产经营有方的业务骨干。

1986年，三十岁出头的陈维荣进村办厂，成立了周西药物加工场，到20世纪先后相继成立上海康桥药业有限公司，上海康桥中药饮片有限公司。

2001年仲夏季节，陈维荣担任公司董事长，上任时，没有洋洋洒洒的就职演说，平常口才极佳的他，在就职会上，发表时间不长，但极有鼓动力。

员工们从他提出的办厂方针中，对本厂的前途充满了信心。

"修合虽无人见，诚信自有天知"的古训，陈维荣深深地印记脑海里，带领公司科技人员在日常工作中不断创新，实践和总结，逐步形成了"精选药材、工艺独到、操作精细、因药制宜、注重药效"的独特炮制技艺——益大中药饮片炮制技艺。2014年的一个阳光灿烂的日子，这项益大中药饮片炮制技艺，分别被认定为市级、区级非物质文化遗产。2020年11月被上海市列入首批上海市传统工艺振兴目录拟入选名单上。陈维荣为上海市非物质文化遗产项目益大中药饮片炮制技艺代表性传承人。

作为董事长，陈维荣并不满足已取得的成就，他始终在不断地学习、不断地思考，思考如何依靠科技进步，以新技术，研发新产品占领市场……

为了实现新的目标，陈维荣加强了在科研方面的投入，积极主动与国家中药制药工程技术中心、上海中医药大学等科研院所合作，先后完成国家科技部、发改委，上海市科委、农委等的27个项目。2018年，上海市中医药标准化培育项目《中药饮片炮制技术标准研究》被列入重点科技攻关项目。

同时，他又筹备成立了上海益大健康科技发展有限公司，投资发展健康产业。将一座老厂区改造为集健康休闲、诊疗、体验、旅游为一体的"上海益大健康体验村"，丰富内容充盈愉悦与康乐，涵盖健康产品生产基地参观、健康产品营销、健康产品使用体验，中医诊疗咨询、健康讲座、中医影院等多项项目。公司以中药世家创业创新为龙头，正在形成集旅游、健康、示范为一体，前景广阔的经济产业链。

像上海康桥中药饮片公司这样的镇办企业，在中国当今蓬勃发展的改革开放的大潮中，脱颖而出，击水中流，足以向世人显示中国改革开放的伟大成果。同样，市场经济的竞争，也培养和造就出像陈维荣这样的优秀企业家。

2009年二月底，早春。

初春的风还很凉，但已有些许柔意。春天绿色开始遍染大地。

陈维荣有一个大胆的设想，他要用园林艺术体现中药学的科学性、系统性和实用性，传承和发扬祖国中医药文化，延续国粹精华，于是，益大本草园问世。园区占地814余亩，建有中医药陈列馆，收集全国各地的中药标本，当地的中医药历史文物等1000多件；栽种了从全国各地采集而来的药用植物近500种……目前，益大本草园开展种植繁育、引种驯化、立牌标注等多项科研示教功能，现已成为上海市中医药大学、上海第二军医大学及众多上海医疗机构的中药实习培训基地，也是弘扬中医药文化让中医药进入校园、社区等活动项目的参观学习基地。

我的采访，完全沉浸在蓄养生命激情的冬天和浓郁的中药世家人文氛围中，在这里放射的每一道光彩，飘逸的每一缕中药芳香，发出的每一个人情怀，都是关爱与康养的希望，情和梦的实现，心灵与美好的绽放。

又是一个阳光灿烂的早晨，我到益大本草园，不是为了寻访隐逸的仙家和古老美丽的传说，而是来采访一个中药世家，一个刮目相看的本草园。

争奇斗艳的自然风光形胜，丰盈飘逸的诗情画意，益大本草园的仙境自然构成了一种十足的魅惑。置身这样的环境中，显然更容易萌发对于舒适、惬意的生活的向往。将身心融入这一片绿植幽然，长廊透迤，小桥流水，鸟语花香，这样的诱惑，岂不是自然而然且难以抵抗呢？

我怀着好奇的心情，走进益大本草园，闹中取静的园子里的树木花草绚烂迷离，早让人心醉。

在药用植物园内，种植着地生、水生和温室三大类药用植物，已种植面积 130 多亩，从全国各地引进各类药用植物近 500 多个品种。

益大本草园的一位负责人介绍，地生区有珍稀乔木类药用植物，如种植降香黄檀、金丝楠木小叶桢楠、第三冰川世纪孑遗植物银杏、百年皂角、中国独有的一种杜仲、南方红豆杉等等，有灌木类药用植物，如种植国色天香牡丹、祖孙相见的代代、祛风除湿的木瓜、西河柳等等；有木本类药用植物，如种植金银花、鸡矢藤、紫藤、凌云直上九霄的凌霄等；有草本类：如种植的花色匀匀的杭白芍、威灵仙、仙鹤草、地榆……他指着坡上的几株红豆杉，又名观音杉、长寿树、健康树，在原产地可长到 30 多米，是 250 万年前第四冰川时期遗留下来的珍贵濒危物种，有极高的药用价值，是世界上唯一可以从其茎皮果肉中提炼紫杉醇，是国际医药界公认的广谱、低毒、高效的治癌药物之一。

难怪益大本草园，专门开辟了一片红豆杉基地，新种了 2000 多株红豆杉树，亭亭玉立，绿色娇艳，有的高达十几米，但树干树直挺、欣长，价值 30 多万元。

本来被长时间跋涉所累，但却因这养身的花草清香，安逸的呼吸新空气，珍贵药用植物神奇述解，一路劳极消解殆尽。

还是一座水榭亭阁下，一方荷塘，绿水荡漾，微波涟涟。绿植悠然，有污泥不染的素荷、临风飘逸的水烛香蒲、随水流漂的紫洋，果实像鸡头一样的芡实等水生药用植物。太阳下波光粼粼，游鱼戏水，烟柳摇曳，如同一张静默的剪影，别有一种骄傲的美。

在益大本草园的河水原野间徜徉行走，分明会有一种与自然药用植物亲密而深切的融入感，它给人带来这种健康力量。这方土地，为药用物种的天然生长，创造了原生优势。500多种药用植物生长的环境，养育的各类植物的蓬勃生长，如此景象，令人难忘。

穿越林间，我轻松而愉快走进温室栽培区。这一片玻璃大棚，占地面积1400平方米。在里面一边看欣赏，一边看各种热带药用植物用途功效。什么虎耳草、常春藤、龟背竹、代代、扶桑、丹参、沙参、蒲葵……姿态万千、柔嫩妩媚。面对这样的非常奇观，却忘记了所处的地域，竟有了置身热带南国的幻境，被这清静的画面惊叹了。

这益大本草园的科研生产基地，还与上海第二军医大学合作开展上海地道药材——沪地龙的养殖研究，实验中药植物与动物的种植及养殖的技术研究，并在万祥镇开辟建有5000亩，沪地龙规范化养殖示范基地。该项目投入后，每年生产地龙干400多吨，为农业收入增收400多万元，取得了良好的社会效益和经济效益。

来过之后，我们同伴会感慨地说、与其说是本草园，倒不如说是百花园啊！每一个都能感到，血液里有了新的重量。车子开出远了，本草园的药用植物清香依旧萦绕鼻间……

采访接近尾声了，当我与他们握手告别之际，陈维荣董事长希望我们以后经常去他们公司走走看看。我们坚信他们的公司将会有更大更新的发展，坚信上海康桥中药饮片有限公司的明天将会更加灿烂辉煌！

作者:严志明，中国作家协会会员，曾先后出版诗集《挂在树上的歌》《岁月河里流音》《年轮时光的碎片》等6部和散文集《多味散记》《晒晒生活如歌》2部等文学作品

康桥的春天

□ 严志明

在这片沸腾热土蝶变中走出的历史
更能说服我 关于康桥的一切美好
是年复一日的时光 凝炼的深情
如花开的声音在原野 草木芬芳在河流边
琵琶雅韵在社区的戏台
与尘世的往事 成为传奇的影子

春天约我 有诗意的看客
从油菜花地 益大本草园 古色老街绿树
蝴蝶纷飞 在柳绿花红间飘逸出来
和风似琴 不经意地抚动
几行春天诗句

康桥 让我回放你所有灵动 神韵 惊艳
你在抚摸拔节声中崛起的幢幢高楼大厦
你在润泽块块流翠葱绿的田野
你在亲亲条条清亮碧水的河流
如清晨每一缕阳光 照亮 博动生命的活力
如每一滴晶莹露珠 濡湿生动的风声 鸟鸣 蝶舞

云朵来往的路上 一样迷失
所有的乡音 影子 遐想 记忆
全都沉醉在了让我遣绻的眷念

诗意在这里生长 春风过康桥
桃红的村庄 田野的菜花飞舞 小河清流依依
和盘拖出的康桥 入了一幅璀璨绚丽的油画

亲和源：一个美丽的港湾

□ 唐靖雲

都说人生最美的旅程莫过于回家。家，是什么？是身体的栖息地，是心灵的驿站，还是身心得以安放的港湾？

今天，我所要记录的是这样一个港湾，她座落于上海浦东康桥秀沿路，地理位置闹中取静，独特的环形大门，如打开的双臂舒展开阔，拱门正中央，圆柱体上"亲和源"三个大字，行云流水，飘逸潇洒，映入眼帘。

这是一家创建于2005年3月，融合公益特征和感恩文化，以会员制为载体，融居家、社区和机构养老为一体的全新养老机构。走进亲和源正门，小桥流水，曲径通幽，一条长廊通达到每一公寓，在公寓墙角处，蜡梅花吐蕊含笑，在寒风中摇曳。"雾里看花自繁华，闹中取静独风雅"，此地就是让现代老年人广受欢迎，堪称陶渊明笔下的世外桃源，上海亲和源养老院。

01 众里寻"她"，不负所望

随着时代快速的发展、思想观念的进步，养老事业已成为全社会关注的热门话题。亲和源，自2005年创立以来，以其特有的"会员制养老服务"品牌，一步一个脚印，深耕养老市场15年而不辍，用实际行动赢得了业界的良好口碑，赢得了广大年长者们的认可和青睐。

之所以越来越多的长者们选择来亲和源，因为亲和源跳出了"床位式"养老的旧模式，从长者的生理、心理出发，适当介护、介助，使得长者们在健康状况和自理能力变化的过程中，自由地选取与身体相适应的生活照料和精神慰藉，这就是亲和源的与众不同。

孙国弟就是慕名而来的会员之一，说起他与亲和源的渊源，真是好事多磨一波三折。原本孙国弟独居在市中心闹市区，地段繁华，出行购物都很方便，但房子历经风雨已破旧不堪，老小区无煤卫等相应配套设施，生活条件比较艰苦，日子就这样一天天熬了下来。2020 年 7 月响应政府老房子动迁，孙国弟打包行囊离开了安身立命几十年的家。

一时间，该何去何从，严峻的现实问题摆在了孙国弟的面前。树高万丈，落叶归根，何况是有灵魂的人呢？拿到了政府动迁补贴的孙国弟，想找一套周边配套齐全的房子安度晚年，来回奔走了好几个月，新开盘的房源虽然硬件好，可生活配套设施还跟不上；房源陈旧的老小区孙国弟觉得太嘈杂，挑来选去最终一无所获，内心非常气馁沮丧。

"山穷水尽疑无路，柳暗花明又一村"，就在孙国弟失落时刻，他妹妹和外甥女向他极力推荐了亲和源养老公寓，就这样，孙国弟在妹妹和外甥女的陪同下踏进了亲和源。轻轻走来，亲和源四周树木葱郁、绿草如茵，一幢又一幢公寓错落有致，人来人往的餐厅，井然有序，配套的三甲医院，随时为会员健康保驾护航，如此温暖人性化的亲和源让孙国弟一下子找到家的感觉。可因为亲和源入住的会员一下子增多，房源和户型已告急，孙国弟看中的房源都已售罄，几经等待协调，孙国弟终于如愿驻扎亲和源，他逢人就笑眯眯地说："我终于找到了，亲和源就是我向往中的家园。"

其实，类似孙国弟的例子数不胜数，亲和源迎丰会员的陈家铮，受姐姐姐夫影响对亲和源早就有所耳闻。原来在 2011 年，她的姐姐姐夫在踏访了上海 20 多家养老院后，选择落户在亲和源养老，已有十个多年头了。其间，陈家铮目睹了姐姐姐夫快乐养老的画面，在 2017 年的新春佳节，陈家铮和丈夫跟随姐姐姐夫的步伐，住进了亲和源迎丰公寓 705 房间；再后来，陈家铮女儿的公婆经过前期的观望，也成了亲和源的会员。如此抱团养老，解放自己，解放孩子，在亲和源迎丰俨然成了佳话美谈。

生命变老，是自然现象，也是生命周期；快乐养老，是关爱生命，更是善待自己。在亲和源公寓内，随处可见三三两两的长者们，有的徜徉在小河边，有的漫步于花丛中。岁月的暖，漫过时间的河，抚过久闭的心扉，在时光的斑驳深处，他们聆听到了花的声音。

02　安家落户　心驰神往

老年人对美好生活的向往，就是亲和源不断行进的目标方向。据创始人奚志勇介绍，亲和源的会员制度养老服务，是一种"颠覆"传统养老的创新模式，"会员制养老"模式拥有充分的自由和隐私，给予长者以至尊感，体现了对长者的人性化关怀，使他们的身心真正得到了安放。

"会员制养老"，其优势具体而言，就是入住亲和源的会员，关上小门有独立自由空间，打开门就能遇见一群志趣相投、情同家人的朋友。与此同时，"会员制养老"还享受着精细化的服务，覆盖了"生活、健康、快乐"等各个方面，譬如健康秘书负责为会员量血压、提供健康指导；生活秘书解决生活问题，如出门购物、维修家电等；快乐秘书则需要筹划主题活动，如节庆、竞赛、参观观摩。概括一句来说，只要亲和源会员们提出需求，秘书团队就会及时跟进并输送最快速优质的服务。

除此以外，亲和源公寓内还有一整套功能完善的多功能活动室，开设了40多个主题兴趣小组，有读书会、绘画手工、国画书法、合唱团、乐器坊、游泳、太极等，居住在亲和源的长者可以足不出户就能享受便捷的快乐服务。不仅如此，亲和源还不断发掘长者的特长，鼓励长者培养多元化的兴趣爱好，让长者自主融入到亲和源快乐养老的生活中来。

人生不管走到哪个阶段，仅仅活着是不够的，还需要阳光、自由和一点花的芬芳。宜居在亲和源的长者们，开始听从内心，追逐起年轻时的梦想。她们中的钢琴家郭慧秋，忙碌着为合唱团排练伴奏，怡然自得；94岁高龄的大胡子潘茂松，在游泳池中快活戏水，精神抖擞；七十古来稀的尚云，有着高超中医医技，耐心负责为会员们就诊答疑；迎丰公寓705的陈阿姨，成了京剧小组带头人，像模像样的旦角扮相赢来了阵阵喝彩；405的孙伯伯，多才多艺，葫芦丝、曼陀铃、茶艺、太极、朗诵样样精通，主动请缨成了各小组的骨干成员，乐此不疲。

因为爱，所以用心；因为深爱，所以以心换心。在亲和源，老人们慢慢从自己原生的家庭中过渡到亲和源这个群体性的大"家"，1300多位老人来自天南地北，有德艺双馨的老艺术家，如乔榛夫妇、童正维夫妇、"花样爷爷"、牛犇等，有一线退居下来的领导干部，也有很多朴实善良的平常百姓，彼此虽没有血缘之亲，却胜似亲人，他们在亲和源快乐度百年。

可以这么说，亲和源为长者们搭建了一个绽放老有所为的大舞台，使长者们的业余生活和社交活动得到不断延伸和拓展，在亲和源，长者们不仅找到了一种家的感觉，更有了一种认同和归属感。

"夕阳无限好，只是近黄昏。"的确，人生之旅进入"退休"，意味着自己真的老了。但直面变老，让自己优雅老去才是最积极的活法。安家落户在亲和源的长者们，他们的内心早已超然于生理年龄，他们的晚年生活，活成了自己所期待的样子。

03　亲和善孝　生生不息

"你养我大，我陪你老"，善孝两字已深深浸刻在中华儿女的血液和骨髓中。可当今这个时代，理想很美好，现实很骨感，年轻人为了996，过劳过虑拼命挣扎，作为中坚力量的中年人，上要托住双亲的肩膀，下要扛起生活的重量，中间要肩负起养儿育女，想要的岁月静好有时变成了奢望。

亲和源的创始人奚志勇感同身受着，在1990年代的某一天，出差在外的奚志勇接到了老母亲生病住院需要照看的消息，身处异地的大孝子奚志勇，心急如焚，辗转反侧。如何减负儿女身上的重担，如何开辟现代化养老，如何从传统"孝文化"过渡到"市场化孝道"，一连串的想法那一刻在他心里开始滋长。

在经过几百回的深思熟虑、艰苦奋斗后，亲和源应运而生了，"大家文化"也落地生根了。所谓"大家文化"，旨在通过建立大家庭式的社区，融小家为大家，实现个体家庭的"孝"向大家庭的集体亲情转移，把传统封闭的家庭中的"孝"转化为开放的蓝天下的至爱。

而就是这份大爱，在危急灾难面前，谱出了人间最美的华章。2020年3月18日，一场特殊时期下的告别在龙华殡仪馆举行，亲和源老年公寓主任和服务部长、亲和源的秘书和邻居们代表Z伯的家人，用深深的三鞠躬向Z伯做最后的告别。Z伯是个健谈开朗的老人，独居亲和源已有8年光景，他的家人都在大洋彼岸，时常电话问询逢年过节来探望。对于独居的会员，亲和源的管理层特别关注，会以探巡、致电等形式随时了解身体状况和心理健康状况，做好跟踪记录。在2020年疫情特殊时期，独居的Z伯慢性病突发，来势凶猛，亲和源的战略合作伙伴曙光医院，不但开通了就医"绿色通道"，得知Z伯家属在境外的情况后，在未支付医疗费用的情况下对Z伯实施急救，并不断与家属、亲和源的工作人员远程沟通病情发展情况及治疗方案。

Z伯住院期间，病情再度恶化，最终医治无效永远地离开了，亲和源公寓的管理层、秘书等工作人员，受Z伯儿子的委托为Z伯举办了庄严的告别仪式。前段时间，Z伯的儿子通过网络向亲和源发来信息，再次感谢亲和源在其父亲医疗过程中及后事处理中的温暖周到，同时为亲和源在为老服务中体现的"代天下儿女尽孝"的大爱精神深深感动。为此，他向上海亲和宇宙老龄事业发展基金会捐赠一笔善款，来支持亲和源充满爱的养老行业，来带动身边更多的人去传大爱、行大孝，让善孝生生不息，绵绵流长。

"老吾老，以及人之老；幼吾幼，以及人之幼。"有了亲和源的大家文化，才有了真正意义上的精神赡养，用住在亲和源公寓内长者们通俗的话来说："关上房门是小家，打开房门是大家。"亲和源，用行动，用担当，兑现了初心，彰显了孝行天下的世间大爱和善孝精神。

04　仰望星空　快乐同行

时光知味，岁月沉香，"老了又怎么样？"成了奚志勇的口头禅，他在激励自己，同时也在鼓励亲和源的老人们，不要被老所束缚，任何时候都可以追逐梦想，梦想就在前进的路上。

亲和源是个群英会集的地方，每一个老人都是一本书、一个故事，每一个人都有可圈可点之处。祝寿嵩老伯是一个怀揣梦想的阳光老人。1922年出生，经历过战乱饥荒，对人生豁达通透。99岁高龄的他，依旧精神焕发，思维清晰，步履稳健，声音爽利。自入住亲和源老年公寓后，他发现公寓内夏季蚊虫较多，虽采取简易灭蚊措施，但收效甚微，每到夏季，公寓内的1300多位老人，要遭受蚊虫的叮咬，严重影响了正常的休息。

祝寿嵩老伯看在眼里，急在心里，自2014年开始，灭蚊成为祝寿嵩老伯的心头事。勤于思考、爱好钻研的他，利用自己的医学知识，制作出了灭蚊三部曲，灭蚊曲线图、收集蚊尸、布点楼道灭蚊器。精益求精的他，定时定点查询园区各个楼道的蚊虫情况，做好记录做调整，一个耄耋老人，成了亲和源的灭蚊达人。

徐家晔伯伯，2014年7月入住亲和源，70多岁的他，为人沉稳低调。刚开始他参与读书会，总是静静坐在角落，显得有些"不合群"。当他真正融入亲和源的这个大家庭后，内心开始激情澎湃，他默默拿起了最爱的画笔，饱含热情地画下了《亲和源百老图》，给长者们留下了一份最美好的礼物。

"仰望星空，脚踏实地"，可以简明扼要说明亲和源这些年来的成长和发展。从2005到2020年，纵观这15年的发展历程，亲和源经历了社会认知的转变、养老产业的变革、政府导向的发展，从"至尊老人的家"到"托付一生的地方""养老改变生活""价值与梦想"，亲和源在掌舵人奚志勇持之以恒的探索和创新下，成为新型养老市场的领军场所。

亲和源，入海的一滴水，从无到有，从有到优，跳跃着，闪耀着。谈及感想，叱咤风云的奚志勇泪光闪动，有些哽咽。奚志勇觉得，亲和源的声名鹊起，接踵而来的光环荣誉，离不开亲和源所有人的付出和成全，是他们，点亮了会员制养老模式的曙光，使得亲和源被广大长者熟知、接受再到最终无悔地选择落户。

一切有形的事物都无法带走，一切无形的牵挂自在心中。亲和源，是在奚志勇苦心经营呵护下长大的，它如同奚志勇的一个孩子，亲和源的每一个长者如同他的家人，是他这一生割舍不了的情怀，未来的日子里，他将一如既往，带领长者们快乐前行。

亲和源，一个用汗水、用爱心搭建起来的港湾，宁静温暖。愿亲和源所有的长者们，在这个美丽的港湾里，细数着时光，一起慢慢老去。

作者：唐丽红，笔名：唐靖雲，作品散发于各种报刊。

拥抱你，益大本草园

□ 施国标

十月深秋，我随浦东书院诗社的几位诗人，来到了位于浦东康桥的"益大本草园"。

稍带寒意的秋风吹拂着这片绿意深深的大园，虽在秋季许多药草的花朵已经凋谢，但在遮天的树冠之下，仍是生机勃勃。这里并不是旅游景区，因此看不到游人如织的景象，但这里的布局与园林不分上下，所有建筑青砖黛瓦、飞檐翘角，还有石桥、石道无不透着古色古香的气息。随路而入，小桥流水、廊轩亭台相继而立，最令我眼前一亮的装点，是成批成排的石磨、石槽，或沿河码堆，或沿道丛放，这一切似乎在诉说着一个个更远岁月的故事。这种古意盎然的美，给人带来了一丝华夏石文化的文明。这些石头的艺术，又似乎让人听到了那些石匠们挥锤凿石的"叮当"声，听到了民间碾轧谷物的推磨声。园内无数的药草更是在这里迸发着中华药草的灵魂。

踏进门头，便是一处偌大的花坛景物，一只耀眼的金色葫芦镶嵌其中，点明了本草园的主题。葫芦本是药草的一种，但在"药人"的手里就变成了神秘的储装药器，民间流行着这样一句话："不知葫芦里装的什么药。"百姓常把一件不知晓的事儿就用"葫芦"来比喻。在活佛济公的手里葫芦更是神奇无比，它是一个永远装不满酒的葫芦；在《西游记》小神仙的手里威力更大，能装天装地无所不能；被仙人点化的葫芦娃，能斩妖劈魔，推倒山峦，弄得山崩地裂。当然这些只是神话。于是，葫芦在人的心目中被打下了深深的烙印。怪不得"园"主人要把葫芦放在门头最显眼之处，作为本草园的标志。

进得园内，宽而深成了我对这个"园"的第一概念。林与水的渲染，使这里的"秋"意更深，寒意更浓，我穿了一件两用衫也不觉暖意上来，好在今天是阳光灿烂，多少缓和了寒冷的气息，让人舒坦了许多。接待室设在一座青砖黛瓦的单厢房里，一横一正，在林间清静至极，除了有几名工作人员之外，绝无他人打扰，只有小景中的花木和草皮散发着丝丝清香。因是诗人的雅集，要进行"诗"的研讨，故有几个小时我们就在这里栖息着。这里的陈设雅而静，显得十分阔气，我不懂由什么名木做成的桌椅，只在移动一把椅子时感觉十分沉重，想必木料不会差到哪里去。花架摆放在一张宽大的会议桌台前，放着名贵的茶叶、茶具之类。会议桌台是由整块树桩对剖而成，全是原始的纹理，桌台的两边去皮后保留着原生态的模样，一丝没有斧凿的痕迹，任其顺势"起伏"，岁月留痕一览无余。我轻抚着这块厚重的木料，似轻抚着这"片"长它的林，看到了猴的窜动、涧水的流淌，这里有着生态的美。我透着窗户向外眺望，是一条宽阔的河流，近处波光粼粼，远处似烟雨蒙蒙，如梦如幻，像"挂"着的一首诗。"诗"的研讨渐入佳境，宁静的空间它本身就是一首诗，专家的坦述、诗人的心语，与这"空间"的诗融为一体，平静中有波纹，闲适恬静，这一页写得很美，写得诗情画意。

下午，安排的是游园。没有人介绍，全靠自己去解读，你有多少知识就在这里与药草对话。说个"百草"园这是肯定的，因为我不知道这有多少个药草品种，也许在这里"应有尽有"吧！我不敢说这里没有"那一棵草"，因为我是药盲，而这些诗人也大都是药盲，是凭着自我的猜测，这一棵叫什么草。但有时倒也争论不休，让气氛活跃了许多，让这方地的灵气看着这些诗人发笑。诗人们在步道上由近及深，轻松而自然，像是一个没有约束的课堂，我们三三两两地走着。"咳，这里有牌子介绍着草名。"有人欣喜地呼唤着，我急忙踩进草园去比对药草与药名，但由于是深秋了，花谢叶落，有的只是零碎的叶片和残花，看不到它的真容了。如果要说认识，也只是自家种过的花草，但更多的等着我们去耕读，学知识。但我觉得不懂这些都不要紧，要紧的是我们正在认识和读懂这座"百草"的药园，领略华厦中草药的魅力，又在敬佩园主人在浦东还留存着这一块中草药园。

步道交给天来管理，树叶飘零，踩着它，就像踩着这片园林的岁月。我现在不屑大家对一棵药草不认识而发出的稀疏的争论声，也不屑没有看到药草的美丽花朵，即使是残梗也有着它独特的魅力。美丽的花朵掉入泥土，只是秋的暂时收藏，留下的就是对你的一丝考问、悬念，就是特殊的美，正因为有着这一丝的考问，才使我们这些药盲诗人有着好奇的追问，从中来得到更多"药草"的知识。等到来年春上，一声春雷就是这片园的"揭幕人"，春暖花开，答案姗姗而来，证实谁对谁错，这也就是眼下这座"药草园"所吸引人的地方。

不知不觉，我们走进了一段石雕廊轩，青石板上雕刻了约有四十多位古代中草药圣，他们古服长须，凝视着这片大园，匠人用斧凿锈刻着华厦悠长的中草药文脉。

"喏，这里有个荷池。"我喊了一声。

荷，历来被文人墨客咏诵的主题，"出淤泥而不染，濯清涟而不妖""小荷才露尖尖角，早有蜻蜓立上头"等等这样的经典词句大多人能随口吟来。说是：池，实际是个很大的湖泊，岸边杨柳依依，湖心小亭耸立，俨然是个观景的好地方。此时的荷池显然不比夏日的荷好看，没有了鲜艳的荷花，在秋意中只留下了一张张枯黄的叶子，还有莲挂梗立的荷茎残梗。难道这是肃杀的景象吗？不，不能这样说，这也是美，是一种风骨的美，在文人墨客的笔下被称之为"残荷"，犹如西方的维纳斯，断了手臂，被称为残缺的美。是的，我读到过许多关于"残荷"的画与诗，说"残荷"傲雪顶霜，即使叶落莲垂，但荷梗依然挺立。我驻足观望，尽力去寻找这些诗人画魂所赞美的神韵，我投入了，凝视中渐入佳境，真的来了，残荷不残，寒意中我看到了残荷的灵魂，它们没有倒下，像是在说话，用自身特有的气质，倾语于大自然，若有人在，它们还把心语镶嵌于人的心间。被牵醉于这一池残荷的我，终于读懂了这一池残荷的内心世界，原来，这些残荷就是诗人，就是画家，它把心深深地交给了读者。

忽然之间，我听到了一位女诗人的喊声，她说："这棵树上的小红果可以食用，我吃过。"她叫出了这棵树的名字，但我很快忘了。她摘下了若干果子，逐一分给在场的人吃。她自己吃了，又催着别人快些尝尝味道，我胆小不敢上口，故不知是啥味道。我确信这是药的一种，又抬头张望着这棵不知名的树，这棵树长得很高，枝干很细，现在没有了叶子，不知是否被寒风扫落了的缘故，一枚枚小红果，皮很薄，堪比西红柿，透亮透亮的。就在这棵陌生的果树面前，尽管女诗人说出了它的名字，但有人仍不相信，说是有另一个名字，甚至拍了照要查"百图"，文人往往有一股犟劲，不肯轻易认输，我看着这一切，只是偷偷地笑，不介入他们的"阵"内。但又正是有了这一切，一棵树的出现又带出了一阵喧闹声，一个深深的大园内，似乎只有我们这些人在，才拨动了其中的一根琴弦，听到了一丝的声息，其余的就是沉睡。我们做了这座园的"怪人"。

步道还在延伸，眼前的一切当然是陌生。"这是一枚柚子。"又有人在喊，这的确被她相中了，这不难，因为这枚果在人家的庭院里也有栽种。有人好奇地摘了一枚，她嗅着这枚果的清香，说是带回家中好好享受。有声的触摸、无声的相吻，这些诗人好奇地在拥抱着这片林地，千年的药草相迎着这些善施笔墨的后生，在这里祖宗的魅力无时不在感染着我们这不多的几个人。

这是一个中草药标本展示馆，也是我们重点要看的地方。踏进门口，如同穿越了旧时的岁月，屋堂高而宽畅，墙上挂满了字画，首入眼帘的是一处赎药柜台，台上置着一把足以三人同时结账的大算盘，背面是一高大的药柜，无数个抽屉排列着。这一切让我仿佛看到了一位"撮药"先生，他头戴瓜皮帽，鼻架老花镜，手持一杆铜盘小秤，斜眼望着放在台上的一张药方认认真真地撮药。又仿佛看到赎药人拎着一叠叠药包在门口进进出出，那算盘也在不时地传出"噼里啪啦"的珠子声音，堂屋内药味扑鼻，一片忙碌的情景。转身走去，便是一处标本展示馆，迎面坐着的是一尊巨大的镏金药圣孙思邈塑像，神圣而庄重。移步换景，便是中药标本的展示区。在玻璃柜内存放着名贵沉香巨桩、海中玳瑁，还有各色各样叫不出名字的标本。我发现有一瓶装的居然是人的手指甲，难道指甲也能入药？我查百图，倒真是一味药。说：中医把指甲称之为筋退，它有清热解毒、化腐生机的功效。指甲清洗干净后晒干，炒成微黄色，研成粉末和别的药物一起用药，可以治疗咽喉肿痛或者口舌生疮等证，令我十分意外。众多的药材标本在特殊药水的浸润下，始终保持着原有的性状，虽有药名的提示，但展品目不暇接，无心顾及细读，只能走马观花了。两边标本柜的中间，是一条地下长道，上边用特制的玻璃盖着，人踩上去不会有事，我先是有些忐忑，后来也大胆了。这个地下玻璃柜里存放的全是白骨，很粗壮，被称为龙骨。不过我马上否定了"天"上的龙，因为天上的龙是百姓心目中的神，我敢断定这是地上行走的大型动物的骨骼，或是远古的恐龙骨骼，是从地下开挖出来的骨骼化石，现放在地下展示，大概就是这份含义。我踏在这一地下展道上，似乎踏上了千年的隧道，神秘又好奇。

进入一处药草的加工房，陈列着许多炮制和加工草药的原始工具，有石磨、铡刀、铁锅、竹匾、风箱等等，让我仿佛看到了药工们的忙碌情景：嘈杂的声响回荡于整个作坊的空间，烟雾弥漫，药工在铁锅里翻炒着中药，发出"嗞嗞"的响声，有人在铡着药草，有人双脚踏着铁盘在铁槽里磨着粉，好不热闹。这一页似乎有些发黄，但是真实的写照，现代的药草加工都用了高科技设备，但旧的不能忘却，再现了一种文明的进程，华夏泱泱五千年文明从没中断过，光辉灿烂的中医文化当然也是如此。我深感"园"主人的胸中之壑。

要与益大本草园再见了。诗人们在入口处重新回眸着那个"金葫芦"，在我的眼中，此时的金葫芦显得愈发高贵，它装着"益大"、装着"益大"人光宗耀祖的情，更装着华夏中草药发展的文明史。诗人醉了，孕育着属于诗人的诗，我则抒发了属于我自己的情。

作者：施国标，浦东作家协会会员、曾先后出版乡愁书籍《六0味感》《乡情难了》《问书看院》三部散文集。

新苗灶园， 灶就人间烟火

□ 兀　凰

　　在很久以前，也就是我们的祖先刚刚从猴子演化到自立行走的一种特殊生物时，他们在大自然面前学会了采集、狩猎等可以维持生命的生活技巧。偶尔的一次自然火灾，让他们懂得了烧烤后熟食的美味，第一代灶具——烧烤架就这样应运而生了。

　　时间游走到青铜器时期时，鼎这件艺术品又伟大地诞生。它的出现代表着权力的归属。鼎数量的多少，往往代表着享有的资源空间有多大，但本质却只是一口大锅，但是我们看到人类已经不局限于烧烤，已经开始了煮食。

　　生活中不缺的就是发明与创造，当需求出现的时候就会想到去解决。而解决的方法往往就是身边那些经常被忽略的东西。我们的祖先用泥土和火烧，制作出了廉价而方便的各种生活必需品。然后加上油彩雕刻，装饰着生活，也为后世的发展奠下基础。

　　时代在进步，但是方便也是我们所追求的。几块砖石、一口大锅，随意地挖点泥土和点泥，找上一些晒干的树枝，就可以做一餐简单的热饭。"民以食为天"，普天之下，过日子人家，都得有灶台，有了灶台，家里有了烟火气，亦有了聚合生息。"人间烟火锅灶始"，一方灶台、两三口铁锅、一个风箱，外加一座烟囱，记忆深处最美的生活画卷就在此时慢慢铺展开来。

　　走在康桥镇新苗村的农家小路，忽闻陶渊明笔下"屋舍俨然，有良田、美池、桑竹之属，阡陌交通，鸡犬相闻"，诗词中的良辰美景瞬间跃然眼前，一条条小河宛如蓝色的缎带缠绕着一望无际的绿色田野，远处一座座造型古朴、色彩和谐的小屋，与绿草、野花构成了独特的景致，更为这静谧的村庄增添了神奇色彩。我的记忆中，有数不胜数的美不胜收的景物，且不提那"出淤泥而不染，濯清涟而不妖"的荷花，也不提那古朴典雅美轮美奂的小桥流水，更不提那苍翠欲滴万古长青的苍松翠柏。单就这独特的田园风光，深深地吸引了我。那果实累累瓜果飘香的乡村田园引人入胜，那清澈见底波光粼邻的田家池塘妙不可言，还有那极富诗情画意淳朴自然的农家小院更是别有一番风味。来到田园，对面一栋低矮建筑的屋顶上，冒出了一缕缕炊烟，好像一个身穿白纱的少女在飘飘起舞，在阳光的映射下婀娜多姿。一阵暖风拂过我微红的脸颊，还夹带着一丝丝烟火伴随着饭菜香，如梦如幻，仿佛置身于世外桃源，一个没有战争，没有喧嚣，只有和平而又充满生机的世界。我们继续走着，走着……

　　循着这缕袅袅炊烟，新苗村民张桂方老伯一行人带我走入了这个村庄年份最为古老的一栋建筑，也是本村落唯一有灶头的张姓农户家。远远望去，黑色小瓦筑成的一间低矮平房慢慢进入我的视线。屋前一条小河已无往日涓涓细流的流淌声，而被杂草取而代之，房前的场地上，铺设着各种萝卜干及雪里红，想必是想让它们经过几次"阳光浴"的洗礼后，演变成餐桌上一道道美味的佳肴。各种农具铁耙、锄头、农药机等长短不一地靠在角落里，一条小黄狗摇着尾巴，缓缓地向人群走来，听到动静的小黑猫也在屋前的木桶上一跃而起，冲进房屋像是在告诉主人有客到。耄耋之年的女主人李阿婆笑语盈盈地走出门，个子娇小的她见到了我们热情地招呼我等进门："家里乱你们随便坐啊。"我跨过高高的门槛，那低得触手可及的门檐使我下意识地弯下了腰，实则我这 165cm 的身高是万万碰不到头的，可是在这高门槛的视线错觉下使我下意识而为之。尽管是白天，可屋内的光线昏昏暗暗，一个挂在绳上的小灯泡悠悠地垂直在半空中，想必李阿婆夫妇素日里就是靠这丝微弱的灯光照明的。夫妇二人育有两女一子一生务农，厉行节俭也是情有可原。再次抬眼望去，低矮的屋顶居然是几根粗壮的木梁组成，听现年 80 岁的屋主人张老伯说，这间房是他父亲那一辈传下来的，是太平天国时期的建筑物，因无破漏故而一直未翻修居住至今，也在这年份久远的屋子里将孩子们抚育成人。只见粗壮的房梁上夹着一个个铁钩，铁钩下面挂着各种大小不一的篮筐，因为古屋空间小，如此将器具吊起是为了节省空间，也是早些时候为了防止小孩乱摸乱碰而为之。古屋最显眼的其实还是要属坐落在西南方的灶头了。只见原先雪白的灶壁已被油污覆盖地面目全非，那栩栩如生的灶花也早被悄无声息地埋在了油污下。厚厚的锅盖，铜制的锅铲和水勺也都在灶头上各司其职。这是一座二眼灶，在当时，一般农户家二眼灶、三眼灶是首选，灶后堆放了各种柴火。有豆晒干的豆柴、棉花柴、树枝还有引火用的稻草。张老伯说："这豆柴油性足没有树枝好烧，我不常用，所以这灶边就堆满了。我这辈子好像离了灶头，这吃起饭来就不香了，女儿们买的液化气灶我只当是摆设，从来不用，还是灶头烧的饭菜合我胃口。"语罢，他指着桌上的青菜，"我们烧菜都是用自己榨的菜籽油，健康又省钱。现在国家给予了我们很好的生活条件，不干活都有退休工资了，村里会时不时让我帮帮小忙，还会给点小钱，我们老夫妻两个现在吃穿不愁，退休金用不完。"望着那油亮亮的青菜还冒着热气，原来幸福生活如此简单。生于90年代的我因未触碰过灶头，因而出于好奇，问道张老伯："那您儿女有没有受您真传，也只钟情灶头烧的饭菜呀？"此时，夫妇二人四目相对，面面相觑了良久，方才张老伯掏出一根烟塞进油光泛滥的嘴里，待其口中吐出几缕青烟后说道："哎，儿女们都成家了，现在都用上了天然气煮饭烧菜，也没有机会烧灶头了，每当来我这儿，还是会用灶头烧菜给我们吃。这小儿子小时候可调皮了，那时候我们农事繁忙，去地里一待就是一上午，把小儿子一个人放在家里，让他一个人坐在婴儿车里，等我们中午回来了再烧饭给他吃。记得他一岁左右的时候，我们回家，只见他滚进了锅里，早上灶头上烧的一锅粥全被他涂得满身满脸都是，那次以后，我们就再不敢把他放在灶头周边了。"待张老伯说完，我扑哧笑了，对于这个调皮的小儿子产生了浓厚的兴趣，遂追问道："当年这个小捣蛋这么早就跟灶头结下了不解之缘，现在肯定也是烧灶头的一把好手了。"谁知张老伯低头沉默，在李阿婆的发声中打破了沉默："这孩子啊命不好，五岁的时候溺水死了，那时候他爸还在市区打工，我在田里干活，邻居发现他告诉我的时候已经没了气息了……"一间老屋、一座灶、一锅粥。这古屋确实凝聚了张家人大半辈子的喜怒哀愁，更是流淌了多少悲欢离合。临了，我回眸，张老伯背起农药机，缓缓走向自己那一亩三分地，老屋再次升起袅袅炊烟，暮色逐渐照耀大地，像在诉说着自给自足的农家人，伴随着袅袅炊烟走过的青葱岁月饱含的是春华秋实的满足，以及那写在脸上的知足和自强！

穿过蜿蜒的小路，一个古色古香的建筑映入眼帘，"灶园"二字醒目又恬静地坐落在古建筑的墙壁上。新苗村位于康桥镇横沔新镇东南，与七灶港隔路而望，上海有着诸多关于灶的地名，于是乎灶园的落成亦是代表新苗人对于灶文化的传承。放眼望去，四座大小不一的灶头：一眼灶（春）、二眼灶（夏）、三眼灶（秋）、四眼灶（冬）错落有致地堆砌在灶园内。除此之外福泉井、壁画和园门影壁四个部分的组成造就了灶园这个别致的景点。春夏秋冬四季更替，民以食为天，在社会现代化进程中皆处处秉承着化繁为简的生活规律，灶头这种汇集了古代劳动人民汗水与结晶的产物也免不了被淘汰出历史舞台的窘境。无论是新苗人民的念古情怀，还是对于文化传承的延续，使这样一座"灶园"应运而生，使新苗这片土地上的人民更接地气地贴着土地生活，更使新苗这座美丽庭院建设有了新的温度。推门进园，有着二十几年灶头建造工龄的老党员张桂芳告诉我："以前，不少村民家边都有一口这样的井，既方便生火做饭时取水用，又有着'福寿绵长'的寓意。"的确，在我儿时浅显的记忆中，每家每户几乎都依赖于灶头，且我也深知农村里对于砌筑灶头十分讲究，选个好日子，目的是图个好灶（兆）头。好灶头省柴、聚火、保平安。柴火土灶挤在厨房一角，挨着两面相邻的直角而建。砌灶师傅先是铺好地基，接着铺泥砖，灶台大概在八十厘米到一米左右，泥砖砌筑成形后，灶台表面用白石灰粉刷，光亮洁白。大多家庭通常是筑二眼灶，灶上坐两口大锅，靠近灶门的前锅通常用来煮菜烹饪，既煮猪食，又煮饭菜，后锅屯水用来煮洗脸水。灶口一般是两个，上面一个放柴火，下面一个出灰的。灶台上砌筑有放置煤油灯、火柴等的凹槽，灶台一侧的灶身中间则向内缩进十厘米，形成一个长方形的凹槽，凹槽上可以借着灶火的温度用来烘干棉鞋、袜子等小物件。土灶一侧堆放着生火的柴火：豆秆、树枝、枯草等引火柴，随着季节的变换轮番塞进厨房。灶门前砖场都放一条长凳子，供生火取暖的人就座。火扇、火钳、火铲、吹火筒等倚在灶膛口的角落里。锅的上方从二楼楼板底部的木椽子上系一条长绳子，垂下来悬挂锅盖或者竹篮子，竹篮子上通常放置猪油渣、辣椒、姜、大蒜头等配料。灶台旁边是一个储水的大水缸，水缸上放置用杉木做成的切菜板，菜板上会放置一些厚重的铜制舀水勺等器具。灶台的排烟系统筑墙时就在墙体预留好两条烟道，烟囱口在屋顶，生火时一缕炊烟从烟囱里井喷而出，伴着夕阳，缕缕炊烟，袅袅娜娜，在晚风中飘荡。

俗话说："民以食为天，食以灶为先。"烧火是个技术活，既要将饭菜烧熟，也不能浪费了柴火。有时灶膛里潮湿或者氧气不足，就要吹火筒和火扇交替使用，先是用干松毛引火，柴刚刚点着火，火苗蹿起后，用吹火筒轻轻吹，火势旺起来后，用火扇使劲扇，直至灶膛里燃起熊熊大火。要是火没有生旺，灶台里吐出来的浓烟熏得够呛，厨房本就小，那黑烟能把整个墙面都熏得黑黑的。这生火技术得得当，其次这就不得不考验起筑灶师傅的技术了。1946年出生的新苗村民张桂芳师傅因从小喜欢敲敲打打的建筑业，又加之勤快好学，在青年时期自学成了砌灶的一门好手艺。他用他四十多年精湛的筑灶工艺告诉我说："灶头也分雌雄两种，雄灶头烧头发，雌灶头火往里钻。如何砌就一座好灶头，这就凭多年的摸索得出锅子跟锅子之间的空间得留足，让火能在里面充分周转，传火洞从锅内部传出去，火进去后烟从烟囱出来，下面的洞收地风，将留火洞留在靠内部方可使火不往外蹿。如此砌就的灶头就既省时间又省柴火。"张师傅一番话如时光机一下子将我的思绪拉到了二十年前，记得小时候，我常坐在外婆家的灶台前，小小年纪的我只知道不停地往灶膛里添柴，将灶火烧得很旺，仿佛土灶里烹煮的是青天白云，油炸的是新鲜空气，粉蒸的是悦耳的鸟鸣，外婆则将自家菜园中采摘的各色蔬菜，为家人烹煮一日三餐。草木的清香味和食物的香气氤氲散开，令人垂涎欲滴。烧柴草枯枝的土灶煮出来的饭菜香甜可口，确实比现在的电磁炉、电饭煲、液化灶烹饪出来的饭菜好吃数倍，我想是因为土灶烧柴火力威猛，赶工、火候均匀、到位，加之纯天然的食材，方使这种原生态的美味发挥到了极致吧。

在物质生活没有现在富裕的90年代，土灶对于我们是个宝。小时候，感觉冬天特别冷，我和表兄妹几个，还有外公、外婆、舅舅等，饭前饭后总喜欢围坐在温暖的土灶前，一边烤火，一边烤番薯、芋卵子或者新鲜的嫩玉米吃，哪怕一粒小香瓜子我都会和表哥放在灶洞口将之烤得焦黄了再拿出来咀嚼，那有些微苦的焦香味至今想来都是满满的幸福记忆。我们这个大家庭坐在灶头前烤火烹饪拉家常，这种温馨之情不言而喻。冬日里洗了未干的鞋子、袜子，我们总会将它们拿到灶台侧旁的凹槽里，或者干脆在灶坑里，搭上几根树枝，烘烤鞋袜，鞋袜的臭味在柴火的烘烤下散发出来，虽然味道令人作呕，但是大人们一点也不嫌弃，还不时地夸我们勤快懂事，我们就这么烤着、聊着、笑着直至日落西山。

早些年已故的外公或许知道自己将不久于人世，因而时常拉着我回忆起他儿时的往事。外公家因家境贫寒，故在他7岁时将他送到了邻村的一户人家做养子。那时候崇尚亦工亦农的家庭，在外公被收养前，这家的儿子不幸夭亡，因而对外公格外疼爱，从小让他读书受教育不说，对于他们本身也并不富裕的家境来说，养父母家给予外公的疼爱可谓是视如己出了。成家后的外公外婆靠挖泥为生，那时候出去挖泥一去就是几个月，于是夫妻二人时常带着三个儿女住在船上。"船头有行灶，炊稻烹红鲤。饱食起婆娑，盥漱秋江水。平生沧浪意，一旦来游此。何况不失家，舟中载妻子。"白居易的《舟行》应是对他们那时候生活最好的写照了吧。船上砌灶不方便，于是搬一个可移动的行灶在船上带着妻儿们开启衣食住行之旅。外公那时候在病榻上会牵着我的手，颤颤巍巍地告诉我说："我小时候生活条件差，那方二眼灶上大锅在煮饭，隔壁的小锅在煮猪食，因为两个锅挨得近，小锅里煮着的猪食铺开来后渗透到大锅的米饭中，我时常抱怨饭不可口有怪味，但也无计可施，在那种饥不择食食不果腹的年代能够吃上一口饱饭都是奢侈的。"随后外公又笑笑，脸上的幸福荡漾起来又开口道，"但是不得不说我的养父母对我是极好又极度偏爱的。我小时候上学，那时候没有你们现在的孩子这般幸福，学校会有美味的饭菜，我们那时候都是自己起个大早把中午要吃的饭菜自己预先准备好。那时候我的养母就会早早起来烧一大锅粥，在粥没有完全熟透之前，会盛一勺米起来放在旁边的小锅里让它提前熟，也好让我多睡会儿懒觉，起来直接带着热腾腾的饭去学校了。"语罢外公又皱起眉头缓缓说道，"可是这一到学校，就把我们全班同学带的饭集中到一个锅子中保温保存，每家人家灶头上烧的东西都不一样，有烧焦的、有变质带有馊味的、有菜饭混合在一起的，能尝到每家灶头的烟火气，真可谓是五味杂陈。"那时候听外公陈述这些事的时候并无多大感触，只是很感恩自己生活在如今这个物资富足、国泰民安的氛围中，最多只会延伸出一种知足感，而今细细想来人间烟火气，最抚凡人心。小小厨房，一把米、一瓢水、几颗红豆几粒米，慢慢熬煮，米豆在罐中浅吟低唱，飘出人间幸福味道。红尘世俗，好日子以及那残存在内心深处最深的记忆全是从烟火中熏出来的。

晚清上海开埠后，昔日东海边陲的小渔村逐渐演变成国际化大都市，南北客商川流不息，勾栏瓦肆人声鼎沸，当时在浦东一带流行有不少茶馆。茶馆内置有一茶棚，名曰"老虎灶"，就是给客官烧水沏茶的水社。尽管灶具简朴，但人们依旧不忘添置灶花，所绘内容均为唱本弹词中的民间故事和神花传奇。早在2000多年前，新苗村的村民们就在江南这块土地上种植下一片片稻田。灶头是汉族居民建筑的一部分，是农村百姓食文化的根基，由灶头衍生的灶头画也是匠人们的百工技艺之一。乡村农户新建一所住房，必须在厨房中新建一座用来做饭、烧菜的灶头。而且不论是花篮形、圆筒形还是方桌形，也不论是单眼、二眼、三眼还是四眼灶，从灶山、烟箱到灶身都画满了不同的图案和纹样，配有不同内容的文字，这种由民间泥水匠在灶头砌毕后，信手用墨水颜料绘于灶头上的壁画，赋予了土灶浓郁的生活气息，注入了一代又一代人薪火相传的汉族民俗文化。灶对于人类生存来说，是使用最早、最普遍、最亲密的炊具。灶头画以灶为载体，是人类有了灶后才逐渐产生的。灶画起源于何时，至今未发现确切的历史记载。但是对于灶画的研究大约可追溯到上世纪80年代初，由于民俗学长期处于边缘化状态，从事这项工作的大多是民间艺术爱好者与文化工作者。在汉族民间，人们将用木板刻印，贴于灶君堂上用来祭灶的花纸称灶神画。灶头画是民间艺人以乡间农家做饭烧菜用的灶头作为载体，用各种颜料手工绘制在灶壁上的图画，它是用来装饰、美化灶头，表达农家美好愿望的乡土艺术。几百年来，灶头画艳丽的图案、丰富的画意深受老百姓喜爱，经久不衰。除了灶头画有其他特殊的文化表征外，砌灶师傅在筑灶外对于绘制灶头时还又有一个与众不同的技术工艺，主要表现在绘画载体、调色和空间的特殊性，形成了灶画有别于其他绘画的独特性，从而凸显出筑灶工匠们鲜明的砌灶风格。有家必有灶，有灶必有画。灶画的工艺主要有依灶绘画、酒调颜料、湿壁作画三大内容。灶头绘画的部位主要是：灶身、烟箱、灶山、灶帽。工匠们常将灶头看成一个独立的舞台和表现的对象，画面组合分上下两大部分。上半部分画面讲究大小对比、横竖对比、方圆对比，下半部分或横幅等额排列，或通幅彩绘，追求多幅巧妙组合，达到集中、完美、和谐、统一的艺术效果。因此，一座灶头绘图的数量多则 15 ～ 20 幅，少则 10 ～ 15 幅，大小不等，形状不等，错落有致。汉族民间讲究留彩不留白，故而有时候会通体着色，浓妆彩绘，一座灶绘图的面积少则 4 平方米，多则 6 平方米。早在明清时期，民间泥匠在灶头墙面上绘画，均以黑色颜料为主，这与当时作画颜料稀有、短缺有关。能工巧匠们便就地取材，烧过饭菜的锅底常常会产生一层薄薄的深黑色灰粉，农家称镬锈，把它用刀刮下来后，用适量清水调匀成黑色的液体颜料，作为绘画颜料。上世纪80年代后，大都采用的颜料为明珠、三花粉或者水粉、水彩，现多采用水粉广告色。与众不同的是，民间匠人们在绘制灶头画时摸索出一种特殊的调制颜料方法，即为使颜色鲜艳且能够渗透入灶壁不流滴，在各色颜料中掺入白酒调制颜色，作画时各类颜色由于酒精的挥发，不仅能及时渗入石灰灶壁，而且能使颜料广泛吸入。因而在水粉或水彩中调入白酒的方法，被广泛使用于民间灶头画之中。灶花的绘制方法也颇为独特，才用的是湿壁法，所谓湿壁画法，指的是在灶头砌成后，待灶壁四周粉刷的石灰尚未干结时，匠人即兴挥笔绘作。伴随着灶火烘烤和自然挥发，整个灶面渐渐沥干，所绘灶画方可久存。由此可见，绘作灶花的画技颇为特殊，通常描画都在干结的面底上绘作，灶花则迥然不同。因此，掌握绘作灶花的时机十分重要。墙壁刚粉刷过还略有潮气之时，匠人就需在灶壁上信手泼墨，不打画稿，不做修改，一气呵成。随着灶火烘烤和湿气挥发，灶花与灶壁一同逐渐干结，灶花便牢牢"贴"在墙壁上，可历经数十载而不褪色，仿佛天然凝结浑然一体。

灶花之美在于构图的精巧与细腻的工笔，装饰的图案质朴而纯真，线条简练且明快，别有江南水乡风韵。事实上，专门从事灶花描绘的匠人大都只是游走乡野村间的把作师傅，但其所绘灶花，可谓精巧别致、美轮美奂。无论是山川景致，还是花鸟鱼虫，各式各样，千姿百态，栩栩如生。古朴的、憨稚的、华贵的、圆润的、粗犷的形态迥异，恰到好处，独显万种风情，令人叹为观止。灶头上不论是砌有两口锅还是三口锅，在灶山上和灶沿下都绘制有各式各样的图案，人们借用特定的纹饰图案，以寄托对美好生活的真挚情感和良好祝愿。

此外，灶头画具有丰富的题材内容与深厚的文化积淀。概括起来，灶头画的题材内容主要包括：动植物类图案、神灵类图案、自然风景类图案、历史戏剧类图案、文字类图案等几大类。灶画中的动物类图案大抵有鱼、龙、凤、鸡（公鸡）、鸟（喜鹊、仙鹤等）、虎、龟等，植物类主要包括莲、桃、松、竹、梅、兰、菊、牡丹等。这些图案的绘制虽已注入了许多现代化元素，但对先民原始崇拜观念的继承仍是其最为重要的文化内涵。考古学家们在研究分析半坡彩陶鱼纹时曾指出："从表象来看，因为鱼的轮廓，更准确地说是双鱼的轮廓，与女阴的轮廓相似，远古人类以鱼象征女阴，首先表现了他们对鱼的羡慕和崇拜。这种羡慕不是一般的羡慕，而是对鱼生殖能力旺盛的羡慕；这种崇拜也不是宗教意义上的崇拜，而是对于鱼甚至能力旺盛的崇拜。"因此，灶画中的鱼图案是要表现甚至崇拜的寓意也是十分明显的。如图案中鱼皆体大肥硕，象征了强旺的生殖能力。而鱼儿戏水、娃娃抱鱼等图案皆含有早生贵子、繁衍后代的寓意。除了具有生殖崇拜的寓意，鱼也是吉祥的象征，如灶画中的鱼跃龙门、盘中盛鱼等图案也含有祈求吉祥的寓意。同样地，灶画中的龙、凤、鸡、鸟、虎等也皆饱含甚至崇拜与祈求吉祥的文化内涵，而鹤与龟还带有祈求长寿的美意。

灶画中植物类图案也具有丰富的民俗文化内涵。莲是灶画中常见的题材。而花中君子莲花之所以成为人们喜爱的物象，则同样是因为它具有生殖崇拜的寓意。就外形来看，莲花花瓣舒展，状似女阴，莲蓬内裹众多莲子寓意早生贵子，亦象征着多子多福。其次莲谐音连，鱼谐音余，便形成了连年有余的美誉。灶画中也有比较关于桃的图案，而桃也与鲜明的生殖崇拜与祈福的观念密切相关。《诗经·桃夭》有言："桃之夭夭，灼灼其华，之子于归，宜其室家。"这里的"桃"同样包含了生殖崇拜的寓意。当然，发展至今，灶画中的桃团更多的应是吉祥长寿的象征。而一些文字纹样图案，如万字纹被认为是太阳或火的象征，在梵语中为"吉祥之所集"，竹节纹则有节节高升之象征意义。

先民们除了多子多福的祈愿，一些古典文学中的故事也被请上了灶头，如《三顾茅庐》《桃园三结义》《武松打虎》等图案，戏曲类有《游园》《惊梦》《长亭送别》，诸如此类。不难想象，这些历史故事类图案大都饱含着某种道教化的用意。如《三顾茅庐》教育人们要虚心求才、不耻下问的道理。而戏曲类图案则表达了人们对自由与美好生活的向往。而戏曲《游园》有是崇尚个性解放的体现，告诫人们在封闭的环境中，人是得不到真正的幸福与快乐的，只有"走出去"才能够体会到自然之美。而《惊梦》则人是人们对于爱情的向往和憧憬，在我入学前夕的岁月，上的第一堂思想政治课，我想便是外婆家的灶画上那些栩栩如生的人物所给予我的思想启迪吧。灶画是独特的文化，它的容貌是筑灶智慧中一颗熠熠生辉的风俗之星。悠久的历史被时代抹去棱角，弹指间，灶头雪白的墙壁开始泛黄，墙上的灶头画也换了又换，可灶画所呈现的文化底蕴是永远如时间般隽永的。

灶花是江南水乡特有的民俗文化，旧时，江南农村家家户户都砌有灶台，多置于厨房一隅。为了防止生火时柴烟炭灰从灶膛中飞溅至灶台上，从灶台至屋顶处砌有烟柜，并立一垛墙用于遮障，民间俗称灶山，灶山旁内嵌灶君殿，供奉有灶君爷，也称灶神。在灶画中神灵类图案在后现代中，几乎每座灶头皆可见。它主要包括灶神、八仙、财神、弥勒、嫦娥等各种与民间信仰密切相关的神灵。灶头的又一灵魂组成部分要属灶神了。在农村，灶台是十分重要的地方。常言道："腊月二十三，打发灶王老爷上西天。"在农村的认知中，灶台的神就是灶王爷，灶王的权力巨大，掌管着家庭的兴衰。灶神又称灶王、灶君、灶王爷、灶公灶母、东厨司命等。其中"东厨司命"四字有时也会出现在灶画中，指的便是灶神。它是中国汉族民间信仰最普遍的神祇，几乎各个民族都有供奉。据记载，祭灶风俗早在先秦时期便已流行，但灶神佛龛究竟为何物，是一个不容易搞清楚的问题，于是乎在民间亦是流传着诸多版本。有上古帝王或后裔说有鬼神或精变说，有人死变神说，又有穷婵演变说。相传每年阴历蜡月二十六灶神会上天禀报，二十八这日下来，人们便会轰隆隆放鞭炮热烈迎接灶神归来。缘何如此？首先说灶王爷上天的事，灶神作为最早的五祀之神，在传统神仙文化中有着重要的作用。其全称为"东厨司命九灵元王定福神君"，在民间敬神文化中被认定为一家之主。民以食为天，饮食是支撑人生存下去的基础之所在，而灶神就是掌管一家的基本保障。这是从使用角度把事物神灵化。而在神仙神职方面，也赋予了它很高的地位，它是玉皇大帝派遣到人间考察一家善恶的神灵。接受了这个差遣，灶神的地位就更加受到重视了。在民间神仙的信仰中，有了这位家神随时在家里镇守，自然做任何事都要有所畏惧，以至于做出不善之事。所以说民间敬畏神灵，其实也是一种自我救赎和鞭策。在灶王爷的神像中，往往会配有两个随侍的小神仙，他们每人捧一个罐子，分别是"善罐"和"恶罐"，随时记录保存一家人的善恶功过，以便腊月二十三上天向玉皇大帝报告。有个成语"恶贯满盈"，指的便是一个人的罪恶，装满了灶王爷掌握的恶罐，都快要溢出来了，以此来形容人的罪恶之深。因为灶王爷有着这样的神职，负责把一家人的善恶报告给玉帝，玉帝会根据这家人一年的所作所为，来决定吉凶祸福。所以民间在祭灶的时候，都会希望他"上天言好事，下界降吉祥"。而在祭灶的时候，会选取又甜又黏的食物，希望能讨好灶王，多向玉帝说些甜言蜜语，还希望黏的食物粘住灶王爷的嘴，如此想来，想必是有些自欺欺人了。无论如何，岁岁年年如斯流逝，诸事早已成，善恶多少也有了定准。灶王爷上天，履行自己在人间的职能，而后再定夺每家每户这一年的运势。这些观点都在民间的精神信仰中产生了很大的影响，不仅使人有所忌讳，也是引人向善的根本。我国神仙信仰与民间敬神，是在自然崇拜的基础上，算作是一种在心灵及意识中的秩序维护，这些种种至今都极为重要，这便是灶神给予我们的精神富足。

当然，灶头的重要性不仅在于能满足口腹之欲上，农村对于灶头的筑灶摆放亦是格外重视。农村老人通常认为厨灶不可正对厨房门和卫生间门，如果对到卫生间门，卫生间门一定要关上。农村人多觉得厨灶若位于上一层楼的卫生间下方，绝对不吉利，最好变换厨灶的位置。如果无法改位，可装设向上的照射灯，厨灶千万不能位于厨房的角落，一面使烹饪背对厨房入口，厨灶也不宜置于水塔下方，因为水会灭火，象征不能聚财。其次，农村人注重五行。灶台在五行中根据《易经》中五行相生相克的顺序，东属木、南属火，因此，厨房灶具朝向火旺的南方或木生火的东方，皆是大吉大利的方位。智慧的匠人们对于灶头的堆砌、对灶画的雕琢，还是对灶神的敬仰，甚至风水的讲究，无不将中国劳动人民的聪慧机智发挥到了淋漓尽致。

新世纪以来，随着生活水平的显著提升，江南一带的农村已普遍用上沼气和液化天然气，灶头作为昔日必备的生活用具，已逐渐淡出人们的视野，灶花艺术也在急遽变革的隧道中日渐消弭、逐渐失传。加之现代化产物迅猛发展，无论农村还是城市早已罕见从灶头迸发的烟雾缭绕，这不得不感叹祖国近些年腾飞的脚步，以及中华儿女的民族凝聚力，一甲子共和国经天纬地建小康，六十载中国人惊天动地绘和谐蓝图，六十年建设历程硕果累累，新世纪创业道路前程锦绣。可我依旧回味老屋的土灶台，一台土灶架起一口大锅，撑起一樽铁罐。灶膛里柴火燃烧，哔哔剥剥作响，红色火苗舔着锅底，灶台上，蒸汽缭绕，香味四溢，那一双双灵巧的手常与这方灶碰撞出味蕾的火花，是我们内心油然而生的一股崇拜。

人常说："人间烟火锅灶始，这方灶亦是先辈们一代代传下来的，土灶烹饪的饭菜有家的味道。"一日三餐，日复一日，月复一月，年复一年，苦中有乐，累中带甜。炊烟将农家人的面颊熏得蜡黄，也将一缕缕情思染成雪白模样。农家人在灶膛边用汗水浇灌着每一个日子，在粗茶淡饭中塑造儿女们质朴的风骨、勤劳的品格，这方土灶矮矮的不起眼，却因农家人注入了属于土灶的文化，重重地压在每个人心里，深深地融到血液中去。

夕阳无限，炊烟袅袅，伴随着农家人的浅吟呢喃，那呼啦呼啦有节奏的风箱声藏着我对农家土灶的留恋及崇拜，噼里啪啦的响声里，更是一种古老而又温情的文化传承。

作者：兀凰，浦东作协会员，出版过中短篇小说集《我去远方找你》。

新苗在沃土上苗壮成长

□ 紫　荆

　　这是一个水盈盈的村庄，这里不仅有水盈盈的沃土、水盈盈的大路、水盈盈的农家庭院，还有那水盈盈的小河、水盈盈的古桥，更有那水盈盈的稻田、水盈盈的葡萄架、水盈盈的灶园。炊烟袅袅、渔舟唱晚，晚霞辉映着村民们一张张水盈盈的幸福笑脸……

　　当我撑着雨伞，在秋风的裹挟下、在秋雨的伴随中踏上了浦东康桥镇新苗村这块沃土时，就被眼前这杨柳依依、绿草如茵、河水清清、道路宽畅、村容洁净、庭院亮丽的美丽景象所陶醉，小河、田埂、沟渠、稻穗、村舍这些我是多么熟悉啊！那田野泥土的芳香可是醉了我四十多年，如今依然在我的心头萦绕！往事如烟，这似曾相识又不曾相识的一幕，勾起了我对那段知青岁月的回忆，亲切感油然而生，我踩着雨水的脚加快了进村的步伐。

见识新苗

　　我走到新苗村村委会大门口，村党总支邱锋书记早已等候多时，没有过多的寒暄，直接进入采访拟题。邱锋书记先递给我一本《新苗村志》，从这本村志上我了解到新苗村的地理位置、人文历史：新苗村是康桥镇下辖的一个行政村，位于康桥镇申江路东南端，东与周浦镇界浜村相邻，南与周浦镇红桥村隔七灶港而望，西与怡园村相连，北与石门村、叠桥村以八灶港为界。村域内河道纵横，申江路、周邓公路把整个新苗村齐刷刷地划成了四大块。

　　在新苗村 68.2 公顷的沃土上，现有在册 702 户村民家庭，总人口约计 2850 人。全村共分 9 个村民小组，村委会设班子成员 6 人，村民代表 35 人，在册党员 47 人。看到这里，我合上《村志》问道：新苗村的主打农产品是什么？邱书记告诉我：从 2005 年开始，康桥镇实行以土地换保障，将新苗村 16 周岁以上的村民纳入小城镇社会养老保险，新苗村全部耕田由镇有关部门统一管理并发展多元化农村经济，村内耕田主要种植水稻、蔬菜，兼种瓜果等，村民许德飞向镇里申请承包土地自主经营"新苗家庭农场"，除了粮经轮作外还植果树育瓜苗，在桃园里养鸡鸭，家庭农场办得红红火火；；村里又开办了农业合作社，为村民解决了农产品的产销难题。说到这里，邱书记颇有感触道："浦东开发开放以来，新苗村在康桥镇党委的支持下，本着以产业兴旺、生态宜居、乡风文明、治理有效、生活富裕的主要目标，着力打造具有新苗特色的美丽新农村，全村干群团结一致，同甘共苦，共同奋斗，终于有了今天的成就。"我一眼瞥见橱柜里存放的一叠荣誉证书，有新苗村被评为上海市卫生、民主管理示范村，有获得上海市、区二级的文明村，还有村党支部被浦东新区授予"五好党支部"等。"这一叠荣誉证书是对你们所有付出最好的肯定，邱书记你是掌舵人，功不可没啊！""哪里！哪里！是全体新苗村村民共同努力的结果。"书记邱锋谦逊地说。

靓丽新苗

美丽乡村、靓丽新苗的建设并不是一帆风顺的，此时，我很想知道新苗村的经济从贫困走向富庶，村容村貌从脏、乱、差到道净、河清、院靓的演变历程及村干部团结村民克服种种困难建设美丽乡村、靓丽新苗中发生的一些感人故事。于是，邱书记请来了四位土生土长的新苗村原住民，让他们来解答。首先接受我采访的是时龄七十多岁的新苗村7组村民张野囡，他向我描述了改革开放前村里的经济状况：土地贫瘠缺少耕力、农作物种植单一、副业生产受限制、村集体经济薄弱、村民年纯收入不多。改革开放后，新苗村群策群力搞活经济，土地追肥、耕田粮经轮种，植果树、育瓜苗、饲牲畜、养家禽。夏秋桃子、西瓜、翠冠梨、葡萄等瓜果香飘十里路，四面八方的客人闻香而来，争相品尝采购，稻浪翻滚谷穗饱满收割时，一辆辆装运稻米的卡车直接驶向稻田；桃园鲜活的鸡鸭成了市民餐桌上的美味佳肴；多元化的经济收入让新苗村人的口袋越来越鼓了，现在村民老有养老金，看病有医保，逢年过节，满60岁的老人由村干部带队上门探望并送上慰问金，老百姓的日子过得一天比一天好。张野囡说到这里，脸上洋溢的是满满的幸福感。

今年66岁的新苗村5组村民张石军接着说："以前人走在村道上必须眼观六路，狭窄高低不平的煤渣路上被村民凌乱堆放的各种杂物占道，有车驶来人就得避让，时有人车抢道的险象发生，村民家养的鸡鸭四处乱窜，走着走着一不小心就会踩上'地雷';河水浑浊黑臭污泥淤积,河中钓不到鱼虾;院前屋后随意丢弃的生活垃圾触目即是,违章建筑比比皆是。自美丽乡村美丽庭院建设工作推进后,新苗村全体总动员,村民们在党员干部的带动下,积极行动彻底拆除违章建筑,整修各条村道,清理堆积在路两旁的各种杂物,疏浚河道,深挖淤泥,还养水栖生物,院前宅后种花植树,拆除鸡圈鸭棚,完善公共设施,统一纳污水管道并对生活垃圾进行分类处理,全村尚未动迁的 312 户家庭,分类垃圾桶全部安装到位;秸秆返田积肥,在一系列措施得到有效的落实整治后,新苗村变美了,变靓了,新苗村人变得更爱护自己洁净的家园了!"张石军一口气说完了这些。"那在美丽庭院建设中你们遇到的最大困难是什么?"我问道。"当然是拆除村民家中的违章建筑喽!"在场的四位受访者异口同声地回答,紧接着他们分别给我讲了几个拆违故事。

通往新苗村 9 组村民徐飞根家门前的一条路狭窄又坑洼,路段中间还高高地竖着一根电线木杆,进出车辆受阻,徐飞根甚感不便,借着美丽庭院建设、家门口道路整治,他想把这根电线杆移走,但无奈遭到了村邻的竭力反对,理由是:电线杆移走后道路畅通了,车在他家门口开进开出的会引起地面震动,频率高了会危及家中的房屋。双方互不相让,"公有公的理,婆有婆的理",电线杆迟迟未能移走。这事反映到村委会,邱锋书记带着几名村干部来到徐飞根家,在路上,他们看到了那根高高耸立的电线杆,深感不仅挡了车道还有碍于村容,"一定要移走!"邱书记和村干部们下定了决心。考虑到那个村民阻挠的理由,邱书记和村干部进行科学的实地检测,用有力的数据证明车辆在此行驶所产生的地面震动对他们家的房屋影响不大,进而耐心细致对该户村民进行美丽庭院建设宣传教育,让其顾全大局协助电线杆移走,邱书记和村干部们一番苦口婆心推心置腹的劝说,终于做通了这户村民的思想工作,打消了之前的顾虑,心悦诚服地点头同意移走电线杆,一场由此而引起的村民间的矛盾也化解了。

康新公司河长办为了疏通河道而需经常铺设水泥管建乡隧,在施工推进过程中,遇到了一件让人啼笑皆非的事。新苗村 1 组境内有一条断头河,为了打通它使一河死水变成畅流的活水而需建乡隧,施工队搬来水泥管、铁镐等材料和工具准备开挖铺设,家住附近的两户村民闻讯赶来横加阻挡,工程陷入僵局。康新公司河长办会同新苗村两委班子成员赶到施工现场着手解决,首先问明白两村民阻挠的原因,他们说了个匪夷所思的理由:"挖土埋水泥管,河水流动畅通了,但也把这一方的风水给流走了,我们本来就体弱多病,这挥镐掘土的惊动了神灵，流走了风水，土神爷还会庇佑我们吗？病情加重了如何是好？"说着说着，两村民的眼泪在眼眶里打转，"不是要阻拦你们施工建乡隧，实在是我们被病魔折磨得痛苦不堪了呀！"河长办工作人员和村干部一边对这两户村民深表同情安慰，一边又严肃地对他们说："埋管子建乡隧是为了疏通河道，河水流通清澈了，对改变农村生态环境、农作物的灌溉都是极为有利的，美丽乡村建设必须要求我们每个村民都积极配合行动，不得懈怠，更不得以任何理由横加阻挠！况且，风水、土神之类的都是封建迷信的东西，要相信科学。"领导们又仔细地询问了两村民的病情、就医情况，并答应帮助他们解决一些生活上的实际困难，精诚所至金石为开，被感动了的两村民不再阻挠施工队施工，瓶颈打破后乡隧很快就建成了，看着畅通无阻顺流而泻的河水，村民们击掌欢呼。

故事听到这里，我被新苗村村干部们那种循循善诱、因势利导、既严格执行政策又体恤民情的工作作风所折服，看到眼前靓丽的庭院，我联想到当今全面开展的垃圾分类工作："新苗村是如何开展垃圾分类宣传教育的？在实施垃圾分类中又有什么奇思妙招？"我的话音刚落，新苗村1组村民朱龙兴手指近处一院子前栽种的花草树木说："过去，我们这里曾唱过'鸡毛飞上天'呢！在美丽庭院建设前，村民们的生活垃圾是往'场角头'随意丢弃的，遇上刮风下雨天，'场角头'废弃的破碎马夹袋等垃圾被风卷起飘落在树枝上、屋顶上，花花绿绿交织成一朵朵'彩云'，成了村里一道别样的'风景'，倡导垃圾分类后，村委会结合美丽庭院建设做了深入广泛的垃圾分类主题宣传，请镇城运办的老师专程到新苗村传授垃圾分类的相关知识，帮助村民提高思想意识，重视垃圾分类，指导村民如何区分有害垃圾、可回收垃圾并分清什么是湿垃圾、什么是干垃圾，通过培训学习，村民们都认识到了垃圾分类的重要性和必要性，此后，每一户村民都自觉地把生活垃圾等归类投放到垃圾桶，'鸡毛飞上天'的现象再也没有了。"

朱龙兴接着说："村里为了调动村民垃圾分类的主动性和积极性，更好地做深做实垃圾分类工作，推出了绿色积分助分类的妙招，为全村312户村民家庭安装了投币箱，保洁员每天都会对每户家庭垃圾分类情况进行评定，对分类合格的家庭每次投入1枚绿色计分币于箱中，月底村民自行开启投币箱，取出计分币到村委会兑换相应等级的奖品，当村民们拿到奖品的那一刻，个个喜笑颜开，称赞绿色投币积分举措好，既美化洁净了庭院又得到了实惠，从而，从整体上推进了新苗村垃圾分类工作。"

美丽乡村、美丽庭院建设中，村民的健身设施、娱乐场所是不可忽视的，我提出了想去实地参观一下的请求，村民范爱国带我来到了新苗村 7 组，映入我眼帘的是：在几幢楼房前的一块场地上，置放着一些健身器材，有太空漫步器、上肢牵引器等，边上一条塑胶跑道平整又光洁，搭起的葡萄架围成了一条长廊，青藤绿叶掩映下紫葡萄晶莹剔透，馨香满溢。范爱国对我说："要不是今天下着雨，现在这时候村民们在这里健身、唱歌、吹笛正热闹着呢！""那这个地方原先就是一块空地吗？"我忍不住插嘴问。"当然不是了，这是在拆除了一户村民违建的一间草房后整治出来的！这间草房原先是他们用来堆放柴火的，自家中厨房里搬进了液化气灶柴草还田后，草房基本上空置，当村委会拆违动员一声令下，这户村民自觉主动地拆除了这间属于违建的草房，空出了一块地，而后，村里集中组织力量进行整修，添置了一些健身器材，搭了一个葡萄架长廊，最终成了村民们健身休闲的好场所。"

离开了新苗村 7 组，我走在村道上，迎面驶来一辆村村通公交车——周康 4 路，于是，我想到了另一个话题，那就是改革开放以来，新苗村在村基础设施、安居乐业方面做了哪些工作，村民们的生活发生了哪些大的变化。陪同我一起参观的新苗村 1 组村民朱龙兴滔滔不绝地说开了："上世纪 70 年代前，村民们出门办事、购物主要依赖于纵横密布的河道水路，或自备或租借小木船摇橹划桨出行，因为那时通往新苗村的道路都是泥泞不堪的黄泥路，'晴天一身灰，雨天一身泥'，坑洼狭窄的小路单身行走尚且困难，更不用说拖着劳动车装货运物而行了。'若要富、先修路。'新苗村人认识到了这一点，70 年代后，逐年修筑路面宽 4 米的机耕道，村集体经济有了积累后，先后投资 79.2 万元修筑了 2.5 公里的村级水泥路，随着农村村村通公交工程的建设实施，村里又加大了资金注入，水泥路修筑通到了每一户村民家门口，大大方便了村民的日常出行。"

朱龙兴又说："以前农村人生活用水要么去挑河水，要么去提井水，除去挑水提水不方便外，饮用水的水质也得不到保证，有损村民的身体健康。而在 1992 年后，这种状况彻底被改变，自来水管排进家家户户，全村人都用上了横沔水厂供给的自来水。"接着，朱龙兴话锋一转，"现在我们家里的厨房也干净整洁了，拆掉了柴灶搬进了液化气灶，田间收获的柴火还田做肥料了。"

多姿新苗

"燕燕也是太鲁莽，有话对侬婶婶讲，我来做个媒，包侬称心肠，人才相配门户相当……"我远远就听到悠扬婉转浓浓乡音的歌声，循着这歌声，我走进了村文化活动室，只见好几位文艺爱好者在一起练歌对唱。有村民指点我："这是以新苗村7组村民许美忠为领衔的村文艺宣传队，都是些文艺爱好者自发组建的，他们以唱沪剧、越剧、流行歌曲为主，也兼演上海说唱、相声、小品、舞蹈等一些喜闻乐见的节目，创作编排反映垃圾分类、抗疫情、邻里关系、家门口服务等接地气内容的节目参加康桥镇的巡回演出，获得了村镇居民们的一致好评。"时年60多岁的张忠弟，在第一次与大家一起登台合唱《爱我中华》《祝福祖国》后，兴奋地说："以前只是在家哼哼唱唱，从没想过上台演唱，令我自己也想不到的是今天居然能上台表演，而且，还得到了台下热烈的掌声鼓励！"村文艺爱好者中也不乏小有名气的"明星"，许美忠、许雅忠姐妹俩表演的小品节目《送戏下乡》就获得了康桥镇的文艺会演比赛的第一名。文艺爱好者还积极带动村民们一起参加活动，跳广场舞的队伍不断扩大，爱好体育的村民打乒乓、投篮球、练太极、跳健身操等乐在其中，从1986至2019年，新庙村人在康桥镇的文体重大比赛活动中，获得大小奖项数十项。日常生活中，新苗村村委会时时关注着村民们的业余文化需求，培养村民们健康、积极向上的兴趣爱好：组织村民开展中国结的编织活动，专门请来了老师手把手地教村民学习团扇制作，传授气功招式，指导村民插花、烘焙技术等，多样化的活动不仅陶冶了村民的思想情操，也提高了他们的精神境界，更丰富了村民的业余生活。

尊老敬老在新苗村已成为新风尚，新苗村每个季度都会组织老年人一起过生日，做活动。当工作人员拿着大蛋糕来到睦邻点与老人们庆祝生日，唱生日歌、许生日愿、祝愿他们健康长寿时，老人们个个脸上挂着幸福的笑容，感恩共产党领导下的人民政府的关怀，感念着现在衣食无忧、生活有保障的甜蜜生活。村卫生室的医生定期为老人们量血压，测心率，做保健服务。新苗村7组的村民张凤飞为了筹建睦邻点，还专门腾出了自家的一间房子，平时，只要睦邻点老人有需求，她总是以能帮则帮的态度，热情地伸出援助之手，出力又出钱，默默奉献无怨无悔。在母亲言传身教的影响下，张凤飞的儿子每逢春节会捐出一笔钱，给在籍的70岁以上的新苗村老人送上节日的慰问。

百年大计教育为本。80年代以来，随着村集体经济的发展，新苗村对教育、卫生的资金投入逐年增加，村里办起了图书阅览室、卫生室，村民看书读报到阅览室，初诊把脉配药到卫生室。近几年来，新苗村村民的子女凡考上大学的，村委会一次性奖励每人 1000 元，60 岁以上的村民每年免费享受健康体检一次，全村党员、村民代表、合作社社员享受每三年一次的免费体检。2019 年始，村里为每位有新苗村户籍的村民购买了意外伤害保险，防病防疫、妇幼保健工作做得精准到位。

风采新苗

"我这本看病的病史记录本写满了，能在这里换一本新的吗？""我家里的天然气用完了，能在这里充值吗？"我走进新苗村家门口服务站，就听见俩村民在咨询里面的工作人员。"都可以的，来，病史记录卡请到这边来调换，天然气卡充值请到那边的智慧全岗通机器上自助充值，如不会操作，待会儿我过来帮你！"服务站的一位工作人员和颜悦色回答。我双目环顾站内，面积不大的服务区域各项服务设施一应俱全。此时，刚忙完了手头上工作的邱锋书记也来到了服务站，见我好奇地打量着那台"智慧全岗通"机器，就给我详细介绍起它的功能："这是一款以互联网＋服务终端为依托的信息化生活小助手，它整合了七大类服务线上线下的互动平台，能为村民提供更加精准便利的服务。""它的功能多样化，还可以受理村民日常的手机、天然气的充值，各种电话宽带、车辆违章缴费等业务，大大减轻了村民因办理相关事项信息不对称而导致的'往复效应'，使办理事项的流程更为清晰，简化了村民需求对接，提升了行政效率。同时村民还可以通过'智慧全岗通'将自己的建议和意见及时的反馈至家门口服务站，有效提高了村民对家门口管理服务的满意度。"邱书记又做了详细的补充。我从工作人员手中接过两份资料，略微看了一下，对"联勤联动"的内涵不理解，便向邱书记求教，邱书记告诉我：在 2019 年，为了提质增能家门口服务站，新苗村建立了"四站一室"，即：党建服务站、市民事项受理服务站、文化服务站、联勤联动站、卫生室。

作为"家门口"服务体系中"四站一室"建设的重要组成部分，新苗村的联勤联动站由治保调解主任、社区民警、网格联勤队员等各部门构成应急处置体系，开设了矛盾调解、治安联防、联动处置城市管理问题和突发事件、督办市监察局回访不满意和区回访不满意事件等，为构建和谐社区提供坚实有力的保障。全村接入 68 个探头，将村联勤联动站打造成为社会治安综合治理与城市运行综合管理一体融合、资源共享、运行高效、多方协同的基层治理新模式。新苗村又引入互联网技术及大数据智慧平台，并配备对讲通信网络等，便于发现问题快速响应、应急处置快速联动。同时，还引入了精细化 GIS 管理平台，获取新苗村外来人口管理等工作的开展情况等，进一步提高了村委的判断处置能力。此外，新苗村联勤联动站还善于运用信息支撑、强化信息技术应用，建立联勤指挥中心，加强重点区域的监控补盲工作，实现了重点路段、重点部位的监控全覆盖；同时建立网格数据库，以网格电子地图为基准，将新苗村的社区服务点等各类基本数据录入智能化平台，构建起动态化的社会治理信息基础库，为联勤工作开展提供大数据支撑。在今年发生的疫情中，大数据平台对于疫情数据的统计和疫情防控动态的发展都起到了关键性作用，实现了辖区所有人员情况的可视化、精细化、动态化管控。

党建引领是新苗村的又一个亮点。村里建有党建服务站、党群生活驿站、多个睦邻点和创建新苗村微信公众号。新苗村以邱锋为书记的党总支紧紧围绕着"关心民生、服务民众、解决民事"的工作轴心，通过"敞开门、走上门、疏通门"的"三门式"理念服务群众，实现了党的领导、人民当家做主与依法办事的有机统一，在实践中取得了一定的成效，帮助群众解决疑难愁问题。每周的二、四是党总支定下的敞开门倾听村民呼声和建议的日子，无论严寒酷暑，刮风下雨，值班的党员志愿者都会提前守候在信访代理室，随时准备接待村民"有事来说事、无事来聊事"，悉心听取百姓声音并做好相关记录，认真梳理核实情况，最终妥善化解邻里矛盾。至今，已成功解决了大小民事纠纷 50 多件，维护了村里的和谐稳定。村党总支对那些生活中有实际困难又行动不便的孤寡老人实行走上门服务，每年与村民代表一起认真讨论审核帮护对象，实地了解因病致贫家庭的情况，为其解决实质性的困难。几十年来，新苗村的党员干部以克勤克俭、身先士卒、想他人所想的工作作风，为村民解决了无数让他们揪心、烦心的事，得到了广大村民们的支持和赞扬。群众的需求就是党员干部们的导向，新苗村开展党建精细化服务，先后组建了党员公益志愿服务队、爱心关爱志愿服务队、医疗关爱志愿服务队、老龄关爱志愿服务队等多个服务小队，打通了服务村民"最后一公里"。多功能的服务小队为村民提供水电维修、物资配送、垃圾清运、农业技术指导等，解决村民日常生活的一些实际需求，让村民在自己的家门口也能享受到专业的技能服务。

庚子年初，中华大地发生了新型冠状病毒肺炎疫情，举国上下全民皆兵奋起抗疫，艰巨的防控抗疫任务考验着我们每一个人，同样也考量着新苗村的党员干部们。"挂图作战""包干到户""志愿值守"，党员干部们会同村民志愿者，制定了一个个行之有效的防控抗疫措施，分组行动严防死守村口要道，同心战"疫"护家，又以网格式划定每组排查的户数，滚动排摸外地返乡人员，实行挂图作战，让疫情防控上墙上心。许多村组长都已经七十多岁了，在疫情面前，他们早就忘记了自己的年龄和身体状况，在战斗的第一线冲锋陷阵，志愿者蒋美丽便是其中之一，她放弃自己所有的休息时间，积极请战在抗疫第一线。疫情防控防守初期，防护口罩一罩难求，村民闵锋知道后，利用自己的人脉购到了 500 只口罩，送到防疫一线的志愿者手中；方便面、八宝粥、水果等物资上海港城评估公司送来了；暖宝宝和点心，财经中心工作人员刘静彬送来了；新苗村 1 组的村民范美妹连续几天为值守路口的工作人员送来早饭和夜宵；又是 1 组的村民王彬把方便面送到了值守人员手中；还是 1 组的村民范妹萍送来了馒头和水果；新苗村 7 组的张志明也送来一盒手套。新苗村在党总支书记、主任的带头下，党员干部和群众纷纷慷慨解囊，捐钱捐物，大家都以自己独有的方式人人参与到这场没有硝烟的战斗中，奉献自己的一片爱心。值得一提的是：在 2020 年的 7 月 1 日，新苗村党总支由于做出了优异的成绩，获得了浦东新区先进基层党组织的荣誉称号，受到了嘉奖。

特色新苗

我按照采访预案中最后一站，由张石军带路去新苗村 1 组实地了解"应龙桥""榉树""马头墙"这三件承载着新苗村历史记忆的文化瑰宝。沿着周邓公路，不一会儿就到了新苗 1 组，看见"应龙桥"的那一刻，我有些震撼，这座建于清朝乾隆四十四年的石梁板桥由于年代久远，战火和一些人为的毁坏，石桥原貌已所剩无几，只有桥梁两侧雕刻的腾龙还斑驳凸出，我试图了解更多关于应龙桥的历史，但张石军告诉我：史载应龙桥的文字不多，这也成了新苗村历史的遗憾，好在几年前，村委会重视起对历史文化遗产的传承保护，故在边上再建造了一座桥用于村民的日常通行，而应龙桥作为文化历史遗产保护留存。

距应龙桥西南不远处一棵高大有着百年树龄的榉树被挂上了 1419 号牌

作为"古树名木"二级保护，这棵榉树树龄虽超百年，却是"老当益壮"，依然枝繁叶茂生机勃勃。我抬头仰望着这棵犹如举伞般的榉树，感叹它不惧风霜严寒的凌辱，不畏狂风暴雨的摧残，任凭虫咬蚁噬，始终坚定不移地扎根于新苗村这块沃土，它像极了历代新苗村人在世事风云、天灾地孽面前那种不屈不挠、无所畏惧、顽强拼搏的精神。

距"应龙桥"北侧有一堵闻名四乡的"马头墙"，斑驳陆离的墙面上依稀还能分辨出"大搞试验田，大搞丰产片"几个红漆大字，想必是当年新苗村狠抓农业生产、力促农业丰收留下的墨迹吧？"马头墙"默默无语，静静地兀立着，它犹似一位饱受沧桑的历史老人，目视着新苗村的百年风云，记录着新苗村的历史变迁，笑谈着新苗村的崭新面貌。此时，我眼望着这堵"马头墙"，心中产生了要把今天的所见所闻讲述给我认识的或不认识的乃至站在浦东大地上的所有人听，用那最美的文字描绘新苗村的美丽景色、新苗村纯朴热情的村民、新苗村人浓浓的那一份乡愁。

当我结束采访离开新苗村的那一刻，回眸那一块大红漆字村牌——"新苗村"在秋雨中水盈盈地闪着光亮，我想，新苗植于这一片肥沃的土地上，怎会不生根发芽？又怎会不茁壮成长呢？

作者：紫荆，浦东作协会员，散文作品散见于各种报刊杂志上。

妻唱夫随撼人心

□ 顾洁迈

在康桥镇南华新村一栋普通居民住宅房里，居住着一对不寻常的音乐伉俪。他们曾是上个世纪 70 年代黑龙江建设兵团文艺宣传队花腔女高音歌唱演员和首席小提琴手。

近 50 多年来，他们曾在遥远的北大荒，在上海浦东家乡，在中央电视台，在大江南北的多个城市中；在大大小小的舞台上，为广大观众演唱了数百场，数千场。他们的演唱场场博得热烈的掌声和好评；尤其近十年来，他们的演唱吸引了数百、数千、数万观众的观看，常常使观众们声泪俱下，感动万分。

他们究竟是何等的歌唱大家、小提琴家？他们的演唱何以有如此惊人的魅力？何以能让观众们在歌声中如痴如醉而动容？……

其实，此中的原因很简单："丹心从来系家园"，他们有爱祖国、爱家乡、爱亲人的丹心；因为他们在人生道路上经受住了种种磨炼，才创造了惊人的奇迹。

只要你了解到这对音乐伉俪曲折的人生经历，只要你静静地聆听他们深情优美的爱国颂歌，没有一个无动于衷的，没有一个不动情不动心的。别说普通的听众，就是著名的音乐歌唱家、节目主持、音乐评委，也会被他俩的歌声感动得泪流哽咽。

琴瑟和鸣结伉俪

上世纪 70 年代，现在康桥镇的张新民、唐桂娣这对音乐伉俪，都分别还是农村的青年学生，初露头角的文艺爱好者。

张新民出生于哈尔滨一个具有艺术氛围的环境里。他的父亲以篆刻修钟表为业，母亲擅长绘画，以美术工作为生。邻居中有位音乐学院毕业的小提琴手。他小时候，每当美妙动听的小提琴声从隔壁传来，小小的张新民就悄悄地来到隔壁邻居家里听小提琴的演奏。长期受这音乐的熏陶和影响，他从小就喜欢上了音乐美妙的旋律。他父母顺从儿子的爱好，虽家里并不富裕，但为了满足儿子的所爱，于1964年张新民13岁时，舍得凑了13元钱为他买了一架小提琴。张新民拿到心爱的小提琴如获至宝，高兴万分。他就利用放学后在家的时间向邻居学拉小提琴。拉呀拉呀，竟常常忘了吃饭、睡觉。

唐桂娣出生在上海浦东东昌路一个普通的家庭里。父亲在运输公司做苦力。母亲生了8个孩子，除了护养小人，还经常抽空帮人家拉劳动车，勉强维持家计。虽然父母都不懂音乐，但天从人愿，父母将清脆亮丽的嗓音遗传给了这位可爱美丽又善良大方的小姑娘。学校里音乐教师非常喜欢她，经常辅导她学唱歌曲。她自己也经常跟着家里的广播喇叭一起像模像样地唱个不停。从小学到初中，只要学校里有文娱演唱活动，唱歌节目总会请唐桂娣登台。她早已成了学校里颇有名气的"小歌唱家"。1969年当她还在读初二年级时，轮到了上山下乡，唐桂娣是家里八个兄弟姐妹中的老二，她就毫不犹豫地报名去江西农村。可她又遇到了一位"重才"老师的关心，在公布江西下乡插队的名单中，竟没有唐桂娣的名字。后来才知道，学校老师看到她有唱歌的天赋，就舍不得把她这块唱歌的料送到江西农村去浪费掉，决定让她报名去黑龙江生产建设兵团，经学校推荐她被正式录取了。

就这样，1969年5月，年仅16岁从未出过远门的唐桂娣，告别了父母兄妹，千里迢迢从上海浦东来到了黑龙江生产建设兵团，分配在一师三团二十八连文艺宣传队。

当初，这两位青年还素不相识。张新民是哈尔滨当地出生的小提琴好手，比唐桂娣足足早到了一年。唐桂娣只是一个上海浦东农村中学初二年级的学生。一个直接分配在一师三团文艺宣传队里当首席小提琴手，一个留在了连队文艺宣传队里当独唱演员。

但有情人终成眷属。一次，因演出任务，张新民从兵团文工团来到唐桂娣所在的连队，看她们的节目演出。唐桂娣没注意到张新民，而张新民却注意了唐桂娣。他看到刚来不久的这位上海姑娘双眼皮眼睛乌黑有神，浓黑的眉毛分外动人，脸庞不圆不方脸色洁净，梳着江姐王芳式的短发，显得朴素大方，端庄秀丽。尤其在后来听到她在八一联欢会上唱出的一首《英雄赞歌》时，她那高亢亮丽的花腔女高音，那隽永甜美的韵味，早就唱进了那位优雅而从容的哈尔滨小伙子的心田。但在表面上，他还不露声色。只是在看完了他们的演出后，他较为热情地走近唐桂娣身边，双方互问姓名和近来的演出情况。其实张新民对唐桂娣动人的歌声、美丽的形象早已一见钟情。

后来，张新民所在的文艺宣传队里，正好需要一个独唱演员，张新民就乘机向团长做了绘声绘色的介绍。还亲自陪团长到二十八连文艺宣传队听了一次唐桂娣的演唱。由于唐桂娣的嗓音确实特别亮丽，团长听了就一锤定音，决定将唐桂娣抽调到三团文艺宣传队。就这样使团里一举两得，既让团里终于有了一名出类拔萃的优秀独唱女演员，又让张新民有了暗恋追求成功的可能。于是，文艺宣传队下连队演出更热闹了，演出节目更丰富多彩了，全团的演出显得更完美了。

在团里，他总是有意无意地接近唐桂娣。在演出上、生活上处处帮助和讨好唐桂娣。譬如，当看到唐桂娣在练声时，或在节目排练时，张新民经常主动凑上去帮唐桂娣拉小提琴伴奏。在演唱中，张新民以哈尔滨人独有的语音感特敏感地发现唐桂娣个别的歌词咬音不准，他就主动地帮她指出咬字吐音，还改正她普通话中夹有上海口音的地方。平时，他需洗衣时，有意到她那里借洗衣盆、还洗衣盆。他们两人在这类演出和生活小事的一来一往中，很快从熟悉变得亲近，从拘谨变得越来越随意大方。

一次，在他向她还洗衣盆时，他将特地用三角六分钱买来的一本笔记本塞到了她的手中。这时她毫无思想准备，不免使她措手不及。她本想当场推托不要这东西，但正巧有人从他们旁边走过，她就下意识地接受了这赠物。急匆匆回宿舍打开本子，只见首页上工工整整地写着：

革命人永远是年轻，

隔山隔水不隔心。

东西南北是舞台，

永远歌唱祖国情。

这赠言虽无一句甜言蜜语，在这位颇为老实稳重的上海小姑娘看来，只是同伴的友谊，还感觉不到他的别有用意。但小姑娘拿着本子，翻着翻着终于感觉到脸红耳热。张新民向唐桂娣的追求跨出了第一步，但她对张新民用心良苦的追求依然心不在焉。

唐桂娣来到北大荒建设兵团，成了文艺宣传队的一名独唱演员。在这些日子里，她总觉得一切都是新的，一切都得从头适应、从头学起、从头磨炼。这很像她小时候由妈妈领她到幼儿园去报名入园时一样。看到许多新奇的玩具，既想要玩，又不敢去玩；看到书架上的小人书，既想看下去，又不懂内容而看不下去；看到操场上高空斜竖着的滑梯，既想爬上去体验一下惊喜，又怕跌下来伤了身体……

　　她先是对北大荒的环境很不适应。这里无边无际的黑土地，一片风雪霜寒的景象。吃的是又粗糙又黏韧的馒头，睡的是简陋的硬板床。一到冬天气温降到零下30℃多，穿着棉裤棉袄也不敢在室外行走。晚上下连队演出，没有汽车，只有无棚的敞篷大货车或拖拉机，有时甚至用马或骡子拉着简陋的敞篷车下连队演出。每次演出总是安排在晚上汽油灯下。有时汽油灯突然故障，说不定要停演多少时间，只得等重新将灯点亮了再继续，常常让演员们又冷又急。这时，他经常会在她身边，与她交谈，向她解释，让她保持良好的情绪。

　　她感到下连队演出的压力较重。兵团文艺宣传队的20多名演员，经常要巡回下到50多个连队为战士们演出文艺节目。她是团里独一无二的花腔女高音，嗓子洪亮清脆，音色磁性甜美。她经常演唱的《红太阳照边疆》《英雄赞歌》《见到你们格外亲》等歌曲又很诱人心醉。她的每场演唱总是掌声不断、彩声不绝。一首刚唱完，"再唱一首"的呼喊声，此起彼伏，一浪高过一浪，常使她欲停不忍，欲罢不能。而她总是尽力满足大家的要求，再唱上一首。唐桂娣心里想到，愈是战友们喜欢她的歌，愈不能马虎，愈要精益求精地唱好每首歌曲。为此，每次演出之前，张新民都要帮唐桂娣反复排练，认真准备，在演出中他又以小提琴的高超技艺与她的演唱默契配合，使她的演唱更是声情并茂，余音绕梁，常常使观众们赞不绝口。

　　在他们两人的相处中，她接受了他的赠物，收到他的求爱信，得到他多方面的关心帮助。曾有一次晚上，他为了帮她拍摄好演出的剧照，陪她到附近照相馆老朋友那里，免费拍摄多种姿态各种样式的照片，直到东方发白才回到兵团里。为此曾受到领导的严厉批评。所有这些，使她常常萌生出温暖的感觉和莫名的歉意。其实，这种温暖和歉意就是她对他的爱意和爱恋。要不，为何她不露声色地写信给父母，将张新民的形象和对她的关心帮助写得那么详细？又为何在与他的交往中常会出现莫名的失眠？后来，这种感觉逐渐膨胀起来，冲破了她对爱情的腼腆，直接写信给他，表示了她对他的真心爱恋。最终，他们终于在团文艺宣传队里公开了不是秘密的秘密。但由于他们潜心钻研音乐技艺，忙于日常下连队演出活动，直到两年后才去办理结婚登记。而且也是在兵团指导员的关心催促下，在连队大食堂里举办了一个简朴的婚礼，同时也让兵团的官兵们兴高采烈地与这对伉俪一起无大无小地热闹了一番。

从此，这对音乐伉俪相亲相爱，情同手足，似一对美丽的百灵鸟，日夜为北大荒建设者们不停地歌唱；又似一对健翅的雄鹰，在北大荒翱翔，将祖国和人民的深情传递到建设者们的心房。

恋歌翅膀折不断

"文革"结束后，在全国各地出现了上山下乡插队知青的大返城。在这股热潮中，黑龙江建设兵团的人员经上级同意，也都从哪里来到哪里去，各自回到了自己的家乡。在此情况下，黑龙江建设兵团的文艺宣传队也解散了。唐桂娣与张新民早已结婚了，而且已有了儿子，就理所当然地由丈夫领着妻子来到了哈尔滨张新民的老家。

但两人来哈尔滨后做些什么工作呢？他俩从小就只会唱歌拉琴，在哈尔滨一时还不可能找到这唱歌拉琴的工作。小孩生下来后不久就直接寄养在上海浦东的外婆家里。这里实在没有工作可做，一段时间只能帮着两位老人做做家务，等待着工作的机会。

不到几个月，工作的机会终于来了。一位在小提琴厂工作的张新民的老同学正巧有事到他家里来，说起提琴厂需要找一名技师。张新民虽没进过小提琴厂，但却是一名不是技师的技师。于是，他向老同学讲了个故事：

他在文艺宣传队下连队演出的时候，当天他寄放在连队帐篷里的一架小提琴，曾被一位睡在里面的员工因粗心大意引起火灾而烧掉了。张新民得知后心急如焚。但光急有什么用呢？冷静下来想想，光急无济于事，但琴不能没有。可是在兵团附近又买不到这样的琴。对此，他有点异想天开，想只能自力更生了，准备自己设法做一把琴。他托人找来了材料，抽时间全身心地投入，却真的制成了一把新的小提琴。且这把琴拉起来，音质意量竟与被烧毁的那把琴简直不差上下。

这故事使他的同学听得目瞪口呆。他从小了解张新民的聪明和巧手，对这故事完全信服。于是他就陪他带着那把自制的小提琴来到了厂里，将他的情况原原本本地向厂长做了一番介绍。而厂长虽求才心切，但对此还是将信将疑。耳听为虚，眼见为实。厂长亲自接过张新民自制的那把小提琴从头至尾地审视了一番。接着，从库房成品架上取下几把琴，请张新民逐一评议并分出每把琴的等级质量。张新民不慌不忙，对眼下的三架琴逐一地看看、摸摸、拉拉，最后分别指出了每把琴的质量和等级，还说出了一番道理。终于使厂长不得不信服了。张新民对这三把小提琴的鉴别，竟与中央乐团小提琴家盛中国的评定不约而同。张新民的这一"进厂面试"，让厂长当场惊讶诧异，脱口"叫绝"。

过后，经厂长与书记讨论，一致同意了接收他进厂。只隔一个星期，张新民就来到哈尔滨南岗区奋斗路小提琴厂报到上班。且工作岗位安排在高级提琴车间。这车间一共只有张新民和原来的老师傅两个人。过两年后老师傅退休了，仅留下他一人负责生产和技术把关。这时，他就在这重要的工作岗位上，任劳任怨，认真负责。由他制作的小提琴件件是精品，他制的琴曾拉出过中国最好听的一版《梁祝》。过后不久，唐桂娣也调进了该厂油漆车间工作。

这对音乐伉俪，过去是一个唱歌一个拉琴伴奏，现在是一个制琴一个为琴上漆，两人始终相依相伴，密不可分。虽他们两人工作的内容变了，但工作的性质依然不变，工作的目标、工作的精神更是始终如一。他们上班做工的目标，从来不仅仅为了养家糊口，而总是为了让歌声更嘹亮，让琴声更悠扬。

人生中机遇不会常有，且又往往难以抓住，而"成功"总是给予有准备的人。他们夫妇俩能双双走进这个一般人难以进入的小提琴厂，就是一个很好的例证。而这对音乐伉俪，安于小提琴厂勤奋工作，也正是为以后的成功做着充分的准备。

事实正是如此，他们夫妇俩，在小提琴厂工作，不只是按厂里基本规定的准时上班下班，而他俩在上班之余坚持唱歌拉琴继续不断。他们为厂里组织了文艺小分队。在小分队的演出活动中，唐桂娣的女高音独唱仍是嘹亮清脆、声情并茂，独一无二；张新民的小提琴不仅越来越悠扬动人，且演奏的范围越来越广。不仅为厂里工人演奏，还经常参加市二轻局、市青年宫、市第十届哈尔滨之夏等大型文艺活动的伴奏、独奏，还获得多次演唱和演奏的嘉奖。

胸怀开阔、目光远大的人对暂时取得的一点成功总是感到微不足道的。为了奉献社会，为了实现音乐艺术的圆梦，当然也为了培养下一代的茁壮成长，这一对音乐伉俪，于1994年终于又一次毅然决然地背井离乡。他们离别了哈尔滨老家，来到了"改革发展先行先试"的地方，这里也是唐桂娣的故乡。可是这里生活消费开支大、住房价格高，而对此他们却全然不顾。他们舍得用多年的全部积蓄购买了一套普通的住房，落户在康桥南华城小区，自告奋勇担当起了这里镇和小区的文化艺术志愿者的重任，甘愿为家乡父老乡亲们的文化娱乐活动服务，为家乡的文明建设奉献力量，立志圆好这个音乐艺术瑰丽的美梦。

有充分的思想准备，就有全力以赴的实际行动。这对音乐伉俪来到浦东康桥的十多年间，一年四季总是马不停蹄地奔走在村居、小区、镇里、区里、市里，为群众的文化娱乐活动用心出力。康桥镇老年的才艺比赛、市银发的老年文艺比赛、康桥各小区的文艺演出、全国残运会在上海举行的活动、市举办的诗与歌的比赛、区老年协会"金秋情深"的演讲比赛……场场有他们的参与，场场有他们的获奖。

中国举办的残运会伊拉克代表团的联欢会上，张新民用高亢浑厚的男中音独唱了一首《蜗牛与黄鹂鸟》的寓言歌。他高水平地唱出了歌中蕴含憨厚、诙谐、可爱并具有哲理的深情和韵味，为现场增添了无限的情趣和乐趣。

在2005年秋末的南汇家庭才艺比赛中，他俩与儿子一起表演的诗与歌《我骄傲，我是中国人》，以独创的新形式进行有唱、有诵，有分有合的生动表演，得到了评委的一致好评，受到了观众们的赞扬，荣获了全场比赛的第一名。

天有不测风云，人有旦夕祸福。正当这对音乐伉俪以更高水平、更多奉献、更大活力参与家乡文艺活动，服务于家乡群众之际，凶残的病魔突然缠倒了唐桂娣。

2010年1月24日，在家中正在练声的唐桂娣，突然感到左边手脚麻木，手拿不动东西，脚抬不起来，脑袋发晕，瞬间就昏迷了过去。家人将她急送医院抢救，被诊断为急性脑梗。在医院昏迷了两天两夜，经医生尽力抢救，终于保住了生命。在医院住了14天出院时，左手左脚仍没有知觉，说话似乎失去了功能。不能说话不能行走，成了一个半瘫痪的人。那时张新民感觉真是天塌了，歌声的翅膀断了……

张新民陪唐桂娣出院回到家中，慢慢回过神来，心中寄托一丝希望。希望她还能站立起来，希望她还能继续唱歌，让歌声的翅膀永远翱翔。想着想着，他眼睛湿润了，脑际又浮现了唐桂娣站在舞台亭亭玉立、激情满腔地重新唱歌的形象……为此他鼓起了信心，满怀着深情，一定要帮助妻子重新恢复健康，重上舞台，为群众唱歌，唱出更嘹亮的歌声。

妻子出院后，他昼夜不离，为她熬药，为她喂饭，为她按摩手脚，教她张口说话……想尽一切办法争取使她肢体早日恢复功能。过去家务都是唐桂娣一人包干的。她生病后，家务活就全部落在张新民的肩上。开始，他烧的菜不是咸就是淡，有时甚至忘记了放盐。一次，唐桂娣竟从炒菠菜里吃到一条扎菠菜的绿色尼龙绳。对此，唐桂娣从不计较，而张新民常常内疚于心。

在张新民全身心的精心护理下，她出院一个多月后，手脚恢复知觉了，能稍活动了。两三个月后，她能口齿含含糊糊地说话了。张新民对此信心更足了。他希望她不仅能继续行走、说话，还能重上舞台，继续唱歌。因为，在张新民夫妇俩恋爱时有过誓言："两人的生命为了唱歌，唱歌就是生命。"为帮她恢复唱歌，张新民在家里也练习起发声发音。还抽时间专程到上海中央民族乐团声乐老师那里听了 6 堂声乐课。为了让妻子重上舞台唱歌，他的用心真是如此良苦。

苍天不负有心人。在张新民帮她日积月累的刻苦锻炼下，一年后，奇迹出现了，唐桂娣真的又能唱出歌声了。张新民喜出望外，一天天的苦心努力终于没有白费。他先是拉琴，领着妻子一句一句地唱。走音、跑调了不气馁；唱不动了，歇下来喝口茶，等会儿再练……后来，唐桂娣终于能独自唱完整段歌曲了，两人拥抱庆贺，激动不已。此时，他们感到比什么都高兴。他们就这样天天练唱，天天快乐，从不间断。这既是脑梗后的康复锻炼，又是上舞台的热身准备。

2012 年 9 月的一天，张新民从社区听到消息：在周浦万达广场将举行浦东购物节歌唱比赛。听到这一消息后，他按捺不住激动的心情，立即回家将此消息告诉了唐桂娣，并要她去参加这次比赛。可唐桂娣还有点犹豫，担心上了台，唱不下去怎么办？在张新民的再三劝说下，她才同意去试试。

10 月 3 日傍晚 6 点，张新民用电动三轮车将唐桂娣准时送到了万达广场，准备参加这里的唱歌比赛。可谁知，听说比赛限定的报名人数已满，不再接受报名了。这时张新民十分焦急，就直接去找组委会负责人，向他说明了唐桂娣的实际情况，恳求他同意报名参加。对他说："我们主要是为了唤起她的自信心和对生活的乐观态度而参加比赛的，并非为了得奖……"组委会负责人听了张新民的一番表白，终于破天荒地同意了他们的要求。

唱歌比赛的选手一个个登台演唱，最后终于轮到唐桂娣上场。张新民吃力地将唐桂娣扶上舞台时，观众和评委们都惊奇地看着他们，似乎在问：这样的人也能比赛唱歌吗？张新民向大家简单地介绍了唐桂娣的身体情况，大家耐心地听着，场子里静得出奇。当唐桂娣合着音乐放声高唱："在情里、在梦里，生死相依我苦恋着你"时，台下顿时响起了雷鸣般的掌声。大家被这样一位身怀脑梗后遗症的歌者却唱出了如此优美动听的女高音歌声而深深打动。比赛结束后，评委做点评时特意提到了唐桂娣的《共和国之恋》，以最高分获得了浦东3个赛区之一周浦万达广场赛区的第一名。比赛散场时，好多观众簇拥着唐桂娣，向她问这问那，表示深情的关爱和由衷的夸奖，使唐桂娣得到了巨大的鼓舞。

这是唐桂娣得病后两年来坚持唱歌锻炼成绩的一次测验，也是张新民耐心服侍细心照料老伴的一次亮相，更是一对音乐伉俪深情歌唱的精彩表演。现在他们的努力终于成功了，终于取得了好成绩，终于使花腔女高音的恋歌又在浦东大地上激荡飞翔了。

恋歌高唱情似海

唐桂娣夫妇在周浦万达广场歌唱《共和国之恋》获得成功后，这歌声犹如啼鸣的百灵，飞到了广大的百姓身边，飞到了全国的"知青"群中，也飞到了众多的电视媒体，引发了大家都想请他们再次登台演唱，让更多人再一次聆听他们的动人故事，欣赏他们深情的颂歌。

唐桂娣、张新民深深感到：从小是在党和祖国的教育培养下成为音乐伉俪的，曾为歌唱一辈子立过誓言。然而，几十年来，曾因知青"大返城"而多年停唱，因突然得病而曾一度无法演唱。正巴望着有朝一日还能继续登台唱歌，以歌声来感恩党和祖国的教育培养，以歌声来祝愿祖国日益繁荣富强。现在社会上又为他们提供了登台歌唱的极好机会，他们怎能会放弃呢？于是，他们与"知青"群团、电视媒体一拍即合，对所有的邀请来者不拒。从此使这对音乐伉俪到各地进行公益演唱一发而不可收。

近八年来，这对音乐伉俪不顾有病在身，不怕路途遥远，夫妻俩形影不离，常常由丈夫用轮椅推着她，骑着三轮车，有时自费乘火车、飞机，走遍大江南北，往返南国北疆，屡次寻梦于北大荒，五上央视文艺频道，让《共和国之恋》翱翔在祖国各地，在中华儿女的心中久久回荡。

他们最先来到了上海东方电视台文艺频道，参加了《妈妈咪呀》的节目录制。

他们永远不会忘记，2012年2月15日夜，《东方卫视》播出的《妈妈咪呀》节目中，当从屏幕上插映出第5位选手唐桂娣上场演唱的情景时，观众和评委都被惊讶了。唐桂娣由其丈夫张新民搀扶着一瘸一拐地走上舞台，当其丈夫离开舞台时，唐桂娣的肢体仍然歪斜着，脸部的肌肉正在微微颤抖……此时，也许大家都在担心，这样状态的歌手能唱好歌吗？然而，当清脆甜美的歌声伴随乐曲唱出歌声时，只见拍摄现场的观众都深情地注视着唐桂娣的深情演唱。

"在爱里，在情里，痛苦幸福我呼唤着你；在歌里，在梦里，生死相依我苦恋着你。

"你恋着我，我恋着你，是山是海我拥抱着你；你就是我，我就是你，是血是肉我凝聚着你。"

歌到尾声，台下响起了一片热烈的掌声。而当她丈夫走上台，介绍她的身世后，丈夫又拉起了小提琴，夫妻俩同唱了这首歌。当得知他们通过第一轮评比时，这对携手走过近半个世纪的恩爱夫妻激动相拥，张新民还忘情地亲吻着妻子，现场观众眼含泪水，报以热烈的掌声。这是电视观众都能从电视屏幕上看到的异常感人的一幕。

当这集《妈妈咪呀》刚播完，唐桂娣家里的电话顿时响个不停，从上海、北京、哈尔滨、深圳、海南以至国外的亲戚、朋友、45 年前的知青同事，都纷纷从电话那头传来了一句句亲切感人的慰问、关爱和鼓励的话语。使他们夫妻俩当夜无眠，从中受到了无比的感动和鼓舞。此后不多天，观看《妈妈咪呀》后的书信又如雪片似的从各地飞到了唐桂娣的家里。

有的在信中说："我知道，有许多战友都在静静地等候，等候唐桂娣 45 年后一展歌喉。"

有的说："在泪眼模糊中，我看到大屏幕打出你们年轻时的模样，让激情的我仿佛回到了那个为祖国奉献青春年华的年代。"

一位现居三亚的当年战友来信说："看了你们的演出，让我更加感到，人生最美的风景应该如你俩恩恩爱爱的老夫妻，那怜爱的目光，那互相搀扶，那幸福的微笑，那自信的神志，都是人间美不胜收的情景！"

有的看了唐桂娣在《妈妈咪呀》里的演唱，竟情不自禁地联想起了许多像他们一样的知青伉俪曾相互搀扶、不离不弃战胜病魔的动人事例，从而将张新民、唐桂娣称为知青中的一盏明灯，愿好好地向他们学习。

有封充满感慨和祝福的信中说："我们的战友唐桂娣用她的生命之力为观众，也为我们演唱了一首祖国之恋、生命之恋，爱情之恋，我们为之骄傲。"

他们多次来到当年的"知青"群中，到深圳、北京国粹院，重回黑龙江北大荒，同成千上万的老知青一起边唱歌，边回忆当年上山下乡建设祖国保卫祖国的难忘岁月，边交流各地日新月异的发展变化。

深圳的一名知青在改革开放中自己创业实现发家致富。他不忘知青情，召集全国知青代表在深圳举办历时一个多月的大型音乐会。唐桂娣夫妇作为上海知青代表应邀参加了演出，被安排了多个节目。有两人合唱、独唱《共和国之恋》，有朗诵《相信未来》，有小提琴独奏《金色炉台》，唐桂娣还独唱了《帕米尔，我的家乡美》。当唐桂娣准备独唱《共和国之恋》时，小提琴前奏曲未起全场已响起了热烈掌声。使从不怯场的唐桂娣热泪盈眶，哽咽得发不出声。直到第二段音乐时，她终于跟着音乐唱出了动听的歌声。

2014年10月，秋高气爽，风和日丽。他们应邀来到北京国粹院参加北大荒知青艺术节的演唱。这次演唱会有两万多名知青参加，有87个文艺团队准备演出节目。来参加活动的人员大多是当年黑龙江的知青代表。张新民夫妻俩就是当年黑龙江建设兵团一师三团的代表。艺术节组委会专门为他们备了轮椅车，派了6名知青为他们俩服务。让唐桂娣坐着轮椅车，有人为她一路推行。每当上下楼梯，就由6位知青轮流将她抬上抬下。而他们的演唱，也得到了特殊的安排。三天内，每天从上午9点一直演到下午3点，87个团队只有半数轮到演出。而唐桂娣夫妇俩的节目两天中安排演出了两场，既有独唱伴奏，又有张新民单独的诗朗诵表演："我骄傲，我是中国人。"在台上，节目主持人介绍了他们两人的身世和动人事迹。他们的演唱使全场轰动，掌声经久不息。在台下，许多知青一批批到他们来住宿的地方寻找看望他们，又是问候，又是拥抱，有的还向他们捐款，常常使他们相互间激动得哭成一团。组委会领导看到唐桂娣身患重病，将会间发行纪念章收到的钱，捐给他们4000元，表示慰问。他们为尊重组委会领导的心意先是收下了，但他俩一回到上海，就将这捐款一并转赠给了北大荒艺术团。

以后不久湖南卫视为他们拍摄了反映当年北大荒知青生活的《相会四十年》专题节目。特邀唐桂娣、张新民夫妻俩重返北大荒。火车一路行驶，湖南卫视一路跟拍。当火车驶上黑龙江境内时，唐桂娣夫妇俩对当年生活过的北大荒、当年的文工团、当年下连队演出的小舞台产生了深情的留恋、殷切的向往。一到当年一师三团居住的地方，他们就迫不及待地要去找原来下连队演出过的小舞台。40年来北大荒起了翻天覆地的变化，当年荒芜的黑土地都变成了良地，当年的茅房、土墙房早已变成了漂亮的砖瓦房、高大的楼房，哪里还有当年的小舞台？

为找当年的小舞台，提前探路的20多名工作人员已经在这片土地上开着汽车找了整整三天。找遍了当年50多个连队所在地，问遍了这些地方的领导和群众，但正如大海捞针，一无收获。唐桂娣夫妇俩到了当年三团的所在地后，看到这里发生的变化，感慨万千。而当年的"小舞台"、当年文艺宣传队的形象仍深深地印在他们的心里。大家拗不过唐桂娣一定要寻找到小舞台的愿望，就再次开着车子在周边来来回回找了两三个小时。后来终于在原二十八连的所在地找到了一所农场学校，看到了学校里一个类似当年的小舞台。但当年的小舞台怎能与此相比？而他们为了不失兴致，就组织人员在这舞台上演出了一个多小时。唐桂娣重唱了当年唱过的王芳、江姐的歌，张新民拉了《梁祝》《流浪者之歌》等小提琴乐曲，终于让他们激动的心情回到了当年的岁月，畅抒了一番知青的情愫。

湖南卫视将此拍成纪录片相爱 40 年《蝶恋高歌》，让人们看到了激情似火的中国大地上，纯美的爱情是多么深情、多么高尚。

2018 年 11 月起，央视文艺频道连续两年先后 5 次邀请唐桂娣夫妇到中央电视台录制文艺节目。录制好《向幸福出发》刚回家，又接到电话要他们参加《我要上春晚》节目的录制。他们先唱歌后拉琴只有短短三四分钟，而动人心弦的人生故事他们足足讲了 18 分钟，使现场气氛热烈感人。观众们一次次的欢呼，一阵阵热烈的掌声，也感动了评委和歌唱家。著名演员凯丽流泪上台向唐桂娣献花，还与张新民合唱《好人一生平安》。歌唱家张信哲说："我唱了十年的'爱'，今天看到了他们才是'真爱'，并上台为他们献歌拥抱，现场呈现出激动人心的气氛。张新民、唐桂娣哭了，凯丽哭了，张信哲哭了，现场的观众都被感动得哭了。节目始终洋溢着"爱国、爱家、爱亲人"的深情。节目组的凯丽还为唐桂娣准备了婚纱，圆了张新民、唐桂娣几十年的婚纱梦。

两名北大荒知青的《共和国之恋》，让所有善良的人们深受感动，爱原来这么伟大！大家一起努力，让爱永驻心间，让爱永远相伴，让爱永存甜蜜，让爱永驻人间！

作者:顾洁迈，中国民间文艺家协会会员，创作出版有《万之文集》，《心阶碎录》等文学作品集。

众里寻他千百度

□ 胡国良

康桥，康桥，康桥

一

最早对"康桥"两字有印象，是因了徐志摩的《再别康桥》诗：

轻轻的我走了，

正如我轻轻的来；

我轻轻的招手，

作别西天的云彩……

我当然知道，志摩先生笔下的康桥，是建在康河边的剑桥大学，且远在英国。而我如今注目的却是浦东康桥——此康桥，是桥名，更是地名。

我当然知道，此康桥，非那康桥也。但，这又有什么呢？

也许是缘，先知如志摩者，都愿意免费为康桥做广告！

二

浦东康桥，在改革开放中崛起的康桥，当然与"康"有关系。

康字古形为：下部为米，意为腹中有粮；中部为左右两只手，上部为所举之牛。整字含义为吃得饱饭、力能举牛，即为康。

《词典》说"康"，有"安宁、宽阔、丰盛"之义。这些，好像都是浦东康桥的预置词，或者说，是浦东康桥的另一种表述！

还有，"康泰""康健""康乐""康宁"这些字眼，也好像都为康桥量身定做！

也许是按图索骥，也许是一份慷慨的担当——你看，鱼米之乡的康桥，自新中国成立以后，就发生了脱胎换骨的变化：农业生产连年丰收，各项事业蒸蒸日上，人民生活不断改善；这里，还曾培育生产出许多名、特、优蔬菜，在市民中享有很高的声誉，成为上海重要的蔬菜基地之一；特别是在改革开放后，康桥镇人民抓住机遇、锐意进取，建立起了开南汇县先河的"康桥工业开发区"，为地方经济社会发展插上了腾飞翅膀。

三

"康"字的本义为安宁和乐，与"怡"，堪称门当户对——这，让我想起了当下康桥的助老康养项目"爱心银行"，还有就是曾经宜居安乐的"怡园"。

怡园的怡，出自《论语》的"兄弟怡怡"，意指兄弟和悦相亲。

北京有怡园，也叫"自怡园"，那是清康熙年间武英殿大学士明珠的邸园；苏州有怡园，那是清光绪年间富绅顾文彬的私人花园；没想到，在康桥镇怡园村6组，曾经也有一座怡园，见证了这片大地上的康乐生活——

怡园，原是一座奢华的地主庄园，相传是浙江宁海籍的侍讲学士方孝孺的后裔奚鉴英始建。据说方孝孺被株连十族后幸存之一裔，潜至金山卫改姓奚；而后又举家从金山卫分移三处——上海县召楼、南汇县瓦屑及横沔怡园村（现属康桥镇）。其中，横沔的奚氏传至奚东村时，家业已颇为"兴盛"，单农田就有300余公顷；传说西行直至周浦镇，中间仅有两块田属别姓。奚东村为显示其门庭富豪和铺排生活，曾多年运筹建造一座大庄园，然而，卒前终未实现。其子奚鉴英（人称学长先生）继承父业，于清嘉庆元年（1796年）起，请来四方能工巧匠，大兴土木，历时十一年之久、耗银几万两之巨，建成此园，并收罗各地嶙峋怪石、名贵树木、奇花异草，以怡心养性。

据奚氏后人及附近年逾花甲的长者传称，庄园坐北面南，占地两公顷余。整个庄园分东西两个部分，东为奚氏住宅，西为花园，中间由园墙和倚墙而建的"长寿无终"廊将园隔开。

奚氏住宅院西毗"长寿无终"廊，正中七埭进深，两翼厢房复叠，连附属建筑在内，全庄园有房屋460余间。东西两侧各有南北向走道，俗称"蟠龙"（盘弄）。

花园部分，东起"长寿无终"廊，西至"得月"廊；北起"四面"厅，南到"牡丹"亭。中间配有荷花池、旱船、假山及亭台楼阁。花园正面大门名曰"花门楼"，门楼上有用隶书题写的"怡园"两字。

"旱船"（又称船舫）可算是园中一大胜景，其坐落花园正中。说是船，其实是由三间别致的建筑构成，踏上前舱，抬头便见"话雨篷"三字大匾。20世纪60年代初，这里还留有"船舫"的遗迹，如今已一无所存。

据说园内还有一块叫"沈狮峰"的英石，产于广东，奚氏花了千两白银从一姓沈的官家买来，石长0.76米，宽为0.5米，背后有乾隆皇帝的跋和宝御印信。所惜者，这些名贵珍品，历经涤荡，均已与岁月共逝，至今可闻而不可见。

清《光绪南汇县志》所录"怡园"：怡园在北七灶，清嘉庆奚桂森别墅。中有"话雨篷"，冯金伯书；额"宛在舟"，沈伦书；方厅"敬有可观"，贺隆锡书；西墙"得月廊"及西厢"遗庐"，王成瑞书并跋。又有奇石一，曰"狮峰"，为太常沈宗敬故物，沈尝因以自号。玲珑皱透，水竹间得此，颇有胜趣，今园已仅存其名。

四

康桥、康桥、康桥，当然也与"桥"有关系。

康桥作为一个地名，并非拍脑袋而来。有一座桥做根基，就像圆心的那个点。

现代的康桥，可以看作是一架古石桥的抒情——康桥域内有一条名谓"大圣港"的河流，港上有一架石桥，原名叫"康锡桥"，后因此桥附近集居了不少康姓人家，就被路人习惯称为"康家桥"，简称"康桥"。

此桥，之所以成为水湄康桥的聚焦——首先，归功于邻村的钟情，把心底的爱，为一个村子冠名；后来又赶巧，当开发开放的政策与发展需要挤眉弄眼时，定亲的场子却使人颇为踌躇，怎么办？众里寻他千百度，蓦然回首，"康桥"却在静静翘首以待。

1992年，以此为中心、覆盖8平方公里的康桥工业区，就此诞生。灯火阑珊的康桥，就此架设在开放大潮汹涌而来的时代河流上！

五

软泥上的青荇，

油油的在水底招摇；

在康河的柔波里，

我甘心做一条水草……

逗留康桥的日子，我都有去看一看百曲港的冲动——在如今康桥镇的最西南角，有一条特别弯曲的河流，大的几百米一个弯，小的十多米一个弯，一弯连着一弯，全长约5公里的河道上，竟有上百个弯！

这些弯，可不可以看作康桥的历史印记呢？在这里，我姑且不展开。这些弯，可不可以看作是坎儿呢？康桥人从来没有过不去的坎儿，这些事，我也姑且不展开。

我只想说，若要追寻康桥的源头，就要到这里来走一走；我只想说，这里曾有一个历史悠久的百曲古镇，在后人"先有百曲镇，后有周浦镇"的辩说中，以及"百曲小镇半苏州"的吟咏中，昭彰着一个信心满满的康桥！

宁远，一方水土精神康养的家训

人事有代谢，往事成古今。江山留胜迹，我辈复登临。

古人习惯把家族或宗族的世系轨迹，交付给笔下的钩沉图籍，并刊刻在一本书里，这本书就叫家谱或宗谱。仿同这情形，不少地方也有类似家谱或宗谱的文化符号，流脍人口，规诫后人，睦族收族，成为这个地方聚群而兴的生命航灯。

精神康养，康桥有远古的源头可以追溯。其历史的欸乃声，就显影在横沔社区的一座名为"宁远桥"的古石桥上。

一

定位这座古石桥，先得从横沔古镇说起。

横沔，古称吉氏盘、小五灶。

何时称吉氏盘，查无史料记载；为何称吉氏盘，倒还有一点线索。

盘以承水，许多后人的解读就顺着这个思路，归结为那里有一条名为"吉氏盘"的古河道；况且，"吉氏盘"所傍岸地，也有地形如盘的巧合。

在我看来，这也许是一场误会。实际上，"吉氏盘"为"兮甲盘"的历史流变，是吉姓后人对家族图牒的专用称谓，源于中华吉氏鼻祖兮伯吉父铸铜成法的典故。据《元和姓纂》所载，上古周宣王有个贤臣叫尹吉甫，他的支庶后代以祖字为姓，世代相传姓吉。

兮甲盘，西周晚期青铜器，宋代出土，中国国宝级文物。圆形，附耳，盘沿外侈，内底趋平，盘沿下饰窃曲纹，圈足缺失，传世状态明显，内底铸铭文 133 字，记述兮甲随从周宣王征伐猃狁日对南淮夷征收赋贡之事。兮甲盘的铸制者为尹吉甫，祖籍古南燕国（河南）姞姓，迁居楚地后从楚风为兮氏，名甲，字吉父，在西周王朝任"师尹"之职。

小考浦东吉氏源头：北宋靖康元年（1126），为避宋、金战乱，山西汾州吉氏族人吉福一与其两个从弟一起，从山西迁徙江南。网上有一段资料，也可参阅：云南华水盘铺"吉氏宗祠"大殿的山墙上嵌有一块石碑，碑上刻有清乾隆举人魏藩所撰《建祠序》，称华水盘铺吉氏先祖"原籍金陵嵩（松）江府上海县，自洪武开滇，授以正值军部之职，因卜居焉"。

由此可证，早在元代之前，吉氏族人已迁徙至浦东居住。换句话说，古时横沔这一带，有吉氏族人傍河而居，遂有河道"吉氏盘"和地域"吉氏盘"的名称流播。

顺带说，若吉氏盘开启了横沔，那卜兆之功堪称汤汤。

二

至于"小五灶"称谓，《横沔镇志》凿定为宋代，同样称其得名于一条河流。这条河流位于吉氏盘港南侧，与盐业纽结，时人在此烧盐并居住，便以灶门港编序的"小五灶"命名——据说，小五灶港所傍岸地，又一个地形如盘！

还有地形如盘的，那就是夹在"吉氏盘"和"小五灶"中间的"诸氏盘"。这里也有一条河流，傍着一块椭圆形的地块；那河流，同为南汇古代 38 条灶门港之一。

按我的推理，"诸氏盘"走进志书，大概也是早先诸氏族人在此生活烙下的印记。

一把抓起"吉氏盘""小五灶""诸氏盘"，放进南汇古地图仔细一瞧，你不想开悟也难。原来，除"小五灶"称谓出处被南汇盐业灶门港锁定之外，"吉氏盘""诸氏盘"都因地而名——那一方方椭圆形的地块，正是康桥先民"熬波煮海"制盐的盐田。

元人陈椿在《熬波图》一书的序文中描述这一带的过往，说："滨大海，枕黄浦，距大塘，襟带吴淞、扬子二江，直走东南皆斥卤之地，煮海作盐，其来尚矣。"

如果我们穿越时光隧道，来到宋元时代的横沔，大抵可以看到这样的场景：一望无际的盐场相接、盐田相望，码头、船只、盐仓成为唯一可以聚焦的景点，往来穿梭的是盐丁、盐贩、盐官和各色商人……

三

话题至此，很有必要请出那条沔溪了——也就是后来的横沔港。

沔，即为水满之意。《南汇老地名》说：横沔集镇，从元代开始逐步形成。横沔港在元代称沔溪，所以集镇也称沔溪。明代《嘉靖上海县志》记作横眠——传说，南北向的横沔港直似旗杆，南端折向西北的摇沙港到小高峰与东通横沔港的沿船港汇合，岸上土地构成三角形，小高峰是一块尜地，恰似旗杆，整个地形好像一面横卧的三角旗，便有"旗杆跌倒——横眠"的歇后语流传。有文人智性乐水，易"眠"为"沔"，横沔之名由此而来……

传说，毕竟是传说。从历史地理的角度看水系构成，以及放在浦东昔日

"熬波煮海"的大背景下，前面提到的小五灶、诸氏盘、吉氏盘，只不过是宋元在旧河道基础上为制盐和运盐之需，而辅以人工疏浚的东西向水道。开初重在引入咸潮至盐田，利用日光和风力逐渐使海水蒸发，慢慢浓缩，使食盐呈结晶析出；后来滩涂淤涨，盐田外移，其主要功能只在运盐了。但不论哪种情况，都需要一条南北向的"纵浦"加以贯通；早期称"都台浦""沥溪"的横沥港，横空出世，一下子成为这方水系的枢纽——我敢肯定，"横沥"之得名，只是对那条横向"沥溪"的极度推重而已！

四

写一座古石桥，为什么要说那么多？

因为这座古石桥的地理位置，在后人笔下说法不一。

光绪《南汇县志》，称其"在横沥镇东南"；雍正《分建南汇县志》，则称"在镇间"；而乾隆《南汇县志》，记载为"跨诸氏盘"；网上唐建明老师的《踏访手记》，则称"南北横跨在小五灶港上"，又说"桥下的小河大概就是市河吉氏盘港了"……

这说明什么？唯一的解释，是横沥集镇发展的位移，以及造化播弄改变了这一带的水土形态；换句话说，宁远桥所处的位置，正是昔日横沥集镇的中心点，聚焦了一方地域远去的繁华，蛰伏着聚群而兴的那盏生命航灯——宁静方致远。

"横跨小五灶港南北向的石桥，有宁远桥……"顺着《横沥镇志》的指认，5年前的那个早春，我揣着一份寻芳历史文化的急迫，实地踏访了横沥古镇，凝眸那座寂立时间深处的单跨斜坡石板桥，真切地接续了那似有若无的历史欸乃声……

河流已有些淤塞，两岸还能看到水岸人家风光断片。桥栏上刻着卷曲的花草，两边各刻着"吉祥""如意"，一侧桥栏上刻有"乾隆二十三年……重修"的字样，另一侧的桥栏上刻有"康熙"年号——当然，这是网上游客两三年前看到的情景。

而我，轻轻地抚摸一下"中大街"上盘曲街路的石板，遥对岁月深处那些百货、棉布、药店、茶馆、肉庄、米行、典当等商铺的一脸无奈，还能做的，就是站在宁远桥上，听远古的海潮声，捕捉由盐而兴的市廛掠影，顿发思古之幽情。

据清雍正《分建南汇县志》记载："横沥市在周浦东北约二十里，北八灶稍北直西十五里，居民约数十家，有宁远桥，东至七团，西至周浦，南至六灶镇。"宁远桥地理位置上的"远",可见一斑;至于另一层意义上的"远",即"招徕商贾,遂成集镇"。

那"远",当然不止这些……

若因功而论,里人华能恒值得推崇。多部志书一致认定是他建造了宁远桥,《横沔镇志》又凿定他"广筑市廛"。

盘点这方土地上的前贤功绩,华能恒堪称大家手笔。人人网载:华能恒,号立方,清康熙年间由附监生考授州同知,未出仕;家居近横沔港,广筑市廛,招徕商贾,遂成集镇;著有《诗韵释要》,尚刊刻敬业堂版《四书五经》,以校雠精审著称,时誉为"华版"。

我知道,一个书生最伟大的梦想,不会停留在"造桥通埠"的行善上,也不会满足于"市廛所会、万商之渊"(晋左思《蜀都赋》)的物质堆叠,恰恰会在精神领地筑上那么一间小屋,安置灵魂的游走。

五

宁静致远——平稳静谧心态,不为杂念所左右,静思反省,才能树立和实现远大的目标。此句最早出自西汉初年刘安的《淮南子·主术训》,诸葛亮的《诫子书》也有引用。

《淮南子·主术训》说:"人主之居也,如日月之明也。天下之所同侧目而视,侧耳而听,延颈举踵而望也。是故非淡泊无以明德,非宁静无以致远,非宽大无以兼覆,非慈厚无以怀众,非平正无以制断。"

大自然的秘密常常是潜藏在平静处的,浮躁、急功近利都难以触及它的奥秘。心里如果有杂念,就不能达到成功的境界;想要成功,就要心无旁骛地专心做一件事情。

若没有"宁静致远"的理想设计,能有昔日舟楫不停的繁华?能有如今康桥的紫气东来、云蒸霞蔚、灯火阑珊?

康桥先民非常重视门风家传,对子孙立身处世、持家治业多有教诲,常常会以家书形式诫训,以资子孙遵行;也有别出心裁的,竟把家训刻在了一座古石桥上。

翊园,犹抱琵琶半遮面的康乐生活

那河畔的金柳,

是夕阳中的新娘；

波光里的艳影，

在我的心头荡漾……

康桥人，有他们的康乐生活，这是肯定的；康桥人，对他们的康乐生活不太张扬，有着"犹抱琵琶半遮面"的含蓄，这也是肯定的。

那就要说一说位于横沔社区的翊园了——1949年，这个地方先被用作南汇县第二乡镇联合办事处的办公用房，后又作为国家粮库；1954年，这个地方改为敬老院；1960年，这个地方又改为上海市第二精神病疗养院。

请关注这几个词：园林、敬老院、疗养院。

抚今追昔，也许，我们会看着横沔的日新月异而心有所思？思人睹物，也许，我们会望着翊园桥两旁的垂柳款款而乡愁一片？

一

翊园，是一座欧式建筑与中式庭院文化合璧的私家园林。经上海市园林局相关专家对园区植物考证，有百年以上古树32棵，有建园时所栽银杏两棵；而南大门内曲廊两侧4棵凌霄，则为上海市树龄最大的古藤。

翊园，始建于1921年，竣工于1928年，全园占地18731平方米；翊园，被附近民众俗称为"陈家花园"，又被走过"洋码头"的人称为"小哈同花园"。

园主陈文甫，是横沔本地人，曾经当过哈同的管家。哈同，是英国籍犹太裔人，19世纪末、20世纪初，在上海开发房地产暴富，成为上海"十里洋场"知名的大亨；哈同，曾在上海寸金之地，拥有阔绰无比的"哈同花园"。

估计陈文甫也捞了一票，他回乡后，就仿照"哈同花园"的样式，在自己的家宅基地造园；因时间或规模有异，便有了"小哈同花园"之称。

当然，也排除陈家祖传资财丰厚。

二

陈文甫，小名翊斌，便将自家花园取名为"翊园"。陈文甫的父亲叫陈子敬，是一个很有名的清末艺人，被人推崇为浦东派琵琶的一代宗师，有"天下第一琵琶"的雅称；联想及此园长期未向社会开放，不免让人有"犹抱琵琶半遮面"之感。

翊园既然小心翼翼，鲜为人知就是必然。

翊园三面环水，正门向西南，典型中西结合构造。硬山灰瓦顶，门额镶回文边砖雕框，书"翊园"园名。门为石拱顶，两边欧式方柱，柱上方有高浮雕图徽。围墙两旁弧形延伸，呈欧式风格。正门前有一羊肠小道，出门往右通向横沔古镇，道路边一条河向东西延伸，河对岸是大片的竹林；据说建园时设有码头，来自黄浦江的船舟可直接驶入靠岸。

深藏不露的翊园，真的有些让人叹服的腿脚功夫。

一为中西合璧的园林建筑，有堂、轩、厅、亭、小筑、石塔等；轩亭四起处，但见曲廊萦带。二为数量众多的古树名木、百年枸骨、挺拔雪松等，蔚然成林。三是世所罕见的珍贵奇石，千层石、太湖石，还有许多不知名的石，都伫立望风。四是多彩的卵石，妙思偶得之，铺设成了独特的地景文化。

三

偶然的机会，邂逅"犹抱琵琶半遮面"的翊园，幸呀。

园坐北面南，大门前一泓清水，名花园浜，原为小五灶港。进园，迎面是一组石笋和松树组成的花坛；环坛，即五色鹅卵石铺成的迎宾大道。由卵石铺成的各种图案，都奔向"吉祥如意"的主题；每块地景，长宽一米五左右。

正门进入的第一幅图案，是一个瓶子中插着三杆画戟，寓意"平升三级"；接下去的一幅图案，只见一猴子跃起于马背之上，寓意"马上封侯"。

沿道而行，陆续有"麒麟送子""五谷丰登""望子成龙""松鹤延年""快乐如意"等图案，坦诚了园主人对康乐生活的热望。

石径向三面延伸，其中"凌霄古藤长廊"两旁多栽金桂；每到八月飘香，长廊里遍地金色，好似一条康庄大道；廊畔植有百年凌霄，藤如乔木，开花时蜂蝶萦绕。

尤其值得一说，长廊之北有一块汉白玉石碑《翊园记》——此碑立于1933年，阴文雕琢后，每字内钻细孔，融铅其内、抹平冷却，使碑文均成铅字。碑文记载了建园的前后缘由，提到了园主的父亲"尤精琵琶，能以琴曲为之"。

此种工艺之碑，据说是国内唯一。

《翊园记》撰文者夏寿田，桂阳人，光绪二十四年的榜眼；而碑文书者为郑沅，长沙人，光绪二十年的探花。

四

生存空间的布局，是生存理念的流露。

翊园东首的二层楼欧式建筑，前有小庭院，中有小天井，是当年主人的住宅区。

门口装着大铁门，门窗镶嵌着欧式花玻璃。住宅楼的西南角为承礼堂，一幢典型的中国古典建筑，坐北朝南、面阔三间，硬山灰瓦顶，周围有回廊，并装有朱漆拼花栏杆。

承礼堂东稍后有一宅院，为当年主人住房。门前青桐覆荫，两旁各有珊瑚石盆景；面对着大门，有石山树木布成的长方形土坛，像一幅巨大的屏风，正中石上篆刻着"瑞云"两字——据说，此石十分名贵，与豫园中的玉玲珑齐名。

继续抬步向前，或东或西拐弯，有太湖石堆叠、湖心亭八角飞檐，水瓦盖顶；有溪水潭、白莲池为辅；有九曲桥相接，其回廊内百兽相迎，出神入化、匠心独具——可谓，山水相依、一步一景；梅林、桂林、桃林，错落有致，一草一木别有风韵。

陶渊明心系的桃花源，也不过如此吧？

陈翊斌借助奇石、异峰、古树，于寻迹自然、寄情山水、追求超脱之余，是不是把自己扮作了近代康桥的陶渊明？

五

在翊园，我似乎邂逅了展颜欢笑的陈翊斌，只是他不再少壮华年，脸上有许多山的皱眉、水的波纹。我想，不管他在翊园生活了多久，因过往烟云的浸染，于他的内心世界，也积了些尘土，也积了些水吧。

离开翊园，我在翊园桥稍做漫步；也不知旁边这些繁茂的柳树，是否陈翊斌所植——微风扬起，有一份沉浸的展示让人感动；有一份如泣如诉的表述，让人唏嘘。

杨柳不问人间兴衰，从幼稚到繁盛，又自顾自地慢慢老去；但，人却多情好事问杨柳。宋代晏几道有词："渡头杨柳青青，枝枝叶叶离情。"词人在岸边痴痴送别，硬让垂柳的一枝一叶都染上了离愁别绪。

辅助或明日，谓之"翊"；文武双齐，谓之"斌"。抚今追昔，陈文甫的文，已由翊园的文化展示而可见一斑；而陈翊斌的武呢，可是"折得一枝杨柳，归来插向谁家"的寂寞与无奈？或许，人只能生活在一个特定的时段，他本身不过是未来的辅助；或许，期望美好的明日，也是人的精神依归。

那柳荫下的一潭，

不是清泉，是天上虹；

揉碎在浮藻间，

沉淀着彩虹似的梦。

本草，对天下康宁的深情演绎

寻梦？撑一支长篙，

向青草更青处漫溯；

满载一船星辉，

在星辉斑斓里放歌……

大众化的印象，康桥已是熙熙都市的缩影；其实不然，康桥也有独特的田园风光，其潜在的优质土地资源，不仅为创客打造新型农业产业链提供了可能，而且从更宽阔的空间上，释放了康桥人对天下康宁的一片深情。

只有想不到，没有做不到。

作为康宁生活的主题拓展——益大本草园，对康桥这片大地上的中医药文化进行了深度挖掘，开出了一朵农业中草药的奇葩。

这几年，笔者先后 3 次走进沔新路 599 号，曾对上海康桥药业有限公司董事长陈维荣进行了采访，不仅当面聆听了他的诸多创业故事，为他孜孜弘扬中药文化的那份投入所折服；也实地踏访了由他一手创建的益大本草园，目睹了康桥"本地药草"争奇斗艳的风采。

一

陈维荣，出生于康桥镇和合村的一个中草药世家。

曾祖父陈心一熟稔岐黄之术，精业于药材交易，于清宣统二年（1908 年），筹措银两择址上海南市外咸瓜街协兴里 2 号，创办益大药行；专营东西洋参、关东梅花鹿茸、四川雪花银耳、南北地道药材。

1941 年，父亲陈麟清继承祖业及药材炮制技艺，他恪守遗训、重视药材品质，终以重德守信、货真价实而广受沪上百姓的青睐，益大药行声名鹊起。新中国建立后，产业被公私合营，陈麟清因家庭成分而被清退回老家务农，直至 1969 年郊区发展农村社队工业，他才得以重新出场，受聘大队中药材加工场业务员，四处联系中药材业务。

1981 年 4 月，陈维荣跟随父亲进入中心大队药材加工厂"跑外勤"，并于日后创办了上海康桥中药饮片有限公司——从此，他被囚禁在药园、药草堆、药汤的世界里；从此，他被困锁在"悬壶济世"的风雨中……

二

在陈维荣数十年的苦心经营下，"康桥中药饮片"产品销售网络覆盖上海市各大医院药房、中成药厂，甚至还走出国门，出口到英国、荷兰、日本、新加坡等国家和地区。

事业做大了，陈维荣也有钱了——但他的钱，都转向了他手下职工们的未来生存路径，都转向了他亲手所创制企业的血脉延续，都转向了他心心念念的传统中医药文化世界。

"企业产品的生产都有升级换代的周期，行业发展也有此起彼伏的规律——我有什么办法呢？"陈维荣如是说。他一边转动座椅，一边对我耸肩摊手。

一会儿，我无意中提及企业未来的话题，似乎点击了他兴奋的开关，或者更准确的说法，此话题为他的爱心话题做了铺垫，正中他的下怀呢。

于是，他语气十分肯定地对我说：只有胸怀康宁的农业，尤其是注入文化内涵的爱心农业，才会永远立于不败之地。

三

有点年龄的人，恐怕都吃过中草药或中成药；但见过原生态中药材的只在少数，更遑论能有幸一睹田野上正在生长着的鲜活中草药了。

现代发展，不自觉间排斥、挤对了一些传统的美好留存，悲也。

中草药，自然蒙上一层古老的、传统的、神秘的面纱。

现在，若想揭开这层神秘面纱并不难，就请你到康桥镇横沔社区沿船港南畔的益大本草园来吧——与笔者一起看杏林、观荷塘，寻芳黄杨、苏铁、芡实、香蒲……

这里，有种植 460 多种中草药的 300 多亩种植园区，有展示 1000 多个中草药标本的近千平方米展馆，还有陈列各种中医学医具、医书及许多中医科普知识的医技馆等，是一个名副其实、全国少见的中草药大世界。

四

小桥流水，亭台楼阁，芳草依依，标本成行，药膳飘香。

在这里，可以欣赏从浦东动迁工地上抢救下来复原的老宅、老桥，采一朵香气扑鼻的梅花入药，看看中药博物馆里 100 万年历史的猛犸象牙，喝一杯补气活血的五参扶正茶，按照剪纸长卷的引导、打一套华佗发明的五禽戏强健筋骨，学习一下炮制中药的 16 道工序……总之，这个由中药世家第四代传人兴建的益大本草园，四处都浸染着浓浓的传统文化氛围。

本草园的源起，与不起眼的蚯蚓有很大关系。

2009 年，陈维荣拿下这块地养殖"沪地龙"（蚯蚓）。它是道地的上海药材，而且主要产于浦东南部地区，在药典上，以"沪"字命名的药材仅此一味。蚯蚓饲养于地下，如何利用地上部分，陈维荣由此萌发造园念头。

五

春风和煦满常山，芍药天麻和牡丹；远志去寻使君子，当归何必找泽兰。

这里有不少耳熟能详的植物，比如，春有梅、杏、桃，夏有莲荷、菖蒲，秋有凌霄、藿香，冬有蜡梅、结香。

一年四季，有景可赏，有药可采。

近年来，益大本草园为国内各大知名医药公司提供优质中药材，其中，板蓝根、益母草、藿香、薄荷、金银花、乌梅、黄精、垂盆草等物美价廉的中药倍受市场青睐。

另外，益大本草园在种植中药的同时，也同期进行国内稀缺的名贵中药研究。

譬如，对"沪地龙"繁殖生产研究，被列为国家发展改革委员会和国家中医药管理局2012年现代中药高技术发展专项项目，国家卫生部副部长、国家中医药管理局局长王国强2012年4月专程视察了益大本草园"沪地龙"科研基地。

六

陈维荣开园，有着不一般的用意。

当年养殖"沪地龙"，一方面，是制药业对药材的需求；另一方面，是他实施与农民联手致富战略的尝试，"我提供肥料给你、你提供蚯蚓给我"的土办法，每年既能为当地农民增收460万元，也为百姓后续小康生活接力。

同样的道理，药材种植不仅是陈维荣对"本草"文化的拥抱，也是他颇费苦心引领乡土农业保收、增收的一种示范举措，更是他寄望"天下康宁"情怀的诠释。

由于药材经处理后不易腐烂变质，较之瓜果蔬菜，储存时间大大延长，农民承担的风险也有所降低。就像陈维荣所说的那样，"我们对药材，是'一季收、四季用'；农民有多少，我们包收多少"。可见，现代农业有许多不同的发展路径。

益大本草园——从有益大众出发，以养蚯蚓、引种药材为耕作方式，辅以养身颐心的园林景致，正书写着如今康健的康桥、小康的康桥、"达则兼济天下"的康桥。

但我不能放歌，

悄悄是别离的笙箫；

冬虫也为我沉默，

沉默是今晚的康桥！

作者：胡国良，自由撰稿人。

一座桥，连接着一条康庄大道

□ 胡国良

谁能听懂僻隅的心事
曾经的望河兴叹，曾经的贫瘠无奈
又如何找到对接希望的卯榫结构

康桥，从一架小木桥走来
以过河的方式
给每一声"咚咚"的脚步导航

待到这爿土地拥有了一个工业开发区
并用水汪汪的"康桥"名字注释
此时，鲤鱼突然从水里跳出来
挂在我们惊奇的目光上

从此，一条通向未来的道路
与繁荣和四通八达结亲
从此，这爿区域大地
都要用康宁、康乐、康泰、康顺、康裕、康隆
这些含"康"的词汇来比喻

若把这里30多年的欣荣发展
比喻成一场蓊郁的爱情
那么，一座名叫"康桥"的历史之桥
就是月老

创业创新攀新高

□ 陈志强

前言

金秋十月的一天，我有机会采访了康桥镇土生土长的农民企业家、上海申怡机械设备有限公司董事长许秋亭。

他的创业创新、拼搏奋斗，他创办的企业，与康桥改革开放同呼吸共命运，见证了康桥的发展变化，这不是很有意义吗？

一

康桥大地上风起云涌的创业创新，正越来越多地催生出一批充满创造力的企业家，上海申怡机械设备有限公司、上海纳申汽车零部件有限公司及上海申怡物业管理有限公司的董事长许秋亭，就是一名怀抱创业理想不断奋发进取的成功代表。他是康桥镇工业的先行者，为康桥镇乡镇工业的发展做出了突出贡献。

来到航鹤路2298号上的上海申怡机械设备有限公司，墙上的"不忘初心、牢记使命；奋发有为，搏展宏图；天道酬勤，厚德载物；宁静致远，共创未来"几个金色大字格外醒目，一幢幢厂房排列整齐，绿化环绕环境整洁，车间里机声轰鸣，一派繁忙有序的景象。

"没有改革开放的好政策，就没有康桥的今天，也没有申怡的今天。"74岁的许秋亭神清气爽，步履稳健，每天不辞辛劳地在公司里忙碌着，充满了活力。一说起申怡的创业史，他感慨万千。

许秋亭出身于康桥镇新苗村农家，父母养育了七个孩子，五男二女，许秋亭是老六。"那时候物资匮乏，能吃饱肚子已经很不错了。"说起小时候的艰难，许秋亭感慨如今翻天覆地的变化。他父亲是做小生意的，有时还做裁缝，母亲务农，为了能使生活过得好一点，父母起早贪黑干活，但每年的结余很少，也就是能维持温饱。母亲常对他说：只要手不懒，到哪里都有饭吃。

俗话说，穷人家的孩子早当家。懂事的许秋亭过早地担起了父母的艰辛。小时候，他放学后就帮着大人做家务、干农活，淘米洗菜、挑水、插秧等样样都干。

有一件事可以说明许秋亭的懂事。5岁的时候，许秋亭的身体单薄体质弱，有一次，他患上了一种类似疟疾一样的病，经常要发烧。一天清晨，母亲给许秋亭穿衣服，许秋亭偶然发现母亲在他衣服的口袋里放了几粒螺蛳。许秋亭心想，母亲为啥在我的衣服放了螺蛳，一定有什么用处吧，所以他一直把螺蛳藏在口袋里。过了两天，他听到母亲在和姨妈说话，母亲说，伲秋亭已经好了，螺蛳还藏在口袋里。姨妈说，你孩子真乖，我家的孩子口袋里的螺蛳早被扔掉了，孩子的病还没有好。过去农村医疗条件差，在小孩口袋里放螺蛳是当地流传的一种风俗。这件事在一定程度上也说明了小秋亭的聪明听话。

许秋亭的父亲有一艘5吨左右的小船，每天摇着小船到农户那里收购柴草，运到窑厂"以柴换砖"，然后到乡下卖给农户，靠体力赚一点"辛苦钿"。

许秋亭说，他还在10岁的时候，便跟着父亲去摇船干活了。一个北风呼啸的寒冷冬天，他和父亲、哥哥父子三人将满载柴草的船摇到奉贤泰直乐善窑厂"换砖头"，卸下柴草之后，接着就将岸上的砖头搬到船上。秋亭的哥哥因为感到累了，所以不愿意搬砖头，被父亲大声呵斥。秋亭咬紧牙关坚持搬运砖头，搬运砖头是体力活，干得汗流浃背，停下来却感到寒风刺骨。当天晚上，许秋亭感到头昏脑涨，身体发烧，晚饭也吃不下，倒头昏睡。第二天一早起来，他感到好一点了，就和父亲一起将满载砖头的小船摇到横沔，然后又是卸货搬运砖头……

有一次，比他大两岁的哥哥不肯去摇船，父亲便让还在读书的许秋亭去摇船，因为怕秋亭也不肯去，所以将秋亭的书包拿掉，一定要让秋亭去摇船。"父亲逼还是年幼的哥哥和我干活，是为生活所迫，没办法啊！"许秋亭回忆自己的父亲，不禁热泪盈眶。

1957年5月的一天，父亲和他摇船到花木红卫农药厂去送砖头，从周浦出去沿着咸塘港摇船，快到花木红卫农药厂还有二三百米的时候，突然涨潮水了，水流湍急，逆水行船困难。于是，父亲上岸拉纤，由秋亭在船上掌舵。父亲弯着腰，弓着背，吃力地拉着船前行。突然，只听"啪"的一声，纤绳断了，满载砖头的小船在激流中失去动力，船头开始打横，随时有翻船的危险，小秋亭在船上急得大声呼救……父亲情急生智，一下子从五六米高的岸上跳下河，奋力抓住了水中余下的半截纤绳，然后使劲拉住纤绳，拉一下，又放一下，再拉，再放，因为满载砖头的船在激流中，如果一下子用力拉的话，不仅不能将船拉回来，还可能力不从心反而被船拉了去。父亲使出浑身力量与激流较量着，过了一会儿，终于将船拉到岸边，抛锚停住船后，父子俩一下子瘫倒在船上。

"死里逃生，父爱如山！"许秋亭每每想到这惊心动魄的一幕，就会激动地流泪。他觉得父亲实在太伟大了，太勇敢了。其实，当时他父亲也是迫不得已的急劲，孩子一个人在船上，万一翻船的话，后果不堪设想……

古人说：惟其艰难，方显勇毅；惟其磨砺，始得玉成。艰难困苦磨砺了许秋亭勇敢坚毅、勤劳能干的品格，就像玉石一样琢磨成器，显示出非凡的美丽。

到了 80 年代，改革开放的春风吹拂神州大地，激活了人们勤劳致富的梦想。那时候，乡下很多人也已经开始做生意。为摆脱贫困，年轻时的许秋亭做过小生意、当过木匠、到上海打过工。

在上世纪 60 年代，许秋亭做过猪肉收购买卖的生意，当时叫"就地收购、就地屠宰、就地买卖"，就是收购养猪户家的生猪，养猪户把猪送到许秋亭家里屠宰，再销售，赚一点"辛苦钿"。初春的一天，许秋亭去做猪肉的生意。"那天是父亲帮我摇了船，走水路到新苗村拿了猪肉，然后再摇着船到怡园船舫销售。父亲摇船走了 4 里多的水路，很辛苦，但我却没有想到应该买一点油条、点心给父亲充充饥，现在想想真是感到愧疚。"（事实上，当时在村里也买不到油条、点心等。）后来，每当许秋亭想起这件事，就觉得有点对不起父亲。

改革开放的春风也激活了许秋亭的创业梦想，他以"吃螃蟹"的勇气，发起组建了一个 50 余人的修建队，到市区奔走联系，承接建筑行业的业务。由于许秋亭做事诚信，对质量严格把关，赢得了客户的信任。随着业务量的不断增大，修建队伍也日益壮大，成为许秋亭创业路上的"第一桶金"。

命运似乎总是青睐善于抓住机遇的人。90 年代初，各地的修建队伍迅速增多，建筑行业的竞争日益激烈。许秋亭毅然转换角色，回到康桥创业。

许秋亭创办的第一家企业是在怡园村 6 组。怡园村有一个村办的综合厂，是做机械加工的。他闯荡市场多年，经验丰富，于是在怡园综合厂负责跑供销。综合厂里有一个金工车间。后来，村办企业由于经营不善，负债 30 余万元，面临倒闭的困境，成了谁也不敢要的"烫山芋"。许秋亭挺身而出，他接手担当金工车间。

许秋亭敢于担当，做事认真，踏实勤劳。他将加工好的螺母、螺丝等零配件装在木箱里，骑5公里自行车到周浦镇车站，然后乘公共汽车赶到市区，下车后扛着沉甸甸的木箱步行送到加工单位。大热天时，许秋亭扛着木箱步行半里多路，身上的衬衫全湿透了。许秋亭不怕苦累的精神感染了员工们，他和10多名员工一起打拼，同甘苦、共命运。市区的加工单位看到许秋亭送来的产品都达到质量标准，就给他扩大了业务量。凭着信心和决心，凭着意志和毅力，挽狂澜于既倒，扶大厦之将倾，整整三年的打拼，他将濒临倒闭的小厂成功救活，实现了扭亏为盈，上交怡园村40余万元，原来拖欠员工的30余万元工资也全部付清。

到了1997年，国家推出首批试点集体企业转制为私营企业，当时流行的话叫"摘红帽子"（就是集体企业转制为私营企业的意思）。于是这家村办企业也转制为股份合作公司——这就是上海申怡机械设备有限公司的前身。从此，申怡公司走上了快速发展的康庄大道，成为康桥镇的纳税大户、行业内的明星企业。

"从一家名不见经传的小厂发展到康桥地区的骨干企业，我们经历了四次较大的扩建搬迁。"说起申怡公司的发展历程，许秋亭思路清晰，如数家珍。第一个生产基地是在怡园村6组，小五金加工逐渐向生产汽车空调零部件转型；2001年的5月18日，老厂地方太小了，不适应发展的需要，于是扩建搬迁到了创业路388号，这是第二个生产基地；2007年4月1日从创业路扩建搬迁到浦三路4437号，面积17000平方米，这是第三个生产基地，主营传动轴承零部件；2015年9月，从浦三路搬迁到了航鹤路2298号，面积45000平方米，这是第四个生产基地，而康桥浦三路基地则出租给了光明领先物流，主营工业厂房物业管理。

每一次的扩建搬迁，就像凤凰涅槃，浴火重生，就像换上了一艘大船，开启了扬帆远航的新征程。

从1992年仅10多名员工、负债30余万元的小厂起步，而今他的企业已拥有3亿余元资产和300余名员工，办起了上海申怡机械设备有限公司、上海纳申汽车零部件有限公司、上海申怡物业管理有限公司三个企业。

在40多年的创业创新生涯中，许秋亭辛苦劳作、殚精竭虑、无私奉献，积极倡导"共创、共有、共富、共享"的企业宗旨，努力践行"忠心为企业、诚心做实业、慈善当事业"的企业精神，带领全体员工团结拼搏、奋勇开拓，并回馈社会，以实际行动将企业精神渗透到企业的每一个角落。

许秋亭深谙"家和万事兴""和谐企业兴"的道理，他淡泊名利，脚踏实地。在厂里，他和员工平等相处，处处为员工的利益着想，在确保员工工资福利的基础上，专门建造了宽敞整洁的食堂、职工文化娱乐和休息室。他专门投资建造了职工宿舍大楼，免费提供给员工居住。虽然拥有数亿元的资产，但他除了投资用于扩大再生产和乐于捐献做善事外，自己却很节俭，衣食住行与普通员工一样。

二

如果说创业是实现企业发展的坚实基石的话，那么，创新则是企业不断壮大的永恒动力。"没有创新，就没有申怡的今天；没有创新，也就没有申怡的明天。"这是许秋亭坚信不渝的信念。理念前瞻，开拓创新，是他的成功秘诀。为此，他带领着公司人员一直都在做创新文章。工作中，他攻坚克难，坚持改革发展不停步。按照科学发展的要求，他重点在科技创新、产品创新、市场创新和管理创新上下功夫，让有限的资源发挥更大的效益，使企业的经济效益与发展后劲得到极大提升。

受新冠疫情影响，2020 年以来，该公司订单缩水，利润滑坡。面对前所未有的困难，许秋亭说，即使企业再困难也不裁员，一线工人不减薪，要与职工风雨同舟，共渡难关。他坚信，还是要依靠科技创新实现转型升级，实现高质量发展。

要赢得市场先机，必须依靠科技创新。多年来，许秋亭推行企业科技创新激励机制，极大地调动了企业科技人才的积极性，企业技术革新活动呈现出你追我赶的喜人景象。该公司陶宇君等 18 名科技人员开展创新攻关，取得了贝洱研发集液器罐产品由国产取代进口的成就，促进了降成本和节能减排工作深入开展，使公司的生产技术赶上了世界先进水平。针对膨胀阀压板原先的实心原材料，技术人员潜心研究，使单件产品可节约原材料 5 克，每年可节约铅材 8 吨；通过改进金属切削工艺，节省了铣削平面加工，降低了 5%的成本。还有技术部的范立忠、数控车间的陆春勇、生产部的王强等中青年技术骨干，在技术创新项目中也取得了突出的成绩。对此，公司都给予了重点奖励。

近年来，上海申怡机械设备有限公司累计投入 5000 多万元用于对传统加工机床实施智能化升级改造，共更新了 100 多台数控机床专机，占到了总设备台数的 70% 以上。申怡实施科技创新、转型升级的力度，如春潮涌动，汹涌澎湃。用许秋亭的话来说："实施智能制造，势在必行。我们已经尝到了甜头。"

全面实施智能化升级改造，不仅大大减轻了操作人员的工作强度，更重要的是提高了产品的质量和成品率，原材料的损耗明显下降。原来一个人操作 1 台机床，实施智能改造后，每个人可以操作 3 台。

工程师王强带领技术攻关小组积极开展以节约材料、降低成本为目的的创新设计，取得成效。原来一个零部件要经过车、铣、冲三道工艺，通过技术革新后变为一道工艺成型，生产速度与数量剧增，减少成本 60%。智能化升级改造后，生产的汽车传动轴精度明显提高，企业又增加了船用传动轴生产订单，赢得了客户的青睐。

有一种叫"储液罐"的汽车控调零件，加工精度要求极高，过去大都依靠进口。该公司技术攻关小组大胆进行研制开发，经过无数次的失败改进后，终于研制出自己生产的"储液罐"，不仅质量上乘，而且价格只有进口产品的 50%，一下子赢得了国内许多汽车空调生产厂家的青睐。

该企业目前员工有 300 余人，年创税收 1500 余万元。

在管理创新上，许秋亭精心打造"奋发有为、追求一流、同舟共济、博展宏图"的企业精神，广纳科技人才，至今已引进管理、技术、营销等专业人才 30 余名，打造富有朝气的团队，构建和谐奋进的企业文化。在许秋亭的努力下，该公司竞争力进一步增强。许秋亭感慨地说，企业要发展，质量是生命，科技、人才和员工的凝聚力不可缺。他将一如既往地与员工齐心协力，抢抓机遇，在逆境中走出一条强筋壮骨振兴之路。

三

随着企业的不断发展壮大，许秋亭始终不忘回报社会。他说，一个有责任感的企业，才能真正做到基业长青。拥有了更多的财富，就应该担当更多的社会责任。

"在搞好自己企业的同时，他还积极帮人家的企业解决困难，共同发展。"浦东新区机械工程技术协会秘书长姚龙兴说，许秋亭是区机械工程技术协会会长，他组织协会"科技创新服务队"经常深入企业生产一线，在新产品设计开发、引进技术的消化吸收、技术改造、科技成果的转化、生产工艺的创新、节能减排、增效降耗等方面提供技术服务，千方百计引导和帮助企业提升科技含量，提高产品质量，拓展销售新渠道，发挥了政府联系机械电器行业科技工作者的桥梁和纽带作用。2015 年，许秋亭荣获全国"讲理想、比贡献，奋力实现中国梦"活动优秀组织者称号。

在企业发展的同时，许秋亭还把更多的目光投向慈善、教育、文化、环保、扶贫济困和新农村建设等社会公益事业，积极回报社会。

早在 1993 年，当时还没有专职的"河道保洁员"。看到村里的河道脏乱差，一些村民将垃圾、杂草等都抛进小河，尤其是农村普及了液化气以后，水稻、油菜、瓜豆等农作物秸秆都不要了。于是，河道成了天然"垃圾桶"。许秋亭看在眼里，急在心里。许秋亭的家就在高新河畔，秋收时节的一天，许秋亭在家里看到一个 20 多岁的男青年，用劳动车拉来了一车稻草，正准备将稻草倒入高新河，许秋亭立即大声制止，他义正词严地说："这是饮水河，不是垃圾桶，水是生命之源，保护饮水河，人人有责。"他对那位男青年晓之以理动之以情，恳切地说，如果你要倒掉，就倒在我家的场地上，由我来清除掉，千万不要污染河道。那位男青年被说得理屈词穷，就将稻草倒在了许秋亭家的场地上。最后由许秋亭负责将稻草妥善处理了。

"决不能让污染河道的事情再继续下去。"于是，他向村民们发出不准向河道倾倒垃圾、杂物的倡议，还聘请了陶建国、万伯元等几位村民担任"河道保洁员"，负责打捞村内河道里的漂流物、腐烂稻草及水葫芦等，每年 1 万多元工资费用由许秋亭"买单"。夏秋时节浮漂草、水葫芦大量滋生，河道里漂满了水草、垃圾，靠几位村民打捞根本不行，于是许秋亭就掏钱组织"突击打捞"，每次请 10 余位村民组织"突击打捞"，费用需要 5000 余元，每年要组织好几次。

从 1993 到 2003 年，许秋亭的"河道保洁"善事坚持了整整 10 年，直到 2004 年镇里组建成立了正规的"河道保洁队"为止，许秋亭用于河道保洁的资金共计 20 余万元。

看到村里有一条坑坑洼洼的钢渣路，村民行走很不方便，尤其是风雨之夜，经常发生村民骑自行车摔倒的事情。许秋亭二话没说，出资 10 万元将长 1 公里多的村道修建成 3 米宽的白色水泥道路，走在平坦宽敞的水泥路上，村民们感慨地说：秋亭真是大好人！许秋亭捐资修筑乡村公路的事迹，曾被评为南汇区社会主义精神文明"百件好事"。

还有一件事情很能说明许秋亭路见不平敢发声、勇于匡扶正义的性格。2003 年，怡园村里搬来了一个搞氧化电镀的小作坊，每天烟雾弥漫，排放有毒有害气体，附近居民感到恐慌，连窗户也不敢开，周边农田禾苗出现无故枯萎。许秋亭知道后，当即与作坊拥有人交涉，但无功而返。在向镇环保部门反映此事的过程中，他多次收到匿名信、恐吓信。但他没有向恶势力低头，坚持为民解困，最终由镇机关职能部门依法取缔了这个小作坊。村民特地献上了"积德行善、恩泽百姓"的锦旗。

村里还流传着许秋亭孝敬老人的故事。

1998 年以来，许秋亭每年都会拿出 2 万～ 5 万元用来孝敬老人。每逢中秋节，他给村里 80 岁以上的老寿星每人送上价值百元的月饼、牛奶等礼品。每年春节期间，他给 80 岁以上的老人送上祝寿金，给予老人们物质上的帮助和心灵上的慰藉。

2020 年春节期间，他给村里 130 位老人送了 3 万余元祝寿金，80 ～ 90 岁的每人 200 元，90 ～ 99 岁的每人 300 元，两位百岁老人每人 1000 元。22 年来，许秋亭孝敬村里老人的钱已超过 70 万元。

"尊老敬老是传统美德，更是一种社会责任。"许秋亭经常这么说。他自己生活节俭，衣着朴素，但却乐于献爱心。九旬老太姚福珍忘不了，每年中秋、春节等节日，许秋亭都会带着祝寿金和水果、糕点礼品来看望她，她说："我已经拿了十余年的祝寿金了，秋亭真是孝敬老人的大好人！"许秋亭向村里老人送祝寿金的事迹曾被评为"南汇区十佳好事"。2006 年至今，他坚持为每位公司员工办理一份人身意外保险，还为怡园村 50 岁以上村民办理了人身意外保险，解决了村民发生意外情况的后顾之忧。

"靠党的富民政策，靠大家的支持帮助，我才获得了成功。企业有了钱，就应该回报社会，造福乡亲。"许秋亭经常这么说。粗略统计，他已累计向慈善、环保、养老、教育文化等社会公益事业捐助 150 余万元。

四

许秋亭除了是一个优秀的企业家，更是一个优秀的"教育家"。他们是一个 10 口之家的大家庭，要说他家的物质生活肯定会优于其他普通家庭，但他始终用艰苦朴素、勤俭节约的精神来教导小辈。他时刻提醒每个家庭成员：淳朴的家风不能坏，节约的精神不能忘，诚实的品德不能丢。严谨的家风、和睦的氛围影响和教育了小辈们。

一个成功男人背后总有一个默默支持他的女人。许秋亭有一个和谐温暖的家庭。妻子陶保根心地善良，勤劳能干，尊老爱幼，团结邻里。他们有两个儿子，都已成家，加上儿媳和孙子，一家 10 口称得上是个大家庭。许秋亭和陶保根夫妇是当地出了名的孝婿孝女。当年，父母年老体弱失去劳动能力、生活无法自理，他们一直不离不弃，悉心照料。在父母的言传身教下，小辈们也孝顺有加。企业日益壮大兴隆，但陶保根不愿享清福，依然经常到厂车间里参加劳动，产品检验车间经常有她忙碌的身影。

"做任何事都得把握好一个度，要襟怀坦荡，光明磊落。"许秋亭经常这么说。他严以律己，宽以待人，在家里是一位"好家长"。在他的言教身传下，儿子、媳妇也很出息，每逢周末，他们就赶到老家与父母团聚。整个家庭里，子女尊重长辈，长辈关心爱护子女，共同建造了一个温馨、和谐、向上的家庭。

许秋亭、陶保根家庭被授予"上海市五好文明家庭"和"第七届全国五好文明家庭"等荣誉称号，陶保根还荣获区"三八红旗手"称号。许秋亭对事业的成功看得很淡，他说：家庭和睦，这才是人生最大的财富。

伴随着一路创业创新，收获了丰硕的果实，也印记下许秋亭敢闯敢试的足迹。上海申怡机械设备有限公司先后获得上海市先进私营企业、南汇区诚信企业、南汇区文明单位、2020 年度上海市和谐劳动关系达标企业资格、2019 年度浦东新区文明班组奖、浦东新区非公有制经济组织、社会组织"优秀党建之友"、康桥镇 2017 年度经济发展年度贡献奖等荣誉。许秋亭个人则相继被评为南汇先进生产工作者、南汇区爱职工好厂长、南汇区优秀人大代表、浦东新区优秀中国特色社会主义事业建设者、全国"讲、比"活动优秀组织者、浦东新区"慈善之星"、康桥镇精神文明建设优秀志愿者、康桥镇孝亲敬老"十佳孝星"、康桥镇精神文明建设"十佳好人好事"等荣誉。

伴随着企业发展壮大，更多的社会责任也落到他的肩上，许秋亭从 2003 年起一直是区人大代表，2009 年起又成为浦东新区人大代表。这是人民给他的荣誉，更是社会对他的肯定。

谈到未来的发展，许秋亭说，国家的"十四五"规划已经发布，作为申怡公司也已经谋划好了未来发展的规划。

该公司 2020 年企业总体规划方案明确：公司面临的困难如期而至，面对的市场颓势还将延续。在此状态下，企业除了要谋求生存、做好过苦日子的准备，而且还要在此期间为未来早做打算，在尽力保持现有业务的基础上，积极开拓新产品新业务，为早日走出困局重铸辉煌打下坚实基础。

许秋亭和公司领导人员、技术骨干分析市场认为：突如其来的新冠疫情对于国际经济环境的影响，对于中国国内经济环境的影响，乃至于对于汽车业发展、国内各行业业态的发展都产生了不可估量的重大影响。

面临的困难是实实在在的，面对的外部环境是客观存在的。在此状态下，短期内挽回颓势改变现状是不契合实际的，公司的主要精力应着眼于未来，着眼于明后年的市场回暖。

临港新片区的政策陆续出台，国家对于新片区的政策倾斜有目共睹，新片区的宏伟蓝图让人振奋。申怡公司如何搭上这台高速运转的机车，在为这块热土做出贡献与努力的同时，也让公司摆脱困境得以长足发展，这是摆在申怡公司面前的重要课题：

制造业方面，鉴于不明朗的外部大形势，继续保持谨慎投入，稳定骨干力量；淘汰部分空余老旧产能产品，重新调整工艺布局，寻找合适项目再投入；

资产物业方面，提升房屋使用率。

投资方面，专注可控资产投资，继续规避风险投资类项目；结合企业资金能力，在关注制造业特点的投资项目外，稳健分步跨领域发展，做到制造业为主，资产管理及现代服务业高质量补充，提升企业抗风险能力。

面对新冠疫情后出现的前所未有危机，面对严峻挑战，申怡公司领导审时度势，沉着冷静，分析市场，规划未来，找准企业的发展方向，按照"拓市场、调结构、高质量、低成本" 十二字方针，走出了一步步化危为机、谋求高质量发展的好棋。一切美好的愿景和目标，都需要付出努力。申怡有信心承载起时代的使命，凝聚力量，尽心竭智，锐意进取，勇当新时代康桥改革开放和创新发展的探索者，全力推进新一轮发展规划的实施。

采访结束，当我再次走过申怡公司的大门，墙上的"不忘初心、牢记使命；奋发有为，搏展宏图；天道酬勤，厚德载物；宁静致远，共创未来"32个金色大字让我驻足沉思。

许秋亭不忘初心，砥砺前行，在艰苦创业、发展企业的同时，他积极回报社会，孝亲敬老，扶贫济困，修桥铺路，爱水护水，慈善公益，还有好人好事、精神文明建设优秀志愿者等等，称得上厚德载物。他驾驭的"申怡"号这艘大船，一定能乘长风破万里浪，高高挂起云帆，在沧海中勇往直前！

作者：陈志强，浦东作协会员，出版散文集《桃花盛开的地方》《挥之不去的乡愁》。

热土上的康桥实业

□ 唐根华

　　康桥写新篇，热土创奇迹。在浦东这块如火如荼的沃土上，奇迹一个又一个不断涌现，康桥在这块得天独厚的腹地之中，凭借浦东开发开放的强劲东风，顺势而为，奋起拼搏，经历着政治风云的洗涤，经受着市场风雨的磨砺，不断地成长，规模不断地扩大，效益不断地提高，书写了今天瞩目的成就。近日因采访康桥改革开放三十年来的沧桑巨变和取得的辉煌业绩，笔者有幸走进了康桥实业，在上海康桥实业发展集团有限公司总裁办主任谢中清的陪同下，采访了汤柳鹊董事长，感受了康桥实业飞跃发展的一路风采！

　　汤董今年四十刚出头，看上去年轻、潇洒、睿智，说话直爽、果断、有力，一阵交谈后，不觉让我从内心深处敬佩这一位年轻的创业者。在二十多年这条不平凡的路上，怀端梦想，艰苦创业，在康桥镇列届党委、政府及广大股东的关心、支持下，带领着康桥实业人，把一家成立初期只有几个人、业务单一的乡镇集体企业，发展成拥有 20 多家子公司、员工 300 多人、总资产超过 100 亿元的民营控股集团公司，业务板块涉及工业园区开发营运、住宅、旅游酒店、建筑、金融服务等多个领域。真可以说是一个不小的奇迹！

用青春改写两个7

　　青春是美丽的，也是激情四射的，她犹如早晨八九点钟的太阳，朝气蓬勃，光芒万丈，充满活力，撑起一方蔚蓝的天空；青春是无极限的，也是百折不挠，她给予了人们在一块肥沃的热土上描绘出一幅精美的画卷的勇气。你看，二十出头的汤柳鹊，此刻刚从上海电机技术高等专科学校毕业，他看着改革开放的势头汹涌澎湃，一浪高过一浪，敢于勇立潮头的汤柳鹊，也要试一试，也要闯一闯，做一个新时代的弄潮儿。目标明确后，汤柳鹊报名应聘上了一家乡镇集体企业——上海康桥实业发展集团有限公司（原上海横沔实业发展有限公司）的招商员岗位。1998年公司召开了成立大会，汤柳鹃和其他几位年轻的同事一起在会上立下誓言：坚决服从领导的安排，为公司的发展尽心尽力贡献自己的青春年华！

汤柳鹃记得清清楚楚，当时的实业公司实在是太小，只有7个人，领导还是由镇政府兼职的。通往公司的只有一条7米的水泥路，而且坑坑洼洼，高低不平。一到下雨天，由于路面被压碎，一不小心踏上一块碎的水泥路，就会有泥浆飞溅到身上。但小汤和同事们一刻不忘誓言，心里想的是要尽快把企业引进来，改变公司面貌，想着这些，他们四处奔波，利用各种场合游说，发宣传资料，寻找客户。常常每天一早就出发，晚上九十点钟才回家，尽管很苦和累，但他们当奔波是一种快乐，是人生真实地感受生活；是一种享受，想着这些就又充满了旺盛精力。俗话说得好：功夫不负有心人，在他们的共同的努力下，招商引资注册了企业超过了100多家。在招商的实践中，他们发现温州的企业到上海来还有一定的后顾之忧，像怕政策的变化，怕税费的提高，怕服务的不到位，甚至刁难等等，这些怕，像一个"瓶颈"一样阻碍了招商工作新的突破和发展，如何冲破这一"瓶颈"，把真正的实体企业引进来？他们大胆设想、努力创新，在公司举行的招商会议上，向领导们提出：公司先征用土地，然后投资开发建造标准化厂房，让企业入驻，这样一方面可以让企业真正感到我们是真心诚意请你们来，另一方面可加深交流了解，增进友谊，促进双方经济发展。这一独特见解，很快得到了公司领导的采纳。公司同康桥工业区管理委员会合作，联合向市政府申请开发属于自己的"科创园区"。2000年康桥科创园区作为上海首家试点单位正式诞生。为适应企业发展的需要，公司在2001年正式变更为"上海康桥实业发展有限公司"，注册资金也从原来的500万元，增加到了1500万元。公司人员从几个人人发展到了几十人，康桥实业经过大家的齐心协力，共同奋斗，彻底驶入了发展的快车道。

青春的梦想在汗水里开花，年轻的朝气在泪水里迸发。因为爱，奔波拼搏都是快乐，汗水泪水都是洒脱。

用诚信引来创业者

古人在《礼记·中庸》一书中写道："惟天下至诚，为能化"，意思是只有天下最真诚的心才能感化人。康桥实业坚持"以诚待人、以信聚财"的经营理念，坚持合作、开放、共享的发展模式，顺势而为、茁壮成长。他们早就悟出了这样一个道理，只要你拿出诚信来，并付诸行动，那么"栽下梧桐树，必然引来金凤凰。"他们坚信，只有服务好已落户的企业，才能让更多的企业看到他们的诚意，才能吸引更多的企业来康桥。平时，他们与落户企业勤沟通以了解信息，掌握情况，帮助企业解决一些存在的困难或问题；而一到中国传统节日——春节来临时，公司会专门去浙江慰问这些落户在康桥的企业家们，一家一家登门拜访，征询意见，恳请企业家提出实业公司在服务、管理上存在的不足，以及时改进，更好地服务企业。正是因为实业公司诚恳的态度、良好的服务，一批浙江民营和外资企业企入驻康桥，像"天正集团""均瑶集团""美特斯邦威""红蜻蜓""上海星荣精机有限公司""上海森永食品有限公司""上海统振电子有限公司" "万禹医疗用品上海有限公司"等，康桥实业招商引资拉开了新的序幕！

用优势资源整合实现良性发展

2003 年为适应经济发展形势的需要，康桥实业公司第一次开始股份制改造，吸收民营经济以壮大经济实力，从单一的集体经济转化为多种所有制并存的股份制企业，注册资金也增加到了 3000 万元，从"科创园区"相继开发了"聚诚商务园"等六大工业园区。并通过合作共建或者收购的方式，不断拓展到新场、宣桥、川沙及市外地区建设工业园。目前共拥有 10 个工业园区，总建筑面积超过 60 万平方米，占地约 1000 亩。工业园区的开发营运为集团的招商、资产积累、资本运作带来了发展空间，并成为集团的主营业务之一。

为抓住改革开放开发的机遇，2004 年康桥实业又在土地开发上大做文章，推出了首个商品房项目，"宁怡苑"，2005 年又开发了首个配套商品房项目"文怡苑"。 两大房地产项目的实行，大大发展和壮大了康桥实业。其后相继在惠南镇、唐镇进行项目开发，住宅开发总面积超过 130 万平方，为宜居宜业城区建设，做出了应有的贡献。集团于 2010 年收购上海康厦建设发展公司，完善了房地产板块的产业链。

2015 年参股上海国际医学园置业公司，2016 年全资控股该公司。旗下酒店按五星级标准建设，引进万豪国际集团管理。目前，已拥有万豪、百禄全套房、智选假日、宜必思等四家酒店，酒店房间超过 700 间，并谋划以此为起点，通过 3--5 年的时间，用自建、参建、委托管理等形式在国际旅游度假区周边，整合集团商业楼宇及产业园区转型升级资源，布局多层级的酒店群。引入国际知名酒店管理公司如万豪洲际。与酒店管理方紧密合作、不断提升服务品质，在全新业务的推进中实时锻炼、打造队伍，努力做出与区位优势和硬件投入相适应的业绩。

近年来，随着上海市产业结构调整，康桥实业集团着手规划对传统工业园区进行转型升级，建设土地更为节约、集约利用，环境友好、配套更为完善的新型产业园区。率先启动的康桥 E•ONE 一期项目于 2017 年 8 月全面竣工，康桥实业乔迁新址，重返实业人梦开始的地方。

笔者在办公室领导张熠的引领下，参观了这座大楼，迈步在楼道中央，感受着改革开放取得的成果，当走进陈列室时，一块紧贴在墙面上的"以诚待人，以信聚财"的巨型康桥实业走势图，深深吸引了我，创意者以一只展翅高飞的雄鹰，从 1998 起航，高速行驰在时空的征途上，见证了康桥实业一路走来的心路历程，也见证了汤总和全体员工付出的心血和汗水。请看康桥实业留下的足迹！

1998 公司成立，主要业务为招商引资、土地开发和动迁安置。

2000 公司与康桥工业区管委会合作投资开发标准化厂房，"科创园区"诞生。2001 公司更名为"上海康桥实业发展有限公司"，注册资金增加到 1500 万元。

2003 公司第一次股份制改造，由单一集体经济转为多种所有制并存的股份制企业，注册资金增加到 3000 万元。

2004 公司开发首个商品房项目"宁怡苑"。

2005 公司开发首个配套商品房项目"文怡苑"。

2009 公司第二次股份制改造，引进战略投资上海华服投资有限公司，由集体控股企业转为民营控股企业，注册资金增加到 4500 万元。

2010 聚诚商务广场全面竣工，集团公司入驻。

2011 收购上海康厦建设发展公司，完善房地产板块产业链。

2012 公司注册资金增加到 1.8 亿。

2013 更名为上海康桥实业发展（集团）有限公司，被评为浦东新区区域总部。还发起成立上海浦东新区康信小额贷款有限公司。沈阳邦送物流中心项目开工，公司业务走出上海。

2014 惠南镇民乐大型居住社区项目开工。上海翰青文化艺术投资有限公司成立。

2015 完成对国际医学园区置业公司 51% 股权的收购，集团正式进军酒店旅游产业。实施产业园区转型升级，康桥 E·ONE 一期项目开工。唐镇配套商品房项目开工。

2016 完成国际医学园区置业 100% 股权的收购。康桥镇"六街坊"项目开工，为新区首批装配式建筑。收购美邦企发 100% 股权，至此，公司共拥有 10 个工业园区，总建筑面积超过 60 万平方米，总占地约 1000 亩。

2017 康桥 E·ONE 中央工园竣工，集团公司乔迁新址。确定投资建设"浙江海盐康桥科技创业园"。

2018 康桥万豪酒店开业。

昔日只有 7 米的小小康桥东路，通过 20 多年的打拼，已逐步形成了浙商企业集中的产业带，产出的效益显著提高，占康桥镇经济总量的 70% 左右，康桥的经济真正跃上了快车道，成为郊区的一个亮点，大批浙江实体企业也纷纷涌现过来，从原来的几十家，发展到今天超过了 2000 家，包括有上市公司 7 家，企业总部 6 家，上市公司、企业总部的数量以及年产值、利润在浦东新区各镇都是名列前茅。像上海天正集团、上海红蜻蜓集团、上海均瑶集团、上海建筑学院集团、上海百润控股、上海永高集团、上海吉祥航空集团等几十家大中型企业集团，扎根在康桥。上海天正机电集团落户到康桥后，被市科委认定为"上海市高新技术企业"，又被市工商部门认定为"上海市百户重点工商企业"，享受科技津贴和贷款，税收的优惠，企业产品的销售势头很快突破亿元纪录，"天正"上海品牌产品也漂洋过海走进了世界市场。

康桥实业廿余年的历程，得益于时代的进步、地区的发展，身处浦东开发开放的宏伟进程，才有今天的康桥实业。这一切，也是凝聚了全体康桥实业人的锐意进取和辛勤付出，成绩来之不易，发展的过程不会总是一帆风顺，集团也经受了几轮经济周期的考验，但这是发展过程的波折，看作是一种修炼、一种成长；像 2020 年突如其来的新冠疫情，极端的宏观环境就给企业带来前所未有的挑战，但康桥实业集团在汤总的带领下有信心、有决心挑战各种困难，主动作为、保持恒心，步伐坚定地踏上新征程、续写属于康桥实业的故事。

时势造英雄，英雄创奇迹！康桥实业发展集团在浦东这块神奇的沃土上，用心、用情、用爱、用一腔热血，把康桥书写成一座五彩缤纷、繁荣昌盛的人间乐园，时代将会记住你们，康桥实业的创业者们……

作者：唐根华，浦东作协会员，曾先后出版过《追梦足迹》《唐根华报告文学选》等三部报告文学集。

传承浦东琵琶　弘扬中华文化

□ 朱力生

　　五十出头，中等身材，略显发福，短袖暗红衬衫，黑色运动短裤，棕色轻便皮鞋；时而脸带微笑，大声讲解琵琶弹奏技巧，时而双眼微闭，侧耳倾听小学员弹琴。这就是林嘉庆先生来康桥给小朋友上课的特写镜头。

　　2009 年 7 月 7 日至 7 月 10 日，中国音乐家协会琵琶研究会秘书长、中国歌剧舞剧院琵琶首席、国家一级演员、中国浦东派琵琶第七代传人林嘉庆先生在康桥文化中心为 40 多名少儿班学员教授琵琶。短短 4 天，林老师介绍江南丝竹，重点讲授浦东派琵琶特色和技巧，精心指导小学员学会弹奏《到春来》和《三六》两首琵琶曲。在教授琵琶的同时，还不时教导孩子们要从小养成良好的学习、做事的习惯。这 4 天，正是台风"莫克拉"肆虐之时，室外常常狂风暴雨，但室内却处处展现着琵琶大师的精神面貌和艺术风采，时时洋溢着小琴童的铮铮琴声和欢声笑语。

大珠小珠落玉盘

　　说起传承和弘扬浦东派琵琶艺术，康桥镇党委、政府十分重视。2008 年 7 月，投资 10 万元，购买 130 把琵琶，开办全免费的少儿和成人琵琶班，邀请林石城先生的大弟子、上海音乐学院教授叶绪然带教的琵琶硕士毕业生、上海歌剧院琵琶专业教师张亮和其他几位专业教师来任教。以后党委、政府又每年投资，全力支持发展浦东派琵琶的传承和弘扬，还每年邀请全国著名的浦东派琵琶专家林嘉庆等来康桥传授指导。

　　这是第一天上课。作为国家文化部公布的第三批国家级非物质文化遗产项目浦东派琵琶的第七代代表性传承人，林嘉庆老师给小朋友介绍了浦东南汇三项国家级非物质文化遗产：江南丝竹、锣鼓书和浦东派琵琶。他用通俗生动的语言，让四五岁、七八岁的小朋友感受到学好浦东派琵琶的光荣和责任。当问到"学好琵琶、做好浦东派琵琶的传承和弘扬，大家有没有信心"？大家异口同声地回答："有！"

林嘉庆老师通过提问、复习、让孩子试奏等，了解到少儿琵琶班40多各小朋友学琵琶刚满一年，已经初步掌握了琵琶的基础知识和演奏技巧。俗话说"笛黄昏，二疙瘩，要学琵琶八年快"。这是说学习民乐的难易，学笛子最快，一个黄昏就能入门；学二胡较为"疙瘩"，没有一二年可能学不了；而学琵琶则更难，需要七八年才能入门。林老师高度赞扬了孩子们的聪明才智，就大胆地将一首由其父亲根据民间音乐改编的琵琶曲《到春来》发给大家。这是一首表达迎接春天到来喜悦心情的曲子，旋律优美，节奏轻快。全曲81小节，节奏较快，要教会小朋友弹奏，有一定难度。他由慢开始，从读谱、唱谱开始，边讲解边示范，带领小朋友一段一段地啃这块硬骨头。抓住重点点拨，启发鼓励学生自己找弦上的音，体会弹奏。有难度的关键小节，林老师会示范演奏，让学生体会。一般人弹琵琶，总要在右手指上缠上指甲，但林老师却不用缠指甲，全靠手指弹奏。听他的演奏，轻重缓急，高低抑扬，把握得恰到好处，恰如唐代诗人白居易《琵琶行》中描述的"嘈嘈切切错杂弹，大珠小珠落玉盘"，让人沉浸其中，如痴如醉。

有林老师的精心指导，小朋友们饶有兴趣地反复操练，仅用两天时间，硬是学会了这首《到春来》。平时只会弹奏一些小品、短曲而从未弹过大曲的小朋友们，跳啊，叫啊，笑啊，乐得如同捡到了大宝贝。坐在后排观看的笔者和家长也发出惊奇和喜悦的笑声。林老师和大家一起分享快乐，内心十分欣慰。

未成曲调先有情

初战告捷，小朋友们非常高兴，更令林老师兴奋不已。他决定从第三天开始再教一首由他父亲改编的民间音乐《三六》。这是江南丝竹的一首名曲。他一宣布要学《三六》，小朋友就乐开了。"什么叫'三六'？"他问孩子们，孩子们都摇摇头。他用形象生动的语言告诉大家，"六"就是"乐"，"三六"就是"三乐"，就是"快乐快乐再快乐"，这首曲要求我们怎样演奏？小朋友们都说"要轻松快乐"，林老师的一句话，让大家很快就掌握了这首琵琶曲欢乐喜庆的要求。

这首曲调内容丰富，容量几乎是《到春来》的两倍，弹奏难度更大。林老师激励小朋友说："这首曲子我小时候就在父亲的指导下练过，练得很苦。这首曲子也是许多一流的琵琶演奏家少年时代的必练曲目。你们想不想做一流的演奏家？"小朋友齐声回答："想！"林老师给了如此鼓励，小朋友们纷纷跃跃欲试，学得也更投入、更认真了。

在教学中，林老师很讲究教学方法，经常用小问题启发诱导学生，语言通俗易懂，激发学生的兴趣。他有时是一位循循善诱的和蔼长者，有时又像一位稚气可掬的顽童。如说到大指和食指弹跳时的样式时，他就做了两个手指并拢如尖尖的三角形的样子，问"这像什么"？有学生说"像尖刀"，也有学生说"像鸡眼"，他称赞说："你讲对了！一般人弹奏用鸡眼，浦东派琵琶则要求两指要像'凤眼'，就是凤凰的眼睛。"接着就将两个手指捏成圆弧形，让学生观看，他说"只有这样，才能把弹跳音弹得饱满好听"。学生一下子就掌握了弹跳技巧的要领。又如说到乐曲中滑音处理时，他先模仿一句平直的演奏，问："这像什么？"一名学生说"像一杯白开水，淡而无味"，接着老师又双眼微闭，感情投入地按弦轻轻滑动，优美地奏出同一乐句，又问学生："这像什么？"另一名学生说："这就像一杯可口可乐，味道好极了！"林老师表扬了这名学生，并语重心长地说："乐曲都是情感的，我们弹奏乐曲，要投入感情，这叫作'未成曲调先有情'"！

一首长约十分钟的《三六》终于学完了。小朋友们既学会了弹奏，又懂得了弹奏需要的情感，尝到了成功的喜悦。在教室旁听的家长也露出了幸福的笑容。

此时无声胜有声

林老师教学琵琶，不仅悉心传授弹奏艺术，清晰准确地讲解知识，更重视小朋友学习习惯的培养。他经常在教课中插入思想教育，教育小朋友要学会学习，学会思考，学会尊重人，学会虚心接受他人的意见。每当提出一个问题，他要求学生举手回答。回答得好，夸一句"说得很好""棒极了"，并与小朋友一起给以鼓励的掌声；回答不够正确，他不训斥，不批评，而是称赞说"你能回答，不容易""虽然不是很对，但态度很好"，并带领小朋友也给予击掌鼓励。每当抽学员上台示范演奏，学员举手很多，林老师会尽量照顾到各个角落，让坐在边上的孩子也能体验成功的快乐。每当有个别小朋友不守纪律，擅自说话或胡乱弹奏，发出噪音影响大家时，林老师会突然停下讲课，脸带微笑，目光注视，默默静等。直到这个小朋友自觉惭愧，停止自说自话。林老师马上举起大拇指予以称赞。林老师这种教法，真是"此时无声胜有声"啊！

在一个较大的厅内，林老师讲课坚持不用有线话筒，全凭一副本嗓指导点拨，为的是尊重小朋友，也为巡回检查辅导方便。学生在练习弹奏时，他总是根据乐曲要求，大声唱谱，而有的难点重点部分，他更不厌其烦，反复唱谱，或亲自示范弹奏，让小朋友反复操练，弹奏正确。连续几天，林老师嗓子都哑了，但仍然神采奕奕，毫无倦色。

林老师认为：一流的教师要善于教人做人，教人做事。要培养一流的琵琶演奏人才，就要从娃娃抓起，教他们懂得做人的道理，教他们养成良好的习惯。真是一语中的！

相逢何必曾相识

林嘉庆老师老家在横沔西林家宅（现康桥镇沔青村），他的童年是在横沔水乡度过的。说起故乡，勾起了林先生对童年生活美好的回忆。他说，给我影响最深刻的是老家周围有很多小河，芦苇青青，庄稼遍地。跟着大小孩在河边玩耍，下河捞鱼摸蟹，别提有多开心！后来到上海读书，考进上海音乐学院，毕业后到北京中国歌剧舞剧院工作，与故乡一别竟已四十多年！这次行色匆匆，急着赶回北京，未能回家看看老屋，见见乡亲，实在遗憾！而第一天上课，许多年轻的家长领着孩子走进教室，也是第一次见到林先生，更别说四五岁、七八岁的孩子了。诚如唐代贺知章诗中所描述的那样："少小离家老大回，乡音未改鬓毛衰。儿童相见不相识，笑问客从何处来？"光阴荏苒，世事沧桑，令人感慨不尽。

这次应康桥文化中心之邀，回家乡教学琵琶，林嘉庆先生感到十分亲切愉快。他说："我为家乡做点事，小而言之，为培养浦东派琵琶接班人；大而言之，就是为了弘扬优秀的中华传统文化。只有民族的才是世界的。我最近几年经常走出国门，演奏琵琶，就是为了让世界人民了解浦东派琵琶，了解中国优秀传统文化。这次到康桥来，认识了康桥镇热爱并决心弘扬浦东派琵琶艺术的领导，认识了许多爱音乐、爱琵琶的新朋友，特别是这样一批可爱的小朋友。"林先生幽默地化用了白居易的诗句，"同是天涯爱琴人，相逢何必曾相识？"他动情地说，"从这些小朋友身上，我看到了学习浦东派琵琶的渴望和潜能。他们学得很认真，进步很快。传承浦东派琵琶，弘扬中华优秀传统文化，后继有人，大有希望！"

临别，林先生欣然为康桥文化中心题词："传承浦东琵琶 弘扬中华文化。"体现了他作为浦东派琵琶第七代非遗传人对传承弘扬浦东派琵琶的殷切期望。

林先生！希望您有空常回家乡看看，希望您常为故乡指导教授琵琶技艺。

有这句话，我们的愿望实现了。林先生只要有空，每年都来康桥故乡。或与同人一起来康桥编写《琵琶艺术·浦东派》，给琵琶爱好者留下美好的精神食粮；或参与讨论康桥举办长三角乃至全国的琵琶邀请赛，并邀请名家一起担任大赛评委；或来康桥为少儿班和成人班教授浦东派琵琶乐曲，让大家享受琵琶大师的艺术风采；或为家乡同胞和琵琶爱好者演奏他父亲和他自己创作的琵琶乐曲，使正宗的浦东派琵琶艺术代代相传，后继有人……现在康桥少儿琵琶班和成人琵琶班已先后培养了400多位爱好琵琶的学员，不少学员都考出了七八级，有的考出了九至十级。今年康桥杯全国琵琶邀请赛，共有2100多人参赛。康桥少儿班和成人班分别荣获团体铜奖，女少年汤芷嘉荣获独奏铜奖，一名在读小学四年级、九岁的康桥女少年汤逸辰荣获独奏银奖，并代表康桥在琵琶邀请赛闭幕式上演奏《彝族舞曲》，获得与会听众的热烈掌声。

我们要感谢十多年来为传承、弘扬康桥琵琶不断努力的党政领导，感谢精心教学指导的专业老师，我们更要感谢时刻关注并支持弘扬康桥浦东派琵琶艺术的专家林嘉庆先生！

"长风破浪会有时，直挂云帆济沧海。"我们相信，只要大家一起努力，康桥传承、弘扬浦东派琵琶一定会有更加灿烂美好的明天！

作者：朱力生，吴迅中学退休教师，现为康桥镇党群服务中心宣讲教师。编著《浦东方言》（两作者之一）。

菊韵京剧社：求乐、求和、求艺

□ 叶玉仙

国粹京剧以其文学、艺术、音乐、造型等诸方面形神俱备演绎精湛而风靡神州，撼动五湖四海、域内外世人心灵……

我是在京剧美妙的旋律滋润中长大的，因为我母亲从小就是一个京剧迷，年轻时，怀我时，养育我时吟唱京剧，潜移默化，使我从小就喜欢上了京剧，上学和工作后每每在业余演出屡唱京剧屡屡获奖。

这次参与撰写《康桥情怀》，当我得知可以自由选题，无为而治天马行空地在康桥寻找感人的切入点和事迹进行创作时，特别是听说康桥建有菊韵京剧社，并颇有建树，惺惺相惜，当即提出将宗旨为《求乐、求和、求艺》的这个剧团作为我的采访、写作对象。

我是在康桥文化中心京剧排演场见到团长郑小山的。他们正在排演京剧《沙家浜》，那是一场表现和歌颂新四军和革命群众坚持抗日，机智对敌的现代京剧。郑团长正和团员们一板一眼认真排演，字正腔圆，高亢激昂的唱腔感人心弦，我站在边上认真聆听，竟忘记了自己此行目的，直到音乐戛然停止，郑小山来不及卸妆，匆匆赶到我前面，紧紧握住我的手："叶老师，对不起，让你久等了。"

我说："我是京剧迷，看你们排演也是一种很好的享受。"

我们就在排演场交谈起来，我一瞥郑小山团长：身材魁梧、国字脸、眼不太大，但射出精明神武的光芒，是做老生比如将相王候的角色的料子。

听说我讲了来由，要让他讲一讲京剧团的闪光之处，他沉默了几秒钟，说："叶老师，我和我们团队在弘扬国粹、宣传正能量、歌颂党和人民在革命和建设中的丰功伟绩还是很不够，还要继续努力再努力。"随着他铿锵的声音，我知道了：

康桥菊韵京剧社成立于2009年，那缘于一次偶然的相遇……

郑小山今年七十岁了，原来是江西省吉安市京剧团的老生演员，工余杨派，退休后跟随女儿来到上海浦东安家落户，一次在偶然的休闲钓鱼时哼起了京腔，被旁边的一个同样爱好京剧的人听到了，感觉郑小山唱得有板有眼，很有韵味，便上去攀谈起来，两个人越谈越投机，慢慢的吸引结识了附近几个同样爱好京剧的票友注意，几个人一合计，觉得偌大一个康桥镇却只有沪剧和越剧，而没有京剧是多么地遗憾啊！大家一商计，决定成立一个京剧社，便去找康桥镇文化服务中心领导商量，得到领导的支持，于是成立了康桥镇菊韵京剧社。京剧社不断发展，不久就有了五十多人，京胡琴师有5个人，拉京二胡有2个人，弹月琴的有3个人，弹三弦有3个人，弹中阮有2个人，司鼓2个人，唱老生有8个人，唱青衣有8个人，唱老旦有2个人，还有一个女花脸，唱小生1个人，有年长的，有年轻的，平均年龄六十五岁。京剧社为了强化管理，还成立了理事会，理事长由创始人郑小山担任。京剧社每周活动两次，逢年过节的去养老院和社区彩唱、清唱，到别的镇去作交流演出，票友们在一起团结友爱，其乐融融。当然也出现过矛盾，例如京剧社里曾经有一个唱旦角的是科班毕业的，自恃是专业的人就骄傲起来了，看不起票友，在群里公开骂人，要挟理事长表态，如不支持她的话就退出了，郑小山顾全大局，宁可舍弃她，也要保住京剧社的安定团结；在京剧社成立两周年之时，京剧社花钱请了一位琴师，琴师技艺水平很高，只是这个琴师"看人下菜碟"，对票友不能一视同仁，京剧社理事会开会后决定辞掉这个琴师，琴师走时还拉走了社里弹月琴和弹三弦的社友，他们另起炉灶，与菊韵京剧社唱对台戏，郑小山带领着京剧社一班人马硬是坚持下来了。后来，他们这几个人感到愧对菊韵京剧社又回来了，大家最后还是重新团结在一起，化干戈为玉帛；还有一年开演唱会时，有个票友报了个较长时间的节目，因违背原则被郑小山当场婉拒了，该票友不满，郑小山坚持原则不松懈，该票友声称以后不来京剧社唱了，闹起了情绪。但事后郑小山耐心的跟他讲解道理，对事不对人，使他口服心服，隔一段时间后他还是回来唱了，郑小山表示欢迎他归队；京剧社水平参差不齐，每次演出安排谁第一个唱和最后一个唱是个难题，郑小山都要动足脑子，谁都不肯第一个唱，有点水平的票友高不成低不就的，他就做思想工作，劝说其安排唱的好的人放在第一个唱，以便吸引观众而一炮打响，最后压台的也是唱的好的人唱。

　　因为京剧社都是业余水平，郑小山就不厌其烦地一遍又一遍地教，京剧社多名同志在他指导下分别在全国、上海等举办的京剧大赛中获奖。他还经常组织带领京剧社深入社区、养老院，老年公寓，为当地百姓表演经典的京剧艺术，深受好评。2012年，在康桥镇文化服务中心举办了第一场京剧演唱会，座无虚席，揭牌时镇相关领导也出席了。现在，每年都会举办京剧演唱会，影响力很大。

菊韵京剧社经常彩唱的节目有《坐宫》《打渔杀家》《太真外传》《探阴山》《望儿楼》《红娘》《楚宫恨》《谢瑶环》《白蛇传》《杨门女将》《状元媒》《沙家浜》《红灯记》等片断。实行活动日不能参加活动者请假报告制度，还有活动日排班制度，做好活动前排场子，活动后收场子的工作。为解决演唱者多活动时间有限的问题，京剧社还提出"看菜吃饭"的口号，人多时唱短段子，人少时唱长段子的理念，大家都很自觉的遵守。

值得一提的是在 2020 年疫情期间，郑小山在三月份满怀激情地写下一篇歌颂共产党、歌颂白衣天使的"战疫情、度难关"唱词，自编自演京剧唱段，在文化中心线上予以发表，鼓舞了战疫情的士气。同时还配合文化中心的要求，编辑了一些优秀节目在线上予以公开展演，受到了群众的好评。

2020 年重阳节，菊韵京剧社在康桥文化中心举行京剧演唱会，整场演唱会达三个小时，全体社员、好多票友聚集一堂，表达对京剧的热爱，歌颂党和人民战疫情取得的胜利，得到了广大人民群众的赞誉和肯定。

多年的努力和贡献，康桥菊韵京剧社被评为康桥文体特色团队，郑小山荣获康桥文体领军人物的称号。

正是在郑小山的带领下，京剧社一派风清气正、和谐团结的氛围，使大批京剧爱好者远悦近来，为中老年朋友提供了一个老有所乐的平台，为当地的文化建设作出积极的贡献。

郑小山有个幸福美满的家庭，妻子是上海老三届插队知青，跟他志同道合，原来也是江西省吉安市京剧团的唱青衣演员，从小喜欢唱样板戏，双双考取了京剧团，共同的爱好让他们走到了一起。他们有个很优秀的女儿考进了上海一所大学，毕业后就在上海工作了，生育两女一男，郑小山的妻子帮着带三个外孙女外孙子，为郑小山腾出时间去京剧社指导唱戏！

郑小山老师的成绩有目共睹，为弘扬京剧这块国粹瑰宝艺术做出了很大的贡献，当然没有妻子的支持和协助，就没有他的成绩，夫妻俩举案齐眉，互敬互爱，令人羡慕和敬佩。

采访结束，我紧紧握了握郑团长的手说："感谢郑团长无私奉献，为康桥文化发展作出了努力和成绩，值得大大点赞。"他说："这是我和我们社应该做的。我们还要继续努力，再创新的成绩，为康桥文化的不断辉煌尽心尽力！"

作者：叶玉仙，浦东作协会员。曾先后出版中篇小说集《情牵京韵》散文集《上海女儿回来了》长篇小说《灵魂》。

清音水韵，金石之声

□ 李 莉

2019 年 6 月 14 日一个风清月朗的晚上，在上海东方艺术中心，一台美轮美奂的原创舞剧《清弦行语》，正在"发现康桥之美"康桥镇第 18 届艺术节的开幕式上首演。

舞剧《清弦行语》以"浦东派琵琶"演奏者为人物原型改编创作，共分为 4 幕，通过主人公出身杏林、初遇琵琶、拜师学艺、历经乱世、重拾琵琶等人生历程，将主人公个人命运巧妙融入时代命运的大背景下，展示出主人公对挚爱的琵琶技艺的传承和弘扬。上海戏剧学院舞蹈学院和上海戏剧学院青年舞团的演员们以高超的舞蹈艺术为观众带来了一场激荡人心的视觉盛宴。

有人问：何为"浦东派琵琶"呢？让我们把时钟拨回到遥远的年代，从它的渊源说起。

浦东派琵琶的渊源"金石之声"

琵琶是中国历史悠久的主要弹拨乐器。经过历代演奏者的改进，至今形制已经趋于统一，成为六相二十四品的四弦琵琶。

琵琶后来传到了东亚其他地区，发展成现时的日本琵琶、朝鲜琵琶和越南琵琶。我国近代民族音乐史上有"无锡派""平湖派""浦东派""崇明派"等多种流派，都各具特色。但"浦东派琵琶"是最能展现琵琶艺术精髓的一个派系。

你可能会说："琵琶还分什么流派吗？不都是一个琵琶吗，弹出来的音乐难道不是一样的吗？"这"浦东派琵琶"还真跟其他派系的琵琶有区别，单他弹奏的技法就和其他派系的弹奏技法不一样，"浦东派琵琶"弹奏出来的声音有一种金属颗粒般的美感，音质清脆圆润，音色独具魅力，更具艺术感染力。

史料记载，南汇是浦东派琵琶的发祥地，自乾隆年间始逐渐形成我国琵琶的主要派系。以鞠士林、鞠茂堂、陈子敬、倪清泉、沈浩初世代传至林石城再到林嘉庆，已有七代之渊。其中陈子敬和林石城、林嘉庆均为南汇康桥镇人。

浦东派琵琶艺术与传统文化有着一脉相承的血肉关系。金石之声要追溯到两千多年前的"钟鼓乐队"。先秦时期，受"君权神授"观念的影响，"礼"和"乐"是掌权者的主要礼仪活动，"礼"是用来区分人的社会等级的标志，"乐"是政坛中的重要组成部分，也赋予了相应的等级含义。逐步形成以扁形双音乐钟为核心，由编钟和编磬为主组成的钟鼓乐队，从帝王到各级官员都有严格规定的数量和排列方式。由于拥有钟鼓乐队编制的大小是社会地位的象征，所以钟鼓乐队的金声玉振所表现的肃穆威严性使人们产生敬畏感，代表着神圣的王者风范。与乐种不同的圆口大钟音响悠扬，余音悠长，音高不明确，不适合演奏音乐旋律，只做佛钟、道钟、朝钟、更钟等，但两者的独自发展过程形成了华夏民族独特的"钟文化"。

到唐代"管弦乐队"时期，各种类型乐队组合中用得最多的乐器就是琵琶，形成了以琵琶为代表的管弦乐形态。贞观年间，琵琶名家裴神符史无前例地开创了废拨用手弹法，即由琵琶拨子弹改为手指弹，使其弱奏清晰、强奏铿锵、穿透性强、音色细腻、高音明亮、低音深沉，出现了愉悦性的音乐风格，从此，手指弹奏琵琶载入了民族音乐的史册，手指弹也成为传统的标准演奏方式。

庄子在《齐物论》篇就讲声音有：人籁、地籁、天籁。天籁不喧，地籁无穷，人籁万千。人籁是笑声、歌声，还有吹打声等等；地籁是风吹到山谷、山洞、地穴、地坑发出的声音，包括雨声、浪声等等；天籁之音，第一指纯正的自然声音，第二指意义深远、指向悠远。人的音乐灵感都来源于自然无声的天籁，天籁主导着地籁，启发着人籁，音乐的源动力就在天籁。

浦东派琵琶艺术始终不懈地在追求"金石之声"和"天籁之音"。浦东派琵琶艺术就是通过对久远的传统文化的深刻理解来逼近天籁之音，认定左手以十宣穴部位按弦，以指目带音或打泛音，右手以四缝穴前端弹弦，这就是浦东派最基本的弹琴动作。

就拿浦东派琵琶艺术的《十面埋伏》来说，它是我们认识琵琶丰富文化内涵的一扇窗口，《十面埋伏》清晰地勾勒出了浦东派琵琶艺术精髓的历史文化脉络。

　　这让我不由得想起白居易那首经典的《琵琶行》：

　　大弦嘈嘈如急雨，

　　小弦切切如私语，

　　嘈嘈切切错杂弹，

　　大珠小珠落玉盘。

　　……

　　白居易的《琵琶行》生动形象地描绘出了琵琶这种忽儿深沉、忽儿轻柔、忽儿婉转、忽儿雄奇，圆润清脆，气势磅礴的音乐形象。

　　作为"浦东派琵琶"的第七代传人，林嘉庆有他独特的见解。

　　康桥文化中心的人说，林嘉庆老师上琵琶课有个特点，就是在教弹琵琶之前，一定是先讲传统文化。他认为，对传统文化理解得越深，浦东派琵琶弹得就越好；对传统文化知晓得越多，浦东派琵琶弹得就越丰富多彩；对浦东派琵琶的渊源了解得越清楚，就会对浦东派琵琶越喜爱。否则，只不过是个死板的演奏机器，只有简简单单的指法动作模仿，缺乏灵魂，没有艺术生命和艺术价值，是没有实际意义的！

　　"如果你不了解一个民族的文化，就会忽略其精髓，只有读懂了传统的经典，才能站在巨人的肩上；只有理解了经典的高度，才能不做历史的侏儒。听浦东派的《十面埋伏》开始'轰'时感到惊惧，再听下去'吹打'则使人心情松弛，听到'埋伏'时寂然无声，听到'呐喊'以后，感到自我消失，不由自主地消融在《十面埋伏》的意境中了。这就是庄子所说的'判天地之美，析万物之理'。

　　"中国传统文化大致是圆点文化，在时间上六十花甲，重复轮回。浦东派琵琶亦是如此，也是圆点展开的弹，圆点展开的挑，琵琶的金石之声就是圆点文化中的产物，金石之声是琵琶成为国乐之王的基础，浦东派琵琶是圆点文化中的音乐代表，离开圆点文化就没有完美的琵琶艺术。

　　"《琵琶行》就是浦东派琵琶艺术时刻参照的蓝本，浦东派琵琶艺术就是在此根基上延伸、拓展的，其精髓在《十面埋伏》中得到了淋漓尽致的体现。

　　"浦东派琵琶艺术就是从文化的深层把握每首曲目，这叫'以神遇而不以目视'。'依乎天理，因其固然'地对曲目乐段音符进行恰如其分的处理，使人闻其声，融其景，感其情，悟其道，是民族文化中多姿多彩精华融合的结晶，是建立在对'道'的精微领悟上，产生了不可思议的震撼效果，像腿上杂技，似弦上芭蕾。外行人只知道浦东派琵琶精彩悦耳，但内行却深知浦东派琵琶的精博深奥。

"浦东派琵琶艺术在两百多年的发展历程中，积淀了深厚的民族文化底蕴并具有着中医特质的琵琶艺术，他与传统文化有着广泛的联系，特别是与传统哲学、中医文化、饮食文化、书画文化、弓箭文化、武术文化、大钟文化、喜庆文化八个方面都有着紧密的联系，浦东派琵琶艺术之所以成为国家级非物质文化遗产，是因为浦东派琵琶从外在形式到内在深层都有广泛而又深刻的传统文化内涵。浦东派琵琶艺术有着说不完道不尽的文化典故和故事，承载着几千年的中华民族基因，流淌着传统文化的血脉，是民族精神在琵琶艺术中结下的硕果，绝不是简简单单地贴上非遗的标签。"

这就是探究事物的规律，他超越了对技术的追求。

浦东派琵琶艺术的传承

浦东派琵琶的创始人（第一代）是清乾隆、嘉庆年间的鞠士林（约1793—1874），南汇县惠南（今上海市浦东新区惠南镇）人，鞠士林性豪爽，广交游，有"江南第一手"之誉。直到80多岁，还常常外出演奏琵琶，故而艺名远播。由于他练就一手绝技，人们就给他起了一个"鞠琵琶"的雅号。

关于鞠士林，还有一段神奇的传说。据说，鞠士林有一次坐船至苏州浒墅关，由于时候已晚，城门已经关闭，鞠士林遂操琵琶消遣，守关官兵为其琴声所动，喜而开关放行，故有鞠士林一曲琵琶"弹开浒墅关"之美传。

第二代是鞠茂堂，他的弟子即第三代传人陈子敬常被应邀去沪上摆琵琶擂台，远近各地慕名而来拜师学艺者众多。

第四代传人倪清泉的高徒、第五代传人沈浩初（1889—1953），上海南汇黄家路（现惠南镇）人，一生曾以医为业，是一位医术高明、医德高尚的祖传中医师。汇先人琵琶之精髓博采众长、独树一帜，于1929年刊印工尺谱形式的《养正轩琵琶谱》，为浦东派琵琶的进一步发展做出了贡献。沈浩初除琵琶专著外，还整理并传授了一些著名的琵琶传统乐曲。严肃认真地把历代行之有效的演奏技法保存了下来。沈浩初一生对浦东派琵琶的发展出了重要的贡献，培养了大批的琵琶演奏者。

到了第六代林石城时，该流派不论从演奏技术艺术还是治学理念都达到了相当的高度。在弘扬和传承浦东派琵琶的几十年光阴里，林石城先生殚精竭虑，发挥了承上启下的重要作用。

第六代传人林石城（1922—2005），横沔沔青村5组（现康桥镇）人，林石城先生1922年3月3日生于上海南汇县横沔镇西乡一个中医世家，同时也是精通琵琶演奏的音乐世家。幼时的林石城非常聪明，6岁时他便开始跟随父亲学习演奏琵琶、二胡、三弦、扬琴、京胡、箫等乐器，12岁时已对江南丝竹著名的传统八人曲熟于心、吟于口，能与人合奏《欢乐歌》《慢三六》等乐曲。1941年，林石城先生在上海中国医学院毕业后，琵琶"浦东派"第五代宗师沈浩初先生收他为唯一的入室弟子，他也因此成为浦东派琵琶的第六代正宗嫡派传人，尽得浦东派精华。

当时，林石城先生已是沪上名医，对中医、西医融会贯通，善治许多疑难杂症，尤擅妇科不孕症的治疗。傅雷、刘海粟等社会名流都常年找他看病，他收入颇丰，家道殷实。但林石城先生说，"好大夫千千万万，沈师的传人只有我一个，不能让浦东派从我手上断绝"，便立下了"弃医从乐"的志向。1956年，中央音乐学院聘请他北上任教，他毅然关闭了自家诊所，从此将整个生命和全部身心，都奉献给了琵琶，奉献给了中国民族音乐教育事业。

50年代末，年富力强的他本该进入事业的全盛期，并已规划出比较系统完整的中国琵琶乃至民族声乐艺术的发展蓝图。但随着政治形势的恶化，他的事业经受了严峻的考验，生活也历经磨难。1960年，他因历史问题被迫离开了他心爱的教学岗位。1963年，他举家迁回上海，当时生活相当困顿，但即使在这样的艰苦环境中，林石城先生也从未放弃对民族音乐艺术的追求，忍着关节炎发作的剧痛，在极低劣的纸张上整理编撰了先师沈浩初先生的《养正轩琵琶谱》，历经艰辛促成此书的出版，并将所得稿费全给了沈先生的遗孀。

同一时期他还整理了《鞠士林琵琶谱》《陈子敬琵琶谱》等传统乐曲的

演奏谱，做了他人难以替代的抢救工作。在极其艰苦的条件下撰写了《中国曲式》《琵琶教学法》《琵琶练习曲》等初稿，改编了《三六》《青春之舞》《苏武牧羊》《山丹丹开花红艳艳》、舞剧《红色娘子军》《白毛女》选曲等，直到1979年他重返北京中央音乐学院。这时的他已经错过了最好的年华，这让他感到了浦东派琵琶传承的迫切性和重要性。他先后培养了林嘉庆、周丽娟、郝贻凡、曲文军、章红艳等海内外学生，优秀学生不计其数，可谓桃李满天下，他们后来都成为新中国琵琶艺术事业的中坚力量。试想如果浦东派琵琶没有林石城先生的鞠躬尽瘁，中国的琵琶艺术事业将是另外一个局面。

林嘉庆，男，1956年7月出生，上海浦东康桥人。第二批国家级非物质文化遗产项目琵琶艺术（浦东派）代表性传承人，中国歌剧舞剧院国家一级演员，中国音协琵琶研究会常务理事、副秘书长，林石城琵琶发展促进会会长。

林嘉庆作为浦东派琵琶的第七代传承人，他肩负着把浦东派琵琶艺术数百年来积淀的精华和神韵传承下去的重任，历史选择了他，他责无旁贷接过了这面大旗。但作为林石城的儿子，他身上有光环，同时也有压力和责任。

那时正值"文革"时期，弹琵琶被列为小资产阶级情调，传统曲目都被划归为反动封资修的靡靡之音，在学校绝对不能弹，在家也不能弹，害怕被人发现上告给居委会，那可就麻烦了。因此，林嘉庆的父亲想了个办法让他小声弹，弹得像蚊子叫一样，没想到这反而成就了后来林嘉庆先生一手轻弹琵琶的好功夫。当时父亲对他的要求非常严苛，加之浦东派琵琶的要求也极高，为此他吃了不少的苦头。在别的少年天真烂漫无忧无虑尽情玩耍时，他只能枯燥地重复着同一件事，那就是除了弹琵琶，还是弹琵琶，和他一同学琴的还有周丽娟（周丽娟当年跟随林石城先生学琴时也只有九岁），如果被父亲逮住没按要求弹奏，就罚再弹一百次正确动作，手指磨破了，忍着！臂膀练酸了，牙咬着！日复一日，枯燥无味，常常是眼泪泡着琵琶不停地弹……但也正是这些经历磨炼了他的意志，为他日后精练的琵琶技艺打下了坚实的基础。

"那时候真的不敢偷懒，每天都是趁着别人休息的时候抓紧时间偷偷地练习，正是当初的坚持，才有了我

今天的成就。"现任上海音乐学院教授、硕士研究生导师、中国音乐家协会琵琶学会副会长、上海市非物质文化遗产项目"浦东派琵琶演奏技艺"代表性传人周丽娟说。

左手十宣穴部位按弦，右手四缝穴前端弹弦，琴执左腿上，这三个基本特征是浦东派琵琶艺术演奏的内核。无论弹什么曲目，无论那一代传承人，这个特征都没有变，都坚守着这个内核。

正因为浦东派琵琶艺术的传承人都坚守了这个内核，才有了第三代传人陈子敬被清廷封三品官戴，赐"天下第一琵琶"；第六代传人林石城首任中央音乐学院琵琶教师；第七代传人林嘉庆演奏的《十面埋伏》成为国家级标准，编号 GB/T 33665—2017。这就意味着浦东派传人的精湛琵琶技艺受到了国家最高级别的奖赏，也正是这一代又一代的引军人物，构架了浦东派琵琶的金字塔。

浦东派琵琶的传统曲目分别有：文套《夕阳箫鼓》《武林逸韵》《月儿高》《陈隋》，大曲《普庵咒》《阳春白雪》《灯月交辉》，武套《将军令》《十里》《霸王卸甲》《平沙落雁》等。新创作曲目有《青春之舞》《学生操》等 30 多首。

浦东派琵琶于 2008 年 6 月 7 日，由上海市南汇区申报的琵琶艺术（浦东派）经中华人民共和国国务院批准列入第二批国家级非物质文化遗产名录，

遗产编号：Ⅱ-119。2013 年 5 月被浦东新区文广局评为区级非遗传承基地。

琵琶是中国国乐艺术的国粹，而浦东派琵琶是民族之花中的精髓，走向大中国琵琶的主流之一。它所演奏的曲目，已成为民族音乐之经典，激荡着亿万中国人的心扉。

文化中心的人说："作为康桥人，弘扬自己的民族精神，打造文化的特色品牌，对于发展海派艺术有着深远的意义；做好保护传承发展工作，让它世代相传，有着见证中华民族文化传统活化石的独特价值。"

"清音弄弦"在康桥

习近平总书记指出："不忘历史才能开辟未来，善于继承才能善于创新。只有坚持从历史走向未来，从延续民族文化血脉中开拓前进，我们才能做好

今天的事业。"

文化传承的火炬一直在康桥文化中心几代领导人的手中传递着。

关于"浦东派琵琶"早在 2007 年徐惠杰主任在任时就做了《康桥镇建设"浦东派琵琶之乡"的规划》。他说："我们的文化建设不能墨守成规，一定要有新意，我们可以在我们的本土上挖'金子'，比如我们的'浦东派琵琶'，就太能代表我们康桥的文化底蕴了。"

传承浦东派琵琶，不仅仅是保护一栋楼、一个厅那么简单，而是要把浦东派琵琶的演技发扬光大，让更多的人了解它，使更多的人热爱它、拨弄它、演奏它，使琵琶成为康桥家喻户晓的乐器，让浦东派琵琶成为康桥文化的亮点、浦东文化的特色，使其在康桥生根、开花，走向全国、走向世界，这才是最重要、最艰巨的工作。

万事开头难，说干就干，他们从基础开始，从最难点着手。"理念加行动"马上得到政府领导的全力支持。政府领导表示：保护文化遗产，康桥政府义不容辞。由政府出资免费为学员们购买琵琶，并免费举办培训班，长远投资、长期推进浦东派琵琶。于是，从购买乐器到师资招聘、学员招收，徐主任从上任到具体工作的开展，经过不到一年的构思准备，第一期浦东派琵琶少儿培训班于 2008 年 6 月 29 日开办啦。

2008 年第一期培训班时镇政府拨出专项经费 10 万元采购学习用琵琶 130 把，但仅招收到 50 位中小学生学员。可喜所聘请的师资均来自音乐学院等浦东派琵琶真宗教师，教学氛围良好，社会反响热烈，发展势头看好。于是 2009 年又分别举办了第二期琵琶成人班和第三期少儿班，并再添设备和培训、展示活动费用累计 22 万余元，免费培养浦东派琵琶学员 100 多名。

"那时的交通可没有现在这么方便，从浦西到浦东得经过摆渡再乘公交来回就得四五个钟头，每周一次，不管刮风下雨一直没间断过，因为培训班的孩子们在那里等着我。"周丽娟老师回忆说。

文化中心也为学员们提供了展示的平台，举办了不同规模的比赛。2009 年 10 月，康桥镇举办了首届康桥杯"浦东派琵琶"邀请赛；2010 年 9 月，举办第十二届中国上海国际艺术节"浦东康桥杯"长三角地区琵琶邀请赛；2010 年 10 月，参加世博会演出。2010 年 9 月还耗资 26 万元建造配有灯光、音乐的广场琵琶雕塑，成为康桥标志性文化代表。目前，浦东派琵琶培养运转正常，颇具规模。

2008 年 9 月 29 日，培训两个多月的第一批学员第一次上舞台演出，收到了意想不到的效果和好评！

在师资队伍上，文化中心一直秉承一流的师资才能培养一流的学生之理念。从专业院校挑选了一批有经验的老师和在琵琶演艺中有专长的音乐学院的学生担任培训班的琵琶老师，在琵琶教学中以"严""细""实"为教学目标，使每位学员都能掌握浦东派琵琶技艺，让学员们认识到浦东派琵琶的真谛。

作为浦东派琵琶的故乡，南汇和康桥总有这么一批热心人在为发扬这一民族文化默默地耕耘着，很感激康桥这一群默默奉献的人，正是有了他们，才有了浦东派琵琶得以传承的良好土壤。

"其中最为精彩的是我们精心打造的情景舞剧《弄弦》"，计主任自豪地说。它是以舞蹈的形式讲述了一个唯美飘逸的琵琶艺术传承的故事。开场时，男演员化身中国琵琶"浦东派"第六代宗师林石城，一把琵琶掩埋在陈旧的箱子之中，孤独的演奏表达了传承之路的艰难，牵动着每位观众的心。悠扬婉转的琴声吸引了众多前来学艺的年轻人，通过群舞、独舞、双人舞的交织演绎，最终，林先生将象征着浦东派琵琶技艺的那把爱琴转赠给了年轻人，实现了艺术的传承。此舞剧一举荣获了 2014 年浦东新区"大地芳菲"群文新人作品展评优秀新作奖、2016 年 4 月第十七届"群星奖"上海地区选

拔优秀作品奖、2016 年 11 月 3 日缤纷长三角·浦东泥城杯舞蹈创作节目邀请赛优秀创作奖、2020 年 10 月 17 日舞林大会 2020 首届江南舞蹈节"至尊星耀"奖等诸多奖项，为弘扬浦东派琵琶起到了巨大的推动作用，这在当地乃至全国都引起了不小的轰动！

2018 年，文化中心又在此情景舞剧的基础上，将《弄弦》改编成一台精美的原创舞剧《清弦行语》，在"发现康桥之美"康桥镇第 18 届艺术节的开幕式上举行了首演，演出地点就在上海东方艺术中心。

康桥镇在立足于传统的同时，也在探索推动琵琶现代的发展及走向，围绕"浦东派琵琶"这一非遗主题，促成了这两台有血有肉、有故事、有舞美、有音乐的舞剧，给传承寻找了一个更好的载体，让更多市民了解和认知了浦

东派琵琶的前世今生。剧目用符合现代观众审美观念的舞蹈语言，演绎了琵琶传承的历史故事，开辟了中华传统文化"现代化表达"的新路径。舞剧《清弦行语》作为非遗浦东派琵琶的外延，是一次重要的文化实践，也是一次摸着石头过河的尝试。是康桥镇和浦东新区艺术指导中心以及相关专业机构共同合作、多次研讨，通过两年时间精心打磨出的文化精品，是群众乐于接受的一种最佳形式。

"这台舞剧是 2019 年 6 月作为第二十八届康桥艺术节的开幕式在东方艺术首演的。"

"还有 2019 年 10 月，在浦东新区文化艺术指导中心惠南分中心又加演了两场呢！"

"我们都没想到这台舞剧

◎ 首届"康桥杯"琵琶邀请赛剧照（2009.11.15）

会有这么好的社会效应，后来，为此来学琵琶的人一下子增加了好多。"

"我听老百姓说，这么好的故事，它就是我们自己家乡的故事哎，我们太喜欢了。"

◎ 《弄弦》剧照

"舞剧剧情层次分明，惊艳震撼，让人在艺术享受中感受到了舞剧的感染力、冲击力。"

……

提起这台舞剧，文化中心的几位领导和同事仍旧兴奋异常，听着他们自豪的话语，看着他们兴奋的脸庞，我也由衷地为他们高兴和骄傲。

这次演出的成功，更进一步地说明，康桥开拓文化市场的路子是对的。它是非遗浦东派琵琶的外延，是一次重要的文化实践，说明它符合现代观众的审美观念，用舞蹈的语言，来演绎琵琶传承的历史故事，是深入挖掘、歌颂、展示康桥"非遗之美"的成功实践。在这则感人的故事中更深一步地体会到了浦东派琵琶的"清音水韵"之美！

正如康桥文化中心计红主任所说："浦东派琵琶可是我们康桥文化一张璀璨的名片呢，它不仅属于中国、属于上海、属于浦东、更是属于我们康桥。

◎ 《清弦行语》剧照

我们要把它当作一个文化品牌来做。康桥作为陈子敬、林石城、林嘉庆等琵琶大师的故乡，有着传承中国传统文化的地理优势，在目前康桥地区浦东派琵琶相对断层的状态下，保护与传承浦东派琵琶将是一个系统工程，不会立竿见影，也不会一蹴而就，他甚至要经过几代人的努力，康桥文化工作者要做好长期奋斗的准备，因为，保护好国家级的文化遗产，是我们义不容辞的责任。"

相信浦东派琵琶在康桥镇政府的大力支持下，在各地琵琶专家的关心下，在康桥文化工作者的努力下，定会薪火相传，越走越远，使这颗东方璀璨的明珠更加绚丽夺目！"

作者：李莉，笔名：木紫。上海浦东作协会员，作品散见于《词刊》《校园歌曲》《茂名文苑》等。

阮仪三教授和浦东老宅之情缘

□ 朱力生

　　走进浦东新区康桥镇沿北村绿化林中，有一片深藏其中的"世外桃源"，有一处令人称奇的清末民初建筑。这里有石桥流水、碧波荡漾，杨柳依依、小船荷塘，鹅鸭成群、鱼虾满塘，长廊蜿蜒、画栋雕梁，临水轩榭、黛瓦粉墙……这里有住在三进大宅院、衣食无忧享富贵的富裕人家，有种田不用缴租米、年年吃穿有结余的小康人家，有农用器具缺匆全、屋内少有柴和米的佃户人家，有草房薄瓦遮风雨、缺吃少穿饿肚皮的贫穷人家。这里还有明朝古井、乾隆石桥、百年家具、历代农具……

　　这里，就是浦东老农王炎根花20年心血拆旧拼旧、还原翻建起来的"浦东老宅"。它真实地还原了清末民初上海浦东农村各个阶层的生活起居，被上海科普教育发展基金会命名为"浦东民居建筑文化"，被上海大世界基尼斯命名为"用拆迁老建筑构件建造的最大建筑群"。2015年4月18日，上海电视台和浦东新区人民政府联合举办浦东开发开放的25周年成果展，专题报道了弘扬浦东元素的浦东老宅建设。

　　浦东老宅建设，还得从上世纪90年代初说起。1990年春天，党中央、国务院一声号令，犹如一声惊雷，浦东迎来千载难逢的开发开放新机遇。随后，上海浦东大拆迁启动，一批批土地的征用、一个个村庄的消失，高楼林立的现代化城镇代替了农村的断砖残瓦。一直生活、工作在浦东大地上的康桥农村退休干部王炎根坐不住了。他既为家乡的快速发展而高兴，又为历史的断然消失而痛心。如何保护这些有价值的历史遗产？如何为子孙后代留下一些浦东历史的美好回忆？老王在认真思考，老王又开始紧急行动。

　　他先后整整花费了20年心血，先是开助动车，59岁时又学开汽车，不辞辛劳地奔波于浦东各个拆迁场地，采集收购了别人眼里的废品垃圾、他却当作建筑宝贝的砖木材料。接着，只读过小学六年级的他，既是设计师，又当工头，又当监理，还直接当泥水木工，硬是带领镇绿化公司的职工，忙里偷闲，竟然拼接还原了一座记忆中的浦东老式民居。于是，浦东大地上，就有了这样一座依旧拼旧、还原复建、以清末民初为背景的建筑群落——浦东老宅。

浦东老宅占地 24300 平方米，建有房屋 253 间，用掉老门 390 扇、旧窗 642 扇、看枋 103 块、老旧梁柱 1759 根、木椽 18160 支、黄道小青砖 144 万块、瓦片 165 万张、瓦板砖 42 万块、滴水瓦 16000 副、石场地 350 平方米、街沿壁脚 845 米。除了建筑，老王还搜集了生活用具（如木器、竹器、藤器、陶器、瓷器、金属器具等）和生产用具（如无机械动力的人畜专用的农业生产工具）。这是一组令人觉得烦琐的数据，但这却是老王辛勤搜集的将要消失的一个个物件、一件件材料。其实，这是老王辛劳 20 年奉献的一头白发、一身汗水和一番心血。

一

2012 年 11 月 4 日，浦东老宅迎来了阮仪三教授。阮教授带领着他的研究生，在老宅建造者王炎根的引领下，参观了浦东老宅的各处建筑。

阮仪三教授是上海同济大学建筑城规学院教授、博士生导师，国家历史文化名城研究中心主任，山西平遥、云南丽江等文化古城保护的主要倡议者，中国十大历史文化名镇中周庄、同里、角直、乌镇、西塘等镇的保护规划均出自他的手。人们称他为"古城卫士""古城保护神"。阮教授的教学、研究、考察的任务非常繁忙，为什么能抽出时间来浦东老宅呢？那是 2010 年冬，上海电视台新闻透视栏目组拍摄了"浦东老宅"的资料片，播放时特地请来阮教授点评。当他了解了浦东老宅的建造过程，深深地被王炎根为浦东留点乡愁的执着精神感动，他在评点中说："这些东西留存下来就是一个很重要的人类文化的沉淀，也是我们自己留下的城市和家乡的一种记忆。"并表示要亲自到老宅看看，他向老王要了电话号码。经多次联系，这次终于有空过来了。

阮教授已经 79 岁，满头白发，但老当益壮，精神矍铄。

来到西边三开间四落地的大厅，阮教授和学生们仔细察看大厅的造型，个个都被精美的雕梁画栋、重叠的雕花看枋穿板、圆整的磉子磉皮、粗壮的出头椽子所吸引。老王介绍说："这是老宅内唯——幢原拆原建的大厅，原址在周浦东黑桥，宅主姓顾，清朝中期时曾产生两代举人，在朝廷当账房（管财政），退休后，两代人建造了共 98 间房的大宅院，这是其中的一座正厅，被人称作'账房宅'。我当时用一万一千块钱把它买下，在这里原拆原建。"

阮教授说："其他都原拆原建，只有这地坪好像不是吧？"老王回答说："您眼光真凶啊，原来地坪已损坏，只好换上石板，就像机器上换了一个零件，不过其他可都是原装。"阮教授和学生听了以后都朗声大笑，都说："还是原装好啊！"这时，一位学生指着门外的民谣念了起来：" '风格师派点春堂……房子要比灯笼强。' 这两句什么意思啊？"老王说："这两句我要解释一下：第一句，据上海历史博物馆专家鉴定，查勘雕版祥云清晰度证明，本厅与上海豫园点春堂为同一师派作品；第二句，我当年花一万一千块钱买来整幢厅堂，而后来买四个装饰灯笼却用了一万五千元，所以说'房子要比灯笼强'（便宜）。"众人听了，恍然大悟，笑着说老王有眼光，早早买下了这"账房厅"。阮教授语重心长地称赞："这账房厅确实完美。现在人家都在拆房，你却在建房。不容易啊！"

走进前客堂，老王介绍说："这客堂有三样宝贝，那块看枋是从周家渡一座老建筑内拆来，七家共用，烟熏火燎五十多年，看枋上嵌满油腻，躲过了历年争斗。我用十斤烧碱清洗，让看枋上的图案文字一见青天。二是整间地坪方砖铺地，四面八方配成，都为两三百年，百岁方砖只能算作小弟弟。三是房内所有立柱都有二三百年历史，底部都已腐朽，所以根根拼接而成。"大家仔细注视看枋、地坪，特别看那柱子，确如老王所说，不禁啧啧称赞。阮教授用一句话点评："这就叫'偷梁换柱'！"老王和众学生都笑称："'偷梁换柱'好。"

走进箍笼，一条狭狭的小巷，上为"一线天"，下面是两边十四间小房子，有学生问这房子做什么用。老王说这不是民宅，是大户人家的偏房，用来做杂用间。阮教授说："你讲对了，这不是休闲处。过去用作办私塾，后来是大户人家供用人住宿或做杂用间。"

走出象门间，只见东宅河的南端，有一座三块平板石桥。阮教授拿出相机摄影。老王说，这座桥原先造在七灶港上，号称"六丈桥"，建于清乾隆四十三年（1779年）。桥已坍塌跌落在河中，无人过问。后来，老王组织员工，动用吊车终于打捞成功，运到老宅按原样建好。北面桥脚的对联已无法辨认，南面桥脚上有一副对联："一虹高跨骑驴客，半月摇迎荡桨人。"阮教授不顾别人劝阻，亲自在桥上走了个来回，又仔细观察桥上的文字，对老王说："你建老屋，又造古桥，值得称道啊！桥上的两副对联是多好的文化遗存，一副已认不出，一副下半副被水淹没，太可惜了！"

走过石桥，就到了东边三进两绞圈的"富裕人家"大宅院。阮教授和学生对"富裕人家"的造型和结构给予了很高的评价。阮教授说，希望在两个天井里种一点树，如四季桂花、松、竹、梅等，还可以打一口井。他说，天井天井，天就是天，井就是地，打井有泉，泉就是财富。这是维系中国社会的家庭细胞网络，造成人与自然的和谐。如果把这些好东西丢掉了，就失去了传统，失去了我们民族赖以生长的自己的土壤。阮教授由天井说起，有感而发，讲的是一个深刻的道理，表现了一个老年知识分子对传统文化的忧虑和关注，对老王、对我们也是很好的教育。

在后客堂，当老王介绍屋上"叠尖叠斗雕花尖，云山雾罩官翅帽"时，阮教授插话："这客堂拼接得不错。不过这官翅帽的方向搞错了，应该是南北装，而不是东西装。"老王解释说："我也是照原样造的。"阮教授笑着说："那不是你的错，是原来的老师傅装错了。遗憾的是没有人指出那个人的错，你也就跟着错了。"老王说："我这叫将错就错、一错再错！"大家为老王幽默的认错都笑了起来。

走过富裕人家西边的长廊，穿过后花园，一行人来到东边的小康人家。老王称这小康人家也可以叫中等人家。对小康人家的外墙竹编篱笆，大家都十分赞赏。老王介绍说："这篱笆有两个好处，既可以保护单壁，防止日晒雨淋，又可以防止小蟊贼撬壁偷窃。"阮教授笑称，这叫"一举两得"。

近两个小时的参观不知不觉结束了。在座谈会上，阮教授又谈了许多。他称赞老王："你做了一件很了不起的事情。你有浓厚的乡愁意识，你是先知先觉，不是靠钱，而是靠精神、靠功夫，就地取材，'偷天换日''移花接木'，十年造起了这些建筑，不简单！"他又谈到了上海的另一处古镇景点，"你比那儿好，那儿已经失去了古镇的原汁原味，你这儿却留下了老浦东的老东西。老样子都在，基本没有假的。尽管不是原件原样，但拆旧拼旧，值得人久久回味。"他又谈到了自己的亲身经历，"20世纪80年代，在全国一片开发建设中，老建筑、老物件瞬间消失，我真的是忧心如焚哪！当时很少有人能听得进你的话，那我们就从推土机下抢救，救下一点是一点，只希望不要把我们老祖宗的好东西都弄光。平遥古城，还有云南丽江就是那个时候抢救下来的。"他还对浦东老宅以后的发展提出了指导性的意见，也希望在场的政府领导能关心、重视浦东老宅，打好这叫得响的品牌。

这是一个阳光灿烂的星期天，也占用了阮仪三教授的一天。而对老王、对我们却是认识、了解阮教授他所钟爱的古建筑的极有意义的一天！

二

2012 年 12 月 23 日，星期天的上午，寒风飕飕，天气有点冷，但灿烂的阳光照得人暖烘烘的。国家历史文化名城研究中心主任、阮仪三城市遗产基金会会长阮仪三教授带领"阮仪三师门会"一行 83 人，来到浦东老宅参观并举行年度总结会。出席这次活动的都是阮仪三的学生，有硕士生、博士生和博士生导师，有好几位学生已担任局级、处级的技术干部，还有的高徒特意从江苏、浙江等地驱车赶到浦东老宅来相聚。

在七间堂前的广场上，满头白发、精神抖擞的阮教授开门见山地说："今天叫大家到这儿来干什么？我想今年的年度总结会就在这里召开。先让大家认识一个人，看看一个地地道道的农民是如何将浦东老百姓的各式旧居造起来的。这位，就是浦东老宅的建造者、我的老朋友王炎根同志！"在热烈的掌声中，王炎根笑笑说："我同阮教授一样，也满头白发了。不过阮教授 79 岁，我比他小 11 岁，我只能算是小弟弟。我种了一辈子地，即使到了乡里也是个管农业的干部。近十年，看到浦东大开发大建设搞得好，我开心！但许多一二百年的老房子被拆掉，有多痛心啊！我就下定决心，拆旧拼旧，造一点房子，让我们的子孙后代了解前辈农民的生活场景。闲话少说，我们还是边看边说吧。"

在王炎根的带领下，阮教授和学生边看边问，不时插入议论。走出客堂，前面是一个小花园，内有蜡梅、桂花、香樟、天竺等，旁有一口古井。老王说，这是他祖父、父亲好几代人替有钱人家看守坟墓用过的水井，据说是清代的，大约有 150 多年了吧。阮教授拿出相机，边拍照，边对井栏石质仔细鉴别，然后确定地说："这井是明代的遗物。"老王大吃一惊："我一直以为是清朝的东西，现在看来至少要加上 200 多年哪！"大家也为老王保存的明代古井感到高兴。

走到西宅南头，看到一座照壁。老王不做介绍，只是笑嘻嘻地看着大家用手机、相机纷纷拍照。只听阮教授问大家："你们看看这照壁有什么毛病吗？"有一位学生前面看看，后面瞧瞧，脱口而出："这照壁里外装反了。"阮教授说："你说说理由让大家听听。""南壁图案为'有凤来仪'，这是宅主教育自家后代，希望人才辈出，出人头地；一副对联是家训，教人宽容为怀，勤于耕读。这副对联应放在北边，对准家门。而北壁'凤穿牡丹'，应是欢迎来宾相聚，应放在前门南边。"阮教授称赞说："你说得准确！"大家也纷纷表示赞同。这时，另一位同学说："一副对联很有味道，可惜上下联挂错了。上联'世事让三分天宽地阔'应挂在右边，下联'心田留半亩子种孙耕'应挂在左边。这样，用意和平仄才对。"大家都说有道理。阮教授笑着问老王："你知道这两处错了吗？"老王笑容满面，却闭口不说，只是用手指了指南门口左上方的歌谣板。大家拥到歌谣前，不禁读出声来："一副对联是家训，凤采牡丹迎客来。收藏之人文墨浅，里厢放到外头去。虽然错挂上下联，浦东本来没照壁。"阮教授和学生为老王既谦虚认错，又极力辩解的幽默智慧而欢呼鼓掌。阮教授说我们江南没有照壁，从较为粗糙的图案、文字上看，这照壁显然是当代人仿造。不过，这副对联教育后代做人做事，还是很不错的。"

绕过照壁，到了象门间的南大门。一位学生问老王，人家都说"墙门间"，您为啥叫"象门间"呢？老王说："这是大户人家高门槛，门口刻有四只大象，意为大人家大门口，进出能牵大象走。"大家称是。老王接着问大家，什么叫"降低门槛"？什么叫"门槛精"？没人能回答。老王当场演示，他信手拔出上层门槛，留下层门口，他说，这叫"降低门槛"。再合上门槛，只见上下合一，无缝对接，老王说，这就叫"天衣无缝门槛精"。大家顿时恍然大悟，大笑不止。阮教授进而笑着叮嘱道："我们做人还是要做老实人，不能门槛忒精啊！"大家笑笑，想想也真有道理。

跨过承启石桥，穿过仪门头进了"富裕人家"，大家欣赏三埭两进大宅和各种摆设，都说"大人家，大气派，不一般啊"。老王信口念出一段民谣："坐吃山不空，有吃不要动。养个儿子不挑担，讨个媳妇不烧饭。丫头用人一大摊，柴米油盐送上来。金边碗，象牙筷，鱼吃粥，肉吃饭。小菜多来交交关，早四夜六中八样。水果糕点勿稀奇，人参桂圆吃白相。"大家纷纷赞扬老王的民谣编得有水平。老王谦虚地说："我只是小学毕业，哪里有什么水平？这是旧社会穷人总结富人生活而编的顺口溜，我只是修改、增加了几句。"阮教授说："确实编得好！而今我们的生活一点也不比老早富人差，我们真的要珍惜呀！"大家齐声说："对！"

走进中等人家的家门，大家看到纺线用的脚车、织布机，还有石臼、石磨等，都用手摸摸，十分好奇。阮教授一眼看到了一部手推磨，就上前推拉起来，并说"一点也不重"。老王也走上前喂起磨来。两位白头翁一个喂，一个牵，有说有笑，配合得十分融洽。阮教授开心地说："有一部锡剧叫《双推磨》，大家看看我俩像不像？"同学们笑着说："《双推磨》是两夫妻，你们是两老翁，不过很像，十分像！"

出了门，大家在一座仓库旁边，看到了一间"知青房"。房子半房半灶，家具也十分简陋。老王念了一首民谣:"知识青年下乡去,拎只面盆背条被。十六七岁自当家,战天斗地种粮棉。自家烧菜夹生饭,柴米油盐缺勿全。白天劳累咬咬牙,半夜翻身想爹娘。"听了民谣,阮教授和学生都沉静下来。更有当过知青的十几位学生,想起过往经历,个个都热泪盈眶。有一位杂志编辑部主任说:"当年我的生活比这还不如啊!"并要人在房内简单的家具前为他摄影留念。阮教授又指了指门口上的一小块金属铭牌"南汇县知青办公房"说:"这可是一件文物呀!"一位学生说:"可以移动吗?我真想把它撬下来!"阮教授说:"这可不能动。还是让它留在这里吧,我们可不能忘记这一段历史啊!"

下午,阮仪三师门会在"账房厅"内举行年度总结会。会前,阮教授从包内取出一幅题词,只见"浦东老宅"四个篆体大字正统老辣。他递给老王说:"我们这么多人在你这里打扰、开会,真不好意思啊!我的字不好,从来不题词,今天就破这个例了!这叫'秀才人情半张纸'啊!"老王高兴地接受了。

会后,老王从菜地里挑了一篮新鲜青菜送给阮教授。阮教授说:"已经打扰你了,我不能收!"老王风趣地说:"您送了我上联'秀才人情半张纸',我文化不高,给您配个下联,叫'农夫还礼一篮菜'。不晓得对不对,您收还是不收?"阮教授感动地说:"妙!妙!妙!收!收!收!"大家不禁为阮教授的开心而鼓掌,更为一介农夫老王的巧对而欢呼!

三

阮仪三教授两次来访浦东老宅,和王炎根结下了不解之缘。以后,阮教授每年都抽出时间到浦东老宅来,看望炎根老朋友,并关注老宅的进一步发展,提出建设性的意见。

2013年,两位老人又在老宅见面,交谈甚欢。大家最为关心的是如何保留这一处建筑,阮教授想了想,随即写下一段话:

"'浦东老宅'我曾多次去过,并作为遗产保护的实例之一,向有关方面介绍。它虽然占用了一定的市政林带,但是低层房屋布局稀疏,具有特色,增添了观赏功能,其对历史建筑民居的保护却是拥有较好的教育作用。我建议有关领导部门给予适当方法予以保护留存,并以此(作为)创建美丽乡村的经验。"

这段话,体现了阮教授对浦东老宅很高的评价,他将老宅作为遗产保护的实例,赞扬老宅对历史建筑民居的保护所起的教育作用,值得珍惜和应用。

建议有关领导以此作为创建美丽乡村的经验予以保护留存。在这期间，《人民日报》、"人民网"刊发了记者调查，上海电视台也来专人予以实况拍摄报道。市、区、镇有关领导也纷纷考察浦东老宅，对这一历史性的建筑评价颇高。一位区领导称赞老王"你做了一件我们想做但没有做成的事"。

2014年，阮教授又到浦东老宅，见到了再造的"仁寿桥"。他走过桥，又读到老王编的一首民谣："王家宅前白虎桥，彩珊捐资独自造。炮声隆隆上桥面，桥脚闯在解放前。改朝换代斗地主，军令快报逃一劫。造好石桥分田地，风水轮换六十年。一介农夫忙搬迁，上岸一觉困五年。梦醒困在老宅里，年轻老桥留横沔。"阮教授十分赞赏老王用平白明晰的语言，用一句话讲清一件事。他说："你的民谣很有上海竹枝词的味道，读起来很清新，也接地气，很亲切。"

2015年，老王根据阮教授的提议，建造了八九厅，使老宅有了一座能坐三百多人的大厅。为什么叫"八九厅"？有老王创作的民谣为证："中门八扇一刷齐，另有八扇放两边。立柱八根两根接，看枋八块托梁底。两面后窗共八扇，椽子八百钉梁面。九万砖头砌墙面，九块桥石铺街沿。九扇纱格嵌墙面，九根梁木放一间。九百方砖铺地坪，瓦板瓦片足九万。"年底，阮教授在八九厅与老王共叙一年成绩，称赞这八九厅造得很有气派。老王说，他还想造一幢房子，存放大小型农具。阮教授建议能否利用老宅西边的围墙，那地方可以做点文章。

2016年，老王果然在西围墙建起了荷叶边"农耕"长廊，近100米长廊内摆放大型农具，如牛车、水车、犁、耙、小船等，在实物旁边的画框内，已然留下了康桥农民的诗和画。在南边转弯处又建了东西向的厢房，放置田刀、锄头、铁镗、镰刀等小农具。阮教授来到这里，由北往南，细细观察，慢慢品味，赞扬老王利用长廊，做得十分到位。

2017年底，阮教授又来到浦东老宅，参加了"沪剧大家唱"联欢活动。节目有康桥沪剧，有周浦宣卷，有张江民歌，还有横沔的丝竹民乐表演，充分展示了浦东特色。阮教授感动地说，融入浦东过年的氛围，十分融洽，也十分高兴。浦东老宅不仅有静的建筑，也有动感的人文精神。感谢大家精彩的表演，也祝愿浦东老宅越办越精彩。

2018年，听说老宅造起了最后一幢房，作为民俗家具陈列馆，阮教授特地过来观赏。他称赞这座房子，四周围墙清水壁，进门一座岳厢棚，根根立柱托围廊，十三间房有气派，体现了浦东一正两厢房的正宗特色。他参观了

明代古井

地震厅全景

浦东老宅创建者王炎根同志

2012年11月4日，同济大学国家历史文化名城研究中心主任阮仪三教授在浦东老宅参观考察。

围廊下的缸甏、石臼、石磨、石担，又进屋参观了床、柜、桌、椅等各式家具，对老王说，你现在农具、家具都有序安放，老宅很像一个博物馆了。

2019年，老王又在家具陈列馆前的广场上，用上千花盆堆了一座长约8米、宽高各5米的花盆山。阮教授说，这花盆山，高低错落，颜色各异，真有特色，我还是第一次看到。老王说，我还要在它南边再堆两座塔：小瓦圆筒和泥盆塔。欢迎您明年再来！阮教授高兴地说："一定！一定！"

今年，老王的两座塔已经堆成。先看那，犹如地上一口井，小瓦圆筒层层叠。瓦片三万团团转，擎天一柱成景观。再看那，泥盆出自贵人家，万余泥盆堆成塔。六角落地合扑叠，塔顶要用石头压。用剩余的瓦、盆，堆出农民喜欢的宝塔，这实在是老王的创意。不知阮教授身体可康健，今年能来吗？

这就是近八年来，笔者亲历的阮仪三教授关心浦东老宅的往事，阮教授和王炎根之间难以割舍的兄弟情缘以及对浦东老宅建设和宣传所做的贡献。在西大门外，老王新建了一座"石桥牌楼"，阮教授亲题的"浦东老宅"四个篆字，在牌楼顶部赫然亮相。现在，浦东老宅已得到区外环绿化园林公司的认可。经老王与康桥镇政府领导多次协商，已初步商定创办康桥"浦东老宅民俗博物馆"。这是康桥镇加强文化建设、加强优秀传统文化保护、传承和发扬老宅精神的一件历史性大事。我们相信，有阮仪三教授的关心和指导，有康桥镇政府的大力支持，我们一定会创办并办好浦东乃至上海郊区最好的乡镇民俗博物馆。

作者:朱力生:吴迅中学退休教师，现为康桥镇党群服务中心宣讲教师。编著《浦东方言》（两作者之一）。

浦东老宅：为后人留下乡愁记忆

□ 陈志强

思念在还未到达"浦东老宅"的时候就已经开始了。

汽车沿着浦东沪南公路疾驶，林立的高楼不断映入车窗，远处农家楼也是尖顶西洋式的。坐在车上，我一直在想，康桥镇土生土长的农民王炎根为什么在接近花甲之年的时候还要去"二次就业"，不遗余力地建造"浦东老宅"呢？他四处奔走、不辞辛劳收集被拆迁老房子上的"老物件"，又费心费力使一幢幢老房"复活"，历时20年终于建成了颇具规模的浦东古民居群落——"浦东老宅"，这样的浩大工程，对于一个普通农民来说，他又是如何凭着"愚公移山"精神，坚定信念做成这件事情的呢？

走近浦东老宅，我的内心就充满了浓浓的诗情画意。沿着康桥镇军民公路拐入沿北村一条道路，曲径通幽，绿色林带郁郁葱葱，宁静的江南田园风光，白墙黛瓦、小桥流水、长廊蜿蜒，恍若是一幅水墨长卷，展现在我眼前的，就是魂牵梦绕的浦东人家的群落。

迎面一座石牌楼，与浦东老宅大门相呼应。细看此牌楼，是用清代嘉庆年间的老石桥材料堆砌而成，宽约6米，高约5.5米，最上面的一块条石上刻有我国著名古建筑专家同济大学教授阮仪三题写的"浦东老宅"四个大字，中间一块石头上刻着"党建网2016年正能量人物报道：浦东老宅，为后人留下一丝乡愁。中共中央宣传部，2016年8月17日"几个字；接着是"浦东政府网报道：浦东老宅留存老浦东的乡愁及文章提要"；下面的条石上有"寿丰桥"和"寿安桥"字样，还有"解读二桥"的一段说明文。

门口那圆润质朴的红色大字：浦东老宅。落款是戊子年祖题孙书。

留住乡愁，祖宗的东西不能丢

小桥流水，茂林修竹，长廊蜿蜒，庭院深深，古色古香的老宅，瓜果飘香的院落，斑驳的黛瓦白墙，荷叶如盖、白鹅鸣唱的小船……走进康桥镇沿北村 901 号的浦东老宅，仿佛走进前世记忆里的家园，每一幅画面、每一处场景、每一道蜿蜒似龙的长廊、每一个水榭楼台的屋檐、每一处枕河人家的倒影，都能勾起我的乡愁记忆。

移步换景，一座座古典的老屋，不同样式、不同阶层生活的江南民居，细致精妙的画栋雕梁、砖雕石刻、曲桥回廊，假山花草更是野朴成趣，清新自然。徜徉在庭院深深的小巷里，踩在幽幽的青砖路上，闻着老宅里飘来的悠扬丝竹，听着甜糯缠绵的沪剧，思古之情油然而生。

进门不远处，一条清澈的小河像一条玉带环绕在绿树和老宅旁。远处，一幢幢粉墙黛瓦的老宅掩映在绿色之中；近处，老宅的进口处，是一个用老石桥的旧料拼建成的高大的石碑，旁边一老牌坊石条上有阳刻红字"名光日月"，石碑上白底黑字的《说古道今》格外醒目。

见到老王，年近八旬的他穿一件淡灰色的中式布衫，满头银发，身板结实，说起"浦东老宅"的故事，如数家珍，滔滔不绝。

老王边走边介绍，这里的大客厅，那里的长走廊，上面的几片横楣，下边的一道门槛，还夹杂着各种民谣，用当地的话语巧妙地押韵，场景与典故契合在一起，妙趣横生。他精气神十足，思路清晰，风趣幽默，真不敢相信他已年过七旬。

浦东老宅的格局，大致可以分为三个部分。一排七间，叫作"七间堂"，中间的名为"余庆堂"。一池水塘南北走向，半沉着的一艘破旧的水泥船上，高昂地站立着七八只白鹅，见有生人走近，"哦哦哦"地曲项向天歌。水池西侧，依次是大客厅、前客堂、小花园。

有轻快的乐曲声传来。寻着曲声，走近北边的账房厅，面积有一百多平方米，早先应该是大户人家宾客聚会的场所，横梁上高挂的大红灯笼，厅中的桌椅摆放，地上是用平石铺成，一群江南丝竹班正在排练，八九位阿姨老伯，吹笛的、拉二胡的，正演唱沪剧选段《罗汉钱》，曲调轻盈欢快。冬日暖照斜斜地洒进来，把民居、民乐都融在了一起。古色古香的浦东老宅，飘逸悠扬、悦耳动听的江南丝竹，此情此景，怎不叫人心醉？怎不叫人心牵？

老王说，这是来自上海市区的一群"沪剧迷"。而在平日里，康桥当地的一些中老年人"清音班"经常在这里吹拉弹唱，每月 15 日还有当地群众自娱自乐的"沪剧大家唱"。

走进南大门，是一条长过弄。十四间房面对面，两根廊柱之间挂着一盏大红灯笼。看地面，砖头铺地，长满青苔；抬头看，顶上是一米宽的"一线天"。这地上的青砖，屋顶的青瓦，都有一两百年的历史。北门上方是一块双龙抢珠的门观音，当年老王用 50 元钱买来，后来有一位富商愿出 5000 元想买下做电视背景，老王婉言谢绝："你再加一个零，我也不想卖。"老王作的《长过弄》民谣说："两头大门长过弄，对面成双十四间。落地四季有青苔，抬头看天一根线。入内静听落雨声，大红灯笼挂两边。人来客往度时光，此处本是休闲地。"

老王建造的小花园颇有情趣。小花园内有两株古树，一为桂花，树龄在 150 年以上；一为蜡梅，寒冬腊月，梅花怒放。两块地锦，五只蝙蝠围"寿"字，寓意五福捧寿。两个出入口，西为花瓶，东为圆月，寓意平平安安出去，圆圆满满归来。还有古井一口，系王炎根祖、父辈给大户人家看护坟墓时使用的，原以为出自清代，据国家民族建筑保护专家、同济大学教授阮仪三实地察看，证明是明代古井。王炎根说，我原本推算这古井有 150 年历史，现在看来至少再加上 200 年。老王作《小花园》民谣说：百年老门配成对，姻缘相聚三十里。中间道路有点斜，门门相对歪一边。流年沧桑桂花老，寒冬腊月梅花开。小瓦盘成阴阳井，专家考证出明代。五福捧寿遥相对，地锦花纹添福气。平平安安西门出，圆圆满满东归来。

池塘的西侧是不同风格的老建筑，东侧第二部分是不同生活层次居住群落，有富裕人家、小康人家、穷苦人家三个居住群落。

富裕人家的大门口，有一座仪门头，仪门的正上方有"厚德仪重"四个阳刻大字，仪门两边的一副对联写道：钦琏筑海塘保生灵，建晨护老宅留乡愁。横批：前后三百年。旁边的墙上还有一块黑底蓝字的说明牌写道：有事说事——"三百年"，南汇建制公元 1726 年，南汇撤制公元 2009 年，前后 284 年。钦琏，浙江长兴人，南汇建制第一任知县，修县志，筑海塘。钦公塘，现川南奉公路路基。"建晨"，姓张山东烟台人，南汇撤制在职区长，大开发，护老宅，"这些都是老祖宗的东西""拆脱伊做啥""让伊留拉歇"。

三进宅院，35 间正房，17 间廊房，2 间茶坊，132 扇门，152 扇窗，还有前庭心、后花园，临水一道幽静的联廊。三进两院大宅前。

老王说，这是"浦东好人家"，家境殷实。他还为此编了一段民谣来描述："前后客堂有厅堂，东西厢房有回廊，南北过弄连茶坊，砖石庭心一脚平。""养的儿子不挑担，讨的媳妇不烧饭，丫头用人一大滩。金边碗、象牙筷，小菜多来交交关，早四夜六中八样，人参桂圆吃白相……"这有点像

《红楼梦》中的大富之家。大富人家共有三进68间房。高大宽畅房子里，老王指着屋脊梁上一种像"官帽"的木结构说，这叫"云山雾罩"，相当于当官的官帽的品级，一般的平民百姓是没有的。

小康人家宅院又如何？只见5间朝南房屋一字排开，功能齐全，有客堂、有正间。屋里摆放着小康生活的场景。"种田不用交租米，农用工具备得齐，纺纱织布在屋里""猪满圈、羊满棚，鸡鸭成群鱼满塘"……王炎根创作的民谣很接地气，描述的是当年中产家庭的生活情景。"百年前，这样的房子不超过5%。祖辈们做梦都想住这样的好房子，却很少能住得上。"这座宅院虽比不上大宅的阔气和豪华，但冬暖夏凉，十分实用。老王说，墙外的竹笆当时还有一个特别的功能。古代的墙壁相当薄，用了竹篾之后，冬暖夏凉，而且还有防盗功能。只有八厘米厚的墙壁，挖个洞很容易，但有了竹篾，挖起来要响，睡在里面的人也就知道了。

此外还有佃户人家和穷苦人家的房子。佃户人家介于小康人家和穷苦人家中间，三间薄瓦房子，遮风挡雨。老王的民谣说："三间平房两发屹，牙齿缝里生下来。三代祖宗造成功，薄瓦房子遮风雨。农用家生缺勿齐，换工分种种租田。什用家生将就过，粗茶淡饭年复年。衣帽鞋袜常欠缺，冷暖衣裳难分离。宅前缺少小菜地，屋内少有柴和米。丰收年份平平过，天灾人祸苦无边。"而草屋结构的穷苦人家就更差了，老王的民谣说："空心椽子草屋底，进门一脚烂泥地。一日三顿吃不全，行灶烧饭满屋烟。天上月亮当灯点，不用扫帚风扫地。身上衣裳补搭补，大囡穿好小囡连。天好帮工隔浜叫，落雨帮工无人理。屋内无没柴和米，合扑困觉望明天。"

第三部分老屋里有老王收集的各类农具，他写的农耕文化民谣说："东滩聚沙有千年，烧盐种田勿忘记。抗击风雨造农具，盐碱地里寻生机。面朝黄土背朝天，出劲出力填肚皮。适时农耕遭巨变，人畜耕种已过期。锄头铁鎝车犁耙，留点物件想祖先。"

王炎根认为，老祖宗的东西不能全部丢掉了。我们过了好日子，住了高楼房，不要忘记我们的老祖宗是怎么过日子的，我必担肩，这是责任与担当。让子孙后代通过这凝固的老宅旧屋了解过去的历史，正是他耗费巨大心血和财力建造"浦东老宅"的初衷。

人家拆迁，他拼命收集保护

"这长廊里每块花板的雕刻都是不一样的，是我从好几处宅子里收来的。"王炎根指着转弯连廊上方一块块镶嵌花板说，每块板上都有不同的图案，这些雕刻花板、木柱子和地面铺的砖块等，全都是从各处、各家、各户收集讨要来的。

建筑群南侧有一座乾隆四十三年建造的石桥——承启桥，是王炎根从乡间的一条河里打捞出来的。当时他听说有座石桥要拆，便立即赶去，两个桥墩上还隐约可见先人刻下的"一虹高跨骑驴客，半月遥迎荡桨人"的桥联。这样的古石桥如今很少，原汁原味的古石材尤其难觅。这是横沔地区最早的一座石桥。

出生于上世纪40年代的王炎根，自小生活在康桥地区。浦东改革开放，大片的土地上高楼林立，看到渐渐消失的古民宅和祖辈们的生活起居用具。老房子越拆越少，旧建筑构件几乎被当成垃圾扔掉，老王感到心疼。"这些都是老祖宗留下的东西，是不可再生的资源，今天扔了，明天我们后悔也来不及了。"

所以他萌生了收集建筑材料，然后异地拼装古宅的想法。在他55岁时，镇里组建绿地公司，他被任命为总经理。在2002年上海建设外环绿带时，他带公司承包了378亩绿化种植养护任务。招了150多个员工，又适逢需要建操作用房。当时康桥地区正值开发高潮，不少老房子被拆，王炎根想收集拆下的旧建筑构件来搭建操作用房。不料，这一收集，就一发不可收。因此他萌生了拼装老宅的想法。

于是，他骑着助动车，开始跑老建筑拆迁基地。哪里动迁，王炎根就往哪里跑。浦东的东沟、高桥、高行、川沙等古镇老街，他奔走在各处拆迁工地，从断垣间瓦砾堆收集旧的砖瓦、门窗、木材、房梁等。

王炎根收藏了大量老旧梁柱、椽子、门窗、滴水瓦、黄道青砖、瓦片等"老东西"后，2002年起开始了拼装老宅的工程。"名人故居政府会保留，古镇也会保存，而老宅的保护却很缺乏。"20年来，为了恢复老宅，他阅读了很多的建筑设计书，并请教了一些专业人士，认知了所有老建筑构建的功能与部位，自己设计草图，边做边修改，直到满意为止。

20年来，王炎根像"愚公移山"一样，一砖一瓦地收集、修复、再建，然后费心费力地利用这些老构件拼装老房子，再现50—80年前老浦东生活风貌与场景。至今，已经拼装成254间清末民初年代的"浦东老宅"，用掉的材料有：老门386扇、老窗632扇、看枋103块、老旧梁柱1739根、椽子1.8万根、黄道小青砖140万块、瓦片160万张、瓦板砖41万块、滴水瓦1.6万副。

为啥取名"浦东老宅"？王炎根反复考虑，以旧拼旧构建浦东人家宅院，是为了让子孙后代看一看，他们的祖辈曾经是怎样生活的，他们的先人居住在怎样的房屋里。古人说，名不正则言不顺，言不顺则事不成。名字是立足之本，必须要让浦东原居民接受，让社会各界和政府职能部门认可。所以，这名字决不能叫"王家老宅"，还是叫"浦东老宅"最恰当，浦东老宅是浦东民众的老宅。

2009年，"浦东老宅"被上海市地名办正式命名并通过《解放日报》发布公告，受法律保护。上海大世界吉尼斯两次（第一次2010年128间老房子，第二次2015年240间老房子）命名其为"用拆迁老建筑建造的最大建筑群"。

解读老宅，博大精深有味道

年复一年，老王走遍了浦东拆迁场地，收集人家抛弃而他认为有用的建筑构件。他的理念是，要想做的事必须自己先弄懂和学会，决不能人云亦云。于是他买来建筑专著，刻苦钻研，加上他数十年来对浦东建筑情有独钟的认知钻研，成了研究浦东老建筑的行家里手。在建设过程中，他既当设计员设计图纸，又是工头、工人和监理员。他还针对不同老宅的特点，收集创作了俏皮形象、生动活泼的浦东民谣，充满了农民的幽默和智慧。读一读老王创作的这些民谣，可以增加不少浦东老宅建筑文化的知识。

比如《好人家住房》：深廊檐，阔壁脚，淘米拎水不湿脚。雕花构件有气派，水桥排勒屋里厢。

比如《八九厅》：中门八扇一刷齐，另有八扇放两边。立柱八根两根接，看枋八块托梁底。两面后窗各八扇，椽子八百钉梁面。九万砖头砌墙壁，九块桥石铺阶沿。九扇纱格嵌门面，九根梁木放一间。九百方砖铺地坪，瓦板瓦片足九万。

八九厅是最晚建造的老宅，起初并没有名字，建造后竟发现整幢建筑都和"八""九"两个字有缘，于是老王就命名为八九厅。

比如《转弯连廊》：河边两头起长廊，长廊转弯有模样。两面翘头歇山顶，上有走兽四角望。间间都有雕花板，文武百戏费猜想。人来客往美人靠，老宅风景满眼望。

转弯连廊在中间河道的转弯处，呈三分之一圆环，两面歇山饰顶，上有走兽四角望，间间看枋花板，上有精细木雕，文武百戏，是"八仙过海"，还是"三打祝家庄"，还是个谜。来往客人临河美人靠上一座，老宅风景就能一眼尽收。

比如《仁寿桥》：王家宅前白虎桥，彩珊捐资独自造。炮声隆隆上桥面，桥脚闯在解放前。改朝换代斗地主，军令快报逃一劫。造好桥面分田地，风水轮换六十年。一介农夫忙搬运，上岸一觉困五年。梦醒困在老宅里，年轻老桥留横沔。

该桥桥面上雕刻着"民国三十八年四月造"等字。这座桥在60年后（2009年5月）搬迁到了浦东老宅，并于2014年5月重建。比如《承启桥》：七灶大港六丈桥，瓦屑横沔两头挑。乾隆四三奚家造，留存横沔最年老。两面桥脚有对联，一面对联文字清。一虹高跨骑驴客，半月遥迎荡桨人。构建原拆样样全，水下桥枕留两边。

承启桥是现今留存横沔最为年老的古桥，桥面一侧有"承启桥，乾隆四十三年奚家造"几个字，明晰可辨。桥脚有对联：一虹高跨骑驴客，半月遥迎荡桨人。读来饶有趣味。这座桥原拆原建样样全，连桥脚下的桥枕都留在了桥的两头。

比如《象门间》：荷叶山头滚筒脊，板门板窗全封闭。两大两小四扇门，当中通道象门间。石头门臼叫门当，下层门口上层槛。上槛无缝门槛精，门口四象伏中间。降低门槛迎客来，不见灰浆清水壁。百年地砖铺地坪，两对仙鹤立山尖。

老王说，象门间宅院大门高门槛，门口底部有4只大象，意思是，大人家大门口，进出能牵大象走。门前有汉白玉门臼，叫门当。

一次，老王问上海记者协会的老记者，什么叫降低门槛？什么叫门槛精？几位老记无言以对。老王当场演示，拔出上层门槛，留下层门口，老王说，这就叫"降低门槛"。再合上门槛，只见上下合一，无缝对接，老王说这就叫"天衣无缝门槛精"，老记们恍然大悟，大笑不止。南门里面两侧，各有两堵半档清水壁，砖缝细腻清晰，不见灰浆，是浦东高水平建筑技术之一。

"进门当道一照壁，里厢外头两隔开。一副对联是家训，凤彩牡丹迎客来。收藏之人文墨浅，里厢放到外头去。虽然错挂上下联，浦东本来没照壁。

西门进出鹤厢棚，雨打芭蕉红月季。"老王解释说，这里有一幅精美的砖雕照壁，南壁为"有凤来仪"图案，两侧对联为：世事让三分天宽地阔，心田留半亩子种孙耕。家训教人宽容为怀，勤于耕读。北壁为"凤穿牡丹"图案。

老王自称"收藏之人文墨浅"，没见过照壁，所以安装的这一照壁有两个错误，一为对联上下联放反，二是两幅图案正反放错。只有小学文化没见过照壁，安装时搞错了，他谦虚认错，实为幽默智慧之举。

老王的《客堂》民谣："七家炊烟五十年，看枋裙板嵌油腻。历年争斗逃一劫，十斤烧碱见青天。留得王家余庆堂，精雕细刻样不变。叠尖叠斗驼峰穿，双百立柱根根接。地坪方砖八方配，百岁方砖小弟弟。丹凤朝阳门观音，双龙抢珠在对面。"

老王解释，这客堂有三样宝贝：一块看枋来自周家渡后滩一拆迁老建筑内，老客堂七家共用，烟烧火燎五十多年，看枋上嵌满油腻，好似蒙面，躲过历年争斗。老王用十斤烧碱清洗，终于让看枋上的图案文字完好重现。二是整间地坪方砖铺地，八方收集配成，都为二三百年，百岁方砖只能算是小弟弟。三为所有立柱，都有 200 多年历史，底部以腐朽，所以根根拼接而成。阮仪三教授看了说，这就叫"偷梁换柱"，移花接木。

《账房厅》说："清代中期两举人，起造黑桥顾账房。横梁立柱扛勿起，大件料作大看枋。出檐橡子头不烂，雕刻花尖镂空样。四柱落地大礤皮，风格师派点春堂。原拆原建木结构，房子要比灯笼强。"

账房厅由六灶港黑桥南（今浦东周浦镇红桥村 4 组）账房宅的老厅堂原拆原建而成，三开间四落地，大件作枋，雕梁画栋，煞是壮观，经上海历史博物馆专家鉴定：据雕版祥云清晰度证明，该厅与上海豫园点春堂为同一师派作品。"2009 年上海博物馆的人来看过后说，整个上海这样的老房子不会超过 10 所。"老王颇为自豪地说，当年他用 11000 元买来整幢厅堂，而后来买四个气派的灯笼却花了 15000 元，所以说"房子要比灯笼强"。

《七间堂》说："马头山墙七间堂，退后一架内走廊。间间廊行有花板，四块杜家老祠堂。陈年方砖阔壁脚，五步阶沿大客堂。阁几供桌在北壁，明清座椅放停当。四块花板做背景，救星瓷像中间放。落地长窗高门槛，大匾高挂余庆堂。"

七间堂，中间客堂名为"余庆堂"，为王炎根小孙女所书（另大门口"浦东老宅"四字也是）。外走廊看枋，选自浦东高桥杜家老祠堂，有 4 块24×10 厘米的老柳桉板雕刻而成，图案为"福禄寿三星高照""三英战吕布"

等经典故事，充满古色古香情韵。

《仪门头》说："清水围墙有仪门，百年砖雕步尖头。斗拱飞檐四角翘，不用钉子和木头。一根门闩墙里蹲，两扇大门紧敦敦。三步阶沿石库门，门外一对守门神。文要出轿武下马，亲戚朋友需通名。"

门外有一对石狮，威武雄壮，镇守仪门，为百年以上古物。只见清水围墙，百多年历史的砖雕步尖，斗拱飞燕，四角高翘，十分壮观。门头上方有"德厚仪重"题词，题词上面有古人迎送砖雕，雕工精细，人物清晰。门内，一根方木门闩头部包铜，十分粗壮，藏在墙内，关门时自由拔出，非常方便。

整座仪门，两个工人细磨细作，整整用了两个多月时间才复制成功。老王说："只要建好，不计人工。"

《富裕人家》之一：推开仪门有场地，廊檐壁脚一根线。龙头鱼尾两头翘，双头屋脊瓦壁竖。挑发落檐外发戗，花篮挂在外山尖。东西门窗有摇囡，四面砖墙清水壁。当中六扇客堂门，山海镇石镇风水。

富裕人家为七路七开间，三进两庭心，共有 68 间房间，外貌庄严，龙头鱼尾屋脊高翘，挑发落檐外发戗，歇山顶上，前有花瓶，后有花篮，门有摇囡。从场地右侧往北看，廊檐壁脚笔直向北 70 多米，沿壁脚种植铁树、紫薇等，碧绿生青。右墙角有"山海镇石"（与石敢当同义）一块，寓驱邪逆、镇风水之意。

《富裕人家》之二：深廊檐，阔壁脚，淘米拎水不湿脚。雕花构件有气派，水桥排勒屋里厢。前客堂，后客堂，前后客堂有厅堂。东厢房，西厢房，东西厢房有回廊。砖庭心，石庭心，砖石庭心一脚平。南过弄，北过弄，南北过弄连茶坊。

前后客堂，东西厢房，南北过弄，砖石庭心，都堂皇气派。非大富大贵人家，哪有如此排场！就说水桥，裸体水桥不是好人家的水上码头，这里水桥排在屋里，保证淘米拎水不湿脚，又担当水上码头的功用，实在是富有气派。

《富裕人家》之三：六扇大门一崭齐，百年方砖铺落地。椽子好做门窗框，浇刷房板一根线。叠尖叠斗七根柱，磉子磉皮全配齐。看枋雕花全完好，精美戏文满三面。斗拱裙板功夫深，蜂灯高挂正梁底。

大户人家，造房用料考究，不要说大门、地坪，就是椽子，也十分粗壮，可以配做门窗边框；还有七根柱子，磉子磉皮，叠尖叠斗，都配备完整，正梁蜂灯高挂，看枋上三面雕满精美戏文，值得仔细玩味。

《富裕人家》之四：东西厢房有走廊，厢房两边小客堂。两边门窗配成对，百年陈砖铺走廊。四水归一石庭心，花边滴水廊檐长。斜钩瓣脚步尖头，厢房屋脊嵌花样。

石庭心四面走廊，廊檐长长，花边滴水，四水归一。东西厢房，两边都有小客堂，门窗配对成双。现在是"翰青雅集"书画馆书画展示和宾客聚会之所。

《富裕人家》之五：前后走廊九路头，中立四柱是厅堂。六块看枋三间堂，斗拱裙板配成双。雕花驼穿民间少，前后门窗无砖墙。水磨方砖一脚平，长窗落地显大方。

这里的厅堂7开间，九路头房，前后走廊，中立四柱，六块看枋，雕花驼穿，民间少有。前后全是门窗，中门落地长窗，落落大方。现在是"翰青雅集"书画馆书画展示和宾客聚会之所。

《富裕人家》之六：方方正正后庭心，四角落水石盖面。四面立柱十四根，下头粗壮上头细。下接礅子连壁脚，上顶横梁托屋檐。正面四块大阶沿，石头铺就中轴线。

后庭心，方方正正，四角落水，石头盖面。十四根大柱四面而立。下接礅子，紧连壁脚；上顶横梁，托起屋檐。中间三排石板铺成庭心中轴线。

《富裕人家》之七：廿五发头加走廊，八扇大门后客堂。叠尖叠斗雕花尖，云山雾罩官翅帽。根根横梁铜包漆，两块看枋藏戏文。五子登科嵌正梁，当中挂起蜂窠灯。斗拱裙板细雕琢，块块穿板典故深。仪德大匾当中挂，有用之材聚一堂。

过去，一般房子有19发、21发，大的有23发，而25发的极少，可见间发之大。室内中梁叠尖叠斗，云山雾罩，加上明朝官翅大帽，另有中梁蜂窠灯，确为少见。再横梁看枋，斗拱裙板，古典戏文，精雕细琢，人才荟萃，"义德堂"当之无愧。

《富裕人家》之八：走过过弄掇叠门，幽幽长廊长有长。走廊连接两茶坊，茶坊四面有门窗。临河建有美人靠，喝茶纳凉心宽畅。北侧码头大水桥，落雨不用阳伞撑。

西侧走廊，灯笼高挂，南北一线，连接两座茶坊。三五知己，品茗喝茶，晤谈一室；推开西门，坐美人靠，水上垂钓，何其乐也！走廊北端，一座大水桥，淘米洗菜，不受风雨之苦，又当水上码头，人来客往的水上通道，十分方便。

《富裕人家》之九：转弯廊桥连花园，零星石头做驳岸。湖石堆成小假山，曲径小道通花坛。奇花异草盆景园，一年四季有花开。香樟桂花香四季，紫藤紫薇紫气来。天竺继木又青枫，白皮青松绣球美。两代同堂苍子树，芍药荷花次第开。

廊桥紧连后花园，沿浜石驳岸，曲径通幽，怪石嶙峋，堆起一座石山。奇花异草，四季花香，一棵紫藤，六七十年历史，盘根错节，格外兴盛。更有一棵苍子树，四季坐果，两代同堂，令人称奇……

又有《长廊》民谣：挑出檐头石窟门，想看老宅进长廊。根根廊柱逼滚圆，高高磉子红花岗。廊檐两对雕花板，双龙对凤闪金光。磨光房板做嵌线，转弯直通七间堂。

走进石窟门，右边空旷，左边围墙，廊檐上有两对雕花板，上有"双龙抢珠"和"彩凤牡丹"，闪着金光。走出东门有转弯通道，似通非通，瓦板嵌线，横梁椽子，样样倾斜，可以由此进入七间堂……

之所以不厌其烦地将老王创作的这些民谣逐一罗列出来，是因为这些民谣非常精妙，看似通俗，内涵丰富，里面的浦东老宅建筑文化，博大精深，值得细细玩味。

守护老宅，传承历史文化

"老宅"建造起来了，怎么使用？老王颇费思量。要公益，不要功利，更不能去追名逐利，这是他思考后的答案。老宅建成后，有朋友建议可以对外开放收门票——这么多年的付出，也该到了收获回报的时候了。他没有答应。他说，如果收费开放，就违背了自己的初衷。

老王说："做一件事，不是做生意，必须要脱离俗套，不惜工本，不图回报。"从拼装老宅开始，他就定位明确：这房子不是用来经营的，更不是住人的，而是给人看的，只为传承文化。唯一的愿望是把这里建成公益性质的青少年教育基地和中老年人文化休闲场所，让更多没见过浦东老宅的晚辈了解祖辈们的生活起居。

他在老宅内复原老式灶台，摆放老式家具、农具等，展现浦东的农耕文化和"老浦东"生活场景。让老年人在此聚会品茶、欣赏沪剧、浦东说书，感受"老浦东"风情，留存历史的印痕。为了专心做"浦东老宅"，老王将绿化公司交给了两个儿子经营，自己一门心思拼装老宅，"但得帮我一起做这件事"，你们负责挣钱，我负责花钱建造老房。

"文化不高，凡事不多想，认准了就做，才做得成这些事。"老王说自己是个农民，文化不高。但令人惊讶的是，他却是整个"浦东老宅"的总设计师。

将收集的大量有用之材保存整理、分门别类，在无设计人员、无正式图纸、无专业建筑施工队的前提下，他自己钻研建筑专著，自己动手设计建筑图纸，自己上阵带工人建房，"建设过程中不断完善，理解浦东民居是实用型的，原则定位是看上去自然、用起来实在"。简单的理念，成就了浦东老宅建筑群落的主导思想。

除了恢复浦东各种各样的乡土民居外，还有明朝古井、乾隆石桥、百年家具、历代农具等，尽可能完整呈现以前的生活情景。有参观者看了后说，"就像回到了外婆家"。

浦东老宅也得到了上级领导和社会各界人士的认可，认为老王做了一件政府应该做的好事，是合理的善举。

2007年，南汇区区长张建晨到老宅考察后表示，留存浦东老房子是好事，这些东西都是老祖宗留下来的，拆脱伊做啥，让伊留拉歇。

2009年6月，浦东新区代区长姜樑考察浦东老宅时，听了老王的汇报说，这件事应该政府做，政府没有做，你帮政府做了，我感谢您。他对随行几位副区长说，这件事不管前因后果，你们都要扶持好。对陪同的康桥镇领导说，你们地方上要给予帮助。

2013年下半年，浦东新区代区长孙继伟来考察浦东老宅，听了汇报后对老王说，您为浦东人民做了一件好事，留下了浦东乡愁，感谢您。2015年4月18日，浦东新区开发开放25周年成果展示中，浦东老宅列为"勇当先行者，古稀老人打造浦东老宅"的成果报道，并在上海电台20频道和浦东新区同步报道……

同济大学国家历史文化名城研究中心主任阮仪三教授，曾多次带领团队来老宅考察，阮仪三说这些东西流传下来，就是一个很重要的人类文化的沉淀，也是我们自己留下的城市和家乡的一种记忆。2012年12月23日，阮仪三带领学生在浦东老宅举办"阮仪三师门会"，破天荒为浦东老宅题字。

上级领导和社会各界人士的认可，成为王炎根咬定青山不放松、执着前行的力量。

采访结束，看到仍在老宅里忙碌的王炎根，我不禁对这位倔强的"愚公"肃然起敬。有人说，浦东老宅如今起码值3000万，有人说过亿元，但浦东老宅应该是无价的；有人建议他搞农家乐、搞旅游经营，更有房地产商要和他一起搞开发。王炎根嗤之以鼻，一一回绝。"挽狂澜于既倒，救文物于危难"，以此赞誉他也不为过。历史应该感谢王炎根。当别人在盲目拆迁、把老建筑当作垃圾的时候，他却竭力收集保护；当别人利欲汹汹劝他谋利时，他断然拒绝。中国文物学会名誉会长谢辰生说过："传统民居说明历史，弘扬文化，都是别的教育手段所不可替代的。"建筑是历史、文化的载体，城市要发展，要现代化，但不能以破坏历史文物为代价。王炎根从"动拆迁"的推土机下抢救出来的"浦东老宅"，是珍贵的历史文化遗产，无法用金钱来衡量。这些看得见的乡愁记忆，让现在的年轻人或者中小学生来参观学习，增长一点有关浦东老宅的知识，又该是多好的乡土文化教育啊！

该走了，看着粉墙黛瓦、如水墨长卷一样的浦东老宅。老王像一个辛勤耕耘的绣娘，用二十年如一日的功夫，织出了如诗如画的浦东老宅，织出了如梦如幻的浦东记忆；他又用情丝绣出了浦东人家如诗的韵，绣出了老宅风情幽雅的姿采和一代一代浦东人如水的柔情。我真的不舍，舍不下这如梦如幻、多情多彩的浦东老宅！

现代文明的车轮滚滚向前，开发建设如火如荼。随着时间的推移，现代建筑遍地开花，千人一面；然而，具有浦东地域文化历史特色的老建筑越来越少，有的地方早已灰飞烟灭。随着时间的推移，"浦东老宅"必将体现出珍贵的历史文化价值，焕发出璀璨夺目的光彩。

或许在不久的将来，到康桥去看"浦东老宅"，将成为许多人的向往。

但愿更多的人读懂"浦东老宅"，得到更多的启示！

作者：陈志强，浦东作协会员，出版散文集《桃花盛开的地方》《挥之不去的乡愁》。

秀美的叠桥在唱歌

□ 紫　荆

小河水潺潺、堤岸柳依依、田野金灿灿、庭院亮铮铮……

清晨，当沉睡了一夜的村子醒来的时候，叠桥上也热闹起来了：手提肩扛农具的村民从桥上喜盈盈地走过，田野里沉甸甸的稻穗正笑弯了腰恭迎着他们；提篮摘菜卖菜的村妇从桥上乐呵呵地走过，想着镇上的老主顾正等着她们，不由得加快了脚步；背着书包上学的读书郎从桥上急匆匆走过，不远处学校的上课铃声已响起；赶着上班的年轻人或驾车或骑着助动车从桥上飞驰而过，工作的忙碌和压力让他们倍感生活的不易；退了休的村民三三两两地走上叠桥，护着栏杆伸伸腿、弯弯腰，悠悠地舒展着自己的肢体，脸上洋溢着幸福的笑容……

终于，在深秋的一天，一个偶然的机会让我也走上了这座叠桥，亲眼看到了那河清、岸绿、路宽、院靓的美丽风景，亲耳听见了在秀美的叠桥上交织起的一首首悦耳动听的歌。

叠桥之村

叠桥是因境内跨八灶港龙游浦两桥相连而得名，由这座高架的叠桥而连接的两岸自然村庄在新中国成立后就延续了桥名。

叠桥村隶属于康桥镇人民政府管辖，它地处于康桥镇的东部，东与石门村交界，南与怡园村交界，西与沿南村交界，北与火箭村交界。全村区域面积为 1.8 平方公里，在 2016 年底，全村在册户数 522 户，总人口 1375 人，随着城市化进程的推进、康桥工业区的建设，叠桥村域面积逐步减少，村内因拆迁逐年减少村民小组，至 2017 年底，叠桥村由原来的 6 个村民小组变为 4 个村民小组，留存耕地 66.12 公顷。自 2005 年始，康桥镇实行以土地换保障，将叠桥村内 16 周岁以上的村民纳入小城镇养老保险，村内全部耕田由镇有关部门统一管理，以承包户经营的方式进行农业耕作，主要种植粮食、油菜、蔬果，在发展多元化经济的指导思想下，2020年，叠桥村规划种植了一批经济果树，桃、梨、橘、枇杷等，又为了增加村内的绿化面积，开辟了公益林，植树造林还乡绿色的村庄。

叠桥村村内水域宽广，面积达 32 公顷，河港纵横交叉，东西走向的有八灶港、龙游浦、治龙港，南北走向的有高新河、创业河等，众多的河流给叠桥村带来极为丰富的淡水资源。叠桥 6 组的村民奚瑞清告诉我："在上世纪六七十年代，通往叠桥村的道路都是狭窄泥泞的黄泥小路，路宽均在 1 米左右，遇到阴雨天道路泥泞难行。那时，村民售交公粮、棉花、油菜等大多借用木船或水泥船载运，通过水路运到收购站，如果村民家中饲养的少量猪、羊等牲畜需出售，则借用生产队里的劳动车，费九牛二虎之力拖拉着走在高低不平的村道上，气喘吁吁大汗淋漓，一不小心还弄得个'车翻猪跑'。70年代末，在村集体资金有了好转的情况下，村里逐年出资修筑了 5 条机耕道路，并分期在路面上铺上钢渣。之后，为方便村民出行和整治村容村貌，结合创建国家卫生镇，于 2001—2004 年，分三批修建通往各宅村水泥路约12350 平方米，至此，基本上解决了村民出行难的问题。而村村通公交周康6 路、浦东 25 路，乃至借助毗邻地铁 11 号线康新公路站的优势让叠桥村人雨天出门不用换雨鞋了。"

这时，叠桥 4 组的村民江水莲接过村集体经济的话题向我简述："在改革开放前，叠桥村的集体经济收入非常有限，寥寥无几的村办企业无力支撑起村的集体经济，村穷民亦穷。平日里，村民的钱包是瘪的，一年中的大小两次分红难以维持家庭日常生活开销。为了增加家庭经济收入，村民们除了出工干农活挣工分外，在农闲时纷纷出外找活干，水泥匠、木匠、缝纫工、花匠、漆匠、修鞋匠、竹匠、理发师等，他们用自己的一技之长来增加经济收入，改善家中的经济条件。改革开放后，农村实行土地联产承包到户，不再为混工分而出工不出力的村民劳动积极性大大增强，生产效益得以提高，与此同时，村办集体企业如雨后春笋般地破土而出：叠一塑料厂、叠三五金厂、叠桥综合加工厂等企业初具规模，业务红火，创利收入补充了村的集体经济。随着乡村二级工业企业的兴办扩大，叠桥村的富裕劳动力分流进了各个工厂企业，村民的经济收入由单一的农田耕作分红转向多元素的工资、奖金、服务收入，钱包鼓了，衣服靓了，住房敞了！"说到这里，江水莲本就清亮的嗓音更响了。

叠桥之美

在我的采访预案中，美丽乡村、美丽庭院建设圈为重点。此时，我见叠桥村党支部书记闵伟昌刚忙完了手头上的工作暂歇片刻之际，忙见缝插针地让他讲述在美丽乡村、美丽庭院建设中的一些先进人物事例，于是，闵书记向我娓娓道来。

叠桥村5组唐兴龙家庭被评为五星户，一家五口人，母慈子孝、互敬互爱，作为家里的顶梁柱，唐兴龙是晨兴理荒秽带月荷锄归，一年四季辛勤劳作，虽然只有初小文化，但唐兴龙却有着吃苦耐劳的精神。承包鱼塘，晨踩霜露去池塘；饲养水貂，披星戴月去貂棚。就这样，唐兴龙夫妇俩通过两双勤劳的双手，经过几年的打拼，家中盖起了小楼、围起了小院，一家人乐滋滋地过上了小康日子。自康桥镇建设美丽庭院的动员令下发到叠桥村后，唐兴龙积极响应，率先带头行动，把自家房前屋后的家什杂物或堆放整齐，或清理干净，买来树苗花种，在小院里植树栽花、种草披绿，唐兴龙夫妇俩还在院子外"开辟"了一小块农田种上四季果蔬，自给自足。枯桃枝变身空中花篮，废竹子装饰了废旧水缸，旧长凳组装成花卉盆景……唐兴龙夫妇俩用废弃塑料袋种植的花花草草，挂在庭院的栅栏上，花开繁盛，五彩缤纷。当他们家在浦东新区星级户评定中被评上"五星户"后，前来学习参观的村民络绎不绝，大家被眼前这种"房在园中、人在景中、四季花开、馨香四溢"的美丽景象所陶醉，纷纷跷起了大拇指点赞。

当然，"美丽庭院"的创建过程并非是一帆风顺的，闵书记说："叠桥村刚开始推进美丽庭院建设时，村民不是每一个像唐兴龙那样积极主动配合的，有的村民一生节俭，家里的每一件物品都视为宝贝，不舍得丢弃，特别是在拆除违章建筑上更是叠障重重，村干部和志愿者上门做思想工作时没少遭挨骂。"说到这里，闵书记一脸的苦笑，"村民从反对到积极参与行动，总有一个过程，不过，我们村的村民思想转弯还是比较快的，随着美丽庭院建设工作的推进，村民看到了整治一新花红叶绿亮丽的庭院，都深受感染了，随之效仿自觉地拆了违章，整了院子，铺草种花把自家的庭院装扮得漂漂亮亮。"

叠桥村地处昌硕公司附近，昌硕公司是康桥辖区内一个规模比较大的劳动密集型企业，公司聘用的大量员工大都租住在叠桥村附近。由于人口的急速导入导致村里的环境卫生状况堪忧，乱扔垃圾、乱停车、乱堆物、乱晾晒等现象屡禁不止，成为环境整治的难题，加上叠桥1组存在近10个废品收购点，垃圾量大、乱堆物严重，使得叠桥村的村容村貌大受影响。如何改变这种"脏、乱、差"的环境？闵伟昌带着班子成员深入实地了解查看，讨论研究可行的整治方案，把一些损坏了的路段整修夯实，还专辟一个场地供大家停车、晒衣服，又将美丽庭院建设与"五违四必"环境综合整治、中小河道整治、"无五违"村创建等紧密结合在一起，清理违章拆后垃圾、清除乱堆物、修复残垣断壁，如今，村内道路平坦了，污水不积留了。此外，村里还合理利用公共区域，将其改造成机动车和非机动车停车场，通过统一安装晾衣架开辟出供村民晾晒衣物的场所，既解决了村民在实际生活中遇到的难题，也使村容村貌大大改观，为美丽庭院的创建夯实基础。 这时，坐在一旁的叠桥村党支部副书记陆燕插了一句话："我们闵书记被评为2019年度浦东新区拆违先进呢！"我转头，看到了柜子里存放的"康桥镇"五好"村党支部"、"上海市卫生村"、"上海市文明村"、上海市整洁村等许多荣誉证书，不仅对闵书记赞叹不已："叠桥村有如此傲人的成绩，你闵书记劳苦功高啊！""不是的，这是全体村民共同努力而获得的荣誉，我们应该以此为激励，再创辉煌，打造更秀美的叠桥。"闵书记谦逊地说。

叠桥之光

叠桥村创建提升型美丽庭院，有一个显著的特点，那就是用孝善之光照亮整个村庄。当人们走上叠桥时，"和风善水，孝感叠桥"的孝善树映入眼帘，画着二十四孝图的那堵孝善长廊赫列在村口。我在采访前曾听到过叠桥6组村民奚瑞清尽孝的故事，此刻，见奚老伯在采访现场，我就让他谈谈侍奉高寿父母的故事，但谦逊的他却摆摆手："都是一些很平常的事，不足挂齿。"坐在边上的江水莲向我讲了奚瑞清的尽孝故事：奚瑞清的父母都是九十多岁的耄耋老人，在世时，他竭尽全力予以悉心照顾，两老年迈，耳背又腿力不济，奚瑞清端茶递水忙前忙后，有点空闲时，他又贴着父母的耳朵给他们讲笑话、讲邻里趣事，常常乐得父母裂开了嘴哈哈大笑。

奚瑞清用自己的实际行动践行着为人子、为人夫、为人父的高贵品质，在平凡的生活中演绎着点点滴滴的亲情故事，他用自己的爱心、孝心、责任心构筑了一个和谐的家庭，虽然没有轰轰烈烈、惊天动地的事迹，可他却在平凡的生活中展示了共产党员的先锋模范作用，展示了他孝老爱亲、无私奉献的高尚品德。

百善孝为先，村民顾路民做到了。他的母亲在84岁那年不幸得了食道癌，备受病痛折磨的母亲不愿连累小辈，几度欲放弃治疗，时年54岁的顾路民当时在一家中外合资企业工作，有一份不错的经济收入，母亲得绝症后，为了更好地照顾母亲，顾路民毅然辞去了工作，办了提前退休手续，专心致志承担起照顾母亲的责任，他的一片孝心也感动了医护人员，以至于破例延长他在病房陪护母亲的时间。屋漏偏遭连夜雨，就在母亲患病时，顾路民83岁的父亲也得了重症，父母双双躺在病床上，顾路民忙得脚不着地，但他毫无怨言，父亲因病大便不畅，顾路民就撸起袖管用手指一点点地去抠，直至完全解出大便。父亲一脸愧疚，顾路民却说："养育之恩应当回报，'子欲养而亲不待'那才是最大的遗憾呢！"在平时，母亲喜欢热热闹闹，顾路民就每逢周末召集全家人说说笑笑陪伴父母，让二老享受天伦之乐。面对浦东电视台记者的采访镜头，顾路民坦承："孝"要与"顺"结合，做子女的尽可能地"顺"着老人的意愿，让他们安享晚年的生活。

顾天妹，叠桥2组的村民。自2011年顾天妹父亲顾才林突发脑梗，造成半身不遂以后，顾天妹就没出过远门。每天早晨，她都要帮父亲穿戴整齐，从床上扶到轮椅上，然后，推着轮椅在小区里散步，看小区阿姨们做广播操、跳广场舞。中午，她要亲手喂父亲吃中饭，遇到父亲大小便失禁，她更是帮父亲擦身洗衣裤，即使再脏再累也从不对父亲发脾气，反而安慰父亲。父亲得病卧床期间，由于女儿的悉心照料，身上没生过褥疮。但祸不单行，本来就身体不好的母亲在2015年也得了重病，连续3个月的精心照料和抢救还是没能挽留住母亲的生命，那段时间，顾天妹既要照顾父亲又要照顾母亲，自己的身体也累病了（2017年9月父亲顾才林去世）。

顾天妹孝老爱亲的事迹在村民中传颂开了，大家纷纷称赞她是当之无愧的孝亲典范！

村民闵引娣面对浦东电视台记者的采访镜头是满脸的幸福感：每个星期，村里都会组织老人活动，唱歌跳舞，做手工，包馄饨和汤圆，感到非常称心满意。

敬老模范陆水玉无不感慨地说：老人其实是很怕寂寞的，陪他们说说话就要像对待自己的父母一样，贴近些，再贴近些，现在我们老年人的日子过得真开心，村、镇各级领导对我们老年人关心备至，逢年过节探访慰问，生病就医费用按比例报销，现在的生活真是甜如蜜，我们打心底里感谢中国共产党及领导下的人民政府。说到这里，爱唱歌跳舞的陆水玉唱起了《我们的生活比蜜甜》。最后，闵书记对"和风善水，孝感叠桥"做了如下解释：叠桥村之所以要建这堵百余米的孝感墙，种孝善树，就是要打造孝善文化，以中华民族传统的忠孝礼仪美德来弘扬我们的孝善精神，来教育我们的年轻人，使我们的孝善文化一代代传下去。

叠桥之彩

叠桥村有着棉花种植的悠久历史，由此而兴起了村内的手工土布纺织业，在物资匮乏、买布做衣服必须凭布票的年代，叠桥村的村民身上所穿的衣服几乎都是用土布所做，村内大多数农户家中都置有一台老式的织布机，一声声唧唧复唧唧的织布声里，诉说着岁月的沧桑和村妇村姑的故事。如今，随着时代的发展，织布机逐渐被弃用，为了更好地宣传土布文化，让更多年轻人了解土布、铭记土布，叠桥村结合农村特色，以"重温儿时记忆 品味传统魅力"为主题，精心打造了土布展示馆，通过展示老物件、特色土布、土布作坊等，弘扬土布文化，带领参观者走进土布的世界，从土布渊源、土布历史、土布工艺、土布雅韵到土布新生，全面认识土布，在土布作坊中体验亲手制作土布制品的乐趣，追寻旧时生活印记，感受社会发展变迁，引导人们不忘艰苦奋斗的优良作风，营造崇德向善新风尚。

在过去，叠桥村的年轻姑娘出嫁或婚娶新媳妇的嫁妆里少不了成箱的土布，这些陪嫁的土布在物资充沛、生活逐渐富裕的今天成了"压箱布"，如何巧用这些"压箱布"，叠桥村村民想出了妙招，那便是利用土布制作化妆包、餐巾纸盒、电脑包、小动物摆件、布艺拼贴画等。在指导老师的传授下，叠桥村40多位村民戴起了老花镜和顶针箍，拿起了针线一刀一剪精准裁剪，一针一线悉心缝制，密密麻麻的针脚、工整又不失美感的各种花纹图案、憨态可掬的动物造型如变戏法似的一个个出笼了，巧妇们互相交流制作经验，开心地展示着自己作品。村民奚阿姨开心地说："小包真好看，要带着去买菜，给自己的小姐妹看看漂亮哇。"

"祝你生日快乐，祝你生日快乐……"从家门口服务点里传出了阵阵悦耳的生日歌声，咦，今天谁过生日呢？原来今天是闵奶奶的生日，左邻右舍齐聚一堂，有的布置生日场景，有的准备水果茶点，还有的煮好了长寿面，服务点里热闹非凡，大家兴高采烈，唱着歌、跳着舞，伴随着音乐，为闵奶奶献上最真挚的祝福。自叠桥1组和5组家门口服务点建立以来，每周定期开展活动，如手工布包制作、剪纸、编织、唱红歌等，调动广大村民的积极性和参与性；同时，组织开展形式多样的邻里互帮互助活动，引导村民互谅互让、真诚相待、守望相助，如看望生病邻居、调解邻里矛盾、谈心谈话等，形成融洽的邻里人际关系，弘扬邻里团结、互助和睦的中华传统美德。

为进一步加强孝善敬老宣传，叠桥村组建了一支为老服务志愿者队伍，定期开展志愿服务活动，上门探望独居老人，关心他们的身体情况和生活状况；同时，组织开展各类敬老爱老活动，为高龄老人过生日等。老人们纷纷表示，自从有了家门口服务点，我们的晚年生活越来越丰富，邻里关系变得越来越和睦，幸福指数不断提升。

每年的端午节，叠桥村的村领导们不忘为高龄老人送上一份粽子礼。村党支部组织志愿者集聚在村老年活动室包粽子，志愿者们把提前泡好的糯米、红枣、粽叶等材料整齐地摆放在桌子上，大家熟练地包着粽子，将粽叶、做漏斗状、填糯米、压紧实、封口、扎捆，不一会儿，一只只各式各样的漂亮粽子瞬间成形。大家一边相互学习包粽子的技巧，一边讨论着端午节各地的风俗、粽子的来历等，现场气氛温馨而热烈。随后，志愿者们将煮好的粽子分发给高龄老人，并贴心地为他们剥好，送上了节日的祝福，老人们围坐在一起，吃粽子、聊家常，满是真诚、幸福的笑容。

生活富裕起来的叠桥人不仅仅满足物质上的丰足，对精神文化生活的追求也日渐增多，康桥镇和叠桥村的有关领导看到了村民的这一需求。每年推出村居一台戏文艺会演，镇文化站多次举办"金花奖"文化艺术节，叠桥村的文艺爱好者们在陆水玉、龚玉芳的带动下，唱歌跳舞不亦乐乎，村内组建了多支文艺宣传队伍，有歌咏队、舞蹈队、沪剧队、腰鼓队、广场舞队等，文艺爱好者们在自娱自乐的同时还积极参加康桥镇文化中心举办的各种歌舞比赛活动并取得了好成绩，先后荣获了"康桥镇文化艺术节"三等奖、康桥镇"全民健身日"暨"红歌排舞比赛"三等奖、康桥镇第十六届文化艺术节系列活动银奖，更由叠桥村文艺爱好者自编自排接地气的戏剧小品《房子》《争姓》获得了康桥镇第一届群众文化创作节目小品创作作品奖。众多奖项的获得，极大地提高了文艺爱好者的积极性，同时也丰富了村民的业余文化生活。

自1998年叠桥村建起村内图书阅览室后，村民有了一个纵观天下事的好去处，村委常年订阅《人民日报》《解放日报》《新民晚报》《现代家庭》

《青年报》《求是》等报刊 10 多份，供村民阅读，通过读书看报，村民们开阔了视野、提高了文化素养、陶冶了情操、振作了精神，村民们遵纪守法，自觉抵制社会上不良的风气，讲科学、破迷信，树立了社会新风尚。

历年来，几代叠桥村的领导干部都注重村民的基础教育，从上世纪 50 年代的文化扫盲班到 90 年代的大学生，叠桥村的村民受文化教育的程度有了飞跃的发展，大学本科以上学历的就有百人之多，还有多名研究生、硕士生、博士生分布在全国各地，从事着教育、科研、医疗卫生等各项工作，发挥他们的聪明才智，为国家做贡献。从 2020 年起，村委会对本村村民的子女考入本科院校以上，实行每人一次性奖励 1000 元。

此时此刻，通过一个个的采访话题，我对叠桥村的了解也逐渐明晰了，艳丽多姿的叠桥无论在努力打造特色乡村庭院还是在孝老敬老乃至文化教育领域都做得有声有色，晕染出斑斓的色彩。

叠桥之园

落雨了，打烊了，小巴辣子开会了！当声声童谣传入你耳朵的时候，是否会让你回想起那些老上海的经典游戏？打弹子、跳房子、翻花绳、跳山羊、抓石子、丢沙包、滚铁环、跳橡皮筋…… 在没有手机、没有电脑、没有网络的年代，这些童年的游戏可是伴随着我们度过那段无忧无虑的欢乐时光。

叠桥村在美丽乡村美丽庭院建设中，别出心裁地打造了一个以童年回忆为主题，富有老上海特色的儿童游乐场，为小朋友、大孩子提供了一个集回忆、娱乐为一体的乐园。

叠桥村党支部副书记陆燕为我介绍起建设这个儿童乐园的情况：乐园建在叠桥村 5 组内，原先这里是一户村民的住宅，因建设康新公路而使该户村民拆迁，康新公路建成通车后，留下了一小个"死角"，这派不了大用场又弃之可惜的小场地却成了村民乱堆乱放的"宝地"，曾在一段时间内，废弃的汽车轮胎、破旧的自行车、儿童玩坏了的玩具等堆满整个场地，甚至挤压到了康新公路上，险象环生。村委会知情后，即刻组织志愿者服务队前往清理整治，运送出了几卡车的垃圾。村干部和志愿者们看着眼前洁净的小场地，想到了如果不利用好这块"死角地"，过不了多久，垃圾还会死灰复燃。一定要使这块不起眼的小空地派上大用场！经过缜密周全的思考和安排，村委会最终决定改建一个儿童乐园，让村内的小朋友和大孩子们有一个嬉戏回忆童年的地方，于是，志愿者们利用废弃的轮胎、破旧的自行车车架做成了儿童"摩的"，添置了跷跷板、拉力器、铺设了环保塑胶垫等，康城学校的小朋友们还利用暑假，拿起画笔为乐园画上了一幅幅生动活泼栩栩如生的图画，更增添了儿童乐园的美感。

儿童乐园建成后，小朋友和那些年长的"大孩子"们在此经常跑步、跳绳、踩跷跷板，亲子活动更是隔三岔五开展，这叠桥之园里欢歌笑语声不断。

叠桥之党建

叠桥村坚持以党建引领为导向，凝聚多方合力开展各项工作。叠桥村党支部紧紧按照从严治党的方针，要求每个共产党员牢记初心和使命，严格约束自己，充分发挥党员先锋模范作用，在社会稳定、民生保障、"五违"整治、美丽乡村、美丽庭院建设中起表率作用。为此，叠桥村组建了一支由党员、热心村民组成的助老志愿者队伍，现有固定成员16名，坚持每周定期开展志愿服务活动。志愿者们在村家门口服务站、老年睦邻点、妇女之家等活动场所，利用各自的专长为村民们服务，有理发技艺的，定期为村内老人免费理发；有医学护理专业知识的，上门为高龄老人测量血压，指导他们合理用药，对久病卧床的村民传授护理知识，而更多的志愿者则帮助高龄老人送餐、打扫卫生、拉拉家常。志愿者会不定期上门探望独居老人，关心他们的身体情况和生活状况，逢年过节送上党和人民政府的关怀和温暖。

2020年的农历新春伊始，一场席卷全球的新冠疫情肆虐，叠桥村党支部坚决贯彻落实上级各项决策部署，高度重视，迅速成立疫情防控工作领导小组，由书记总负责，村两委人员包干负责，建立4个工作小组，责任到人，全面升级各项防控措施；同时，招募骨干志愿者，组建党员防疫突击队，充分发挥防疫"七大员"（宣传员、消毒员、登记员、服务员、快递员、值守员、巡逻员）的作用，精准发力，实施"挂图作战""包干到户"等措施，细化职责分工，全面实行网格化、地毯式管理，抓实抓细各项防控工作，确保防控措施落实到户、到人，全力守好"入口关"，对非本村来沪人员，一律劝返，筑牢安全防线，同时，志愿者们采取挨家挨户上门宣传、悬挂横幅、发放宣传资料、小喇叭循环播放等多种形式，广泛开展疫情防控知识宣传，教育村民和租户科学防控，提高自我防护意识，进一步发挥村民自治作用，自我管理、相互监督，共同营造"疫情防控、人人有责"的浓厚氛围。在这场没有硝烟的战斗中，叠桥村党支部坚持党建引领，全面落实各项联防联控措施，团结一心、共克时艰，以担当作为诠释初心和使命，为广大群众撑起健康"保护伞"，筑起了一道坚实的疫情防控墙，彰显了叠桥村党建引领的软实力。

当我结束了两个多小时的采访，与闵书记、陆副书记挥手告别时，一抹夕阳正斜射在叠桥上，金晖衬托着叠桥的秀美，哦，我仿佛听到了她吟唱的歌声了。

作者：紫荆，浦东作协会员，散文作品散见于各种报刊杂志上。

康桥的桥

□ 胡国良

敛笑凝眸意欲歌，高云不动碧嵯峨。

水与康桥，有着前世今生的永恒约定。

一潮通百港的康桥，先民插网捕鱼、架镬熬盐的身影，系于一个水字；五里一纵浦、十里一横塘的康桥，那些为水岸人家倚靠的塘、湾、浜的名称，源于一个水字。

有水必有桥。放眼康桥大地，许多桥都有丰满涵盖，比如耸立渡人载物的伟岸，比如横卧水湄康桥的几多风情——"摇啊摇，摇到外婆桥。"叙说着康桥之桥的亲切。"一桥飞架南北，天堑变通途。"解读着康桥之桥的便捷。"水从碧玉环中出，人在苍龙背上行。"诠释着康桥之桥的优雅和舒展……

除此之外，那些寂立时间深处、乡居僻偶的康桥之古桥、之古石桥，则充注时间的斑斓、文化的丰沛，更多展示着这方地域历史文化的多元。此一处的善昌桥，彼一处的隆德桥，还原着农耕文化的朴茂；蓦然回首，竟然还有凝固行善得子的通秀桥、弘扬心种福田的种德桥、昭彰里仁为美的张胜桥、规诫淡泊明德的宁远桥……

在康桥，那些古桥逶迤的远影，不仅成为我们咀嚼古人生活的一道别样风景，而且挟带着康桥精神密码，通向我们的未来。

通秀桥：三个桥名背后的故事

位于如今康桥镇的秀康路梓康河畔，有一座现代通行大桥，叫通秀桥。人们不知道的是，这座大桥覆盖了一座古石桥；人们更不知道的是，原来的这座古石桥有许多名字，比如秀南桥、通秀桥，比如送思桥、送师桥，还比如宋家石桥。

今做辨析，也说一说这些名字背后的故事。

一、通秀桥，链接着一个行善得子的故事

康桥镇秀南村，因域内"秀南桥"而得名。秀南桥，是一座男性桥，他位于秀南7组黄家宅前面的秀南港上，为三跨双拼石桥，全长20多米。

秀南桥有个姐姐，才叫通秀桥，她位于秀南8组赵家宅后面的大圣港上；因靠近宋家，民间又称为宋家石桥，也为20多米长的三跨双拼石桥。

相传这两座桥系同一人出资建造，并链接着一个行善得子的故事。

据《康桥镇志》记录，清代时这里住着一位富人，名叫赵昂，他的妻子宋氏也是有钱人家出身，虽然家庭富裕，夫妻感情也融洽，可直到30多岁还没生得一男半女。这使夫妻俩焦急万分，生怕断了香火。于是，一方面求医问药，各种名方、偏方、秘方吃了无数；另一方面到处烧香拜佛，其中跑得最多的是一河之隔的陈村观音堂。

陈村观音堂建于万历六年，是一座历史悠久的古庙，正殿供奉着送子观音，赵宋夫妻俩凡初一、月半或观音生日，必来烧香朝拜，从未落下，可三四年过去，宋氏的肚子依然不见什么动静，家人的心里都暗暗有点急。

可有一天夜里，宋氏睡梦中见到观音，观音对她说："善有善报、恶有恶报，小善小报、大善大报，若有不报、时辰未到。"晨起，她把梦境告诉了丈夫，俩人当即赶去周浦镇上算命救教，那瞎子半仙就说了："烧香拜佛只说明心诚，心诚则灵，因此感动菩萨来指点你们。而多行善事，才会带来实际的福报。"

回去后，夫妻俩商量到底做什么善事好呢。忽然想起，前不久附近一座木桥因年久失修，一位乡民牵着一头耕牛过桥时突然倒塌，该乡民受伤，是几个邻里相帮才把耕牛从河里捞上来。于是，赵昂夫妻决定在家旁边的大河上建造一座石桥，取名"通秀桥"，寓意"通向美好生活之桥"。说来也巧，桥造好不满一年，宋氏就怀孕了，不久生下一个女孩，依桥名，叫"通秀"。合家欢天喜地，忙去观音堂还愿，并夫妻俩再次商定，在家南面的河流上再建一座石桥，因处在"通秀桥"之南，取名为"秀南桥"。说来也怪，"秀南桥"造好不到一年，宋氏又怀孕了，不久生下一男孩，同样依桥名，叫"秀南"。以后赵家人丁兴旺成为村，就想起秀南带来弟弟的好处，让人呼之为秀南村。

秀南村，是一个即将消失或者说已经消失的村庄，但流传百年的传说故事，借一座古石桥的承载，应该还会继续流传下去。

因为，这里绽放着康桥民间文化的向善花朵。

二、送师桥，道不明的心结

就是这座通秀桥，在民间却被呼之为"送思桥"。何来如此桥名，话还

得从明末清初时期当地一名抗清义士说起。

此人叫孔思，字尊伯，原本是与康桥毗邻的周浦地区的一名秀才。孔思之名，取自成语"周情孔思"，意指儒学的思想、情愫；孔思之人，也颇具儒家忠君爱国情怀。

当时，正值明末清初之间——明思宗崇祯十七年（1644年）3月，李自成率部攻陷北京，思宗在煤山自缢身死，明亡；4月，吴三桂引清军大举入关，败李自成于一片石；5月，许多明臣迎清军入京，建立了清政权。

从此，清政权即颁发剃发令，并开始了对关内各地的征伐。当时，遗留下来的部分明臣如马士英等，为了抗击清军而拥戴福王朱由崧在南京即位建立了小朝廷。开始时，福王曾遣左懋第等使清议和，但是和议不成，被逼只能组织兵力进行抗击。为抗击清军，兵部中有位叫时敏的大臣，向福王上疏《开海裕国》，建议开垦海中各岛以增加政府收入。《开海裕国》疏中，曾是这样规定的：谁能招募百人以上，谁就可获得一个相应的官职，并负责管理被开垦的海岛。孔思本来就是一位颇有民族气节的士子，知道此信息后，随即变卖了全部家产，募得了一百余人，开垦瞿山岛。

清军在兵屠扬州、攻占南京、再诏剃发令后，已进军向江南各路反清义军发动了连续的进攻。清顺治二年（1645年）8月，清军兵屠嘉定、江阴后，占领了上海的部分地区，孔思领导着募丁慨然起义。

孔思带领的人马，最先攻打的是新场镇；初战胜利后，接着又先后攻克了瓦屑、六灶等一些乡镇。当清吴淞副总兵李成栋于9月20日带兵渡黄浦江南下后，浦东地区的各路义军，就遭到了清军的残酷追杀——史载，清军从川沙城的南门杀起，"直至南汇城"；"东西约二十里，南北约四十里"的这片土地上，"数万生灵，俱遭惨戮"，沿途各河流中"浮尸无数"，孔思也牺牲于河中。

为了纪念抵御外族入侵的义士孔思，民间就悄悄把他当初募丁起事，并在桥上拜别亲友的这座桥，移名为"送思桥"。

但当清政权彻底巩固以后，爱国依然是一面不易的旗帜，可拿一位抗清志士烙印桥名，终究让清政府刺骨在喉；于是，"送思桥"就改名成了"送师桥"。

三、宋家石桥，善心托起的名字

通秀桥，有许多的谜。

第一个谜，是建桥时间。在赵昂建桥生子的传说里，当是万历六年（即1578年）之后。而《补松江府续志（卷5）·疆域志·桥梁篇》明白记载：通秀桥，跨通秀浜，俗呼送师桥，又呼宋家石桥，明成化十七年（1481年）赵昂建。

时间在这里，不是相差了一点点。这有一种可能，前后出现在这里的是两座桥，第一座简单、独幅；第二座加宽、双拼，也即"赵氏后人修"的那座桥。

第二个谜，是桥名，后来怎么变成"宋家石桥"了呢？依《补松江府续志（卷5）》，确定是赵昂建，莫非赵昂是当了上门女婿？可又不像——《康桥镇志》记述此桥的后缀补充部分说："清康熙、乾隆年间，赵氏后人修。"

其实，由上文所叙即知，赵昂所娶妻子宋氏，也是当地富户出生，且两家相距很近；其实，在松江府还存在的清朝上半叶，赵家已是衰落，而宋家已是鼎盛；其实，"赵氏后人修"的背后，很有可能是宋家掏的银子。

康桥先民做善事，常常不太张扬，默默而为；但周边百姓的眼睛是雪亮的，若是宋家暗地里出的钱，那叫"宋家石桥"，有何不可呢？

宁远桥：规诫淡泊明德

扫地树留影，拂床琴有声。我国古人，习惯以石绘就某些文化符号，流脍人口，规诫后人，睦族收族。

康桥宁静致远的生命航灯，就显影在一座古石桥上。

这座位于横沔社区的"宁远桥"，其地理位置，在后人笔下说法不一。

光绪《南汇县志》，称其"在横沔镇东南"；雍正《分建南汇县志》，则称"在镇间"；而乾隆《南汇县新志》，记载为"跨诸氏盘"……

这说明什么？唯一的解释，是横沔集镇发展的动态，挪移了这一带的水土形态；换句话说，悬壶后人华能恒建造的"宁远桥"，不仅带着中药流动的清芬，而且弥漫惊诧灵魂的馥郁——任脚下风生水起，唯宁静方能致远。

5年前的那个早春，我揣着一份寻芳历史文化的急迫，实地踏访了横沔古镇，凝眸那座寂立在"中大街"上的单跨斜坡石板桥，遥对岁月深处那些百货、棉布、药店、茶馆、肉庄、米行、典当等商铺，捕捉由盐而兴的市廛掠影……

盘点前贤功绩，华能恒堪称大家手笔。人人网载："华能恒，号立方，清康熙年间由附监生考授州同知，未出仕；家居近横沔港，广筑市廛，招徕商贾，遂成集镇；著有《诗韵释要》，尚刊刻敬业堂版《四书五经》，以校雠精审著称，时誉为'华版'。"

王蒙说：内心安详，从不荒凉。我相信，一个书生最伟大的梦想，不会只停留在"造桥通埠"的行善上，也不会仅满足于"市廛所会、万商之渊"的物质堆叠，而恰恰会在精神领地筑上那么一间小屋，安置丰沛灵魂的持续行走。

宁静致远，平稳静谧心态，不为杂念所左右，才能实现远大的目标。此句最早出自西汉初年刘安的《淮南子·主术训》："非淡泊无以明德，非宁静无以致远，非宽大无以兼覆，非慈厚无以怀众，非平正无以制断。"诸葛亮的《诫子书》也有引用。

大自然的秘密，常常潜藏在平静处。想要成功，就要心无旁骛地专心做一件事情。华能恒做到了专心致志，不仅刊刻了他崇道的"华版"，而且把他治学心得、人生感悟的精义，以命名一座石桥的形式，诫勉族人，以资子孙遵行。

指点众人迷津，别出心裁矣。若没有华氏"宁静致远"的理想设计，昔日的横沔、今日的康桥，能有舟楫不停的商贸繁华吗？能有拔地而起的现代欣荣吗？

"宁远桥"的启迪，厥功至伟！

张胜桥：昭彰里仁为美

康桥先民有传颂行善积德的习惯，并常常用作桥梁的命名。

比如，在川周公路上有一个"胜桥车站"，其站名"胜桥"两字，即沿用一座桥名而来——你只要沿着这个车站旁边的一条小路，一直向北行走200米左右，就能看到一座南北向跨沿船港的桥，这就是"张胜桥"。

在川周公路筑成之前，由横沔向西去周浦，途中一共有3座跨沿船港的桥；而张胜桥，正好在两地中间，是由横沔去周浦的行人和纤夫必经之桥。

为什么叫张胜桥？

桥名，由人名而来——清雍正《分建南汇县志》是这样记载的："元张文名，字惟显，江西广信府贵溪县人。至正间，由乡贡仕华亭二尹；以利物存心，以诚意佐令；令信从、多善政；民爱之，既罢官，文名亦爱民风犹朴，卜筑浦东之十七保张胜桥地，因号怀松示恋，恋于是邦也。"可见，"张胜桥"在元代就已经在这里建成。

在明嘉靖《上海县志》中，也有"张胜挢"的记载。在元、明两朝"向系木桥"的张胜桥，到清雍正五年，才由丁传一改建成三孔双拼桥面的石桥；清乾隆四十九年，于公祺重建；清同治十三年，孙恒重修时，在桥的一侧安装了栏杆；1980 年，张胜桥被改建成水泥桥。

传说，横沔与周浦相距 12 里，张胜桥正好在两地正中；所以，张胜桥在民间也被称作"六里桥"——清雍正《分建南汇县志》所载："六里桥周浦东"即为此桥。

为什么说张胜桥昭彰了"里仁为美"？

这里，有必要说一说此桥附近的"六里亭"——因为，"张胜桥"与"六里亭"，是故人倡导行善积德、助人为乐的建筑载体；因为，"张胜桥"的承载意义，可由"六里亭"的一副对联做见证，并予以诠释。

六里亭，在此桥北堍向东 100 余米的朱家祠堂东——据说，此亭系 100 多年前朱梅千所建。亭子占地约 10 平方米，有专供人们休息的石凳。亭子的四角有 4 根石柱，在南侧靠路边的两根石柱上刻有两副对联，一副面南，用的是隶书："横沔澧溪各离六里，祠堂教室同在一方。"另一副是在石柱东、西两侧，用的是楷书："远客奔波行行且止，劳人喘息坐坐何妨。"既舒展一腔便民情怀，又殷殷寄寓社会和谐。

无论张惟显，还是朱梅千，他们都为富而仁，这就是"胜"的另一则注释。

面对什么样的人居环境才是最美好的命题，当年孔子只用一个"仁"字回答。

仁，就是爱人，不只爱自己，而是爱所有的人。人人都相互关爱，这就使人人都处在仁爱中；人人都处在仁爱中，还有谁会认为人的这种存在境况不为美呢？

五家为邻，五邻为里。孔子曰："里仁为美。"

望云桥：书写中秋思亲

孔子言"仁者乐山、智者乐水"，是用山水喻示人伦教化。康桥地区有一座古石桥，却用一款桥联，书写中秋思亲的情怀。

国家历史文化名城研究中心《历史街区调研》资料显示：陈桥古村，位于今川沙新镇境域西部的八灶港沿岸，东侧紧邻迪斯尼乐园；相传，清乾隆三十二年（1767）一位陈姓人发起修建一座石桥横跨八灶港，名"望云桥"，俗称陈家桥，遂以桥为聚落地名。

《南汇城乡建设志》在"横沔地区古桥"篇章中载：望云桥，始建于清乾隆三十二年（1767），同治年间重修。

据唐建明先生踏访记述，此桥原是一座石拱桥，为陈桥沿河街衢的别致一景。只是唐先生谨慎，追溯此桥的用词小心翼翼，单单暗示可否就是重爱桥？

而笔者信誓旦旦地把这么一座残桥指陈为"中秋思亲"桥，依据何在？

望云，实为望月，思亲也。你看，残剩的北埂桥基旁还巍巍耸着一方立柱式刻石呢，上书：掷杖传来云里曲。

查考古文献，赏月的程式始于唐代。初始于宫廷，唐玄宗曾于八月十五夜宴诸臣，时长天无片云，月色美若画。苏颋曰："清光可爱，何用灯烛？"玄宗遂命撤去……

民俗学考订中秋赏月风俗，风尚隆兴，可能源于《唐明皇游月宫》故事。《唐逸史》载："异人罗公远中秋夜侍玄宗玩月，奏曰：'陛下能从臣月中游否？'掷杖于空，化为银桥。行数十里，寒气逼人，见一城阙。公远曰，此月宫也。见数百仙女，素练霓裳舞于广庭。帝问何曲，答曰：'霓裳羽衣曲也。'自此，'人间始闻天上曲'。"

"重爱"非此桥，但话题倒是有点搭界。

为何人们钟情中秋赏月呢？从时令上说，中秋是"秋收节"，春播夏种的谷物到了秋天就该收获了；自古以来，人们便在这个季节饮酒舞蹈，喜庆丰收……从人生感怀上说，秋之寂寂，思之幽幽，"举头望明月，低头思故乡。""海上生明月，天涯共此时。"……

"掷杖传来云里曲"，循着桥基铭文的路线图，也许我们可以还原当年的思亲场景：枕河人家的后窗口悬一串红灯笼，从屋脊处一直悬到水里，5个一串的灯笼于是变成了10个；一半是生活的真实，一半是诗意的朦胧。邻里挑起一面竹帘，主妇趴在后窗口看水、看月、看不尽；看的人，也便成了船上人的看，看人间嫦娥，看月明人倚楼的牵挂……

东坡说：但愿人长久，千里共婵娟。

沙涂庙桥：见证一场特大飓风

濒海康桥的历史上，水患向来不断，风灾也层出不穷。

其中，最大的一场飓风，竟把一座寺庙由桥东摄于桥西。这寺庙叫沙涂庙，见证这场飓风威力的是一座古石桥——沙涂庙桥，又称沙涂桥。

光绪《南汇县志》对此有详尽的细节记载："沙涂庙，在十七保二十六图，宋建，东临沙涂港。相传，始仅草舍，本在港东，一夕为风雷摄于西，无少损，群异之，始改造。由元明届今五六百年，历有修葺，额称禅院，而所奉多神祇。"

一则飓风刮跑寺庙的传奇，率先撩拨读者胃口，当然是这场飓风了——翻遍地方志，好不容易在《南汇民政志》上找到宋以后（含宋）这场大风的影子："元大德五年（1301）七月朔，飓风，海溢，潮高数丈，坏民庐舍。"

那么，"十七保二十六图"位于何方？"沙涂庙桥"又在哪里？

《不可移动文物名录》指陈，六灶地区七灶村有一座建于清乾隆二十七年（1762）的古桥名为"沙涂庙桥"而《南汇城乡建设志》，则在"横沔地区古桥"篇章中列出此桥："沙涂庙桥，跨沙涂港，始建年代不详。"

循着这份路线图，踏着清明的和风，2015年4月中旬，我沿着配合迪士尼而兴建的航城路按图索骥，一番搜查，终于在航城新桥300米处找到了这座桥。更确切地说，是找到了这座古石桥耸立在一脉河水中的两个石砌桥墩。

从现存桥墩来看，古桥质量绝对上乘，也许，不排除后来重建的缘故。光绪《南汇县志》提到了这件事，只是与《不可移动文物名录》的指陈，已有本质性区别。《名录》说"建于清乾隆二十七年"，而《县志》咬定："沙涂庙桥，乾隆壬午重建。"

国家历史文化名城研究中心《历史街区调研》资料跟进掐斗，言之凿凿："陈桥小集镇西首的沙涂港上，曾有宋代建造的沙涂庙，庙旁建有沙涂庙桥，惜清末遭寇匪全毁，唯桥墩留存……"

乖乖，说来说去，那桥墩还是大宋的，信不信由你定。

倒是雍正《分建南汇县志》放达些，而且言简意赅：沙涂桥，以地以庙名。

那么，又何谓"沙涂"呢？

《词典》说：沙涂——沙泥沉积而成的浅滩。

《元史·河渠志二》的形象性表述是："杭州钱塘江，近年以来，为沙涂壅涨，潮水远去，离北岸十五里，舟楫不能到岸。"

这情形，与康桥陆地生成、外延的历史十分吻合。换句话，康桥的成陆史，即是沙涂淤积、固化的演变史。以唐开元元年（713）重筑旧捍海塘（又名下沙捍海塘）为坐标，按唐、宋年间浦东海岸线平均约29年东延1公里计算，此地的成陆即在唐末至后晋时期。

所以说，看似平凡的一座沙涂桥，不仅披阅瀚海那场刮跑寺庙的飓风传记，而且定位了七灶这方地域的历史起点。

最重要的，还有民俗风情的叙述——这要从沙涂庙说起。

沙涂庙，又称沙庙，曾经遍布浦东岸线的各个节点，其性质，与土地庙相仿。

土能生万物，地可发千祥。对土地的崇拜，贯穿了华夏5000年的文明史。立庙祭祀沙涂神，即是祭祀土地，传达了浦东先民对自然的敬畏、对安泰和美好生活的祈盼。

国家历史文化名城研究中心《历史街区调研》资料还显示："旧时每年农历四月廿八，在陈桥集镇举行沙涂庙会，人们抬上孟太、万寿王等塑像尊祭，并发展为集场，前后三天，热闹异常。"

听老人说，除了六团的小普陀，早些年沙涂庙的香火之旺，在浦东居第二位。

站在古桥旁，巡视周边正在长高的城市化建设，再低头看看桥下的那一汪微波，心绪两重。迪斯尼乐园建设已趋成形，一方的繁华指日可待，那喧响的步伐肯定无法阻挡。朴实、宁静、简单的生活，是否会就此别过？

不免对古代空寂的诗意，生发些许怀念：

庙无僧风扫地，香多烛少月点灯……

蝤蛑桥：鲜活了海洋生物

早年的水湄康桥，东临东海，北靠长江口，南接杭州湾。自古以来，稼禾丰茂，水产充盈，素有"鱼米之乡"之称。其濒海滩涂，由于长江和钱塘江两水交汇冲刷，海水盐度逐渐降低，生物资源十分丰富，焦河蓝蛤、牡蛎、泥螺、石黄、青蟹等分布密度很高。

那青蟹，尤其值得一说。

谁能想得到，一只张螯爬行的锯缘青蟹，竟然能够演绎成一座古石桥呢？

最早，我从《南汇城乡建设志·坦直地区古桥》中找到了这只青蟹：蝤蛑桥，跨陆家洞港。清乾隆年间，汪玉章、倪必达建。

把"蝤蛑"两字拍入电脑，百度告诉我：蝤蛑，泛称梭子蟹，学名锯缘青蟹，披有坚硬的甲壳，背面灰绿色或棕红色，头胸部宽大，甲壳略呈扇状，长约6厘米，宽约9厘米。肉质鲜美，营养丰富，兼有滋补强身之功效。尤其是将要怀孕的雌蟹，体内会产生红色或者黄色的膏，这种蟹在中国南方叫作"膏蟹"，有"海上人参"之称。

后来，我又在喜好古桥的唐先生博客中，再次与这只青蟹谋面。唐先生曾在与横沔毗连的瓦屑地区踏访古桥，先是好不容易找到了裕后桥，后又非常惊喜地遭遇了这座青蟹桥。他说：此桥位于裕后桥东南一二里开外，横跨在一条名为汪家宅河的河流汇合处。

2015年4月2日，我从惠南镇出发，去横沔拜会一位昔日好友，顺道实地抚摸了这座古石桥。顺带说一下，这座古桥所在地，原为坦直陆弄，后并入瓦屑瓦南，现在归周浦镇。但从历史地理角度看，笔者还是认为归于横沔更妥当，也就在心里把它当作横沔的桥了。

从桥石所刻的建桥时间看，此桥建于清嘉庆六年（1801），距今已有215年历史。桥石上的镌字很清晰，也特别令人兴奋，不是"蝤蛑桥"，而是"蝤蛑第一桥"。蝤蛑第一桥，好一个气派而别致的桥名；蝤蛑第一桥，好一个古意森森而内涵汤汤的桥名。

据唐先生记叙，承担"光前裕后"重任的裕后桥，其所跨河流，如今已名姚家港。链接《光绪南汇县志》"跨蟛蜞袭者曰裕后桥"的说辞，一个有足够证据支撑的推断就此形成：蟛蜞，应是包括姚家港、汪家宅河等几条河流在内的这片区域的总称——蟛蜞第一桥，勾勒出浦东陆地生长的一道风景，成为浦东岸线东南向移动的界碑式地标。

网上介绍说，青蟹为滩栖游泳蟹类，生活在潮间带泥滩或泥沙质的滩涂上，喜欢停留在滩涂水洼，常捕食小鱼、小虾及小型贝类动物，有时也食水藻等。

换句话说，蟛蜞为地名，透露出了许多沉淀的历史信息：这片区域当年曾是濒海的河汊地带，很适宜青蟹的生长，古人因之将这片青蟹出没的水乡滩涂区域取名"蟛蜞"。这片区域的成陆，史载为宋元之际。显然，"蟛蜞"的地名古称，从宋元一直流传到了"蟛蜞第一桥"建造时的清代。

由"蟛蜞第一桥"的称谓，还可以完善如下证据链：既然眼前的蟛蜞第一桥为清嘉庆年间所建，明显晚于建构和体量相近且处在同一地域的建于清乾隆年间的裕后桥，却冠以第一名号，如此只有一个可能，那就是蟛蜞第一桥应是清嘉庆年间重建之桥，原址应该是座不仅建成年代要早于裕后桥的古桥，而且属于该区域体量最大的第一座桥梁。

只是，不知汪家宅河，能否与早年的陆家洞港画上等号。

站在古石桥上，扶着后人安置的白铁管栏杆，用手轻轻触摸"蟛蜞"字样，让我想起晋朝毕卓的感叹：右手持酒杯，左手持蟹螯，拍浮酒船中，便足了一生矣。

回到家中，猛然记起4月2日是一个特殊的日子，于是赶紧上菜场请来几只青蟹，既为儿子的生日添一道好菜，也算是回味蟛蜞桥历史深处那一波春的响动。

宝善桥：彰显修德于身

文以载道，是儒家一贯的教化；桥亦载道，不失为康桥民间劝善风俗的一种创造。

在康桥，有许多指点人生修为的古桥——比如"隆德桥"，比如"善昌桥"，《上海地方志》上均有记载；而《南汇城乡建设志》，则在"横沔地区古桥"所记58座有名有姓的古桥中，涉及劝善的就有十多座，比如"怀德桥"，比如"宝善桥"。

说说"宝善桥"——这是一座倡导美行加人的桥。

宝善，意为"将善良当成宝贝"也。

此桥实在了得，历史谱系可上溯宋代大名人王显。

王显，太祖、太宗时兵部侍郎，文武忠孝，是宋朝开国功臣之一；他的儿子王旦，进士及第后历任平江知事、殿中丞、兵部郎中，宋真宗继位后任命为宰相，在职前后近20年；八三公王迪，是王旦三子，北宋靖康年间进士，太常寺少卿，官居二品，南迁鹤沙。

追溯此桥，相传清朝乾隆中后期，鹤沙（下沙）望族八三公王迪后裔悦亭、悦春、悦华兄弟三人，东迁长人乡十九保一百图西隅，各自建造房屋宅第、发展家业。大哥悦亭就对两个弟弟说，咱们王氏外迁的后代，无论到哪儿，都不能忘记祖籍山西太原三槐堂，都要弘扬先祖"修德于身、责报于天"的家训。

"修德于身、责报于天"的王氏家训，绝非后人杜撰，宋朝大学士苏轼《三魁堂铭》有证："……而晋公修德于身，责报于天，取必于数十年之后，如持左契，交手相付。"意思是说，晋国公王显自身修养德行，以求上天的福报，在几十年之后，得到了必然的回报，如同手持契约，亲手交接一样。

再说说"隆德桥"和"善昌桥"——隆，表示"盛大、高起"之外，即为"尊崇"的意思。善昌，《周易·乾》云：君子终日乾乾，夕惕若厉，无咎。

我把这些桥，统称为种德桥——这些桥，虽说已湮灭于时间之河。但桥名在，先人的叮咛依然言犹在耳，给我们后人指引着一条"积德"的康庄大道：种福必须种德。

所谓种德，即"施恩德于人"的意思。《书·大禹谟》上说："皋陶迈种德，德乃降，黎民怀之。"

民间，常把"种德"称为"积阴德"，是说人生难免一死，一旦大限到来，一切东西都无法留住；所以，古人说："一日无常到，方知梦里人，万般将不去，唯有业随身。"

财物，为"五家"所共有。哪五家呢？盗贼、水灾、火灾、官府、败家子——告诉你，如果不积阴德，当心这"五家"随时光临。财物太多，别人看了会眼红嫉妒，宵小之徒知道了，可能会做出对你不利的事情。可是，积下的阴德没人抢得走，而且对子孙有很大帮助。不然，《易经》也不会斩钉截铁地说："积善之家必有余庆，积不善之家必有余殃。"

行善，其实就是拿到了人间最好的通行证，为自己乃至子孙后代种下了福田。

心田种德急修持，

生死无常不可期。

窗外日光弹指过，

为人能有几多时？

后记

虽说直到二十世纪 90 年代，方有"康桥镇"之建制。然，康桥之历史，为南汇诸地之最早，距今已有一千三百年矣。唐开元年间，康桥成陆——初隶于昆山，再隶于华亭；元至元年间，隶于上海县；清雍正四年，南汇建县，康桥之地隶属南汇；新世纪初，原康桥、横沔所在的浦南地区合并，成立新康桥镇。

唐宋时，康桥近海，民以煮盐为业；海滨广斥，盐田相望，盐业盛极一时。至元代，随海岸线之东移，盐场废，而农垦兴。

康桥，土地肥沃、河道纵横，境内大小河沟数以百计，为天然之鱼米之乡。南北向之咸塘港、横沔港，东西向之周浦塘、盐船港，围康桥以成星罗棋布之势。

河多，桥亦多——仅《横沔镇志》所载古桥：集镇内，横跨横沔港的东西向石桥，有隆德桥、沔溪第一桥、善昌桥；横跨小五灶港南北向的石桥，有宁远桥、翊园桥；横跨虹桥港的石桥，有木行桥；横跨凤家港的石桥，有种德桥；横跨沿船港南北向的石桥，有同昌桥；在迎旭庵后浜，有庙桥……

此刻，我完全以闲适的心情，带着回忆，走在这一座座古石桥上，逡巡康桥的历史。

我一边抚摸这些古桥、古石桥，一边喃喃地对着桥说话："你已完成了时间赋予的使命，许多现代桥梁已接收你的精神密码。你就带着自豪，在康桥如今跨越式的发展中，让淙淙的流水声和静静的月华陪伴，在时光帷幔里做你古老而甜蜜的梦吧！"

作者：胡国良，自由撰稿人。

话说横沔

□ 李祖裔

　　横沔老镇位于浦东新区的中心区域，横沔港与沿船港的交汇处，周川公路的中部，东距川沙约八公里，西离周浦约八公里，距迪士尼乐园约两公里。是一个在浦东地区形成较早的古镇。20世纪80年代初，在横沔西杨家宅建造横沔新镇时起，原来的横沔被称作横沔老镇，也称老横沔。现在属于浦东新区康桥镇。

　　横沔老镇所在地大约成陆于唐朝末年（904年）至后晋开运年（944年）间。在南汇县建制前，横沔先后隶属于吴郡华亭县、苏州华亭县、秀州（嘉禾郡、嘉兴府）华亭县及松江府上海县长人乡。南汇县建制后隶属于江苏省松江府南汇县下乡十七保。

　　横沔集镇形成较早，宋代，横沔称小五灶，从那时起已有人在此烧盐并居住。从元代开始逐步形成集镇。横沔港在元代称沔溪，所以镇也称沔溪。传说，南北向的横沔港直似旗杆，南端折向西北的摇沙港到小高峰与东通横沔港的沿船港汇合，岸上的土地形似三角旗，小高峰是一块余地，恰似旗珠，整个地形好像一面横卧的三角旗，歇后语：旗杆跌倒——横眠。文人墨士易"眠"为"沔"，横沔之名由此而来。"眠"与"沔"在当地方言中为同音字，明代《嘉靖上海县志》也曾记作"横眠"。据《雍正分建南汇县志》记载："横沔市在周浦东北约二十里，北八灶稍北直西十五里，居民约数十家，有宁远桥，东至七团，西至周浦，南至六灶镇。"《清光绪南汇县志》记载："乾隆初，华氏增建市房，廛舍相对，街路盘曲。""黄乘权，镇海人，久客沔溪，以酒为业，素尚义，独修天北街百余丈，行旅感焉。"可见，在清代乾隆年间横沔已形成较大的集镇而且比较繁荣。

　　据说，横沔旳地形象乌龟。龟是一种长寿的动物，旧时以龟象征地形含有褒义。横沔老镇中大街所在地原是一块约1.2公顷的余地，四周都是河沟，在东和西南北向河道上南北各有一座小桥，形似乌龟的四条腿，在南和北的东西向河道中间也各有一座桥，形似乌龟的头和尾，故称龟地。横沔乌龟的说法原出于此。后来，在西南角横沔港上的一座木桥因地处四洼漾口，桥脚经常被撞折，清乾隆 60 年，在其北首的小桥改建成石桥（沔溪第一桥）后，此木桥被拆除，这是最早被毁去的一只龟足。后来，东和北两条河道逐步被填没，桥也被拆，原来的龟形已面目全非。

横沔周围河道纵横，水上交通十分便利，是南来北往的船只必经之地，南汇县城、盐仓、祝桥、六灶、陈桥、瓦屑、赵行等大小集镇的客、货舟船往返上海，这里是停靠的主要码头。因此，横沔集镇的商业发展较快。至抗日战争前，横沔集镇共有店、铺、作坊等上百家，还有典当、钱庄、银楼、工厂等。民国二十七年重阳日（1938 年 10 月 31 日）横沔集镇遭侵华日军扫荡，烧毁厂、店、坊、民房 100 余间和房中财物，数十户人家无家可归，导致横沔集镇的工商业濒临绝境，至抗日战争中后期才慢慢恢复。在中大街南端宁远桥北堍西侧有一幢半截青砖墙的房屋，这是当前唯一的一处在被日军烧毁的房屋留下的残墙断壁上修建后保留至今的遗迹。

横沔港

横沔港在明《嘉靖上海县志》中记作"横眠浦"。横沔港历史上也曾被称作"沔溪"，所以，于清乾隆六十年所建的横沔港上由南向北的第一座石桥的桥名为："沔溪第一桥"。

据《雍正分建南汇县志》卷十二记载："天顺二年巡抚崔恭以水患松江为甚举府判洪景德及二县尹石玫李纹濬治谓江之故道虽浚必合莫若从新地区之力易为而功不坏南濬蒲汇塘及新泾四千丈深皆二丈又东北自曹家沟平地凿至新场计三万余丈深二丈阔十四丈民呼为南北都台浦。"

又据《浦东词典》记载："崔恭，明代广宗人，字克让。明正统元年（1436年）进士。明天顺二年（1458 年）以左都御使巡抚江南时，为疏导浦东诸水，开凿了一条东北起曹家沟、南至新场的运盐河。人感其德，名此河为都台浦，并于横沔西小高峰处修崔使君庙，以祀永久。"小高峰在横沔港西约半公里，沿船港（古时称盐船港）与摇纱港交汇处的河中央。曹家沟，在横沔东北约30 公里，横沔港是咸塘以东最主要的南北向水路，盐船港又是横沔港与咸塘之间的主要水路。横沔港是运盐船从曹家沟到新场的必经的水路，是崔恭所凿自曹家沟至新场的三万余丈的都台浦的一部分。

《雍正分建南汇县志》十五卷还有"蟹出横沔者最佳"的记载。据当地民间传说，横沔的农民一直有利用农闲时节淘河泥积肥的习惯，长年累月几百年。横沔港及其周围的河道都比较深，河底污染物少，水清，水质也好，十分有利于鱼、蟹的生长。所以，横沔产的乌壮蟹不但体大而壮实，而且肉膏特别鲜美。几百年来民间一直流传"横沔六灶乌壮蟹"的民谚。可见，横沔地区所产的乌壮蟹是久负盛名的。在20世纪70年代之前，每到重阳节前后，横沔四周的河道两侧，到处可见到当地农民专为捉蟹搭建的蟹棚。70年代末还有乌壮蟹，但数量很少。现在已看不到了。

横沔与浦东派琵琶

人们可能只知道横沔这个地方，但不知道横沔还与浦东派琵琶有着不解的情缘。

琵琶是一种古老的中国民族乐器，据记载，在南北朝时就已有。琵琶也是一种演奏难度很高的乐器，在其长期的发展过程中，根据不同的演奏风格，形成了各种流派，"浦东派"是其中之一。在浦东派琵琶的发展史上有两位横沔出生的前辈为此做出了重大贡献。

一位是陈子敬（1837—1891），字希夷，横沔镇中大街人。清光绪年间，曾应召入宫，教授醇亲王学琵琶，当其离京返乡时，皇帝曾赐予"天下第一琵琶"称号，誉满全国。陈子敬为人朴实无华，平易近人。当时，上海市内常请陈子敬摆琵琶擂台，每由横沔步行至上海，他总是肩背琵琶沿途为农民演奏，成为乡民的良友。清光绪二十一年（1895年）出版的李芳园编《李氏琵琶谱》一书中，《陈随》《将军令》等乐曲上均有"南汇陈希夷子敬校"字样。琵琶经典名曲之一《锣鼓四合》亦其传授。社会上流传有《陈子敬琵琶谱》抄本。京、沪、江、浙等地慕名从其学艺的人很多。倪青泉、沈浩初等名家，均为陈子敬的传人。

另一位是林石城（1922—2005），横沔老镇人，自幼喜爱民族乐器。1941年，林石城在上海中国医学院毕业后，在家乡行医并参加横沔联谊国乐社演奏民族音乐，后拜浦东派琵琶名师沈浩初为师，专学琵琶，袭浦东派传统，由于勤奋好学，潜心钻研，终成浦东派琵琶高手与名家。

1956年，林石城应聘到中央音乐学院教授琵琶，肩负琵琶演奏、教学、研究三副担子。林石城教学40多年，受教学生遍及全国各地，在他们中间，涌现出许多琵琶演奏家和教学骨干人员。凡是接受过林石城培养的学生，都亲身感受到林石城兢兢业业的教学态度，负责朴实的教学作风。

林石城整理出了大量的浦东派琵琶传统曲目，使艺术精要得以久远留传。在继承传统的基础上，他改编、移植和创作了一大批新的曲目。並且还著有《琵琶演奏法》《琵琶曲谱》《琵琶教学》《工尺谱常识》《养正轩琵琶谱》《琵琶三十课》《琵琶音阶及基本练习》《琵琶制作》等很多专著。

林石城与中央音乐学院、北京民族乐器厂、上海民族乐器一厂等制作琵琶的师傅长期合作，对琵琶的制作进行改革，使琵琶的音色、音量、音域更优美、更完善。林石城还担任中央音乐学院学术委员会委员、学位委员会委员，中国音乐家协会表演艺术委员会委员、民族音乐委员会会员，被誉为是"中国当代琵琶泰斗""民族音乐教育家"。

两位前辈为"浦东派琵琶"发扬光大做出的贡献和结下的情缘将永留汗青。

横沔翊园

翊园，俗称陈家花园，横沔花园。位于横沔集镇东市梢，为横沔人陈文甫所建。园始建于民国十年（1921年），占地2公顷（30亩），用了6年多时间，传说是仿上海哈同花园筑成此园。园中亭台楼阁、湖山花树，至今虽八十余载，几经沧桑，但格局基本保持原状。是浦东地区保存最好的历史园林之一。

园坐北面南，大门前一泓清水，名花园浜，原为小五灶港。进门，迎面是石笋、松树组成的圆形大花坛，中有树龄超过百年的大雪松（也有人说是日本松）。环坛是鹅卵石路面，中间有用彩色瓷片和黑白鹅卵石铺成的"丹凤朝阳""松鹤延年"等地景。沿鹅卵石道路两旁有2米多高的水泥廊架组成的花架长廊，数株百年以上树龄的凌霄古藤盘绕在长廊上。长廊两旁有数十株郁郁葱葱的桂花树，桂花盛开时十里飘香。长廊北端有一汉白玉石碑，高约2米，宽约1米，上刻翊园记事碑文，文中每字都用铅镶嵌。西侧有猴潭。向西过小石桥，有半虹亭，向东是承礼堂。直前可进入假山中"别有洞天"。"洞天"共有2层，全用太湖石叠砌而成，洞内曲径盘旋，洞高有2米余，宽一人可行，循洞内石阶而行可直达洞顶。经假山往北过小桥便是松山脚下；往东过石级，经九曲桥，便入湖心亭。湖心亭建于溪中，八角飞檐，水瓦结构，窗雕花鸟，廊绘百兽。沿湖心亭下小溪向西可至半虹亭。如沿猴潭畔左弯经曲折横溪可入莲花池。池岸全用太湖石镶砌，石形奇特，巧匠云叠，似狮若猴，类鹰状鱼，雅赛写意国画。池中有"九龙戏珠"立体雕塑。"文革"期间，六龙被毁，幸存三龙。池斜对面即半虹亭，尖顶上塑仙鹤玉立，瓦楞处塑嫦娥、玉兔。亭隔溪与松山相望。山上遍植松柏，间竖石笋。山上原有嵩亭、石塔，可惜已毁。山后有在抗美援朝中牺牲的横沔镇人王立峰烈士墓，墓前有 1951 年人民政府所立的烈士纪念碑。（墓与碑于 1999 年翊园扩建时迁至周浦烈士陵园）

从"汉白玉记事碑"向东便是承礼堂，堂前有汉白玉石狮一对，体形虽不大，但雕刻精巧。堂前路面均用卵石铺成并镶有地景。

承礼堂东稍后有一宅院，为当年主人住房，门前青桐覆荫，两旁各有珊瑚石盆景，面对大门，有一组按国画格局，用石山树木布成的长方形土坛，像一幅巨大的屏风，正中石上篆刻着"瑞云"两字。据说此石与上海豫园中的"玉玲珑"齐名，十分名贵。石中有洞，洞有喷泉。形成石吐瀑布，冲泻入池，水花晶莹，令人神爽的美景。

解放初期（1949 年），翊园曾作为南汇县第二乡镇联合办事处办公用房，后又作为国家粮库，1954 年改为敬老院。1960 年又改为上海市第二精神病疗养院。1983 年，上海市人民政府拨款对翊园整修，1992 年，由上海福利彩票有限公司出资重修承礼堂，恢复其原貌。1998 年 10 月，由上海市人民政府投资 2058 万元，在原园址向北征地 1.53 公顷，动工扩建，于 1999 年底完工。新建建筑面积 7700 平方米。至此，整个园占地面积由原来的 1.87 公顷增至 3.40 公顷，建筑总面积增至 1.2 万平方米。

新园区大门面北，门楼上拓有"翊园"二字。门前虹桥港上新建水泥桥 1 座，出门过此桥便是川周公路。进门，坐南面北有灵壁大石，高 3 米余，宽约 2 米，为澳大利亚驻沪办事处捐赠。 2000 年，又投资 110 万元，对老园进行重新整修。

经上海市园林局专家考证，翊园老园区内有百年以上古树 32 棵，有建园时所栽银杏 2 棵，南大门内曲廊两侧 4 棵凌霄为上海市树龄最长的古藤。

新园区建成后，定名为"上海市民政第二精神病院"，后又改名为"上海市民政第二精神卫生中心"。

横沔的桥和街

横沔集镇水域多，所以桥也多。镇区原有大小石桥 10 多座，20 世纪 70 年代起大部分已被拆除或改建成水泥桥。现将部分主要石桥介绍如下：

宁远桥　在横沔集镇东市，跨小五灶港，为单孔三拼桥面，清康熙年间由华能恒建。清乾隆二十三年（1758 年），由华门钮氏重修，清嘉庆二十三年又由华门重修。

沔溪第一桥坐落横沔老镇北市，跨横沔港，为三孔三拼桥面。清乾隆六十年（1795 年），由沈简亭倡捐建造（沈出银 600 两）。1999 年，桥损，桥中、西孔翻建成钢筋混凝土桥脚、桥面。

善昌桥　在横沔集镇北市梢，跨横沔港，为三孔双拼桥面，清光绪年间由举人王鉴林出资建造。1975 年拆除。

万年桥　亦称同昌桥，在横沔集镇西市，跨沿船港，为五级石阶三孔双拼桥面。1977 年，改建成水泥桥。

翊园桥　在宁远桥东，跨小五灶港，民国二十三年（1934 年）陈文甫出资建造。

隆德桥　亦称油车桥，在横沔集镇南市，跨横沔港，原为木桥。民国三十七年（1948 年），由祥隆顺榨油厂出资改建为三孔三拼桥面。1976 年，改建为水泥桥。

修德桥　亦称木行桥，跨虹桥港，三孔三拼桥面，民国三十六年（1947 年）建造，1976 年拆除。

种德桥　亦称万丰桥，在万丰面粉厂旁，跨凤家港，三孔三拼桥面，民国三十七年（1948 年），由万丰面粉厂独资建造，1986 年拆除。

横沔集镇的中心区域由花园街、庙场街、河西街和中大街四条主要的街道组成。

花园街也称东街，在镇区小五灶港北岸，是横沔集镇最古老、老建筑比较集中的一条老街。自东向西有翊园，有明代万历四十三年乙卯（1615）举人沈应丙和清代举人王鉴林故居，有沈应丙之弟杭州通判沈应熙故居，有清末至民国的均和典当和沪新银行遗址，有不可移动文物华氏宅，有清代银楼和民国时期救火会、警察局遗址。在翊园东侧原来还有一座华钮氏牌坊，在"文革""破四旧"时被拆除。

庙场街也称南街，在镇区小五灶港南岸，经跨小五灶港的宁远桥翊园桥与花园街和中大街相接。庙场街是原施相公庙所在地，因此而得名庙场街。也是横沔镇第一所学校一公益南校遗址和横沔中心小学的所在地；20 世纪 50 年代初，街上还有一家药店和一家方作铺。

河西街也称西街、港西塘。南段是工厂和手工作坊等比较集中的地区，有面粉厂、许祥记碾米厂、祥隆顺油厂、大新纱厂，还有园作、竹器、染坊、铁铺、成衣铺等作坊和砖瓦石灰建筑材料行；横沔人民公社最早的奶牛场和初建时的横沔初级中学都在境域内。河西街北段有钟家宅（也称钟万源、万源宅），有在新中国成立后曾先后作为横沔联合诊所、横沔乡政府和横沔人民公社办公所在地的林家祠堂，有庙宇迎旭庵、牌坊鸣阳坊，有大原毛巾厂、大联榨油厂和石铺、刷布场。还有革命先驱林鹏故居——遂初小筑、中国早期铁路工程师林宝初故居都在河西街。遂初小筑内"树德堂"牌匾为翁同龢书写。

中大街南段也称"大街路、三角街"，是横沔集镇最繁华的地段，这里原来有裕新酱园、顾鼎顺商行、龚永顺绸布庄、周顺兴南货店、徐致和国药号等多家百年老店，有 1924 年设立邮政代办所的大新酱园。此外，还有绸布店、肉庄、鱼行、南货店、米庄、杂货店、药店、茶馆、饭店、糕团店、点心店、水作店、烟糖店、水果店、地货店、烟纸店、香烛店、理发店等众多商店。老街两旁商店连片，一派兴盛繁荣景象。一代琵琶宗师陈子敬故居、1944 年参加五支队的中共地下党王三星和杭美援朝烈士王立峰姐弟的故居、与邓小平等革命前辈一起赴法国留学的横沔第一位留学生华隽超故居都坐落于这条街上。这里也是建翊园的陈文甫（陈子敬之子）的出生地。在三角街大新酱园以东的一段东西向小街上坐北向南有一排九间老平房，当地人习惯称这段小街"九间头"。这段小街两边原来都是清朝时期的老式平房，又旧又矮，门上还装着木质门锁。在 20 世纪 70 年代以前是中大街上房龄最长的老房子。这里的房主从 80 年代后期才逐步开始在原宅基地上翻建了楼房。

中大街北段也称北街、北市街，是横沔集镇较繁华的地段之一，原横沔轮船码头和江东轮船公司坐落于此，还有竹匠铺、铁铺、点心店、糖坊、竹木行等，由钟姓老板所建万丰面粉厂也在北街上，筑城市外环线时被拆迁的凤家宅，是有 480 多年历史的老宅村。1938 年重阳节日军扫荡时，中大街北段是重灾区，共被烧毁房屋数十间，凤家宅两个大宅院被烧得只剩下一间半老房。这里也是当代中国著名泌尿外科专家凤仪萍的出生地、老家。

1950 年，横沔集镇已有 420 户居民，2374 人。老街两旁商店连着商店，一派兴盛繁荣景象。20世纪80年代初，横沔集镇老街上的商店除部分搬迁到周川公路沿线外，其余的商店、银行、邮电所等全部搬迁到横沔新镇，老街上已没有商店。从此后，横沔集镇老街的繁荣景象已不再存在，但它的历史遗韵犹在。2005年10月，"横沔老街"被列入上海市郊区"历史文化风貌区"；2012年又被列入国家级古村落。

在横沔成陆1000多年以来的历史长河中，先民们的勤、俭、智、善、德积累了深厚的文化底蕴和丰富的人文资源，但愿能永远传承下去。

作者：李祖裔：康桥镇机关退休，《横沔镇志》和《康桥镇志》主编。

康桥文化的独特魅力

□ 曹印龙

文化是一个国家、一个民族的灵魂。中华民族有着博大精深的优秀传统文化，它能"增强做中国人的骨气和底气"。康桥镇在传承中华文化方面，坚持"以古人之规矩，开自己之生面"，着力抓好文化软实力的提升，以此提振人民群众的文化自信，丰富社区民众的精神生活，从而绽放出了具有康桥地域特色文化的独特魅力。

艺术献大餐，非遗勤传承

2020年9月29日，一台精彩的文艺演出拉开了康桥镇第十九届艺术节的序幕。作为康桥的文化品牌，连续举办了十多年的艺术节不仅丰富了居民文化生活，更营造出良好的群文工作氛围。当天的开幕式文艺演出分为三个篇章："再见康桥""印象康桥""又见康桥"。浦东开发开放三十周年大背景下康桥的发展，在一个个"吸睛"原创节目的精彩演绎下，徐徐地展现在广大观众的面前。从新中国成立前的康家桥到如今飞速发展的康桥镇，一幕幕历史记忆在沙画和刘家祯老师深情朗诵下，声情并茂地呈现在观众面前，光影交错间，观众似乎走进时光隧道，如梦似幻。舞剧《清弦行语》展示康桥"非遗之美"，时装秀《美耀金秋》展示康桥"企业之美"，运动串烧《活力康桥》展示康桥"体育之美"。

本届艺术节主题为"我的小康我幸福"，围绕"十三五"脱贫攻坚、实现小康；围绕浦东开发开放30周年、康桥开发开放28周年发展历史；围绕防疫防控科学生活等主题，开展"我的小康我幸福"、"我的健康我做主"、"我的精彩我张扬"三个系列活动，以线上线下相结合的形式，通过多项体育赛事及多项文艺活动，展示康桥镇文体成果，发挥先进文化的引领作用和美化生活的引导作用。

　　"康桥杯"琵琶邀请赛作为"康桥杯"艺术节活动之一，是近年来上海主办的规模最大的琵琶赛事。2020年的赛事，涵盖琵琶演奏、作品征集、专题讲座及获奖音乐会四大板块，从各个角度切入中国琵琶艺术，明晰的路线、全盘的开拓、继往开来，为琵琶学习者、爱好者、参赛者带来更全面的体验及收获。"康桥杯"琵琶邀请赛的影响力越来越大，2020年的赛事吸引了来自全国27个省市的1479名选手参赛。

　　能拿出一整台如此高质量的原创节目，不仅因为康桥镇丰富的文化底蕴，文体团队繁荣活跃，还在于康桥文化惠民工作落到实处。十九年来，艺术节逐渐发展成为康桥镇文化品牌之一，艺术节坚持以文化成果惠及百姓为出发点，依托市、区、街镇、单元点优秀文化资源，深入挖掘康桥文化底蕴，开展丰富多彩的文体活动，进一步弘扬了地域文化和优秀人文精神，丰富了群众文化生活，全面展示着康桥镇的群文风采。

　　在康桥镇社区文化服务中心的办公室内，林副主任向我介绍着"康桥杯"琵琶邀请赛的前世今生。

　　琵琶是中国国乐艺术的国粹，而浦东派琵琶是民族之花中的精髓，是走向大中国琵琶的主流之一。自清朝乾隆嘉庆年间的惠南镇人士鞠士林独创海洋南汇民族风以来，这里便成了中国浦东派琵琶的摇篮；一代又一代的领军人物，构架了浦东派琵琶的金字塔。继鞠士林之后的六代传人，分别被知音誉为"鞠琵琶"、"江南第一手"、"天下第一琵琶"、"琵琶圣手"、"琵琶泰斗"。第六代正宗嫡派传人林石城先生1922年3月3日生于上海南汇县横沔镇西乡一个中医世家，同时也是精通琵琶演奏的音乐世家。6岁时他开始跟父亲学习演奏琵琶、二胡、三弦、扬琴、京胡、箫等乐器，12岁时已对江南丝竹著名的传统八人曲熟于心、吟于口，能与人合奏《欢乐歌》、《慢三六》等乐曲。1941年，林石城先生在上海中国医学院毕业后，琵琶"浦东派"第五代宗师沈浩初先生收他作唯一的入室弟子，他也成为浦东派第六代正宗嫡派传人，尽得浦东派精华；之后又博采众长，卓然成"家"。

　　康桥镇是林石城先生的故乡，因而康桥镇成为此项非遗项目的传承者之一。

　　说起"康桥杯"琵琶邀请赛作为"康桥杯"艺术节活动之一，林副主任自然而然地说到了康桥社区文化服务中心多年来为弘扬浦东派琵琶的传承与发扬所做的努力。

　　康桥镇的浦东派琵琶艺术保护与传承工作，起步较早。十四年前，浦东派琵琶刚成功申报国家级"非遗"之初，在浦东派琵琶发祥地之一的康桥镇，绝大多数群众还不知道何为浦东派琵琶。康桥镇在浦东派琵琶艺术保护与传承方面，坚持一手抓普及，一手抓提高，归纳起来有两大特色：一是开设培训班，从娃娃抓起。想当初，尽管学费全免还提供琵琶，不过学员却只坐满半间教室，半数琵琶只能锁进仓库。现在，浦东派琵琶在康桥镇越来越喜闻乐见，青少年学员累计已超过 300 人，最小的只有 5 岁。康桥镇将传承浦东派琵琶列为镇政府实事工程，投入专项资金，编写教材，组织免费培训，建立琵琶演奏队，建立博客开展宣传，在绿地广场修建主题雕塑，并对林石城故居和相关历史文化进行保护，筹建"一代宗师——林石城生平陈列馆"和"浦东派琵琶历史陈列馆"，使其广为人知。二是普及促进提高，赛事上选手参赛曲目由自选到指定。举办两年一期的琵琶邀请赛，在原来选手自由选曲演奏的基础上，提升为由政府搭建平台，委托上海音乐家协会琵琶专业委员会组织专家谱写曲谱，参赛选手选择指定曲目参与比赛，以此提升赛事的含金量；琵琶邀请赛分设独奏非专业组与专业组，专家评审组从初赛独奏选手中选拔胜出者参加独奏决赛。为了进一步弘扬浦东派琵琶艺术，赛事临近尾声，组委会组织专业论坛邀请专家讲座，组织举办获奖音乐会作为邀请赛闭幕式，从而打造了政府实事工程——浦东派琵琶非遗传承的一座高品质的文化平台。

浦东派琵琶的传承与发扬，使康桥地区越来越多的居民对"金石之声"产生了兴趣；各种赛事和表演，也让周边地区乃至外省更多地了解了浦东派琵琶。

家睦促国馨，文明美康桥

"家睦国馨"，是康桥镇妇联组织发起的最美家庭成长计划项目。

在家庭文化节主题月里，深入"最美家庭"进行走访，挖掘感人的家庭故事，在聆听中感受榜样的力量，让寻找"最美家庭"活动更加真实，更加生动。

美化家居之"绳奇"生活艺术家活动，通过发挥和开拓家庭成员的想象力，提升家居的艺术气息，向往美好生活。

美丽生活之"幸福西点"烘焙活动，让家庭成员在制作的过程中获得幸福感，大家带着自己完成的作品，满满的快乐洋溢在脸上。

"摄影志愿者"奔波在活动现场和康桥的大街小巷，为"最美候选家庭"记录下最美的瞬间。

为了进一步弘扬"美丽家庭"的正能量，康桥镇妇联通过微信平台，开展2020年康桥镇候选最美家庭网络点赞活动。

1号选手是康桥老街居民区的周立群家庭。从2011年起，周立群一直照顾着因患脑溢血导致生活不能自理的丈夫董百乐。9年来，她无微不至的照顾患病的丈夫，她用不离不弃的守候谱写了一曲爱的赞歌，用责任与使命铸就了平凡人不平凡的故事，用坚持和执着抒写了人间最美的真情。

2号家庭是周康居民区的赵红珍家庭。在疫情期间，赵红珍与公公积极投身社区一线，参与防疫志愿活动，守护好自己的家园。儿子王利彬作为上海仁济医院援鄂医疗队最年轻的队员正式出征，为抗击疫情贡献出自己的一份力量。

......

4号家庭是秀康社区的陈钢家庭。康桥成校校长陈钢，多年来领导学校积极开展社区教育工作，从2010年带领团队开展品牌教育项目培育，到2019年"墨香康桥"社区教育品牌被评为上海市社区教育品牌项目，取得了骄人成绩。

......

41个家庭的事迹，限于篇幅，我无法在此一一列举，但是，在康桥社区，能涌现出大量的最美家庭，足以折射出康桥镇对于村居民家庭精神文明建设的重视程度。

2020年是浦东创建第六届全国文明城区的关键年，康桥镇积极响应，以最饱满的精神状态迎接创城测评。

首先是通过张贴公益广告，发放《市民文明手册》等多种宣传方式，进一步提高村居民对文明城区创建工作的知晓率、支持率、参与率，让广大村居民感受到"讲文明树新风"的时代气息，营造浓厚的文明城区创建宣传氛围。

其次是紧紧围绕点位清、标准明、责任实、考核严等要求，联合相关部门，形成攻坚合力，全力推进创建各项工作。针对点位，加强自查、市民巡访团检查多种形式，及时整改反馈检查内容。

其三是志愿者纷纷积极行动，为争创全国文明城区出一份力、增一份光。可爱的志愿者们积极引导市民养成健康文明生活习惯，吸引更多的人自愿参与到美化环境、热爱家园的文明活动中来。他们积极开展文明交通劝导、卫生整治等活动，他们因"志"而行，因"愿"而动，用点滴行动传递康桥社区的文明正能量。

文化"种"到家，精神富民强

康桥镇社区文化服务中心林副主任给我介绍："我们康桥人，习惯上把原来的横沔称为'东康'，把原来的康桥称为'西康'。"我俯瞰康桥镇行政地图，给我的感觉就是一只展翅翱翔的大鹏，如果把康桥镇中心区域看作是大鹏身体的话，那么，东西两翼就是康桥镇腾飞的双翅。

地处"西康"的康桥镇社区文化服务中心，作为镇社区文化职能部门，无论在社区与村居文化功能设施建设，还是吸人眼球的康桥艺术节、浦东派琵琶传承等工作中，都是具体执行者之一。

镇党委政府制定出台《康桥镇群众性文化团队扶持与管理办法》，给予文体团队以运行保障、业绩考核和优秀表彰，近十年来，康桥镇文体团队得到全面发展。康桥镇社区文化服务中心和村居两个层面共培育有群众文体团队 280 多支约 3650 多人，每个村、社区基本上拥有 5 支以上队伍。

为解决文化服务"最后一公里"难点，丰富社区居民的业余文化生活，康桥镇文化服务中心积极推进"家门口服务"体系建设。令我最感兴趣的是，康桥镇社区文化服务中心创新文化服务模式，变"送文化"为"种文化"。

随着康桥镇居民生活水平的提高，广大居民的精神文化需求日益强烈，仅仅靠"送"文化已不能满足居民的文化需求，居民也不再满足于只做文体活动的旁观者，他们要做文体活动的参与者。康桥镇的"村居一台戏"作为浦东新区优秀文化项目，由"送戏下乡"到"种戏到乡"，让文艺展演由村居民与文体团队自编自导、自排自演，使广大村居民有了自我参与、自我表演、自我欣赏的机会。爷爷奶奶在台上表演儿孙在台下欣赏，或者儿孙在台上表演爷爷奶奶在台下欣赏的趣景，既被视为平常之事，又在康桥镇传为美谈。同时，"种戏到乡"的创新举措，由于参与度的大幅提高，从而能更多地吸引少年儿童、青壮年、外来务工者等共同参与。

为了充分发挥文体骨干在文化强镇建设中的作用，增强其创造性和凝聚力，提升群众文体团队的自我发展能力、规划能力和自我管理能力，镇社区文化服务中心还每年举办文体领军人物评选活动。定期开展各类文体技能线上线下培训，鼓励领军人物积极创作，切磋交流，促进优势互补，不断提高竞技能力和管理水平。

在推动文体团队建设过程中，镇社区文化服务中心深入挖掘社区内各方面的人才资源，重视发现和培养扎根乡土的文化能人、民间文化传承人，并引导团队将地方特色渗透到创作中，以人民群众满意的视角开展群众文体团队活动。群文创作组创作的 50 分钟《康桥组歌》，经荣获上海市百强合唱团称号的康桥之声合唱团演绎，搬上了康桥及兄弟街镇的舞台；浦文沪剧队原创沪剧小戏《药园人家》，参加上海市新人新作比赛获优秀创作奖，参加第二届华东六省一市现代地方小戏大赛获优秀节目奖；康文国乐社民乐《道腔中板》参加"三林杯"长三角江南丝竹比赛，获得优秀传承奖；原创舞剧《清弦行语》更是迈出了街镇打造舞蹈艺术的新步伐。

康桥的群众文化艺术实践充分证明：只有代表中国最先进文化的中国共产党占领了先进文化阵地，群众文化才能得以健康发展与繁荣。群众性的文体团队，既是群众自娱自乐、陶冶情操、提升境界的舞台，又可以成为社区精神文明建设中协助文明创建、楼道管理、垃圾分类、防疫防控等工作的载体。建设群众性文体团队，不仅是和谐社会的标志，也是建设小康社会的有效途径。

培育书与画，墨香飘康桥

来到地处"东康"的康桥社区学校，我就"掉"进了书画的海洋。坐在陈钢校长的对面，一幅"因书画与康桥结缘，为康桥而笔墨飘香"的墨宝，首先映入了我的眼帘。

陈钢校长是上海市书法家协会会员。我退休前的工作单位惠南镇社区学校与康桥镇社区学校是兄弟单位，我与陈校长是同事；他还是我们学校全体教师的书法老师，所以我们之间的交谈比较随意。

"今天，我是来采访你主持的'墨香康桥'项目的。"我说。"我想从群众文化和社区教育视角反映康桥镇着力于区域文化特色、提升文化软实力的成就。"

"好吧！那我先给你介绍一下项目立项的宗旨与背景。"

多年来，康桥镇一直把"文化强镇、经济重镇、生态新城"作为发展目标。"墨香康桥"社区教育品牌项目，致力于为社区居民提供优质专业的书画课程，并通过专业的教师团队、规范的课程和丰富的活动聚集到一大批书画爱好者，使得学员规模愈发壮大、学习资源逐渐共享、教育内涵逐步提升。

书画作为中华优秀传统文化，是中国百姓喜闻乐见的文化休闲方式。"墨香康桥"项目，与社会主义国家提升文化软实力的基本内涵相契合，与上海市公共文化建设工作的总体部署相契合，与康桥镇"文化强镇、经济重镇、生态新城"的发展目标相契合。

"'墨香康桥'项目，你是怎样具体实施的？"我问。

"'墨香康桥'就是以康桥镇社区学校为依托，以中国传统书画教学为抓手，在社区市民、中小学生、机关人员等人群中开展广泛且多层次的学习活动，打造社区教育品牌项目。首先是营造氛围、整合资源，满足市民不同的学习需求，其次是夯实基础、拓展模式，全方位完善品牌体系，再次是全民参与、提高素养，探索社区治理新途径。"

陈钢校长还向我介绍了项目推进中师资组合、教材编写和资源整合等方面的情况。

康桥社区学校有在编书法教师 3 名，都是康桥知名的书法家。学校还聘请了中国书法家协会会员申福华、潘金林，上海书画院画师张大卫、顾炫，上海市美术家协会会员刘见谷，上海画家顾潜馨等名家兼职书画教师。2014年，浦东新区社区学院出版了申福华老师编写的《楷书入门》教程。在出版教材《欧阳询皇甫君碑通临》和自编教材《楷书入门》等书的基础上，学校组织专业教师队伍整合了书画课程大纲、教学计划、课程实施方案、课程评价标准等一整套教学资源。

与此同时，学校根据村居民的需求，定期引进有专业水准的书画人才作为志愿者教师，他们大多是专业的书画艺术家。社区学校负责对新教师进行统一培训之后，下到社区指导书画爱好者开展学习。除了日常教学之外，还经常组织教师参加书画展览、书画教研、听课评课、教学评比等活动，使师资队伍得到全面的发展。

"面对社区居民群体中不同的对象，你们怎么组织开展教学活动？"

"要通过营造浓厚的全民学习书画的氛围，就要关注各年龄层次、行业人员对书画学习的不同需求，开展不同的教育教学，为他们提供喜闻乐见的教育内容。康桥镇的书画教育主要采取分层教学。一是普及阶段的课堂学习。包括康桥镇老年大学书画班和中小学兴趣班两种，内容都以书法篆刻为主。二是提高阶段的沙龙学习。主要是挑选优秀的学生进入'云溪草堂'和'翰青雅集'两个书画社团进行深造，由专业教师进行小班化辅导，解决每个人不同的问题。三是精品阶段的研讨学习，针对书画展做主题性的创作，参加一定级别的书画展览等等。

康桥镇利用不同单位的优势进行分类分层次辅导：社区老年学校发挥教学优势开展教学工作；文化中心发挥场地优势做好展览和交流工作；书画院发挥专业优势做好创作指导工作；云溪草堂、翰青雅集等专业团队发挥人才优势，负责研究、创作工作，展示康桥书画水平，同时做好服务社区的工作。通过分层教学，许多零基础的村居民，在专业教师的指导下逐渐地了解并喜欢上了传统书画艺术。但是这些人群还远远达不到'墨香康桥'品牌的目标，项目组又积极在白领、外籍市民等群体中寻求切入点，开展适合他们的教育活动，努力形成全民参与书画学习的氛围。

要通过营造浓厚的全民学习书画的氛围，还要采取多形式的组织教学。除了线下教学，社团组织的每次展览都借助镇政府网站举办网络展，使每个康桥人都能看到。学校还利用政府数字化平台，增加线上学习的内容，将品牌课程转化为微课或者视频课程，利用微信微博等工具加强师生间的沟通交流，用更多的现代技术手段来推广传统的书画文化艺术。

办好人民满意的社区书画教育，是'墨香康桥'品牌打造的最终目的。'墨香康桥'项目就是要把康桥镇的社区学校、老年学校、文化中心、书画院、村居委教学点的一切教学、展示、人才等资源汇聚起来，构建教学——研究——创作——交流——展示为一体的康桥书画大环境。"

在与陈钢校长的交谈中，我还了解到了"墨香康桥"项目的溢出效应：

通过康桥镇政府努力搭建平台，社区学校积极发动学员参加，使书画教育活动愈加丰富。"云溪草堂"社团和"云溪精舍"展厅多次接待国内外交流团队，展示了中国传统文化的魅力。近十年来，康桥镇社区学校师生经常在浦东图书馆举办"康桥镇社区学校师生书画展"。举办暑期"康桥镇中小学生书画比赛"、"春到康桥"社区教师书画展及携手慈善公益组织进行书画义卖等活动。

普及与提高群众性书画艺术，不仅提高了社区村居民的书画技能和鉴赏力，更重要的是提升了他们的文化素养，形成了良好的社区环境，从而让他们参与到社区事务中，协助推动社区自治。通过康桥镇政府和社区学校多年来的努力，"墨香康桥"逐渐达到了"书画育人"的效果，为社区村居民创造了精神家园，提升了他们的生活品质，也促进了康桥镇的社区治理。许多接受过书画培训的村居民，用学到的书画技能把康桥镇人民政府的办公楼、社区事务中心的走廊、村居委教学点的教室装点得美轮美奂，从而也体现了作者自身的社会价值。

2015 年，"墨香康桥"被评为浦东新区社区教育亮点项目，2019 年，被评为上海市社区教育特色品牌项目。通过"墨香康桥"近十年的运作，基本上让书画这种高雅艺术逐渐走入了康桥的寻常百姓家，提升了康桥书画文化的特质。

仰望着康桥中心地域位置上矗立着的琵琶雕像，我深深地感受到了康桥镇浓烈的文化气息以及康桥文化的独特魅力。我想：无论是康桥镇在党员群众中开展的"四史"学习教育，还是康桥文化艺术节和非遗项目"浦东派琵琶"的传承；抑或是"送文化"优化为"种文化"的创新和"墨香康桥"品牌的建设和推广，这一切，九九归一，其实都是在弘扬着中华民族的优秀传统文化，陶冶着康桥人民的爱国情怀；都是在带领全镇人民增强着文化自信，齐心合力全面奔小康；都是在不忘初心地履行着"为中华民族谋复兴，为中国人民谋幸福"的历史使命。

作者：曹印龙，笔名：耘乐斋主，出版随笔文集《耘乐斋漫笔》等。

家住康桥

□ 陈柏有

　　孟母三迁，为使儿子远离恶劣环境，从而在诗书礼文中成就"亚圣"。八翁三迁，见证了社会发展、经济逐趋繁荣，人民生活水平、居住水准节节升高。我，陈柏有，年近八秩，自诩八翁，祖籍上海嘉定南翔镇，从年轻时蜗居到今天入住精致小区康桥中邦城市，实在感慨颇多，特写此文。

　　2019 年 7 月 6 日，儿子办妥我和老伴户口迁入康桥镇康士路康桥花园的相关事宜，又再三动员我和老伴搬入距离他相差二个公交车站、一梯二房、近 130 平方米、不过十几年房龄、三室一厅一厨一卫生双阳台的大居室——秀沿路中邦城市。我认为，二套居室如果出租，租金至少差三千余元，仍该由三个孩子分摊。儿子说，不必考虑分摊，这居室就给爸爸妈妈养老！于是老两口打包装箱十来天，于 17 日，正式搬入电梯房里。

　　中邦城市，对我这个住过集体宿舍，好容易以结婚的方式立足于上海市的"乡下人"来说，不啻天堂呀！

　　康士路的大居室在五楼，我和老伴空手还好，要是提鱼肉蔬果和其他东西上楼，毕竟累。住中邦城市的电梯房，我俩太省力了！

　　这是次要的，主要的是现在的说法是宜居即人与环境和谐相处。中邦城市其实是个缩微公园，高层建筑的间隔大，阳光充足，空气流通，大树丛丛，灌木遍地，绿茵鲜花，芦苇茂盛，湖溪相连，有大金鱼小鱼，只缺虾蟹鳖而已，有儿童乐园，有小区健身设施，小径通幽，地下停车场之外，地面停车处绰绰有余……早听鸟鸣阵阵，暮看红日西沉；冬夏享受空调，春秋领略风景。

　　小区交通发达，公交车多，例如南下"小上海"周浦，只三站路；上周浦医院，581 路就到；18 号地铁线正在建造中……这一带店铺鳞次栉比，还有卫生站……

　　我和老伴住这么大的居室，反而觉得空落落的。

我把酒醑滔滔，心潮归平和。

我已经历三迁，"把酒醑滔滔，心潮逐浪高"，二次从浪峰跌进低谷。

一迁卢湾区肇周路

当年我就读的上海机电工业半工半读专科学校第十一分校办在华通开关厂里，我住在集体宿舍里。1969 年 1 月分配，我班 65 个学生，18 人留在华通开关厂里，4 人去小三线军工厂，其余人一律去泰州红旗军垦农场，宿舍一下空了，我就霸占一个原来 8 人就寝、大约 12 平方米的宿舍。6000 人的大厂极少自己供干部职工的住房，相比之下，我是幸运儿。可惜"好景"不长，不久，工厂要收回宿舍。

怎么办？走投无路呀！

在那个一穷二白的年代，涉及户口、婚姻、生育、福利诸类人生大事，往往以女性为轴心。我是集体户口，没有住房，动不了，迁不出，妻子户口也迁不了，仍在卢湾区"老家"。

好在因我从没见过的岳母、岳父早逝，妻子是六兄弟姐妹的老大，一向当家，结婚后仍协助大弟弟当家，说服了五个弟妹包括返故乡宁波慈溪插队落户的二弟，将我的户口报进她卢湾区肇周路石库门"老家"。我终于住进她"老家"。于是，石库门房子的 16 平方米的中厢房里挤六个人，小夫妻住 1.2 米高的阁楼，劫后余生、早过古稀之年的父亲利用乡下老中医的能量，动用铺板、匾额，以低价托镇家具厂制作的五尺带蚊帐架的大床等家具挤进阁楼，两弟两妹住阁楼下，倒也热闹，还可以互相照应。

后来，调剂分配给我这个小家庭一个就在"老家"后门的石库门房子里 14 平方米的灶间。

这就是当年的小技术员正式从集体宿舍到里弄房屋的一迁，一个乡下人扎根于上海市区的一迁。

上有片瓦，下可立锥，尤其客堂间可摆几只煤球炉，几家人一起到大门外煽风点火冒烟，再一起到大门内边聊边烧饭煮菜，缺吃少穿、缺医少药的日子照样过得热乎乎。

灶间的大床睡四个人，我在台灯罩上加圈报纸，或学习，或写作后，深夜只能打地铺入眠，任由蚰蜒爬被窝甚至和我亲吻。光棍摇身一变为父亲，从无房到有房，我自然兴高采烈，"把酒醑滔滔，心潮逐浪高。"

光阴荏苒，我的心潮从浪峰渐渐变作低谷。

二迁浦东洪山路

一是在单位不被重用；二是上赡老娘，下抚小娘、小小娘，还有小少爷，工资低也罢了，夫妇俩一起骑一小时自行车上班，对家庭照顾不周，我和妻子始终陷于困惑而无可奈何。

改革开放，人员可以流动了，乡镇、街道企业公开广招人才，我当然蠢蠢欲动。终于，一爿离家10分钟自行车程的福利工厂即残疾人厂的技术科长动员我接班。可惜，因种种原因未能如愿。

改革开放不久，不少工厂与房管部门合作建造住房，6000人的华通开关厂至少有一半人跂足引颈，我，作为一个小小的助理工程师，只好望洋兴叹。

有道是"有心种花花不开，无意插柳柳成荫"，1984年，在残疾人厂工作的妻子分配到了浦东周家渡地区今世博园对面洪山路一套六楼48平方米的二居室。

当年流行一句话："宁要浦西一张床，不要浦东一间房。" 希特勒挑起第二次世界大战，就是一句话："争夺生存空间。"对我家来说，就是一句话："扩大生活空间。"何况浦东工业化步伐落后，公害很少呢。

工房略作装修，我家终于欢天喜地搬进新居。

一年后，既要有所作为，又欲改变孩子们连续上学导致的困境，我毅然决然离职，宁可摆渡过江，乘几部公交车赴宝山县大场镇，帮大场镇办爿电器小厂。华通开关厂新任厂长斥骂车间主任不善待我，说："一个开拓型人才逃走了！" 亲自到大场镇动员我回归，许诺分配我彭浦新村工房。一是开弓没有回头箭，二是大厂乏房，分配工房给干部职工，不是厂长一个人说了算的，我婉拒了好厂长的好意。

世事难料，"书生造反，三年不成"，我办厂失败也算了，不可逆料的是，新厂长下台不久，华通开关厂被卖掉，不复存在，呜呼哀哉！

孩子们记忆犹新的，一是我带他们去隔条泥路的邻近新村买煤饼，借用煤饼店的劳动车拖回来，全家出动，我提木格子，妻子和两个女儿用大篮子，5岁的儿子提小篮子，将煤饼搬上六楼，年过古稀的母亲垒煤饼，全家人冬天也汗流浃背。二是附近大兴土木，脚手架的废竹排特别多，我捡回来，和孩子们拗断、劈碎，用作煤饼炉生火。

我俩带儿子睡 13 平方米的房间，母亲带两个女儿住 10 平方米的房间，其乐融融。

小房翻成三倍的大房，我自然兴高采烈，"把酒酹滔滔，心潮逐浪高。"

成也萧何，败也萧何！始料不及的是，我离职了，办厂失败了，华通开关厂的家属劳保待遇没有了，母亲不知为什么、什么时候患上高血压病，少钱医治，而那条泥路即洪山路多的是砖石，1987 年初夏，母亲不慎摔跤，头撞石块，脑膜淤血，终告不治，才 76 岁呀！

"子欲养而亲不待"，人生之痛莫过于此！我的心潮又一下从浪峰跌进低谷。

个人的命运与国家、民族的命运紧密联系在一起。

上世纪 90 年代初，煤气公司向居民集资，安装煤气管道，卖煤气灶，大家终于告别了煤炉。

我做机电五金小生意，大女儿工作了，顾自己吃饭以外的开支，家庭略有积蓄，我陆续买洗衣机、冰箱、淋浴器等，花一万多元贷款买套所谓楠木家具。鸟枪换炮，这个家不称小康，至少像样了。

小女儿和儿子相继上大学。她俩尽管课余辅导中学生，想方设法挣钱，家庭开支还是日益随物价趋大，"像样"状态维持多年。大家——国家起飞，小家——家庭不再进步。

除非是过来人，才会有上赡无业老娘，下抚三个儿女尤其培养大学生的艰难困苦的体会。别的不说，就讲吃吧，饭桌上剩下的汤，三个儿女必定均分；一年春节前后半个月，别人送的和自己买的七箱水果，每箱有 20 多斤，被三个儿女吃光。

三迁康桥康士路康桥花园

成语曰："失之东隅，收之桑榆。"然也。

大女儿初中毕业，全家决定她不考高中，考中专，早点挑起家庭生活担子。油印的招生简章上适合她的上海电视台内容偏偏模糊不清，于是她考上立信会计学校。会计学科既适应她，学校风俗又单纯，她专心致志于学习、工作，又自学《走遍美国》英语，到处旁听深造，其出息反而是我夫妇俩这辈人不可望其项背的。上世纪末，她买下浦东南汇县康桥地区新造的小区康桥花园五楼 100 平方米的二室一厅二卫生的居室，作为婚房。

本世纪前五年，她买下徐家汇建造在原上海电影制片厂地皮上的汇翠花园 18 层（其实 16 层）200 余平方米的复式居室，一是安排一间我夫妇俩住的房间；二是转让康桥的居室给弟弟——如亲兄弟明算账的温州商人，按市价买卖，分期付款。

小女儿和儿子尚未结婚，要妻子照应，一直带大外孙子的我夫妇俩婉拒了大女儿的好意，不住她安排的房间，宁可仍在小居室里带大外孙子。大外孙子上幼儿园和小学一年级，我赶去大女儿家接送。

大外孙子要上小学二年级了，我可以放手不久，2009 年 3 月，又买康桥秀沿路中邦城市一套 110 余平方米一梯两户居室的儿子夫妇俩要求我夫妇俩和小女儿住到康桥花园的居室去。全家再三讨论，决定不出租小居室，我夫妇俩和待字闺中的小女儿劳动节带随身衣物，住到康桥花园设施完备的居室去。

儿子夫妇俩尽孝，这一住就是十年，论钱，小居室租金损失 25 万元，其实是儿子租金损失 50 万元。

康桥的两套居室相距二站公交车程，我夫妇俩不但住得舒服，而且与儿子夫妇俩方便互相照应，包括带孙子孙女。其间，阿大、阿三批评光棍阿二赖在父母身边享受，鼓动她买下张江 90 平方米的二室一厅一卫生的居室。她几年来，一星期二三天住新居。阿大、阿三又批评她，她才星期五回我们这儿，星期天下午或晚上回自己"家"。今年，幼儿园和小学推出放学后由老师带双职工子女并供应晚饭的惠民便民举措，我夫妇俩解脱了。儿子夫妇俩欲凑钱换大些的居室。我夫妇俩商量，住回小居室，让儿子卖掉大居室；当然，十年不住，适当装修小居室。不出我所料，我和三个孩子推举的首席全权代表大女儿夫妇联系了装修公司，决定彻底装修、换掉旧家具，装修公司报了方案和价格，儿子夫妇俩推翻决议，决定留年迈的父母在大居室安享晚年，卖小居室凑钱！

世博会地段的多层建筑，上世纪 80 年代初才 600 元一平方米；90 年代初，居民买产权，不到 700 元一平方米；如今一平方米竟高于 50000 元。康桥花园的多层建筑一平方米 40000 元多些。居室毕竟相差 52 平方米，房价至少差 160 万元哪！当初姐弟俩明算账，老夫妇俩哪能再令儿子付出重大损失？我坚持回小居室，让儿子卖掉大居室。那天全家讨论，老文友孙金龙邀我参加他重大聚会，我只好缺席家庭会议。我从来讲"男主外，女主内"，从来不管家庭收支，衣来伸手，饭来张口，那天缺我的全家议决，由妻子斥资二个居室市场价差额的大半，三个孩子平摊差额的小半！除了我堆成小山的著作和老两口必要的书、衣服等，小居室的一切能卖的廉卖，不能卖的扔掉！

第二天，儿子和大女儿将48平方米的小居室在中介公司挂牌了。

孩子们是社会中坚，老两口早退出社会主流，在这个家族里明显处于末位、被动即坐享晚福的地位耶！

面临这很快到来的三迁，我"把酒酹滔滔，心潮逐浪高"，是喜还是忧？

结束语

俗话说："人心不足蛇吞象。"自然界里哪有蛇吞象？只存在神话、传说中，形象地形容人的欲望无止境而已。

生命就如名言"食色，性也"说的，一是求生存，二是繁殖后代。食肉动物吃饱了，不会再猎杀，可是高等动物——杂食性的人有精神，有高于食色的欲望，欲望无止境，当然有正有反。

不少人牢骚满腹，对现实不满，其实是水涨船高，即改革开放以来今非昔比的社会巨大、快速进步导致的错误认识。只要对比中国改革开放四十年的现实，再对比其心驰神往的"先进""民主""自由"国家、民族的现实和历史，透过现象看本质，就会知道，我国社会主要矛盾已经转换为人民日益增长的美好生活需要和不平衡、不充分的发展之间的矛盾，自然会产生实践中国梦的决心和动力。

我这个三迁的八翁，想到住房越住越大越豪华，感慨良多……

作者：陈柏有，上海市作家协会会员，曾先后出版诠释《山海经》的电视连续剧剧本《我来了》《你是谁》等著作19本。

乡愁悠悠话横沔

□ 庄岳峰

近些年来，常见一些报纸、刊物上登载作者追忆对故乡的思念，叙述逝去岁月的故事，抒发个人对"小时候"、"童年时"的生活场景，表达一种绵绵的感怀、依恋的情绪……这类文章的标签便是"乡愁"。

岁月的流逝，历史的延伸，时代的更迭，总会在前世与今生、旧俗与新风等事物变革中与个人的观念产生碰撞。接受更新还是守旧成规，总会显示出个人的价值观取向。"愁"，既是一种怀念之情，又是一种原本记忆的重现，其中不乏对"美好"的向往心理。怀旧，人皆有之。重根基、固本意，这种"不忘本"的思源守土观念，具有凝聚力，就意识形态而言是积极的。

最近，笔者与几位原住康桥镇横沔老街的白发老友聚会，并相约在祝根祥那里吃饭。老友相聚无话不谈，牵长挂短、过去现在，交谈甚欢。推杯换盏间的畅所欲言中，得知他们因老街动迁而已经搬离原地。言谈之中不免流露着对以往的留恋，也不无感慨地表示"横沔老街拆迁了，老街要消失了"的遗憾与无奈。然而在"你的以前、我的过去"如何、如何的对话中，有着对生活回望的苦衷，更有着对现有的满足。我想，这些白发之人的心情谈吐，应该就是"乡愁"吧。

自称兄弟的老顾说："有人总是说乡愁啊乡愁。回想我过去小时候的日子，苦得来要命。乡愁，都是讲过去的，老底子的事，我才不稀罕呢。我是要讲现在的好日子才是'香稠'呢。把荤素搭配烧得浓油赤酱，又香又稠！我们要的就是这样的乡愁。老王，侬讲对吧？"

以前当过干部的老王头一副斯文的样子，放下酒杯，似是自语："是啊，今非昔比。跟着党向前走，苦吃苦熬几十年，总算熬过了困难的日子。现在终究过上了宽裕的生活。现在，哪家还会愁吃愁穿的？政策好啊，改革开放是顺民心的。"

实然，老王头好似想起了什么，侧过头来对我说："庄老师，今天老朋友聚会，心情愉快。由于你的到来，使我又认识了几位新朋友。否则，我这周西人哪来这个机会和横沔人同桌碰杯？"

"是啊，2000 年 6 月份前，我们都是南汇县人。"我说，"那时老王是康桥镇人，老顾、老祝他们是横沔镇人。到 7 月份两镇撤销原有建制，成立了新康桥镇，你们成了一个镇的人了。而时过一年，南汇县撤县设区，我们都成了南汇区的人了。2009 年 8 月，经国务院批准，撤销南汇区，整个区域划入浦东新区，我们又都成了上海市浦东新区的一家人了。"

"是呀，这也是我们的缘分。"老顾高兴地笑着说。

我说："随着时代的进步，区域发展的需要，行政管辖范围的调整势在必行，这是历史的规律。不过，有些地域名称不会自然消失的。就拿你们横沔地区来说，虽然你们都成了新的康桥镇人，但是对横沔的记忆是永远不会消失的。这在原来的县志、镇志里都记载得清清楚楚。这段历史也是你们出生横沔的人，留在世界上的永远的乡愁。"

老陆咪上一口酒，继续说："我听一些长辈和有文化的先生讲，我们横沔地区河网密布、纵横交叉，港水相连。古时的农耕时代，这是一块风水宝地。在农产品与经济交流互换的过程中，在水路交通为主、漕运货物的年代，选择了横沔老镇这块地方作为交易地而成了集市。横沔集镇在过往年代中，经济繁荣、四处八路的人们和商贩都会过来做生意。据说在当年的南汇县里除了惠南、周浦、新场、大团四大镇外，横沔是数到第五把交椅的。

"是啊，既然古镇街坊太老旧了，要整新修缮动迁了。你们对从小生活过的地方肯定有感情，也必然有乡愁可谈了。"我说。

讲到横沔，讲到横沔老街，回顾一下浦东地域渊源悠长的历史，很有必要。笔者从史志记载上看到，"横沔"这一地域与称谓的由来，已越千年。

横沔，现属浦东新区康桥镇辖区。地处浦东川沙新镇黄楼西侧，南与周浦、瓦屑接壤，西连康桥，北靠孙桥。它是长江三角洲冲击平原的一部分，是东海岸成陆较早的地区之一。

据《太平寰宇记》载："秀州东至大海二百一十里，华亭县在州东一百二十里"。秀洲，即嘉兴，华亭即松江。当时的海岸线在今松江以东九十里，正是下沙、周浦一线。唐开元元年（713）开始筑捍海塘。至南宋皇祐二年（1050）始筑内捍塘，又称里护塘。

横沔地区最东距周浦八公里，最西距周浦不足一公里。按照唐、宋年间海岸线向东延伸的速度，平均约 29 年延展 1 公里计算，横沔应在唐末（约公元 900 年前）时已应成陆、形成沙滩。

据旧县志记载：横沔东南杜甫亭（庙）（原川沙县黄楼乡旗杆村）、沙涂庙（原南汇县瓦屑乡旗杆村），均为宋代所建，以地理位置证明横沔地区在唐末已经成陆。

唐天宝十年（751）设立华亭县。浦东南汇地区在后晋天福五年（940）属秀洲华亭县管辖。北宋时期，南汇地区开始设立乡的建置，称长人乡。元至元十四年（1277）升华亭县为府。二年后（1279）又改为松江府。至元二十九年（1292）划长人，高昌，北亭，新江，海隅五乡，建上海县。横沔地区属长人乡。清初，横沔地区属江南省苏松道上海县长人乡。康熙六年（1725）、江南省划分为江苏、安徽两省。横沔地区属江苏省松江府上海县长人乡十七保。

清雍正四年（1726）长人乡的大部分自上海县划出，建立南汇县治。横沔地区属南汇县十七保，包括二十图（横沔西至高家牌楼：人西、高西村），二十四图（小高峰、人南、沔青村）以及人南、叠桥、新苗、张胜桥、夏保庙、沿南、沿北、管家港、汤家行等八个图。

清宣统二年（1910），南汇县建横沔乡。辖区东至杜甫亭、西至陆家宅、南至龙游甫，北至殷家浜。乡公所设在横沔镇。

民国十五年（1926）改乡公所为行政局，民国十八年（1929 年）九月改设区公所。当时横沔区辖有下列乡镇：横沔镇、瑞平乡、人和乡、高峰乡、高年乡，其东北区域有孙小桥、黄楼等部分地区。其西南地区的都台乡、叠桥乡、信相乡、船舫乡、八房乡、泥龙乡、沿船乡、汤巷乡等属周浦区管辖。

民国二十三年（1934）扩区并乡，横沔划归周浦区（第三区）管辖。抗战胜利后，于民国三十五年（1946 年）又并横沔镇、横东乡、横西乡为横沔乡，仍属周浦区（第五区）管辖。

1949 年，中国人民解放军百万雄师过大江，渡江战役打响。人民军队以摧枯拉朽之势，为解放全中国大踏步向江南进发。同年 5 月 15 日，横沔地区全境解放。随即横沔建立南汇县第二办事处。10 月，横沔区人民政府成立。

"解放那年，我们已经有点懂事了，"老陆说："解放军经过横沔地区时，有几天住在老百姓的空房子里。临走的时候，我们还进去看，那些穿黄衣服的战士叫我们'小把戏'，很和气。部队开拨时把房子打扫得干干净净。我的记忆里一直保存着这样的情景。"

78 岁的老顾表示:"听我母亲说过,解放军进攻周浦时,听到枪声激烈。老百姓都逃出去躲到田里,卧在垅沟里。解放军过来一看是老百姓,就走了。我们原本对当兵的很害怕,以为他们会像国民党兵那样打骂老百姓的。那天第一次见到解放军,才知道解放军不欺压老百姓。等他们走远了,大家就马上回家了。"老顾又说,"解放初期,比我大一点的小孩都到镇南庙场街的小学里去读书了,常常唱起新学会的歌曲。我现在还记得是这样唱的:'解放区的天是明朗的天,解放区的人民好喜欢。民主政府爱人民呀,共产党的恩情说不完,呀呼嗨嗨,依个呀嗨!'。这首歌学校里的小孩都会唱的。大人们也跟着唱,抒发着轻松的心情。"

老祝说:"那时候,我们小伙伴在放学后到镇边的空地上打土仗,还学唱解放军的歌曲哩。我记得是这样唱的:'我是一个兵,来自老百姓,革命斗争考验了我,立场更坚定,哎嗨嗨!枪杆握得紧,眼睛看得清,谁敢发动战争,坚决把它消灭净!'"。

时隔几十年,70 多岁的人了,老祝唱起来还是那么有节有拍,铿锵有力。大家都高兴地鼓起掌来。

热烈的气氛感染了老张,他说:"我也来乡愁一下。解放初期我正是顽童年龄,与水相伴长大。记得那时候,这沔溪港的一段是最闹猛的地方。'第一桥'朝北一段是轮船码头,每天有从南汇到周浦的班头轮船在这里经过、停靠。装运货物的大小木船更是船头接尾巴、连档不断。我们大夏天在港里游泳,几个人像猴子一样光屁股爬上西瓜船,'一个不留心',一只大西瓜就滚到河里去了。我们马上像青蛙一样跳下去追。哈哈……越追越远。"哈哈……大家笑得眼睛眯成一条线。

"是呀,小时候都是馋猴。"老祝说,"记得 1961 年 6、7 月份台风袭击,风也猛雨也大,河水猛涨。水都漫到家里来了。水一大,连捉虾摸蚌都没地方了。那时听表哥说,田里的油菜籽来不及脱粒,都霉变了。三年自然灾害的苦日子,我们是尝过了。肚子咕咕叫,常跑到盐船港南浜榨油的厂房里偷吃豆饼屑。当时吃豆屑、棉花籽饼的味道,真是香得不得了。虽然咽下去喉咙头是哽哽的,但肚子叫唤,就什么也不顾了。"

老陆接过话头:"小时候我们都是淘气鬼。大人的心思我们都不管的。那时家里穷,肚皮里没油水,总是觉得肚子饿。正像老祝说的,有时就溜到镇边大田里去挖生产队里的山芋吃。被阿妈知道了就一顿'生活',打屁股。那时候我们常到'花园港'那里去捉鱼摸蚌的,为家里增加点荤菜吃吃。到了1958年人民公社化以后，成立了水产大队，集体统一在河里放养了白鱼、青鱼、鲤鱼，不许私人再捉鱼了。不过，我们摸蚌、摸螺蛳是不禁止的。横沔水岸多，靠水吃水嘛！"

是啊，对个人来说，童年生活犹如一种梦幻般的情结。童年时代的乐趣与苦涩同在，是伴随自己一生的记忆。

家乡河港的水，总是汩汩地流淌，永不停息。沧海桑田、日月更新，生于斯、长于斯的横沔人的脚步，也不会停息，在历史的进程中一步步走来。

据史料记载：1950年4月，横沔区撤销，其中陈桥、六灶、培灶、连民、其成、瓦屑等6个乡组建成六灶区。余下的渔潭、怡园、横西、沿南、沿北等乡及横沔镇划归沈庄区。1955年末，怡园（今新苗村）、瓦屑合并为瓦屑乡。沿南、沿北合并为沿南乡。横沔镇、横西乡合并为横西乡。横沔地区划归周浦区管辖。1951年11月，横沔地区划归沈庄区。

1957年撤区并乡、建立横沔乡、辖区包括瓦屑乡的界浜、旗杆、民治、红桥、窑墩、瓦南和本乡除沿南、沿北以外所有的地区，共为十一个农业生产合作社和一个横沔镇居委会。1958年9月人民公社化时，横沔地区属中心人民公社（后改为周浦人民公社）。

1959年7月，划小人民公社。横沔地区从周浦公社划出，建立横沔人民公社。下辖沔青、人南、石门、人西、高西、汤巷、沿南、沿北、叠桥、火箭、怡园、新庙十二个大队和一个横沔镇居委会。1984年2月，政社分开，建立横沔乡。1994年8月，撤乡建镇，改称横沔镇。1999年的横沔镇，东临黄楼镇、南与瓦屑、周浦两镇接壤，西连康桥镇，北靠孙桥镇，辖区内有横沔老镇与横沔新镇两个集镇。

2000年6月15日，上海市人民政府颁发《关于同意撤销南汇县康桥镇、横沔镇建制、建立新的康桥镇，并实行镇管村体制的批复》。同年7月11日，中共南汇县委、县政府召开新康桥镇成立大会，会上宣读了上海市人民政府关于建立新康桥镇的批复，宣布原横沔镇与原康桥镇实行"撤二建一"，建立了新的康桥镇。

听了这些白发老人的童年故事，看了相关史料记载后，真想亲眼看看这座古镇老街的风貌，究竟如何？

星期四的下午，在老祝的陪同下，我们在川周公路上向东缓缓走去。在沔青村委会的东面有座公路桥。站在桥上，老祝告诉我下面的这条河就是横沔港。他用手指着南面方向的另一座桥说,那座桥就是"沔溪第一桥"。哦,我能隐隐看到。公路桥西堍南侧便是河西街,本想从这里进街,无奈桥堍处已用铁丝网封住了,无法下去。老祝说,我们就以逆时针走法,从镇的西面进去,选择了与河西街相邻的川周公路 2631 弄向南入镇。走至该弄南首,便是一条大河横在眼前。开阔的河面上波光粼粼、水流缓缓移动。老祝说这条河就是"盐船港"。顾名思义,这条河港以前是走运盐船只的。可想而知,浦东沿海的先民在熬波制盐为生的年代,这是条"母亲河"。

盐船港对岸临河建有一长排建筑,其西侧有座红瓦顶的高平房,很有气派。老祝介绍说:这些房屋是以前粮管所的旧址。沿着北岸小路向东走,来到一处跨街廊棚。这是靠着河堤仅有的二间小屋与北面房舍之间搭建的人字形棚顶。这座上面盖有灰色本瓦的廊棚看上去已非常老旧。它的横梁、支柱、瓦椽及上面铺设的,用芦苇编织而成的瓦垫等,与两侧平房的木料一样,色泽无光,足见岁月沧桑、历经风雨之久,实属晚景之状。但由于它梁柱的联合采用传统建筑的榫卯契合,使建筑结构性能具有较强的拉伸力和抗损能力。廊棚一侧的平房木门上,钉有一块绿色门牌:河西街一十一弄 10 号。

走过跨街式廊棚 50 米处,便来到"粮管所桥"北堍。据桥堍一幢曾经是信用社用房的住户告诉我,这座横跨盐船港的桥,在古代叫"万年桥"。解放初期时,因桥的北面有爿很大的石灰行。石灰是传统的建筑材料,四乡八里的人都会用船到这里来购买。口口相传,人们就把这座桥叫作"石灰行桥",以此来确认商店的地理位置。

那么,现在的桥梁上怎么会写上"粮管所桥"了呢?原因是:解放后,对岸的祥隆顺榨油碾米厂老房子变更为粮管所和粮食仓库用房了。在粮管所门口的这座桥,改名为粮管所桥是名正言顺的。现在,粮管所早已式微,但从沿河石驳岸上以前作为码头的几处宽宽的水泥踏步,足以看出当年在此靠岸船队的规模和繁忙景象。

站在"粮管所桥"上可以看到,东西向的盐船港与南北向的横沔港在此交汇,这里成了一个"T"字形的大漾荡。在漾荡的南面可见到一座跨越横沔港的水泥桥,俗称"油车桥"。

据说该桥原本是座木桥,名叫"隆德桥"。民国时期,住于此桥西堍的祥隆顺榨油碾米厂老板王秋珊出资改建为三孔三拼石桥。以后人们便将这座桥叫作了"油车桥"。它是连接盐船港南岸地区的人们进入集镇庙场街的主要通道。50 年代公私合营后,祥隆顺迁入周浦碾米厂。70 年代中期,隆德桥改建成了现存的水泥桥。但人们在口头上还是习惯性地把它叫作油车桥。说明历史的记忆和记忆中的历史都是不会随意消失的。正如古训所言之"修桥补路、行善积德"。一个人如果能为社会公众利益而做点好事,人们一定不会忘记的。

在漾口东岸,小五灶港入口的北侧,有一段河岸是横沔集镇繁荣不可分割的部分,也就是被叫作"网船滩"的地方。在一段漫长的岁月中,这里曾集聚着一群以捕鱼为生的渔民。他们大部分是从安徽、苏北农村逃难而来的灾民。他们以一条小木船作为捕鱼谋生和栖身的处所,终年漂泊在水上。因他们的捕鱼工具是一种窄小的丝网,而众多的小木船集中停靠在河滩边,成为一道独特的风景。那种小巧玲珑的木船被称作"丝网船"。天长日久,横沔老镇的这段河岸也就称为了"网船滩"。自从上世纪50年末建立了水产大队,后来有了渔民新村,渔民们结束了几百年来水上漂泊的生活,上岸定居。

在横沔港西侧,漾口处朝北走去便进入了河西街。这是一条中间道路宽约仅二米左右的小街,两侧均被称为"白墙黛瓦"的老式平房建筑。沿街门面房屋肩并肩地紧挨着,相邻房屋之间未见弄堂隔开。走到街道中段,一处有半间房屋宽度,上有房顶的通道,作为进入后宅之路。走出通道便是一个小天井,但里面并不是传统四合院样式的院落。天井两侧房屋不与正面堂屋相接,该房屋不是厢房,只是街面房向后延伸而已。这个院落内的房屋看上去很老旧,由于年代久远,可能后代族人因分割、改建而改变了原来的模样。从整条河西街的建筑来看,这里算是唯一的一处有前后进的大宅院了。

老祝指着街面门牌号为49号、51号的一幢二层楼说:"这是我两个叔叔家的房子"。这幢非砖瓦结构的楼房,是河西街上独一无二的建筑,它与两侧老平房相邻而立,似有鹤立鸡群的感觉。看样子是老房拆除后翻造的。

"你叔叔叫什么名字?"我问。"叫王文忠"。"你姓祝,叔叔怎么姓王的了?"我不解。"是我妻子的叔叔呗!"。哦,是这样。

在横沔集镇的中大街、花园街、庙场街、河西街四条街道中,河西街属于一条偏侧的小街。它与横沔港东岸的镇区一河之隔,而商贸集市主要都在河东,河西商铺很少,早年这里也就是显得相应冷落。但据老祝介绍,王家祖上原是在河东开"王信记"染纱铺的业主,在花园街上也有房子。这里河西街的房子正在"第一桥"桥堍的地方。位置好,所以从前也开过肉铺。

从王家房子向北仅几米,便是跨横沔港的"沔溪第一桥。"它是始建于清乾隆年间的一座三跨三拼桥面的石桥,亦是连通横沔港东西两岸的重要桥梁。由于年代久远，原来的桥墩被过往船只磕碰、撞击，损坏严重。上世纪90年代末拆除桥面石板后，将桥脚、桥面改用钢筋混凝土进行了翻建。这座古老的桥梁由于修缮和为了通行方便，已经改变了原有的模样。现在的桥面已改铺了木板，两侧加装了方形木质立柱和护栏。最显著的改变还在于东西两端的桥堍已成了两种风景。西堍河西街房屋24号处还保留有走上桥去的7步石阶。但为了推行自行车上下桥的方便，在石级中部用水泥浇捣成了一条约30公分宽的斜坡。而在桥的东堍已没有石条阶级，只是一段用碎石板铺成的斜坡。在它建成后的那些个年代里，它的外部形态和规模都可算得上是雄姿勃勃的尤物，可现在原貌已不复存在。

虽然"沥溪第一桥"的原貌已经改变，但名称没有改变，还是留存着它原质原味的意韵。那么，它建在横沥港上的桥，为啥不叫"横沥第一桥"，而称沥溪第一桥呢？据史料记载，在古代元朝时，横沥港被称为"沥溪"。横沥集镇之地亦被通称为"沥溪"。直到明代开始，这条沥溪河道改叫横沥港后，集镇也叫作了横沥镇。其中的历史原委如何，已无从考证。但对于"沥溪第一桥"的名称世代不变，可想而知，这是先民们尊重历史渊源，以"沥溪"命名的桥名作为"乡愁"记忆，是很自然的世代传承了。

桥的东堍北侧，有幢三上三下的楼房，背河而建。建筑外观看上去并不古典，但也并非似近代落成。老祝告诉我："这门牌号中大街79号、81号的楼房，是他"过房爷"（义父）宋荣根的财产。老底子开过茶馆的，名称叫"福昌茶馆"店。自己童年时代，经常走上第一桥看风景或到店里玩，听浦东说书敲钹子。那时店里人很多的，喝茶聊天，"嘎三胡"的，谈生意的，坐满了几桌子，满屋子烟雾腾腾。这烟味会钻鼻孔，让人咳嗽，呛得直冒眼泪。我待一会儿就逃出去了。"

这幢背靠横沥港的茶馆店，是一座得天独厚的近水楼台。人说"近水楼台先得月"，它的取水方便，又在街市的适当市口，作为南来北往乡民的歇脚之地、饮水之处，想当年它的生意肯定是兴旺的。

中大街，是横沥老镇各行各业商铺最为集中的一条街道。它的街市走向不像河西街那样南北笔直的。它是由大小两个"L"形街道接续组成。北段第一个"L"形由北向南后再折向东去，到达一幢混凝土外墙的楼房，完成第一个曲尺形街道。第二个小"L"形街道从这里直线向南，到中大街12号处折向东去，到达中大街南端的门牌1号为止。街口南面即是宁远桥了。

中大街两侧的铺面房屋，全部是以二层楼房组成的对面街。看上去是上层居住、下层开店使用。各家房屋与左右相邻壁碰壁、密贴无间，完全不见"以邻为壑"，各自为整的样子。令人感叹的是，难道古时的建筑用地也那么紧张？对土地的使用如此吝啬？对土地的利用率那么高效？使人惊奇。

老街的街况环境，总体感觉它的空间是窄窄的，犹如小家碧玉的身段，极具江南古韵特色。临街商铺的石阶沿出来，中间路面宽度仅有 2 米左右。抬头一望，上面两行屋檐相距大约只有一米多点。我想，如果在这边的屋面跳到对面屋上去，确实很容易。怪不得童年时看的连环画、小人书上说的侠客，飞檐走壁、如履平地，纵身一跃便从这边飞到那边去了。

古时城镇的街道，特别是农村集镇的街道如此狭窄，是有讲究的。老祝说："北方城镇的街巷，必须适应马匹、车辆通行的条件与宽度，而南方民间百姓，基本上不用马匹或车辆代步。那年代，自行车也没一辆，别说汽车了，街道要那么宽干啥！"。这观点我很认同。

根据需求，量体裁衣；这是注重实际，更是先民们的智慧。笔者的想法，也得到了老祝的认同。

中大街作为横沔古镇最具繁荣景象的一条商业街，其当年的景象究竟如何呢？

据老一辈人回忆，中大街自北市梢的乔德顺竹木行始，往南的商家大致是天信杂货店、益昌米店、章记铁铺、苏顺记竹木行等店铺。

从"沔溪第一桥"东堍向南，是北段第一个大"L"形街道进入闹市区的开始。其主要商家在街道西侧的有：福昌茶馆店，五福楼饭店，龚万兴水作铺、豆水店，恒源地货行等。在街道东侧的依次为：仁泰烟纸店，王信记染纱铺（后改经营"杀猪作"，与河西街"王信记"肉庄隔河遥相呼应），张兴记地货行，金合兴水作铺、豆水店等。至此，街道开始直角折向东去。这东西向街道的北侧有：徐志和药铺，龚永顺棉布店，大新恒记酱园（这是以前横沔镇上规模最大的酱园。而且它还兼营代办邮政业务。当年是一个人气旺旺的地方。）街道南侧的商店，大致依次为：周顺兴南货店，陆友彬地货行等。

走到这里，见有一座门牌号为"中大街64号"石库门样式的墙体用水泥粉刷的高楼，虽然它只是二层的楼房，但由于每层层高超过一般的高度，再加上是平顶屋面，与周边传统人字顶房屋相比，显然高大得多。它的外形与砖木结构的老房子具有不一样的特征和新鲜感。它的门头样式颇有中西结合的味道。水泥门框两侧立柱的上方，是采用内倾斜滚线条的长方形凹框。

框内隐约可见被铲除了四个字迹。可以想见，原在框内是有宅第名称的。扁框上方有一块三角形的滚线装饰框，框内是满腔的浮雕花卉图案，非常精美。临街大门并非传统木门，是两扇颇具特色、由扁铁板镶嵌、铆接成不同图案的铁门。两扇铁门上下各分四个方格，方格中的铁质图案为古钱币样式。门扇背面为了阻断外来视线，用铁皮衬底封成。一眼望去似乎是一种雕凿细腻、别具一格的工艺品。大门的左侧有两个用扁铁板制成的装饰框。它们的图案虽与大门不同，但制作的方法与大门无异。各种图案的铁条连接处，并非以现代电焊技术进行焊接，而是用传统铁匠工艺制成，镶铆连接后的图案线条流畅、疏密有序，空灵悠远，足见传统铁艺制作的独具匠心。由铁花框望去宅内，里面是一个不大的天井。一位路过的大伯介绍说，这座在横沔镇上不同于其他砖木结构房屋的水泥房子，是有一个叫华国荣的人在民国时期建造。它的样式与镇上其他房子不一样。除了门头上的装饰似是中式，其他的建筑材料都是用钢筋水泥浇捣、粉刷的。为此，人们都习惯性地叫它"水泥房子"。

这华家祖辈上都是有名望的医生，听说后来的小辈到国外留学以后，另择职司，不再继续祖业了。这房子在解放前曾开过银行，解放后由公家使用，住过解放军。后来在此设立过有线广播站等单位，也曾是乡政府的办公用房。

经过老伯介绍，笔者看到大门两侧的水泥凸柱上，都用涂料写过口号式标语，因多次覆盖刷新内容，现已无法看清完整句式。在大门上方的水泥横眉上，依稀看到写有"人民政府"四个规正的字样。

从"水泥房子"向南直挺的一条街道，便是南段第二个"L"形的中大街。它的长度没有北段的中大街长，是条小"L"形的街道。然而在这段不算长的街面上，商铺门面鳞次栉比，肩挨肩的密度相比北段，有过之而无不及。在这里集中了对日常生活必需品的种类供应。

据老伯回忆，对老底子的商铺，基本上还记得。从北向南、面朝东的主要铺面依次有：华昌照相馆，新生百货店，立丰肉庄，高裕昌南货店，裕新酱园，新华百货店，新昌百货店，济民药店，刘正兴杂货店，华恒源点心店等。街道东侧面西的店铺，大致是：北首第一家徐福泰烟纸店，依次为永盛南货店，唐顺泰南货店，义泰肉庄等。

当年中大街的闹市主要在这一段。那时到老镇上来购物的不光是本集镇居民，周边农村家庭的衣食所需，都汇集到这里消费。所以老街上的人是川流不息、生意兴隆。那时的老街上没有车、没有马，街况景象不能说成是"车水马龙"，但形容为熙熙攘攘、人头攒动，还是正确的。

从衔接北段的第二个"L"形街道折弯处，是一条长度不足 50 米的东西向街道，终点便是到了整条中大街门牌号的起始处。由于我们是由北向南倒着走的，反而觉得这里是街的末梢了。这一段不长的街道、商铺不多。西首是剃头店，再是立大烟纸店、华源茂水作铺。街口南侧就是"宁远桥"的北堍，街口东面便是花园街了。

从中大街的北市梢一路缓缓走来，举目四顾街道上已无人影。因集镇更新建设，居民已基本搬迁。在静寂无声的街道上所见景象，不管是街道两侧二楼窗下的裙板、门柱，还是抬头望见的屋檐、椽子，没有了原木的亮色，都是黯淡无力的，岁月沧桑的痕迹一目了然。加上狭窄的街道形成的逼仄感，老街真的"老了"的概念油然而生。

听老伯讲述的往昔故事，是特定历史时期内的一段情景。他也说到，时代是不断前进的。随着社会主义工商业改造和集体合作经济的发展，老镇的商业模式逐步得到调整。行业设置和物资供应的渠道得到规范。几十年来，经济发展迅猛，城乡居民的生活水平不断提高，居民对物质条件亦有了新的要求。特别是对居住环境优化，出行的方便通达、有强烈的企盼。老镇上很多人都出去买了商品房，搬走了。有的住到子女的新房子去了，老房子也就成了空壳。"凭良心讲，窄小的空间，住在里面谁能感觉到舒适快乐？"老伯不无感慨地说。

我们走出中大街南端，来到了"宁远桥"的北堍。这座桥的桥堍没有石级阶梯，只是一道铺设了花岗岩条石的斜坡。桥的两侧加装了镀锌铁管的护栏。西侧桥栏上有一块铭牌，上有"浦东新区文物保护点，康桥·宁远桥"字样。这是浦东新区文广局于 2017 年 1 月 25 日公布的历史文物保护点。

宁远桥，它南北横跨"小五灶港"。它始建于清朝康熙年间，由一个叫华能恒的乡绅建造，是横沔镇上最古老的一座单跨三拼桥面的石桥。这桥在清乾隆年间和清嘉庆年间经过了两次重修。据清雍正年间的《分建南汇县志》记载："宁远桥，在镇间，里人华能恒建"。在清乾隆年间的《南汇县志》中记有："宁远桥，跨诸氏盘，华能恒建，在横沔镇。"清光绪年间的《南汇县志》中亦记有："宁远桥，在横沔镇东南，华能恒建。"依此可见，这座有着近 300 多年历史的古桥，已经越过了悠悠岁月遗存至今。人们不会忘记，此桥"在横沔镇，由华能恒建。"这种修桥铺路的人文关怀，予人方便的功德善举，将会永载史册。

宁远桥北堍西侧，我们看到有一间清水灰砖墙面的平顶建筑，很是惹目。

它在周围传统建筑的对比下，似乎有着被削去头顶的异样感。据说这座青砖房有着一段惨痛的历史记忆。那是在 1938 年农历重阳节这天，侵华日军践踏横沔古镇，以搜查抗日游击队为名，从镇西头开始焚烧民房。日寇烧毁了镇北的村宅和镇梢的一百多间房屋，包括这座宁远桥堍的青砖房的上层及屋顶。由于日寇的扫荡，使几十户居民流离失所、无家可归。这座留有半截秃顶的青砖房，见证着日本军国主义的侵华历史和残害中国人民的罪恶行径。

站在宁远桥上向东望去，在不足百米处，还有一座横跨"小五灶港"的桥梁。桥栏上同样挂着一块由浦东新区文广局公布的铭牌，上有"康桥·翊园桥"字样。又是一个文物保护点。

这座三孔三拼石桥，是花园街东首"翊园"的主人陈文甫等人于民国二十三年（1934 年）建造。它与宁远桥一样，是老镇居民去到庙场街的便捷通道。现在桥南平房处已被拦断，无法看到庙场街的样子。

在宁远桥与翊园桥之间北侧这段不足百米的"花园街"上，可看到一排面南朝向的二层楼房，传统砖木结构建筑。老祝指着门牌号为 50 号的房屋对我介绍说："这是我丈人王文福家的老房，现归其儿子王林荣所有。隔壁 46 号以前是救火会的房子。"

笔者看到，这些楼房的屋脊两端耸立着圆头型风火墙，极具明清时代的民居风格特色。但这些房屋一眼望去实有老态龙钟的感觉。特别是门牌号为"花园街 46 号"与"花园街 50 号"两座相邻楼房的山墙已严重倾斜。尤其是 46 号房屋向西倾斜的程度特别厉害。两幢楼房的山墙之间，原有一条宽度一米左右的夹弄空间，由于房屋倾斜，这条夹弄已成了 A 字形。现见到夹弄内已用几根圆木把两面的墙体撑住，使得能予相互依靠喘息，暂不坍塌，尽显风雨飘摇之状。

在这些危房的东首，有座门牌号为花园街 42 号的三层楼红房子，显得"年轻力壮"许多。由于这幢楼房的外形和墙体是用红砖砌筑，"清水红砖白嵌线"的风格，一看便知是近代建筑。房屋底层东间有着双开门，类似石库门样式的门框。"仪门头"上的装饰很有民国时代不中不洋的特征。门额上镶有长方形线框一块，内有堆灰凸起的"武陵世泽"四字。上首小字题："乙亥元旦"。但落款书者字号，已难以辨认。

大门东侧墙上镶有两块不锈钢铭牌。一块是由浦东新区文广影视管理局于 2010 年 3 月 25 日公布的"不可移动文物·华氏宅"。另一块是由浦东新区文广局于 2017 年 1 月 25 日公布的"浦东新区文物保护点·华氏宅"字样。

据现住户介绍，这座红房子的华氏祖上，在横沔地区是很有名望的行医济世之家和书香门第。这座别具一格的红房子是华氏哪个传人所建，已不知道了。这房子能作为文物保护点，肯定有着它的历史文化价值。

从这幢红房子的东墙角折北20米，又是一条东西向的花园街。由此可见这花园街其实是由前埭后埭两条街面组成。"前埭"花园街均为楼房，"后埭"花园街平房居多。其街道向东而去直至翊园外墙，要比"前埭"长许多。街道北侧的平房颇具传统建筑特色。这里的民宅之间有弄巷存在。据老祝介绍，花园街28弄，是有名的"凤家厅"大宅。走近一看，屋檐下的砖砌门框内装有两扇铸铁大门。门上花纹图案连接的工艺很为精巧、华丽，别具匠心。门上已挂了铁链锁住，不能进入。门内是一间临街房屋，它是作为进入后埭庭心及房舍的通道。这间上有屋顶的通道，上海民间俗称为"墙门间"。站在门外向里望去，里面是一块偌大的场地，植有零星小树。从地坪上砖块边长出的丛丛茅草可知，宅内已很久没人居住了。但见中间客堂的门扇上部及两侧窗樘的拼木花格，古色古香，意韵深远。据说这座凤家厅的先祖是明代的大户人家。这座前后三埭两进的深院大宅，青瓦硬山顶，砖木结构的传统民居，从外貌看来极像"绞圈房子"样式。但它与正宗的绞圈房子格局又不一样。它的布局在后埭正屋的两侧没有横屋，即俗称的"厢房"。它的天井两侧只是砌了围墙。这种不具"四合院"的房舍格局，不是真正意义上的绞圈房子。所以这里两埭房舍之间的空地称为"庭心"，是不确切的。

听说在凤家厅一侧还有座叫"王家厅"的大院，同样属于明代的古建筑。由于房舍无法进入，难于观得房屋内貌，其布局结构是否有所不同，不得而知。

走进花园街48弄，使人感到这是一条古朴幽深的小巷。在行走中看到一处有仪门头的建筑，木门上钉有"花园街四十八弄12号"的牌子，这是一座老宅。从其上部半圆形的门头及两侧肩衬砖块的风化程度可以看出，这座住宅已经度过了极其漫长的风霜岁月。

横沔老镇东端有一座园林式的大花园，它坐落于小五灶港的北岸，名称为"翊园"。它以仿古园林与西洋建筑风格混合的一处建筑群。它是横沔人陈文甫于1921年间建造，占地约30亩左右。据早年进入过园林的老镇居民说，里面亭台楼阁、小桥流水、曲径通幽。各种四季绿植繁茂，常年花香不断。据说园主陈文甫是犹太人哈同在上海的管家。在哈同的妻子认他为干儿子的庇荫下得到资助，便仿效市区哈同花园模式，在家乡横沔择地造了这座私家园林。人们通常称为"陈家花园"。

园林的大门原本开在花园街2号。门前即为小五灶港，沿河岸边植有高大挺拔的水杉。现在大门已封闭，不再使用，但能看到大门前用混凝土浇捣的那座马鞍形水桥，静静地横卧在岸边，守望着过往岁月的记忆。

解放后，这座园林曾经作为敬老院使用。上世纪60年代起改设为上海市第二精神病疗养院。疗养院大门现设在川周公路2607号，对外称谓"上海市民政局第二精神卫生中心"。在古朴高大的门头上方"翊园"二个绿色大字赫然在目。大门一侧镶有一块"上海市文物保护单位"铭牌。

横沔老街区的历史遗迹，是现在康桥镇区域浦东历史发展中的一处优秀文化地标。笔者在踏访老街的过程中看到，传统古建筑的墙体上都刷有"保留"字样。相信在对老镇老街保护性修缮整新、"枯木逢春"后的那一天，我们会发现具有民族优秀传统文化的遗迹，将凝固成一曲优美的乐章，成为我们心中最欣慰、最靓丽的乡愁。笔者还想到，在和老友们的叙谈中，他们对老镇、老街即将"消逝"的无奈和忧思，是一种朴实的故土情感。在各自抒发的"乡愁"里，蕴含着对美好生活的向往。但更应明白，各个历史时期中感受事物的先进与滞后，顺遂与不适，都是阶段性的。在时代发展的进程中，为适应和实现社会发展目标，在继承传统优秀文化的基础上，契合民意、熔古铸新是推动经济发展和社会历史前进的动力。

新中国成立以来70多年的历史进程中，在原来一穷二白的基础上，全国人民在党的领导下，团结一致、艰苦奋斗，解放思想、改革创新，取得了翻天覆地的变化，我们国家已经逐步建设成为"旧貌换新颜"的美好家园。浦东开发开放30年来，浦东的经济发展和各项建设成果，充分显示出新时代强大的生命力。人民群众在分享改革开放红利的同时，深切感受着自己真正的获得和幸福。随着城镇化建设的不断推进，我们的生活环境、生活质量将在日新月异的变革中得到更大的提升和优化。

嵌在心上的康桥

□ 李冠琛

外婆家门前的小河
在清澈的碧波里轻轻细语
那座爱桥，披着星辉的斑斓走来
将时光勾勒成弧线，抛向浦江两岸
从此，春天唤醒了大地
大地也唤醒了每一个明天

我轻轻打开，系在心上的蝴蝶结
一展横沔老街非遗琵琶的风采
静静聆听秀美叠桥的吟唱
好想载满一船月色
让阡陌的原野亮堂起来
瞬间丰硕，将隐藏的秘密层层铺开
这里依着经典之城的辽阔
这里将亲和源的温馨流入港湾

好想吟一首抒情甜美的诗篇
沉淀益大本草园的爱恋
嵌在心上的康桥呀！
昼夜跳动着奋进的脉搏
在潺潺流动里唤醒
唤醒那大浦东的日新月异
竖起又一片康庄大道上的流光溢彩

作者：李冠琛，上海市作家协会会员，出版《生命里的红墙》《睡莲人生》等
三本诗集。

雨中的蔷薇

□ 义博云天

康汇园的蔷薇花一串连一串，
隐约听见她在雨中轻声说话。
仿佛听她说这个时候，
她多么希望有人陪伴着她……
其实我是特意要看她去
因为我一定不会食言，
我更不忍心让她失望，
让她孤独站地在树下，
让她淋湿在风雨之下……
因为今天是她的生日，
即使老天下的不是雨，
下刀子我也要赶过去，
赶过去默默看一看她。
去看望无奈孤独的她，
看她眼里还留着泪花，
安抚她心田浓郁沧桑，

宽慰她的幽怨、她的寂寞……
我多想和她悄悄说话，
哪怕只是简单的问候，
哪怕只是默默看着她……

雨还在不停地磅礴，
我徘徊在蔷薇树下，
任凭暴雨肆虐拍打。
我无言却心在呐喊，
雨你为何还不停下？
我把手中的一枝玫瑰，
唯有一枝，唯独一枝
放到了她的手里，
蔷薇恬恬地笑了，
她笑得是那样的开心，
因为，她懂一枝玫瑰的含义，
那是世界万籁中的唯一。
那生日礼物，充盈了思念和爱……

作者：殷博义，笔名：义博云天，作品散见于《上海散文》《东桥西窗》等
各种杂志报刊。

又见康桥

□ 白杨

又见康桥
我把青春的忆痕
点点滴滴洒在沿船港的河面

走进沿北村浦东老宅
仿佛置身苏州园林
吸吮着白墙灰瓦的艺术馨怡
沉醉在——
民清风格的氛围
小桥流水，长廊蜿蜒，曲径通幽
徜徉其间
恍惚又闻琵琶声
殷殷切切的嗲嗲眼眸
泛着莹莹的泪花
梦里梦外——
都是你

一袭碎花连衣裙

粉红色的蝴蝶结
袅袅婷婷
在梓康河面荡漾
我追随着你的目光
一刻也没有遁逃

四月芳菲，江南烟雨蒙蒙
又见康桥，依旧桃花面
甜糯的吴侬软语
浦东老话惊起了梦里的鸳鸯
漫步在老宅的路上
在你自家的庭院
海棠花下
泡一壶菊花茶
重温那时华的感觉
欲语泪先流
逢人便说康桥好

作者，白杨。本名：杭存根。上海市作协会员。出版了《白杨诗选》《涧水微澜》《时光之河》等三本诗集。

后记

　　为庆祝中国共产党成立 100 周年，充分展示、记录康桥镇在浦东开发开放 30 年来的变化与成就，康桥镇诚邀 20 多位作家共同撰写了《康桥情怀》。作家们不限题材、不限主题，在康桥边走边看、边听边聊，自选角度进行撰写。

　　历经九个多月的采风、策划与编写，《康桥情怀》一书终于付梓。此书的顺利编写有赖于文化中心、康桥实业、康桥半岛、康桥花园、新苗村、叠桥村、康桥成校、中药饮片厂、益大本草园、浦东老宅、纳铁福、百润、公元建材、亲和源、申怡机械及接受访谈的康桥镇居民的大力支持。初稿形成后，中国作家协会副主席叶辛，中国作家协会会员宗廷沼、严志明等同志对文稿进行了点评及指导；顾绍耕、李祖裔、朱力生等同志审校了文稿，并提出修改意见；中国作协会员、惠南文学社社长姚海洪和浦东作协报告文学专业委员会召集人唐根华在整个编撰过程中，肩负沟通协调、二审、三审等诸多重要工作。他们用认真负责的态度、斟词酌句的严谨将最别样、最多面的康桥呈现出来，在此表示感谢。另，由衷感谢中国书法家协会委员、上海市书法家协会委员、浦东新区书法家协会副主席申福华同志为本书题写书名。

　　还要感谢所有参与编写《康桥情怀》一书的作家们，他们不辞辛劳远道而来，一次不行，来两次，甚至更多次，从耳濡目染到切身感受。姚海洪、唐根华、严志明、庄岳峰、兀凰等作家，曾多次走进康桥，将自己的情感融入这片充满活力的土地中。当然，还有许多作家用心用情亲吻于此，采访当事人，感受现场情景，无论从当今发展角度，还是从乡愁素材的挖掘，均尽力地去捕捉和展现康桥的精气神，从不同的视角落下了无数闪光的笔墨，来展现康桥的精彩。

　　康桥还没有写完，当然，康桥是写不完的，期待作家们再次踏进康桥。

编委会

2021 年 6 月